時空的追緝

The Space Chasers (上)

追風人◎著

目錄

Contents

【下冊章節】

本書爲作者之創作，故事內容及人物描述純屬虛構，
如有雷同之處，皆爲巧合。

作者的話

追風人

我從小就喜愛閱讀，上了中學後，又對文字產生了濃厚的興趣，當時最喜歡的三本小說是：《唐吉軻德》、《基度山恩仇記》和《三劍客》。和所有的小男生一樣，我被它們曲折的情節和緊張的打鬥吸引住了，所以在進大學之前，著實經過一番天人交戰，考慮要不要去念文學。因為在那個時代，念文科的人不僅被看成二等公民，在父母眼裏還是個不爭氣和不孝的兒子。所以在他們的威脅利誘和老師們的推波助瀾下，我就直奔成功大學機械系。

但導致我改變念頭背後真正的理由，是我發現了機械系裏有航空組，因為飛行也是我的喜愛，所以就順水推舟去當孝順的兒子和聽話的學生了。

從成大畢業後，就加入了當時的留學大軍，到美國攻讀航空學，學成後繼續留校教書和做研究，航空成為我事業的「原配」，從沒有放棄的文學愛好則成為我的「小三」，是午夜夢醒時思念的對象。大部分六〇年代的留學生都按照相同的模式生活，在完成學業後，由留學生轉變成移民，在當地娶妻生子，成家立業，然後像遊牧民族似的「逐水草而居」，為改善收入，調換工作。也許是因為人懶，我是個異類，在半個世紀中，我只在兩個大學裏工作過。

我在五十歲那年決定去香港，所有的親朋好友都認為我瘋了。妻子說：我是被「東方之珠」那首歌給迷住了。它是台灣歌手羅大佑作曲，作詞和主唱的：

「小河彎彎向東流，流到香江去看一看，東方之珠我的愛人，你的風采是否浪漫依然，月兒彎彎的海港，夜色深深燈火閃亮，東方之珠整夜未眠，守著滄海桑田變幻的諾言，讓海風吹拂了五千年，每一滴淚珠彷彿都說出你的尊嚴，讓海潮伴我來保佑你，請別忘記我永遠不變黃色的臉。船兒彎彎入海港，回頭望望滄海茫茫，東方之珠擁抱著我，讓我溫暖你那滄涼的胸膛。」

羅大佑用他低沉宏偉的聲音，唱出這首為香港回歸所作的歌曲，是曾讓我動容，但是真正的理由，是我一直想回到亞洲來教書，所以當機會來臨時，我就接受了。

我的專業是應用科學，但是絕大部份的成果都是在科學方面，應用方面少得可憐，所以一直想要做一件「大事」。在香港終於能夠如願以償，走出了象牙塔，學以致用為它的新機場建立了低空風切變預警系統。

在四年期間，我帶著同事們和研究生走遍了全香港地區，包括了好些離島，鋪天蓋地的設置了自動氣象觀測站，採集資料數據。我們又向美國國家科學基金會租用了一架渦輪螺旋槳雙發動機的氣象探測專用飛機，聘請了一位民航客機的駕駛員做機師，他有很豐富的惡劣天氣飛行的經驗，我帶著他到美國科羅拉多州的波德爾市去接飛機，在離開前，我們飛越美國大氣研究中心的地面站，將機艙裏滿載著的電腦和資料系統，還有機翼下掛滿著的各種儀器，都標定了一次。我們從波德爾市起飛，向西經過西岸的西雅圖，阿拉斯加，利用阿留申列島跨越太平洋，抵達西伯利亞。然後向南直下東京，台北，最後到了香港，啟動了十三個月的空中探測和採樣。從天上和地上得到的同步資料為預警系統建立了嚴謹的科學基礎，使它如期的在香港回歸的那天正式啟用。

這架科學探測飛機的無線電呼叫代號是「天風一號」，在香港它享有飛行中的「優先權」，讓我們在非常繁忙的香港空域可以橫衝直撞，天空裏充滿了「天風一號」呼叫要求讓路或是插隊的請求。我曾在《追風的人》小說裏這麼描寫：

「『天風一號』在珠江河口的天空翱翔，往北看是這條南方的母親河遠遠的和藍天連在一起，夾帶著大量泥沙的河口水體，像是一位貴婦人的胸脯。往南看是浩瀚碧藍的南中國海，擔杆列島像是一串綠色的瑪瑙，掛在貴婦人肉色的胸脯上。每當任務完成返航時，『天風一號』的機艙內響起了『東方之珠』的歌聲，在太陽消失在海平線下之前，香港的萬家燈火亮了，機艙外的東方之珠開始閃爍。『天風一號』呼叫啟德機場塔台，要求改變航線，飛向九龍清水灣岸邊的大學。從牛尾海方向低空通過，在大操場上的同學們會向這漆著大學校徽和字樣的飛機狂舞著雙手，『天風一號』也上下左右搖擺著機翼，在地上和天上的人一片歡呼聲中，發動機開大馬力，呼嘯著掉頭爬升翻滾，飛向落地前火紅的大太陽，呼叫塔台要求降落指示，前方的機場跑道在等待。」

飛行曾經是我的夢想，沒想到香港成了圓夢之地。更沒想到的是，它還促成了另一個夢。

《唐吉軻德》是西班牙作家賽萬提斯在十七世紀初出版的小說。故事背景是歐洲的後騎士時代，主角唐吉軻德幻想自己是個騎士，因而做出種種匪夷所思的行徑，最終從夢幻中甦醒過來。其中最精彩的一段是描述他披著盔甲，騎著戰馬，舉起長矛和一座風車展開你死我活的搏鬥。評論家多稱《唐吉軻德》是西方文學史上的第一部現代小說，也是世界文學的瑰寶之一。著名的美國百老匯歌舞劇《夢幻騎士》（Man of La Mancha）就是根據它改編的，在美國東西兩岸連續上演了幾年。它重新塑造了唐吉軻德的「逐夢者」新形象，強化他對自己夢想勇往直前的描寫與刻畫。

我喜歡這本小說到了極點，看了N次。也喜歡它的歌舞劇和主題曲，其中的歌詞：「去做不能圓的夢，去鬥打不倒的敵人」（To dream the impossible dream, to fight the unbeatable foe.），都已經成了名句，百聽不厭。

到香港不久，我就接受了北京大學大氣物理系的客座，每隔兩三年就要到那去半個學期，開一門「小尺度氣象學」的課。北大是個很迷人的地方，尤其是它的校園和學生會緊緊的吸住你。有幾個以前的學生現在都是教授了，他們用字正腔圓的北京話左一聲師娘右一聲師娘，叫得我妻子眉開眼笑。校園裏有很多銅像，都是紀念和北大相關的人。唯獨在最美的未名湖邊有一座賽萬提斯的銅像，直到今天我還是不知道這位十七世紀的西班牙作家和北大有什麼關係？但是它激起了我深藏著想要寫小說的夢想，毅然決定，此時不為，更待何時。

退休後，我受聘每年到台灣住十八個星期，在母校成功大學開授一門「航空氣象學」的課程，同時也為民航局的飛航服務總台主持飛行安全講座，與民航飛行員，航空管制員和航空公司簽派員互相切磋飛行技術。但是「原配」和「小三」的地位互換了，將寫小說作為退休後主要的活動。為了要留名，也因為怕犯錯，曾經戰戰兢兢的寫了近兩百篇的科學論文。雖然我喜愛文字，但是從沒用中文發表過文章，所以抱著唐吉軻德的逐夢者精神，勇往直前，一不做二不休，用「追風人」的筆名去寫長篇小說，並且是寫不登大雅之堂的偵探懸疑小說，因為沒有任何拘束，隨心所欲，天馬行空，感覺非常奇妙。

美國近代著名小說家海明威和英年早逝的菲茨傑拉德都曾說過，小說裏的故事和人物都是取材於作者的夢想，人生經歷和相識者的複合體。第一本小說《追風的人》就是在這樣的情況下完成的。它的故事是發生在香港的一所大學裏，情節圍繞著一位教授和他的航空氣象科研專案。雖然在書的第一頁就用斗大的字聲明「純屬虛構」，偶爾回到校園時，還是有同事見到我會哈哈大笑，或是怒目相視。曾有一位同事抱怨，說書中對一位人物的面貌，身材體型，性格，工作和居住地，所做的描述，讓讀者將她對號入座，尤其令她不高興的是，她只活到第三頁，死後還被扔到海裏，但是另一位要好的同事卻能一直糾纏到最後一頁，厚此薄彼，太不公平。雖然這些都是茶餘飯後的愉快閒話，卻能讓人有無限的回憶。

《時空的追緝》是繼第二部小說《遠方的追緝》後完成的，同樣分上下兩冊。故事發生在台灣，將多年前發生在西藏雪域裏的傳奇和台灣一件政治陰謀連在一起，男主角還是一位航空學的華裔教授，為了學術離休來到成功大學，和《追風的人》一樣，書中對飛行有較多的著墨。算算看，退休已有六年，還是在忠實的逐夢，完成了三部小說。下一本，《蘑菇雲的追緝》已經著手動筆了，它是關於北朝鮮核子武器的故事。同時也啟動了寫再下一部的計畫，它的故事內容是圍繞著一部失蹤了多年的可蘭經手抄本。在這兩部未來的小說裏，鍾為教授又從《追風的人》裏回來了。最終，我的夢想是要完成以「鍾為教授」為主角的《追緝三部曲》，然後就到了結束一切的時候。

我一生一直和學生們混在一起，連老婆都是從學生中挑的。在和他們閒聊時，我常說：人生的旅途要比目的地更有意義，在旅途上遇見的人和事，可能是你一生難忘的，是在午夜夢醒時，思念的對象。我寫小說的夢想，一步一腳印的跟著我，一路相隨到地老天荒。在逐夢的過程中，我很幸運也很感激有家人和好友們給了我很多的鼓勵，建議和批評。特別要提的是一位中學六年同窗，他出身書香門第文采和寫作俱佳，在報章雜誌上經常看到他的文章和詩詞，是同學中的才子。他從香檳城的伊利諾大學拿到數學博士後，任教於三藩市州立大學，多年來他和我在加州南北兩地，同時誤人子弟，最近他拿到了「破解史上最難《數獨》（九宮格）」的大獎。《追風的人》和《遠方的追緝》出版後，他不僅寫了書評，還寫詩相贈。為了《時空的追緝》裏有關古人對求取「圓周率」所做的貢獻，曾求教於他。我還得寸進尺，索求序文，他居然同意了，真是驚喜。但是幫助我這「菜鳥」作家能夠圓夢的卻是曾為大學教授的風雲時代出版社社長陳曉林先生和他的編輯。沒有他們耐心的指點和費心的修改，我仍只是個會做夢的科學家。在有限的剩餘人生裏，我將記得他們。

讀者的話

《追風的人》有其特殊的歷史地位

讀《追風的人》用一個下午，一個晚上和第二天的一個上午，已經很久沒有一口氣讀完一本小說，也記不起上次讀小說是什麼時候的事了。自發性的一口氣讀完的小說應該是有很大的可讀性。

《追風的人》說的是這樣一個故事：一位叫鍾為的香港優德大學教授，承擔了香港政府一項大型科研專案——《香港機場風切變預警系統》，這是研究預報飛機起飛降落時可能遭遇並引起飛機失事的一種小尺度氣象風暴現象。在專案進行過程中，鍾教授課題組的一位美籍電腦專家石莎女士被人謀殺，由此拉開了一場由國際恐怖份子和台獨勢力共同操縱，陰謀在中國大陸境內和香港對美國的民航班機實施導彈襲擊。香港警方和中國國家安全部合作，在鍾教授的協助下，搗毀了這夥由國際恐怖組織、國際軍火走私犯、台灣間諜、台獨勢力、解放軍叛徒和港澳黑幫等內外勾結的犯罪集團，阻止了恐怖份子的企圖。

故事的男主角是鍾為教授，他是位畢業於美國加州理工學院航空系的航空博士，是優德大學的單身教授，學識人品受到同事們的廣泛尊重，還是多位女同事愛慕的對象，包括為他去世的石莎和她的閨中膩友邵冰，後來又加上了警方專案組組長的蘇齊媚。故事由三條線索纏繞一起組成：一是鍾為的感情經歷，對手是初戀情人嚴曉珠、石莎與邵冰兩位女助手，再是警官蘇齊媚。二是學術話題、科研專案以及大學的人與事。三是犯罪分子與員警的鬥法。這個故事吸引人的地方，我認為是包含了所有警匪片的要素：曲折懸案，緊張情節，驚險打鬥感情與性愛等等。但它遠不只是警匪偵探小說，還有些獨特之處：

1. 將真正的科學研究內容融入了其中，這些科研內容成為其中必不可少的情節。其中涉及到的不少航空、大氣、海洋等學科知識，而且對有求知欲的人，是個不錯的科普方法。也介紹了不少航空學界的趣事。

2. 涉及到優德大學的教學科研學術管理，特別是在「教授治校」的原則下，教授會議的形式和過程在一個先進的大學裏如何執行它的最高權力。

3. 故事在兩岸三地，加上美國、英國等地展開，空間視野很大，可看到海歸學子的一些動態。

4. 將台灣二二八事件的影響與台獨背景等交待得很清楚，尤其是傾向台獨思想的知識份子心態，這可能是大陸讀者知之不多，而非常需要瞭解的。

5. 選擇了香港回歸的大背景，反映出了兩岸三地的一些學術交流互動情況。

如果從小說藝術的角度看，它的敘事結構穿插得比較好，三條線索糾纏得十分平衡，沒有明顯的傾向任何其一；感情與性愛的描寫上，格調不俗，情趣濃郁；語言上文學味濃，詩詞韻文雅正，幽默感好；人物塑造上，比較成功的是：蘇齊媚、邵冰、黃念福（台獨大佬）、何族右（香港九龍警署署長）、李洛埃（優德大學學術副校長）。不太成功的是：嚴曉珠（鍾為的初戀情人），周催林（反派人物、優德大學科研副校長）。嚴作為鍾二十多年一直不忘的戀人，其可愛之處和變心過程讓人感到情節不生動，很倉促，不足以二十年不忘。周作為在台灣任過研究院院長的反派人物，智力水準太低了，讓人很難信服。主人翁鍾為太完美了，也有個性，但總覺得人物形象不夠豐滿。

小說中印象最深的精彩片段有：

1. 優德大學教授會議
2. 關於加州理工大學的回憶
3. 台獨大佬黃念福的故事
4. 鍾為與四位情人的調情鬥嘴

總體來看：我認為這部小說有它一個特殊的歷史地位，它是一部為數不多的由真正的科學家撰寫，以香港回歸中國後的兩岸三地歷史大背景，用虛擬小說形式反映海歸學子的科學報國情懷，以及個人情感寄託的小說。這部小說時代背景很深，科學含量大，資訊含量大，情節動人，文學性很強。可以看出作者雖是科學家，但一直有文學夢，人文情懷濃郁，而是感情細膩，是性情中人。看來它是來自於作者個人生活體驗的精心之作。

于珺

贈詩

《追風的人》作者在書中描述，飛機之所以能升空，靠的是機翼上的逆風風場所產生的浮力，當它被干擾或是破壞後，航機就會因失去了上升浮力而墜毀。而「風切變」是最大的誘因，它的出現被民航飛行員認為是最可怕的災難。顯然作者在預警這種災難性的氣象，曾有卓越的貢獻。《追風的人》是一部在此背景下的偵探兼愛情小說，全書約三十萬字。作者將驚心動魄的警匪鬥爭和纏綿的愛情在高含量的科學背景裏展開，有非常高的可讀性。讀後有感，成詩如下：

口天家諱假為無，項羽武侯奸忠圖；木木垂宙風切變，陳介其中鍾為乎。
青梅竹馬兩無猜，好事多磨花難開；朱曉齊眉娟非燕，石爛海枯豈哀哉。

空空道人

邵冰的讀後感

筆者和《追風的人》作者曾經是十幾年的大學同事，雖然他是高高在上的資深大教授，但是平易近人的個性，讓我們這些為他工作的職員們也能和他互動。從書中的故事，可以感受到作者對學業、教職、風切變研究、感情、大學與清水灣一帶的濃濃的愛，還有作者筆下那些時代的變遷：二二八、總統遇刺、台獨、反越戰、保釣等等。作者的心路歷程在這率性之作，可見一斑。這些事和人也是多年來在工作之餘和茶餘飯後，我們從大教授身上所挖出來的點滴。但是我們從沒想到，作者會在瞬間放下了他一生的事業，一頭栽進了寫作，從真實的生活背景裏。創造出一篇如醉如癡的故事，我很高興也很感激，《追風的人》讓我進一步的認識了作者，也讓一幕幕的往事和一張張的臉孔又重新活在我的腦海中，午夜思之，不無感慨。

作為一個學文學的人，或者是個自認是書中的「樣板人」，筆者有不少的讀後感。

一般老式的偵探小說／電影多圍繞普通的殺人或失竊案件，左穿右插，規模局限。本書圖變，擴大格局，寫全球性的恐怖主義，從中東伊斯蘭真主黨、兩伊、白俄、美國中情局、九一一、台獨等時事素材直接結合香港風切變研發項目，勾勒出一個別開生面的偵探故事。作者胸襟廣闊，原創力不容忽視。在描寫香港的大學權力架構、人事鬥爭、開會情況等細節，更讓讀者耳目一新。

作者曾說過，為了想突破，他故意採用相反的手法先寫出殺人者是誰和殺人過程，然後再一步步的將犯罪的幕後動機，抽絲剝繭的露出來，但是懸疑性是偵探小說最厲害的武器，是不是該放棄它，是有商榷的餘地。作者努力經營出不少驚心動魄的場面如槍戰、挾持人質、天風一號要墜毀等，這些場景的確緊張萬分，但大框架的來龍去脈讀者一早就明瞭了，也許會被無情地扣掉一些可讀性的分數。本小說文筆流利，描寫細膩，電影感很強，對「非科班出身」的作者來說，處男作非常成功，可喜可賀。以下是給筆者印象特別深的片段：

- 警方在澳門搶札克背包的經過
- 梁童擺脫三個湖南職業殺手
- 蘇齊媚愛上鍾為的心理刻劃
- 警方押解梁童從富都酒店出發至街頭槍戰一幕
- 羅勞勃挾持邵冰一家一段
- 天風一號遇風切變三十秒觸地
- 鍾為指揮天風一號緊急升空，與民航機編隊飛行，成為目標的誘餌，引走了飛彈
- 鍾為的同事和學生以海洋探測船攔截導彈發射船
- 天風一號，機毀人亡，鍾為在珠江上空用「血染的風采」歌聲向大家道別

《追風的人》裏有很多優美的文辭，令人懷疑作者當初是不是應該放棄科學的專業，主修文學，以下僅是部分例子：

- 蘇齊媚與鍾為的情書

・珠江河口天空上飛行的寫景

・說服小流氓林大雄當臥底的情景交融

・鍾為回憶嚴曉珠離他而去的首段短句：「披上了黑色袈裟，走進孤獨。」貼切的意象帶出他生命之沉重

全書風格和情調上有明顯的○○七詹姆士．龐德影子：

人物方面：男主角鍾為是全書的靈魂，也是能人所不能的英雄，憑睿智、才識、閱歷與善良為國為民，屢建奇功，排難解紛。通篇到尾，數位女性都與鍾為有或深或淺的羅漫史。他的語言特色是活脫脫的龐德式的，尤其是在說笑和吃女士豆腐時。女主角蘇齊媚是鍾為的龐德女郎，與男主角一樣，都是智勇雙全、口才流利的英雄人物，而且美麗性感。其他女士如石莎、邵冰等也都年輕貌美。

書中的一些場景會令人想起○○七或同類的電影：

・鍾為駕天風一號安全滑翔回來

・鍾為與蘇齊媚合作擊斃羅勞勃一幕。蘇齊媚把槍別在鍾為腰後，鍾為一蹲下，蘇齊媚一槍擊中羅勞勃兩眼之間。

・生死關頭，派屈克要求鍾為播放 Unchained Melody。最後，播出「血染的風采」這輓歌來

給自己送行。

・蘇齊媚在典禮中被槍殺，在高潮中突來反高潮，有電影的震攝力，但是筆者認為這是作者埋下的伏筆，目的是讓鍾為撤換美女主角，好在續集裏繼續風流！

通篇在笑談間蘊含關於老去與死亡的灰沉調子：

・鍾為認定自己是個「沒有年輕美女會嫁」的老頭

・成功大學徐硒良教授的死

・鍾為在台灣服兵役時所遇上的十八歲新兵的死

・加州理工學院的幾位同窗好友先後辭世

・天風一號遇到下擊雷暴

・結尾再次強調在海邊，邵冰陪伴著的那位「滿臉風霜、年歲較大的男人」

除了龐德味之外，本書還充滿了濃濃的老男人味！在作者離開了香港後，筆者也和家人移民他地，但是每當回訪舊日的同事時，話題就離不開「老教授」和對往日的思念，雖然認為《追風的人》在書前的「純屬虛構」聲明是要引起我們「此地無銀三百兩」的會心微笑，但是跟著而來的「對號入座」，以及那激情歲月的還原和重溫舊夢卻帶來了無限的喜悅回憶。

邵冰

《追風的人》讀後囈語

當生命懸掛在絕壁上時，也不會忘記做一個優美的降落！

致主人公：偉大的追風人——鍾為教授。

感動是否一定要哭？當然是不一定的!! 但我還是哭了……因為：

也許我告別將不再回來
也許我眼睛再不能睜開
也許我長眠再不能醒來
如果是這樣　你不要悲哀
共和國的旗幟上　有我們血染的風采
共和國的土壤裡　有我們付出的愛

赤子之心，袒誠赤裸，明明白白揭露真相。

鍾為是航空科學家，這是特殊因果背景，單純氣象專家，並無法因應航空系統技術上的要求。十三個月的飛行實驗，目的在於是否成就實際效益，否則是沒有意義的。這一切，都是為了風切變預警系統的真正使用者——航空公司的飛行員，而不是為了政府。因此，個人及校譽是其次問題。成敗之間……蓋精神勇氣浩然！文字如人……有無窮！

伊斯蘭教的溫和派與激進派。七四七和天風一號——這世界有兩個人，用他們的勇氣和生命，換來大家生存的機會。逃生過程中，須要高速俯衝和爬升。面臨死神，我心也跟著掉……讀出高度：五五○○，五○○○，四五○○，四○○○……一五○○……

成為國際恐怖事件——阿布都拉．沙拉馬。沒有原則和立場的情報人員——康達前。老布和黃念福的結局——安排得很戲劇化，也很震撼。整個結構帶給我很大的力量，這是對全人類的大愛。

還有，作者對警署辦案過程，辦案技巧，員警心態。內幕專業用語，描寫得很立體，很紮實，讚！

非常學術化的內容，所以我必須一個一個字斟酌。但是很欣賞這位傳統的古典式學者，他堅持一些原則和精神，對學生又有無限寬容和愛護。到底是真的ＦＢＩ來問東問西，是海軍情報處，是ＣＩＡ？任務完成後，將從你生命中消失。嘆息！想著石莎，想著老友，何其殘忍。

也很感動於軟性的話題。樹林在風的撫愛中嘆息……感動！

在人類文明史中，數千年來唯一永恆的……只剩下——愛。

這樣的讀後心得，會不會挨批啊……？皮繃得很緊!!

你的讀者

《遠方的追緝》讀後感

《遠方的追緝》作者本著工程師的細緻、科學家的嚴謹、文學家的圓融，以其對世界各地歷史文物之熟知，經營出偵探愛情的桃花源，使其諧音的主角袁華濤，最後在其匿居的內蒙桃花源用精心設計的非法手段，而報了其女早年在深圳臥底時所受凌虐致死之深仇大恨，可謂可圈可點。間中穿插的性愛情節，更是五花八門令人目不暇給，諸如地方包圍中央的軟著陸、直接炮打中央的硬著陸，曷若台灣的選舉中央黨部形同虛設。愛情的方方面面，更涉及日本群馬縣的悍妻、阿拉伯的一夫四妻、為阿拉真主效忠的絕情、台灣男人的一髮妻，二紅粉，三炮友的理想組合安排等，申訴愛情在婚姻制度下偶爾脫軌的必要性及可原諒性。在錯綜複雜的兩情關係，演化出人性關懷的大愛之後，在台灣重塑愛情的文藝復興是有其必要性，得以絕美的方式在柏克萊校園建構陸配的桃花源。私以為婚姻制度或可像買保險一樣有其期限，外加意外險，雙重險等，以遂婚姻偶爾出軌的合法性。

《遠方的追緝》，間中對洛杉磯有詳盡的描述，隨時塞車的十號公路、好萊塢的街道等，在在讓人有如身歷其境的親切感。筆者往洛城探兒時，必去離好萊塢不遠的小公園打籃球，有球友告知，所有ＮＢＡ高手在成名前都要在附近的威尼斯公園獻絕技，但無緣前往。而今經作者細說威尼斯的滄桑，以及蓋地博物館藏書的始末，令人眼界大開。作者對洛杉磯「好萊塢大碗」及它的音樂會盛況有很細緻的描述，形容聽眾在大麻煙的迷霧裏和震耳欲聾的音響中的瘋狂，更是有如身臨其境。在結局前的章節，作者描寫男主人遠赴巴拿馬，在叢林裏和舊情人變成為恐怖組織的頭目談情說愛，用人性的本能換取軍情和友人的免死令，雖略有匪夷所思，但極為精彩。故事中的人物更涉及第一、二代的台灣移民，其中插進了「章書平」，是作者多年好友名字的諧音，但是小了一代的角色，可謂神來之筆。

一個數學工作者

《遠方的追緝》為老男人出了一口氣

剛讀完《遠方的追緝》的上冊，就覺得男主角神功蓋世，闖蕩江湖遊刃有餘，出入巫山淋漓盡致，享盡齊人之福，非常感佩。好不容易挺過了上冊，才發現下冊更是「引人入深」，在欲仙欲死的同時，也替我們老男人大大的出了口鳥氣。遂得詩如下：

遠方追緝陸海空，天南地北蓋西東；識多見廣巧言色，愛慾情仇何時終？
雙翎揚兵常強發，智勇兼備人人誇；徒任敬財均非物，入甕欲飛翅難插！
老驥伏櫪萬重山，春風難度玉門關；半隨意肌硬著陸，海雲騰空勝戴安。
中美反恐緝毒中，郭康英梅似超風；東突疆獨連一氣，兩岸聯手建奇功。

空空道人

「雙追」的讀後感

筆者和《追風的人》及《遠方的追緝》的作者是小學和六年中學的班友，一起從兒童長大到青年。大學畢業後又同時飄洋留學，學成後也都進了教書和研究的學術圈子，但是從沒想到，他會在退休後變成了作家。從十歲相逢，他就是個品學兼優的好學生，規行矩步，見著老師就立正喊好，後來事業有成，是一位摘星載梭的宇航人物。他的名字刻在太空器上，在宇軌中飛行，地老天荒，直至永遠，是香港回歸前成立的一所大學招聘教員和學生的一大賣點。只是他退休後，鍾情於創作讓人看了會臉紅心跳的偵探懸疑愛情小說。他曾說過，小說裏的故事和人物，是作者的夢想，人生經歷和相識者的複合體，當《追風的人》出版後，內容若虛若實，亦幻亦真，主角一男四女，人物如生，呼之欲出，小學和中學的班友們讀後，尤為興奮，嘰嘰喳喳。沒有人想到當年的模範兒童懂得珍惜花樣年華，早已背著大家爭分奪秒，編寫了至情至性，有血有肉，無邪早春，心跳脈動的青春戀愛故事。

當《遠方的追緝》出版後，筆者才頓然悟出，老同學作家已經起了脫胎換骨的變化；自名飛九天後，便思下凡，重返紅塵花花世界，遊走於通都大邑，香港、上海、台北、洛杉磯、北京間，或顧問於研所，或授教於上庠，然其志實在不務正業，喜為拍案驚奇，天方夜譚之說，撰寫小說，極盡想像，懸疑驚懼，洶湧起伏，艷奇怪駭之能事，讀者地無分兩岸，人無分老幼，男則勃然奮起，有壯夫之興，女則春桃泛紅，懷少艾之情。有詩為證：

那來少艾八齡女？竟有多情九歲男？
寥寂天庭寒不勝，下凡拍案作驚譚。
名鑄飛天航宇器，筆談科怪幻奇人，
何來八卦東西扯，難過三更反覆呻。
看君八鬥懸驚懼，燈下雙追兩忘晨。

近日小學及中學同窗頻頻舉辦校友會，昔日老友歡聚一堂，述說數十年前往事，笑憶作家同學當年的風華，種種切切，歷歷在目。老同學風霜縐紋，老班點燦的老臉，泛起桃紅，不勝嬌羞，滿座俱歡；笑語宴宴情景，如在當下。青春歸來乎！青春結伴，何日重遊？青春歸來乎！青春結伴，有酒當歌！

于中令

序

曹恆平

坊間有不少的偵探懸疑加愛情的小說，如果連英文本也算進去，那就不計其數了。但還沒有看過有作者是出身於著名學府的教授，所以「雙追」，《追風的人》和《遠方的追緝》，出版後，的確引起了一些人的好奇心。但是沒想到的是在緊張曲折的情節中，還有會讓人臉紅心跳血脈奮張的愛情描述。對為人師表的作者竟會有如此的人生經歷和驚人的創作能力，只能讚歎和羨慕了。

筆者曾是作者追風人的同窗，在台灣師大附中實驗五班一起渡過從兒童到青少年的六個寒暑，也許是因緣不到，或是志不同道不合，我們沒曾有過很多的互動，非常遺憾，筆者也沒成為追風人筆下的人物。

「雙追」裏的鍾為、戴安和章書平，曾經是我們班上的「三劍客」，他們少艾時擠坐在教室靠近後門的一個角落一起尋夢，是所謂的死黨。我雖也在同一個教室裡，但直到畢業好像從未和他們有過交流。因此不禁自問，為何會來找我寫序呢？

當年我們班的足球隊球在師大附中所向披靡，高一時就是校際比賽的冠軍，隊上的中鋒是劍客章書平，追風人是隊上的鐵後衛，站在他身後的守門員是國民黨名譽主席伯公，當年他身段柔軟，彈性極佳，他們兩人的無縫配合守住球門，滴水不漏。在他們的背後還有一群支援後備隊，依球藝的高下成軍，分為B，C，D三隊。筆者為B隊前鋒，劍客戴安為D隊後衛。這三隊除了在必要時為A隊提供候補隊員外，平時還要擔任「陪練」，受盡了當「老二」的鳥氣。日前在籌集「友誼一甲子」的班冊期間，筆者寫了「班足四隊」一文，暢談我們B隊如何神勇地打敗A隊（班隊）的往事，其中一段描述由筆者從右翼運球，巧妙閃過鐵衛鍾為（啊！追風人！）起腳射門，但守門的伯公拔地而起，騰空撲身搶救之精彩憶述。還闡述了D隊的「撞人為先，搶球不急」最高戰略原則，引起了我們大作家的不滿，遂連同中鋒章書平與D隊戴安後衛發電郵抗議。經此不打不相識之役，歷年來電郵頻密往返，我們終成了無話不談的損友。

筆者喜愛舞文弄墨，多年來課堂之餘，出版了數本數學書及數十篇論文之外，還以「空空道人」筆名寫了千篇的政論文章。章書平是學文科的，文筆的根底就比學理科的人強，加上他辛辣的筆風和「獨特」的理念，使他的短文和電郵常有很高的可讀性，但是他疏懶成性，只談他將用「草山客」筆名的寫作「計畫」，但從未見成冊。當筆者被邀寫序時，曾有一夢；萬年前當渾沌初開，女媧補天之際，一塊落石被曹雪芹拾獲之外，另一則直墜太平洋大陸東陲，精錘百鍊之後，蘊育出近世傲人的世代來。其雲際天上，更盤旋著仙界的桃園三結義：綠林草山客、神州追風俠暨東瀛空道人。這一客二俠三道，不時蔭庇著蓬萊仙島子民，適時將三筆合椽，細繪台灣垂數百年之人文風貌。到了這年歲還能有夢，一樂也。

《時空的追緝》和作者上一部小說一樣，分成上下兩冊。和《雙追》同樣，作者從他最熟悉的地緣和專業來開局，舖展出校園裡的師生情懷，使人產生共鳴感觸良深。作者大膽地在折頁做了本書的簡介，大大顛覆了偵探小說的書寫方式，可見他是有恃無恐的。他關聯式的舖陳，隨時可打開輪盤式的話匣子，而不必循序漸進、層層抽絲而能保證高潮迭起。他靠的是同窗親朋錯綜關係之營造和豐富學識之蘊育，這對中老台灣留學生太有致命的吸引力了。

作者的文筆是建築在他的專業經歷之上，他不厭其煩地把植基於流體力學和熱力學的「航空氣象」，用繞過高等微積分和偏微分方程之「科普」手法，向商學院交管系的研究生（及讀者）解釋「風切變」實例之「瘋雲」和「下擊暴雷」現象。作者對他熱愛的飛行有很多著墨，精彩的描述一架小型飛機在綠島的廢棄跑道強行降落，接走了後有追兵的肉票。作者經由「博雅教育」的方式，大秀古代美女以及西藏一妻多夫之實境的廣博知識，還將在西藏相傳已久的寶藏和台灣相連起來。作者以一貫風雅的從容進出肉林酒池之間而遊刃有餘，輕巧地把讀者引入社會學、心理學、人類學以及性美學諸領城，而不見刻意經營之痕跡。

書中的男主人，在大學時曾「失身」於一位女助教，多年後，在女助教將要出家削髮為尼的前夕，在一片抗議聲和佛經朗誦聲中，他破了女助教的禪功，報了多年前被她破了童貞之仇。欲拒還需的場景描寫令人熱血沸騰。在全書的曲折情節裏，還穿插著多元台灣社會，藍綠紅各陣營的三角糾葛和相互為用。這和即將出版的拙作，《台灣政治：藍園綠指撫紅塵》，有異曲同工的企圖，也許這才是本書作者力邀作序的知遇之情。

成詩以賀出版：

科學神探調查局
聯手智鬥康巴閻
隱情楓案終偵破
台灣政變雲詭譎

亞利安獨秀文明
伴隨十字軍東征
傳說中拉薩寶藏
下落凡女江柔澄

前言

在羅馬的天主教教廷梵蒂岡，保存一本手抄的古代墨西哥著作：《梵蒂岡城國古抄本》，裏頭記載：「地球上曾先後出現過四代人類：第一代人類是一代巨人，他們毀滅於饑餓。第二代人類毀滅於巨大的火災。第三代人類就是猿人，他們毀滅於自相殘殺。後來又出現了第四代人類，這一階段的人類文明，毀滅於巨浪滔天的大洪災。」

類似的說法也出現在墨西哥國家圖書館有關印第安文明的作品中。某些現代的考古學家提出，在大洪災之前，地球上或許真的存在過一片大陸，這片大陸上已有高度文明。在近一個世紀以來，這些考古學家在大西洋海底找到的史前文明的遺跡，似乎是在印證這個假說。在希臘古書《對話錄》中，記述哲學家柏拉圖在二千多年前，就曾經說起這一片已消失的地方。他是在《迪邁斯》和《格利迪亞斯》兩書中，描繪希臘聖賢之一的梭羅，從埃及祭司所聽到的故事。他說：距今一萬兩千多年前，高度發展的「亞特蘭提斯文明」，於「悲慘的一晝夜間」沉沒於大海中。

十九世紀開始後，被稱為「科學的亞特蘭提斯學之父」的美國人德奈利，提出了他的基本綱領，對後世的研究產生了重大的影響，他認為：「遠古時代大西洋中有大型島嶼，那是大西洋大陸的一部分，稱為亞特蘭提斯。柏拉圖所記述的故事是真實的。它是人類脫離原始生活，形成文明的最初之地。隨著時代的演變，人口漸增，人民移居世界各地。宗教及傳說中的『伊甸園』，就是指亞特蘭提斯。古代希臘及北歐的神，是亞特蘭提斯的國王、女王及英雄，被神格化而產生的。埃及和秘魯的神話中，有它崇拜太陽神的遺跡。亞特蘭提斯人最古老的殖民地是埃及。歐洲的青銅器技術和字母的原形，是傳自於亞特蘭提斯，它也是塞姆族、印度和歐洲種族的祖先。亞特蘭提斯因大變動而沉沒於海中。但是有少數的居民乘船逃離，留下了洪水之難的傳說。」

到了二十世紀初，有部分信奉「野史」的歐洲學者開始探討「神秘學」，「科學的亞特蘭提斯學」就成了他們追捧的對象。他們提出了不同人種起源的問題，認為北歐金髮藍眼的白種「亞利安人」，是「亞特蘭提斯文明」遺留的後裔，是世界上的「優秀人種」。當時國家社會主義興起，希特勒在德國組建納粹黨黨軍，經過嚴格的身家審查，黨軍部隊的祖先都是清一色的北歐「亞利安人」。針對人種問題，德國成立了專門機構、研究單位、智庫及學會，全面地擁抱「科學的亞特蘭提斯學」，認為優秀人種的亞利安人，應該是世界的「主宰種族」，並且對其他種族歧視，甚至制定計劃，進行有系統和有組織的迫害和屠殺。一九三八年，希特勒派遣由科學家組成的探險隊，從尼泊爾進入西藏，為「亞特蘭提斯文明」遺留的後裔，曾經來到喜馬拉雅山麓的論說尋找證據。

古老的傳聞說：「所羅門王寶藏」裏的巨量珍寶，和十字軍東征時擄獲的巨大金銀財寶，一直是由耶穌會傳教士隱藏在不同的地點，好幾世紀以來，它被發現的傳聞不絕於耳。同樣的，相傳中的「亞特蘭提斯文明」所遺留下的寶藏，是由藏傳佛教的喇嘛隱藏在神秘的西藏雪域，那裏的亞利安人後代為了要奪寶，在漫長的時間和遼闊的空間裏，掀起了一場腥風血雨。

第一章：風和日麗的南加州

美國西部沿著太平洋從南到北共有四個州，就是，加利福尼亞州、奧勒崗州、華盛頓州，和加拿大北邊阿拉斯加州的一小長條部分。在美國，所謂的西海岸就是指這前面的三個州。西海岸最著名的兩個城市，都是在加利福尼亞州，一個是北邊的三藩市，它又被稱做舊金山市，另一個是南邊的洛山磯市。

最早期的中國移民都是奔著三藩市去的。在那附近發現了不少金礦，世界各地的勞動力都一窩蜂地到那兒去「淘金」。從廣東台山去的移民管那裏叫「金山大阜」，後來的一、兩百年裏，三藩市不僅發展成美國西海岸政治和文化的重鎮，它也是世界上的重要城市。在南邊的洛山磯市，亦逐漸成為世界級的商業和工業大城，中國人稱它是「洛城」。

洛城三面環山，只有西面是對著太平洋。在洛城北邊的聖蓋博爾山腳下，有一個叫做「帕沙迪那」的小城市，大約只有三十萬人口，但是卻有一間規模小卻極著名的私立大學——「加州理工學院」，已經有一百多年的歷史了。幾十年來，它在世界的大學排名榜上都是前五名以內。方文凱就是這間大學的一位年輕教員。

十年前，方文凱從台灣成功大學畢業，在服完預備軍官兵役後，他和很多其他學子一樣，踏上了留學之路。因為獲得了獎學金，他來到了帕沙迪那市的加州理工學院。四年後，他拿到了航空學的博士學位。

在中學和大學念書時，方文凱的成績雖然很不錯，但他從來沒有做到出人頭地，拿到「第一名」的榮耀。也許他是一個所謂在智力上「遲來發育」的人，因為他在讀研究生時有了傑出的精彩表現，尤其是在做研究的創新能力上，他有很獨特的才華，畢業前，他就已經寫了兩篇研究論文，在頗有名氣的學術期刊上發表了。這不僅引起了加州理工學院教授們的注意，其他的大學也開始請他去做專題演講，詢問他畢業後的動向。其中特別引起他興趣的，就是他的母校成功大學了。

方文凱是家裏的獨生子，他覺得父母年歲大了，他應該留在他們身邊，好有個照顧，所謂「父母在不遠行」的老觀念，對他還是有深刻的影響。他也曾想到，在父母親退休後，接他們到美國來，但是從他們好幾次來旅遊和探望的經驗看來，他們是不會喜歡到美國來生活的。可是他沒想到的是，父母親早已看出，他們的獨子是個做學問的人，可以在學術界裏大顯身手。所以他們堅決反對兒子為了孝順父母親回台灣，他們期望兒子一定要到一間世界級的大學教書，才能光宗耀祖。他們還說，退休後他們會自己打點生活，絕對不用兒子操心，他們唯一的要求，就是早一點讓他們抱孫子，或者孫女也行。

在方文凱通過了博士最後口試的第二天，他接到學校校長的信，聘請他為助理教授。雖然當時也有好幾家一流大學，都發給了他正式聘書，但是他決定留下來，主要的原因是，負責工程部門教學的豪森納教授找他做了長談，把他未來事業的發展做了詳細的分析，豪森納教授雖然不是他的論文指導教授，但是他一直很關心方文凱，他們之間似乎有一份特別的互相關懷。

方文凱的第一份工作，是一紙三年的合同，那一年工程部一共聘了五位助理教授，豪森納把這五個年輕人一起叫來，告訴他們三年後，他們之中就只有一個人會被留下，其他的四人要另謀高就。方文凱沒有讓人失望，在這三年裏他有了非常精彩的表現，他不僅是個有創意和多產的科研人員，也是個優秀的老師，很得同事們的尊敬和同學們的愛戴。三年後他被留了下來，學校升他為副教授，給了他一個五年的合同。在這五年當中有兩個可能的結果，一是默默無聞地過了五年後走人，二是在第四年裏可以申請終身職，學校要在五年合同期滿前決定是否接受，接受了就可一輩子幹到退休。如果沒被接受，合同期滿後就得走人。通常學校會將合同再延一年，好讓人找工作。

光陰似箭，一晃眼三年又過去了，這是方文凱畢業後第七年的開始，他在加州理工學院已經是個人物了，除了拿過幾個學術大獎外，六年來他發表了一百多篇很有分量的論文。很顯然地，他在加州理工學院已經是一位重要的成員了。但是他個人的生活卻是乏善可陳，或許這也是他全心全意投入工作的原因。

這是一個風和日麗、春暖花開的早晨，方文凱和他的一個學生一起吃早餐，他在兩天前將學生的博士論文仔細地看完，把他的意見整理出來，利用早餐的時間和他討論。這位學生顯然是個緊張大師，從一開始，他就全神貫注地記筆記，把方文凱說的每一句話，都一字不漏地寫下來，擺在面前的一大堆早餐卻一點都沒碰。

「吉米，別忙著記筆記了，咖啡和早餐都涼了，快點吃吧！」

「沒關係，教授對我論文的意見，一定要記下來。」

「這些意見我都在你論文裏注解了，我來餐廳前剛用電郵發給你，你不用記了。」

「那太好了！但我還是要記一記，因為從您的語氣裏，可以聽出來意見的重要性。我就能在筆記上加標記。我會對重要的意見給予特別的處理。」

「你是如何標記我意見的重要性？」

「我畫圈圈。最重要的是三個圈，次要的兩個圈，不重要的一個圈。」

「是嗎？那為什麼你在所有的意見上都畫了三個圈圈？」

「那是因為您說的意見都是非常重要的。」

「是嗎？吉米，你認為我會把不重要的意見跟你討論嗎？」

「當然不會了，那是浪費時間。」

「如果是這樣，那這些圈圈還有意義嗎？」

吉米傻笑了，他回答：「啊！我沒想到這一點。白畫圈了。」

「吉米，同學們都說你是個緊張大師。」

「我知道，他們是在跟我開玩笑。我就是偶爾有點緊張而已。」

「是嗎？那你現在是處於偶爾有點緊張的狀態，還是一點都不緊張？」

「當然不緊張了，您是我的導師，我怎麼會緊張呢？」

「那你的腦門上怎麼一直在冒汗呢？」

「有嗎？」

吉米用餐巾紙把前額頭擦了一下，他看著濕了一片的白紙巾說：

「我真的是在冒汗，太不好意思了。」

「吉米，你當我的學生都快有四年了，對不對？」

「可不是嗎？再過四個月就整整四年了。」

「現在你把博士論文交上來了，你自己的感覺如何？能滿足博士的條件嗎？」

「方教授，這就是我緊張的原因。我是害怕過不了關而緊張，不是因為跟您說話而緊張的。」

「你認為你的論文該不該過關？」

「我想還行吧！但是我沒有百分之百的把握。」

「所以我認為，你的緊張是來自你對自己沒有足夠的自信心。一個人千萬不要小看了自己。」

「教授，那您認為我的論文可以過關嗎？」

「吉米，我認為你的論文是令人值得驕傲的。你也到了應該畢業的時候了。回去後馬上到研究生院辦公室，拿一張博士論文答辯申請書，填好後拿給我簽名，然後送給豪森納教授，他同意後，會為你聘請論文審查委員會的成員，他們也是在你口試時考你的人。」

吉米吃驚地問說：「老天爺！您是說我的論文可以過關了？」

「如果你能照我的意見修改論文，就可以連論文答辯申請一起送到工程學院的辦公室了。」

吉米，他的全名是詹姆士．洛奇，出生在美國東北部緬因州的農村，父親務農，母親是一家州立醫院的小兒科醫生，他是三個兄弟姐妹裏排行最小的，有一個哥哥和一個姐姐。他是在緬因州州立大學的物理系畢業，名列前茅。一心嚮往航空，所以來到了加州理工學院念航空學的研究生。剛來時還是個害羞的大男孩，非常靦腆。三年多來，吉米成熟了很多，變成個很優秀的研究生。他突然從椅子上站了起來，轉身面對著坐在後面角落裏的一群人，舉起雙臂高呼：

「嘿！夥伴們！我得救了，我老闆說我過關了！」

坐在那裏的一群學生都是吉米的朋友，他們也是一樣快要畢業了的研究生，盼望著從吉米的命運裏，能看到自己的未來，而吉米的歡呼和喜悅，似乎的確帶給了他們很大的勇氣，他們報以掌聲和歡呼。吉米坐下來，一口氣把已經涼了的咖啡喝光，然後就狼吞虎嚥地開始吃擺在面前但已經涼了的早餐。

方文凱說：「慢點吃，別把早點吃進氣管裏，噎著了。我不想在大庭廣眾前表演我的海茵門急救術。」

「方教授，我想我是真的餓了，我可以再去拿點吃的嗎？」

「當然，你順便也替我把咖啡添上。」

看著吉米高興的樣子，方文凱想起了六年多前，就在同一個地方吃早餐的時候，他的指導教授告訴他可以把論文交上來時，他也是同樣的高興。四年後，也就是兩年前，他的第一個博士生畢業了。在學校裏，就是這樣一代又一代地持續發展下去。吉米端了一盤熱騰騰的早點和兩杯咖啡回到座位來，他把一杯咖啡放在方文凱的面前，然後開始切盤子裏的香腸，他說：

「吃完早飯後，我就馬上開始修改論文的工作，我想一個星期內就能完成了。我會把電子版和紙版一齊送到您的辦公室。」

「吉米，工程學院會指派教授，組成你的論文評審委員會，他們也是你論文口試的主考官，你有沒有任何教授，是你不想要他當你的評委？」

「教授們裏，我沒有仇人。」

「很好。修改好了後，我要你做幾件事，你聽好了，這是很重要的。」

吉米馬上又把小本子和筆拿了出來：「我要寫下來，免得忘了。」

「吉米，別對自己的記憶力沒信心。吃你的早餐。我保證你不會忘記的。」

「真的嗎？那我就繼續吃了。」

「最要緊的是，你把論文修改完以後，要在三個月內，把你做的研究，從頭到尾仔仔細細地思考一下，把整個問題從宏觀的角度想一想。看看能不能發現，還有不合邏輯思維和不完美的地方。你的論文裏列出了相當完整的參考文獻，你應該再度把這些參考檔流覽一次。看看你論文裏的前言和結論，所用的語氣需不需要加強一些。」

「有特別的理由嗎？是不是有問題？」

「吉米，你的論文提出了一個重要的挑戰。飛機的墜落是因為喪失了上升浮力，傳統的航空飛行理論認為，當機翼的攻角大過臨界值時，就會失去了上升力。但是你證明了這不是唯一的原因。」

「是的。極小尺度的氣象變化，也有可能造成機翼喪失浮力。」

「這是你論文的重點。但是自從有了飛機後，攻角就成了飛機上升力的唯一指標。為了改變這個觀念，你需要用更強而有力的語氣，來敘述你的論證，甚至指出前人的錯誤。」

「那我會不會得罪人呢？」

「當然會了，你害怕嗎？」

「不怕，有您做我的後台，我就放心去橫衝直撞了。」

「學術上的事和後台沒關係，對就是對，錯就是錯，但是跟人辯論時，還是要注意態度。」

「教授，請放心，我不是那種窮凶極惡的人。」

「吉米，大部分航空系的教授們，都多多少少知道你論文做的是什麼，但是在未來的兩個月裏，你還是要找機會跟他們談談你所做的研究，聽聽他們的意見，這對你論文的結論該如何寫，會有很大的幫助。你在口試之前，還可以對論文做最後的修改。」

「謝謝方教授，我一定會的。」

「很好，記住了，碰到有什麼困難，就跟我說說，有些時候，他們不是要跟你為難，而是對著我來的。你明白嗎？」

「我明白，每個系裏的教授們之間，多多少少都有一些問題，有時會拿我們學生當出氣筒。我們都清楚誰跟誰有什麼問題。」

「教授們個人之間的事你就少過問了，別多管閒事，知道嗎？」

「知道了。」

「吉米，拿了博士後，有什麼打算嗎？」

「我想到大學裏去教書和做研究。」

「怎麼，在這裏混了四年，還不過癮嗎？」

「我挺喜歡學校的環境和工作的。」

「你會是個很好的研究人員，我也聽說了，我們大三的學生說你是個好助教。」

「這都是方教授教導有方。」

「如何拍指導教授的馬屁也學會了，我看你是有資格畢業了。」

吉米笑著說：「這是研究生的必修課，那還能打馬虎眼嗎？說真的，開始的時候是對航空喜愛和好奇，當時的野心是自己動手造一架飛機。現在明白了航空學裏還有很多需要克服的挑戰。所以我想在大學裏作研究和教書，應該是適合我的事業。」

「想過要到哪裏去嗎？」

「我母校的老教授和我談過，他希望我回去。」

「你是說詹森教授嗎？我認識他。」

「是的，他跟我說過，你們見過幾次面。」

「他是一個很紮實的學者，聽說他是緬因州大學的下一任工學院院長。他看上你了？不錯啊！」

「其實您知道的，我的母校不是世界級的大學，排名更是排得很後面，到那去好像是挺沒出息的。但是我想我是條很小的魚，還是先到小池塘裏，也許能搞出個名堂。」

「這是唯一要去的理由嗎？」

吉米又露出他的天真傻笑，他回答：「我女朋友在那裏的電腦中心工作，她說如果我能回去當助理教授，她就嫁給我。」

「我說嘛！到底女人的吸引力要比大學的排行強多了，這個我能理解。」

「方教授，我們已經交往好多年了，現在她每天都被一群男研究生圍著，我如果以助理教授的身分出現在她身邊，那些臭小子就只能靠邊站了。她說了，那時她一定嫁給我。」

「所以為了把女朋友拿下，你願意犧牲前途。」

「結婚後她就非聽我的了，我再換地方。」

「想不想留在加州理工？」

「太想了，但是我們不是不能留自己的學生嗎？」

「正確的說，是不留應屆的畢業生，先到別的地方轉一下再回來還是可以的。」

「是呀！方教授您自己不就是這麼留下來的嗎？」

「那你的女朋友就不想要了？」

「哈！她要是知道我要留校，那她立刻就會自動送上門來讓我擺平。她知道加州美女如雲，加州理工的單身漢又是熱門的搶手貨。方教授，您要收我了？」

「這事不是我說了算的，我只能提建議，你要是真的有興趣，你得找豪森納教授談談。」

「我一定會的。要是真的能在您身邊多留幾年，那我真是三生有幸了。」

方文凱的行動電話響了，他打開手機看了一下，是工程學院的秘書雪麗打來的，方文凱說：

「雪麗，我是文凱，請等一下。」

他按住手機的話筒：「吉米，如果沒別的事，你就去找你的哥兒們吧！他們在等著你呢！」

「對不起，雪麗，我把吉米打發走了。妳說吧！」

「我的方大教授，今天是大開殺戒還是網開一面啊？有不少人都來問了。」

雪麗是工程學院的資深秘書，三十多年前她就進了加州理工，一直替教員們工作和照顧研究生，她至今未婚，是學校裏有名的幾個活字典之一。方文凱當學生時就跟她很熟了。

「啊！告訴他們，吉米被打趴在地上，血流成河了。」

「很好！那他一定是過關了，他是個很不錯的年輕人。」

「雪麗，妳就是為這事找我？」

「阿文，老闆說，吉米的事說完了後就到他辦公室，他有事找你。」

從他來到加州理工念書的第一天，雪麗就管他叫阿文，當了好幾年的教員了，還是不曾改口。

「哪個老闆？妳是說坐在白宮裏的那位老闆嗎？」

「你是頭腦出問題了，是不是？什麼時候總統變成你的老闆了？」

「我們不是剛拿到一個聯邦政府的大項目嗎？總統是聯邦政府的頭兒，那他不就是我們的老闆嗎？」

「你想得美，要想總統接見你，還得等幾年。」

「那妳是說誰要找我？」

「還有誰？是豪森納教授。」

「妳是說我們的老山羊嗎？」

工程學院的人除了雪麗以外，都管豪森納叫老山羊。有人說雪麗在三十年前，豪森納還是研究生時就對他情有獨鍾，所以就一直不出嫁，等著他的求婚。

「別讓他等得太久了，他最近脾氣大得很。」

「一定是妳不讓他碰妳，老山羊有他的需要，妳就多施捨一點給他不行嗎？否則他就衝著我們發脾氣。」

「你胡說什麼呢？快回來。」

吉米把吃早餐的碗盤都收走了，但是他把方文凱的咖啡杯又續加滿了，他能感到熱騰騰的蒸汽和濃濃的咖啡香味，不曉得是面前的熱咖啡還是和吉米的談話，他感覺很開心。回想一下，方文凱的幾個學生中，也就是吉米和他有緣分，在學術上和個性上，他們的互動都非常的好，如果能把他留下來就太好了。

走出餐廳，對面就是學生活動中心和書店，方文凱見它們都已經開門了，他看看手錶，果真是九點過了，這頓早餐花了兩小時，他知道對於學生，這兩個小時將會留在他們的記憶裏很久很久。

學生活動中心對面，是火石飛行科學實驗室和古金漢航空實驗室，這是航空系的地盤，方文凱的研究生時代就是在這兩棟大樓裏度過的。和航空系隔著一個小花院，就是唐姆士應用科學實驗室，土木系、機械系、應用力學系及核子工程系等傳統的工程學系都在這棟樓裏。方文凱的辦公室也在這裏的三樓。它的後面一棟是化工系大樓，這兩棟樓的中間，是工程學院的圖書館和學院辦公室，和化工大樓隔著屬於帕沙迪那市的一條大街，是電腦中心的一棟三層高的大樓。再後面就是電機系和電腦系的大樓。這些實驗室、教室和辦公室都是屬於工程學院的，也就是方文凱平常活動最多的地方。

加州理工學院和美國的很多大學一樣，校園沒有圍牆，整個校園成為所在城市的一部分。方文凱在這裏整整待了十年，他發現自己越來越喜歡這裏，不僅是這裏的工作帶給他的挑戰和成就感，他也越來越喜歡這裏的同事和學生。他回想當年決定留下時，還的確費了一番心思說服他的父母親，加州理工學院是一間世界上頂尖的大學。

方文凱的父母親都是中學老師，父親教數學，母親教英語，他們一生從事教育，對於唯一的兒子決定要在大學裏教書，自然十分高興。他們曾去參觀過在波士頓附近的哈佛大學、麻省理工學院，以及在三藩市灣區的柏克萊加州大學，都留下了很深刻的印象，也曾經說過，如果方文凱能到這些地方去教書該有多好，當他們知道這三間大學都表示要聘請他時，做父母的自然極為興奮。所以當他決定留在加州理工學院教書後，他寫了一封長長的家書，把他決定留在加州理工任職，而放棄父母親中意三所名校的理由，詳細地做了說明。

他寫說：加州理工是一所很小的私立大學，顧名思義是以理工科見長，但是也很注重人文方面的教育和研究，學校也設有社會和人文學院。全校現有九百名研究院生和一千一百名本科生，可見是個研究型的大學。相對兩千名的學生，全校的正式專任教授有三百名，再加上研究教授和博士後，全部的教研人員共有八百名左右。學校雖小，卻孕育了不少傑出的校友和學界泰斗，迄今有師生校友共獲得三十二次諾貝爾獎。

但是它的「小而精」也帶來了排名上的吃虧，因為沒有專業的科系和學院，如醫學、法學和建築學，讓它的論文數量少了，富裕的校友少了。這些都是排名上的重要因素。加州理工學院最早的華裔校友，是一九二八年的物理博士周培源，他是一九二六年來校，師從數學大師E. T. Bell做廣義相對論論文，兩年就畢業了。他返國後歷任北大校長、中國科學院副院長，並獲得加州理工榮譽校友獎。

一九七八年秋天他來美國訪問，第一站就是回到母校加州理工學院。當時的校董會榮譽會長貝克曼博士，聽到同年的周培源老同學來了，率眾在校園歡迎，當時有人目睹兩位老人，把手話舊，感人至深。周老在母校演講兩次，闡述廣義相對論的基礎原理，以及他對湍流研究的成果。後來他赴華府代表中國與美國國務院簽署協議，互相接受留學生及訪問學者。這就是今天有十數萬中國學生和學者在美國的初始原因。這也促成了加州理工能請到世界級的數學大師華羅庚，來做重點學術交流與合作。

方文凱的父母一生為人師表，崇信至聖先師孔子的「有教無類」理念，對於加州理工學院還致力於高等教育，非常認同。再就是他父親特別尊崇無師自通的華羅庚，所以他形容了他在一九八一年來校演講的情況，那天去聽講的人很多，座無虛席，聽人說，那真是百聞不如一見，這位在國際聞名已久的數學大師，學識淵博，和藹可親，大家對他簡潔明瞭的數學方法，知識的深雋，和他的敏銳天才，都留下了深刻的印象。他在一九八三年受聘為加州理工的特別訪問教授，帶著他的兒子華俊東和華光，還有做醫生的媳婦柯小英，來校做風趣的學術交流，歷時數月。

華羅庚的故事終於把方文凱的父親說服，他同意了加州理工學院是一流的大學，他的兒子能在那兒當老師是件光榮的事。就這樣，方文凱在加州理工學院一待就是十年。

方文凱從餐廳直接去找豪森納教授，他的辦公室很大，裏頭除了有會議桌外，還有會客的沙發椅，對一位工程學院的負責人來說，這些都是必要的。辦公室還有一個外間，那是秘書雪麗的辦公室。方文凱一進來，她就說：「老頭子剛剛還問你怎麼還沒來。」

「老山羊的性子是越老越急躁，是不是因為看妳越來越性感，而他是越來越不行了？」

雪麗一副不服氣的樣子說：「別以為你們年輕人什麼都行，我看不見得。」

「妳這是經驗之談了，沒看出妳是老少咸宜。」

「你少跟我貧嘴。告訴你，戴博士打了兩次電話找你，沒好聲好氣的，你是不是昨晚沒把她伺候好？」

「她說找我有什麼事嗎？」

「她沒說。你快進去吧！」

豪森納教授今年六十二歲，但是瘦長的身材和保持良好的體型，讓他看起來像是只有五十歲的人。他一生沒結婚，把學生們當成自己的孩子。他還有一個特點，就是十分注重穿著，上班時間一定是西裝革履，還非常時尚。今天他上身穿了一件粉紅色襯衫，下身是鐵灰色的長褲，沒打領帶，但是脖子上圍著一條深藍色的絲巾，一件同樣是深藍色的西裝外套掛在衣架上。他招呼方文凱在他的巨型辦公桌前坐下：「文凱，我聽說你讓吉米的論文過關了?是嗎？」

在學校裏，方文凱有多種稱呼，在最正式的場合他被人稱為「方教授」，其次是被人稱呼做「方文凱博士」，和他熟的人，尤其是老外，會稱呼他的名字「文凱」，但是多會省略一個字，只叫他「文」，但是豪森納會叫他的全名。和他最熟的人則會叫他「阿文」。雖然已經是同事了，但是他對豪森納的稱呼還是和他做學生時一樣，很恭敬：

「豪森納教授，早安。是的，我把吉米的論文很仔細地看過了，提出了一些修改的建議，我認為它的內容已經達到我們的要求了。」

「我一直很看好這小夥子，挺聰明也很用功，論文什麼時候能送上來？」

「他說一個星期後就能交給我，我再花兩天在上面，我想十天後就能送到工程學院了。然後我叫他去找每一個教授談談他的研究結果。」

「太好了，這是很重要的。你知道他畢業後想幹什麼嗎？」

「他想待在大學裏，他的母校緬因州大學已經和他接觸了。」

「我想一定是詹森教授想要他，是不是？」

「是的，我聽說他會是那兒的工學院院長。」

「沒錯，這個人會有一番作為的。你問過吉米對留下來感興趣嗎？」

「問過，他非常的感興趣。」

「那你認為我們該不該留他？」

「我認為他是個可造之材，但我是他的導師，我的意見不一定客觀。」

豪森納臉上出現了他那有名的神秘笑容，通常是表示「我明白你的小心眼在想什麼，但是我不點破你！」可是今天他卻點破了方文凱：「文凱，你行了！我知道你是巴不得我們留下他，好有個左右手。」

「那您是不是找他來談談？」

豪森納按下桌上的對講機，他說：「雪麗，妳找個時間叫吉米來見我，安排兩個小時。還有，給我一杯咖啡。」

「明天下午三點我通知吉米來見您，可以嗎？咖啡要等到中午才能喝，早上您已經把上午的兩杯喝了。別忘了史麥托醫生的規定。」

「那妳給文凱拿一杯來。」

「阿文沒跟我要過咖啡，別想蒙混過關。」

「雪麗，我是工程學院的主任，妳是工程學院的秘書，我要求妳送杯咖啡來給方文凱教授。」

雪麗提高了的聲音從對講機裏傳來：「阿文，是你要咖啡嗎？」

方文凱彎身對著對講機說：「雪麗，我剛剛才喝了好幾杯，不能再喝了。」

「豪森納教授，請讓我提醒您，誠實是美德。」

「雪麗，妳比我的老婆更會管男人。」

「豪森納教授，我還要提醒您，您還沒有找到老婆呢！」

「簡直是要造反了！」

豪森納氣呼呼地把對講機關上，他對方文凱說：「你說，雪麗是不是拿著雞毛當令箭，多喝一杯咖啡能怎麼樣？何況那個老傢伙史麥托醫生，八成是個蒙古大夫。」

「豪森納教授，您一定明白要您少喝咖啡的道理，這和控制您的血壓有關。依我看，您生氣是因為雪麗不聽您而聽大夫的話，理論上，她是替您工作該聽您的，但是她關心您，所以堅持執行大夫的指示。」

「這道理我當然明白，但我一個過了六十的大男人，想喝杯咖啡都不行，你說窩囊不窩囊！」

「這個問題好解決。」

「是嗎？怎麼解決？」

「如果，雪麗不是您的秘書，而是豪森納教授夫人，您就不會感到窩囊了。老婆管老公，老公聽老婆的，不是天經地義的事嗎？沒什麼窩囊的。」

「人家雪麗不見得要嫁給我。有好幾個男人都在追求她，其中還有富豪呢？」

「你們相識都二、三十年了，為什麼一個不娶，一個不嫁呢？」

「我太忙了。」

「那雪麗呢？」

「大概是還沒等到她的意中人吧！」

「還是她在等她的意中人表態？」

「文凱，你什麼時候變成婚姻專家了？好了，不說這些了，我找你有要緊的事。」

「好事還是壞事？」

「校長要見你，你說是好事還是壞事？」

「看您的表情，一臉笑容，所以是好事，什麼時候？」

「是今天，時間等通知，我想應該是下午吧！今天上午他要接待一個國外來的訪問團。」

「能不能先透露點風聲給我？」

「我也是想先跟你說，免得到時候你會樂得失態了。第一件事他要宣佈的是，學校接到美國科學院的通知，你和瑪莎．戴博士當選為院士。」

豪森納起立走過來把手伸出來，方文凱也站起來，兩人熱烈地握手：「文凱，我祝賀你。」

「謝謝，謝謝您一路的關心和指點。」

「快坐下來，還有呢！美國工程學院也宣佈，方文凱被選為院士，你成了我們學校有史以來最年輕的雙料院士了。再恭喜你了。」

「這真是沒想到，太意外了。」

豪森納也是一位雙料院士，但他是在快到六十歲時，才拿到他第二個院士的。他繼續說：「所以可想而知，本來在正常情況下，學校是在教員任職後第七年，才考慮提升終身職的正教授，院士的來臨把它提早了。目的是不讓別的學校來搶人。」

「有人來搶的感覺是挺好的。瑪莎也拿到終身職了嗎？」

「是的，但她的系老闆說她很可能會辭職，東部的一間名校給她的條件不是我們能給她的。」

方文凱突然想到，瑪莎．戴急著要找他一定是為了這件事。他聽見豪森納說：「文凱，是不是有別的學校也在向你招手了？」

「有的，但是我都委婉地回絕了。」

「你還不知道加州理工會給你什麼樣的條件呢，怎麼就把別人給回絕了？」

方文凱明白豪森納的這句話是出自對他的關懷，而不是在為學校著想，他很感動地回答：「我的決定和條件沒有關係。您知道中國人講的緣分嗎？我和加州理工有緣。」

「好小子，沒讓我看走眼。還有就是學校和麥卡薩基金會，同意了你提出來的離休計畫，他們批了一筆不小的經費讓你去亞洲遊學，我想你一定會很滿意的。校長要親自告訴你。」

「到亞洲的大學走走一直是我的夢想，現在有人出錢讓我去，簡直是太好了。」

「這幾年你很努力，應該去輕鬆一下了。」

對講機響了，雪麗宣佈：「校長辦公室來通知了，下午三點半，校長要求在辦公室會見豪森納教授和方文凱教授，請你們準時出席。」

瑪莎．戴出生於美國東岸的康乃迪克州，麻省理工學院畢業，然後在哈佛大學拿到生物學博士。她和方文凱一樣，是在六年前成為加州理工學院的助理教授。她的專長是分子生物學，六年來有很精彩的研究成果，因此和方文凱同樣都是學校裏的明星級教員，但是她還有一樣特點是方文凱永遠無法和她競爭的，那就是她長得很漂亮，很有女性的嫵媚，她是位好老師和好同事，在系裏很有人緣。因為她擅長打扮和口齒伶俐，學校裏的許多公眾活動都派她做代表。方文凱回到自己的辦公室後，馬上就打電話給她：「瑪莎，我是文凱，妳找我嗎？」

「早安！文，雪麗說你和吉米去吃早餐了，去了這麼久，你是不是把吉米給刷了，我覺得他挺不錯的。」

「有妳這大美女為他說話，我還敢刷他嗎？放心吧，看在妳的面子上，我讓他過關了。」

「別胡說八道了，誰不知道你是鐵面無私的閻羅王，還有，沒人不知道吉米是你心愛的高材生，別來唬我了。」

「妳找我就是為了吉米的事？」

「不是，我問你，你知不知道校長要接見的事？」

「剛剛雪麗告訴我，下午三點半在他的辦公室。」

「他找我們幹什麼？」

「我相信就是走過場，正式宣佈我們被選為院士了。」

「這我們在兩個禮拜前就知道了，他給我們寫封恭賀信不就行了嗎。我想他還有別的事要談，你有沒有聽到任何風聲？」

「沒有。我想我們就別管那麼多了，他要見我們，我們去就是了。」

「我想他是會問我們未來的計畫。」

兩個人都沉默了一下，這是他們曾經談過的事，但是沒有談出任何結果來。她就繼續：「文，我想在跟校長見面前跟你說些事，可是我的學生剛開始了一個實驗，隨時可能需要我，我走不開，如果沒要緊的事，你就來我的辦公室一趟，行嗎？」

「沒問題，妳等著，我這就過去。」

生物系是加州理工學院的一個大系，學生和教員的人數也是最多的，所以他們的實驗室、辦公室和教室，是分佈在三棟大樓裏。瑪莎・戴的實驗室和研究生的辦公室，是在加州理工學院最東邊的一棟樓，緊臨著一條叫威爾遜街的馬路，這棟建築取名是「克爾考夫分子生物實驗室」。它是一棟建校時就有的最早期的大樓，有一百年以上的歷史，所以它是美國加州早期西班牙的「阿都比」式建築物。它的一樓高出地面一公尺多，所以一進大門就要上台階，但是地下一層的房間都有一排沿著天花板的窗子。和古老的外觀正好相反的是，建築物的裏頭卻擁有最現代化和最昂貴的設備。

瑪莎．戴的辦公室在二樓，實驗室都是在地下一層，每一個實驗室的旁邊都有一間側室，通常裏頭會擠滿了辦公桌，這就是研究生們的天下，他們就是在這間側室和隔壁的實驗室裏，度過他們拿到博士前的苦日子。

在加州理工學院，大部份的教員都把辦公室的門開著，他們鼓勵同事和學生隨時進來，無論是來討論問題，還是來尋求解決問題的答案，都應該是大學的主要任務。方文凱走到二樓走廊的最後一間辦公室，他在門口看見瑪莎．戴正聚精會神地看著桌上的文件，他說：

「瑪莎，我來了。」

「文，快進來，把門關上。」

瑪莎迎上來擁抱他，在他的嘴上吻了一下，方文凱感覺瑪莎今天的擁抱和擁吻，似乎比往常熱烈及持久了一些。他說：「當了院士後，對男人就更熱情了，是不是？」

「不對，是對某一個男人更熱情了。」

「妳說的『男人』，中間的字母是 a 還是 e？」

「一個男人當然是指單數的了。」

「那會是誰呢？」

「你要是不知道，那就用心去猜吧！」

瑪莎鬆開了抱著他的雙手，走回她的椅子，方文凱才注意到她今天穿的是黑色窄裙，合身的白襯衫則把她豐滿的胸部更凸顯出來，最上面的一個扣子是敞開的，讓人很清楚地看見她那誘人的乳溝。她曾說過，她只會在她心愛的人面前，把襯衫的第一個扣子打開。

雖然到過瑪莎的辦公室已經很多次了，每次進來時都會讓方文凱感到驚訝，他覺得所有同事的辦公室當中，這是最大的一間，再有就是它佈置得雅致，完全不像是個生物教授的工作地方，倒像是一位藝術創作者的工作室。他和往常一樣把注意力放在擺設的藝術品上，過了一會兒他才在瑪莎對面的椅子坐下來：

「瑪莎，我知道妳是常常更換辦公室裏擺設的藝術品和掛的畫，我現在終於看出來了，有些是和分子生物有關的。那幅窗子邊上的畫是取材於細胞的組織，小桌上的雕塑品是個抽象的ＤＮＡ結構，看樣子還是想告訴人家，這間辦公室的主人是分子生物學的藝術家，對不對？」

「文，你對這些藝術品很感興趣，對收集的人一點興趣都沒有了，是嗎？」

「瑪莎，看妳說的。妳是我認識的朋友裏，唯一能跨著科學和藝術兩個領域的人，我是在驚歎妳的藝術才華，如果我不是對收集藝術品的人有興趣的話，我會一叫就來嗎？」

「我不跟你辯論，反正我辯不過你。文，你是不是回絕了麻省理工學院和哈佛大學，聘請你為終身職的正教授了？」

「是的。」

「為什麼呢？你認為這兩個學校配不上你？」

「當然不是了。我是想在這裏待下去，不想換地方。」

「我同意加州理工給你終身職的正教授是早晚的事，何況你又是院士了，但是我不信給你的條件，會趕得上東部那兩所大學給你的。」

「妳怎麼知道他們給我的條件是什麼呢？」

「我有我的消息來源。」

方文凱看著瑪莎．戴，臉上出現了曖昧的笑容，他說：

「我知道，是不是妳的老相好告訴妳的？」

瑪莎．戴有點急了，她說：「文，你還是對那件事耿耿於懷，不肯原諒我。是不是？」

「別急呀！我只是問妳怎麼會知道，別的學校通常是要保密的人事資料。」

「在學校裏是有一些人比較神通廣大，別跟我裝糊塗，我們這裏不是也有這種人嗎？」

「沒錯。但是在這裏，這種人不會成為妳的老相好。」

瑪莎吼起來了：「方文凱教授，你今天是成心來跟我吵架，是不是？」

「對不起，讓妳生氣了。我不是故意的，妳知道我的毛病，就是看不得人去破壞規矩。哈佛和MIT就是要給我他們頂級教授的薪水，再加上三個博士後和三個研究生的皇糧。除了給的薪水是很大方以外，其他的條件不是能嚇倒人的。」

「文，我知道你對錢方面和個人待遇不是很在乎，但是你對事業和你的貢獻是很在意的。東部這兩個學校的規模，都比我們加州理工要大得多，發展的空間，在人力和物力方面都會有更多的選擇，這個你想過沒有？」

「有，我也是想要找妳談談這問題，因為我有了一些想法。瑪莎，最近妳有時間嗎？」

「文，你說，我什麼時候拒絕過你任何的要求？」

「那好，今天我請妳去吃妳喜歡的印度咖哩。」

「從哈佛回來後，我還以為你就不理我了。都三個星期了，這是你第一次要請我吃飯。」

「我沒那麼小氣，妳知道我忙著寫我的遊學計畫。妳能不能先透露一點哈佛給妳的條件呢？」

「怎麼，你是在鼓勵我犯人事保密的規矩嗎？」

「讓妳抓到小辮子了。我只是有點好奇而已。」

「為了滿足你……」

「太好了，說吧，妳要怎麼樣滿足我。」

瑪莎的臉變得通紅，她說：「我在跟你說正經的，滿足你的好奇心。哈佛決定要成立一個分子生物研究中心，請我去當負責人。中心的編制是三十名博士研究員和三十名研究生。這六十人是吃皇糧的，如果加上從校外爭取到的研究經費，保守的估計總人數會到達一百人。文，你說我能拒絕這樣千載難逢的機會嗎？」

「老天爺！這可是嚇死人的條件呀！妳當然不應該拒絕了。這些都是因為妳的努力和天分，我恭喜妳了。但是，妳也一定明白，這可不是鬧著玩的，哈佛在妳身上做了重要的投資，妳的責任重大，日子會很辛苦的。」

「你知道我，我是從來不怕吃苦的。幾個月之前，我替哈佛寫了一個建設分子生物研究中心的計畫，我想他們看了很滿意，所以才要我過去，我是有備而去的。」

瑪莎擺在辦公桌上的手機又響了，這是第三次了，她看了一下來電顯示，嘴裏喃喃地說：「又是他，煩死人了。」

她把手機關上：「對不起，打岔了。文，其實我是想跟你談談你的研究工作，我想告訴你我的一些想法。」

「正好，最近一年來，我也有了一些想法，是跟生物有關的，我一直想找妳面對面地談談。也許我們是想到一塊兒了。」

瑪莎突然俏皮地笑起來：「我們只有在做愛時才面對面，那種時候當然是在想同樣的事了。」

方文凱不甘示弱，他說：「那現在是誰有優先？是談我的研究工作還是做愛？」

「同時進行會更有激情的，你說是不是？」

瑪莎桌上的電話響了，她馬上就接起來：「是我，瑪莎，……好的，我馬上下來。」

她把電話掛上：「我得去實驗室了，下午去見校長時，你先來找我好不好？我們一起過去。」

「好，別忘了我們的晚餐和飯後的面對面。」

「行，你就好好地等著我來收拾你。」

在中午休息的時間，如果沒有安排飯局，方文凱會去和學生與年輕同事打籃球，有時候也會和瑪莎去游泳。今天的籃球打得特別熱烈，等賽完籃球又洗完淋浴，已經快兩點了。在他走回辦公室的路上，突然意識到，今天瑪莎是在給他最後的通牒。

他們做同事已經有六年了，互相賞識對方，相處時也帶給彼此快樂，他們之間最大的問題是，工作的壓力非常大，在一起的時間就有限，兩人都是在為著得到終身職的正教授日夜拚搏。瑪莎曾多次暗示他，他們是不是該成家了，方文凱總是推脫說，等他們都拿到正教授後，定下他們的事業天下，再考慮終身大事。其實他是有說不出口的真正理由。

今天瑪莎告訴他，終於找到了她發展事業的天下，如果兩人要分開兩地，也許他們的緣分也就到此為止了。方文凱感到了遺憾和傷感，因為他的確認為她是個很有才華的學者，也是一個漂亮的女人，他是很喜歡瑪莎的。

加州理工學院的校長辦公室，是在一棟四層樓的「蓋茨實驗室」裏，它就在克爾考夫分子生物實驗室的隔壁。方文凱和瑪莎．戴在下午三點半，準時來到了校長辦公室，他們被引進了一間小型會議室，隨後校長大衛．巴提摩爾教授，就走進來和他們握手寒暄，跟著校長走進來的，還有工程學院院長豪森納教授、生命科學院院長雷普曼教授、和分子生物系的系主任李斯教授，最後進來的是一位公關部的攝影師。方文凱明白了，很顯然的，加州理工學院的最高層，聚在一起討論了他和瑪莎的未來，這種高層的關心只有在一種情況下會發生，那就是從外面來的「搶人」壓力，看樣子，哈佛大學全力拉瑪莎過去的事，給了他們很大的壓力。等大家都坐下，秘書小姐給每個人面前擺了一瓶冰凍的礦泉水後，校長就開始說話：

「首先謝謝各位在這麼匆忙的通知下還抽空趕來。其實，我是想要和各位一起分享，發生在高等學府裏最令人興奮的事。那就是我們的方文凱教授當選為美國科學院和美國工程學院的院士。瑪莎．戴教授當選為科學院的院士。請允許我再附帶的說明，方教授成為我校最年輕的雙料院士，戴教授成為我校最年輕的科學院院士。根據我個人的看法，她也是全科學院裏最美麗的院士。二位請接受我的恭賀。」

方文凱和瑪莎．戴同時回答：「謝謝校長先生。」

巴提摩爾校長站了起來，和兩位新科院士握手道賀，其他的人也鼓掌拍手，站起來向他們道賀，攝影師的閃光燈在不停地亮著，方文凱和瑪莎．戴張開了雙臂，互相地說：「恭喜你！」然後擁抱熱吻。

豪森納教授等了一會兒看他們還沒有停止的意思，他咳嗽了兩聲：

「我建議兩位院士可以在更私下的環境裏繼續你們的慶祝，我相信校長先生還有話要說。」

方文凱不好意思地說：「對不起，請原諒我。」

瑪莎也紅著臉說：「請原諒我。」

校長一臉的笑容說：「豪森納教授，我必須提醒你，我們加州理工學院需要有可持續發展的環境，所以，今天我們要培養我們優秀的年輕學者，同樣的，這個世界也要有可持續發展的原動力，那就是年輕人的熱情，否則，如果都像豪森納教授一樣，那會造成全球性危機的。」

在座的人都笑起來了，大家都明白校長是拿豪森納還是單身在開玩笑。但是豪森納卻很不服氣，他說：「我從來就沒有堅持過，也沒有勸過別人要堅持獨身主義。」

校長說：「那太好了，二位年輕院士，請繼續。」

方文凱回答：「謝謝校長先生，我想先暫停一下，除非戴教授堅持要繼續。在這一方面，女性的積極性比較高。」

每個人都笑出聲來，瑪莎滿臉更是漲得通紅，但她也不甘示弱：「校長先生，我是十二萬分的不願意，但是不得不指出，完美的方教授具有的唯一缺點，那就是他努力奉行男性沙文主義。」

校長笑著說：「戴教授，我想方教授也許很幸運，因為我們在做出我即將宣佈的決定前，並不知道他還有這個致命的缺點，所以在決定的過程中沒有考慮這一點。不過在我宣佈後，戴教授可以提出抗議。」

校長停了一下，然後說：「玩笑話說完了之後，請允許我回到今天請各位來的主題上。我們的董事會一致通過從即日起，提升方文凱和瑪莎．戴二位副教授，為終身職的正教授。」

校長領著大家鼓掌，他繼續說：「雖然這是大家都預料中的事，但是由於二位教授的優異表現，我們決定提前一年向學校的董事會提出申請。他們批准同意了，這點還是值得慶賀的。怎麼方教授和戴教授的熱情似乎是降溫了？」

豪森納提高了聲音說：「文凱，還不快親一下瑪莎，要不人家又要說你是沙文主義者了。」

方文凱在椅子上轉身向瑪莎靠過去，瑪莎也轉身把她的臉靠過去，方凱文在她的嘴唇上輕輕地吻一下，但是他吃驚地發現，瑪莎竟伸手抓住他的頭重重地回吻他，並且過了一陣子才鬆手，這回輪到方文凱臉紅了。他聽見校長說：「戴教授對方教授的提升希望提出抗議嗎？」

她笑著回答：「我知道抗議也沒用，所以就不抗議了。」

校長說：「那好，我就繼續了。上周學校的行政會議決定，給工程學院增加一名工程科學專業的正教授位置，現在是分配給方文凱教授了，他原來的工程科學副教授位置還是保留，然後公開招聘。當初是因為工程學院裏的三個系都要爭取方教授，為了避免爭執，才留他在院裏，但是六年來我們發現了一個優點，那就是跨科系的研究會得到更多的方便。現在我們在考慮，是不是在生命科學院也同樣聘請跨科系的教授。這件事我希望聽聽各位的意見。但是先讓我把一件小事交代好。」

巴提摩爾校長喝了一口礦泉水後繼續說：「有一件小事，就是我們批准了方教授的亞洲遊學計畫，同時也撥出了一筆經費。但是我們有一個小小的要求，那就是聯合國的教科文組織和開發總署，共同支援的一個亞洲專案，需要我們的監督和品質控制。時間不會很多，希望方教授能代表我們學校完成任務。」

「校長先生，這件事沒有問題，我一定完成任務。」

「非常感謝方教授，就這麼辦，相關檔我會叫人送到方教授的辦公室。好，我們再回到推動交叉科系研究的話題，我先邀請生命科學院院長雷普曼教授說明一下情況。」

雷普曼教授是位著名的生物學家，也是加州理工學院的資深學者，他的鬍子和他的頭髮一樣都變得全白了，他喝了一口冰凍礦泉水後說：

「謝謝你，大衛。我們生命科學院一共有三個系，分別是生物系、微生物系和分子生物系。生物系的內容主要是傳統的生物學科，如動物學、植物學、生態學和環境生物學。但是如果仔細地看看他們的科研內容和方法，會發現全是微生物學和分子生物學有關的東西，充分地體現了交叉學科研究的優點。至少這在生命科學的領域會是必然的趨勢。去年和今年初，方教授和瑪莎共同發表了兩篇論文，建議力學及數學的理論和方法，可以應用在分子生物學的科研裏。現在可以明確地看出來，這兩篇論文有了很大的影響，別的不說，論文裏提出來一連串的問題都是很有意義的。在校長的大力支持下，我們開了兩次高層的討論會，也請了校外的專家學者參加，我們決定要擴大交叉學科的研究，我們希望二位年輕院士的支持和參與。」

這時校長把手舉起來說：「對不起，讓我插個嘴。」

其實大衛．巴提摩爾校長是完全有資格在這學術問題上發言的，多年前他和雷普曼教授，都是任職於紐約的洛克菲勒大學的生物系。那是一所非常特殊的大學，沒有大學部的本科生，只有少數研究院的研究生，剩下的全是教授和科研人員，可見它的研究工作是那裏的主要活動。後來大衛．巴提摩爾教授獲得諾貝爾的生物學獎，也被聘為洛克菲勒大學的校長。在那裏的校長任期滿了後，被聘為加州理工學院的校長，第二年，雷普曼教授也被聘為生命學院的院長，多年來他們一直是學術上的夥伴。

他說：「雷普曼教授所說的力學及數學的應用，和目前的生物力學及生物工程學有很大的區別，前者把生物系統看成是一種特別的工程系統來研究，這我們在三十年前就已經提出來了。但是現在是要將力學和數學的思維，應用在生物學的基礎上，像二位年輕的院士所提出來的，生物系統的最基本組織，如基因和DNA可否用量子力學的思維，來分析它的特性？它們的結構和功能，是否和工程上的奈米系統有雷同的地方，等等。」

分子生物系的系主任李斯教授，面對著方文凱和瑪莎．戴接著說：「這是一個非常具有前瞻性的研究思維，校方已經決定要在經費、人事和院系的行政結構上做調整，來促成這件事，我們目前需要的是各方面的意見和看法，提出來後，由我們來匯總，做成計畫來付諸實施。我們非常希望二位站在我們的第一線，領著我們的同事往前邁進。」

方文凱等了一下，看瑪莎沒有說話，他就回應說：「校長先生，我的第一個感覺是，這是個很有意義而又有前途的新研究方向，我是十二萬分的盼望能夠參與，但是我對現代生物學的知識有限，所知道的也都是戴教授告訴我的。讓我們兩人回去討論討論後，再向系主任和院長報告。」

豪森納說：「校長先生，我們工程學院對這項計畫會全力配合與支援。」

校長面對著方文凱和瑪莎．戴回答說：「太好了。我相信在大家的密切合作下，我們的努力一定會成功的。我的辦公室會跟進我們今天的討論，我個人也會很注意它的進展。在結束之前，讓我再強調，加州理工學院對二位新院士抱有很大的期望，我們有信心在今後的歲月裏，二位不僅在個人的學術成就上，會百尺竿頭、再上一層，而且對我們學校也會有更大的貢獻。我非常地清楚，現在會有不少很優秀的大學，提出非常優厚和吸引人的條件，希望能聘請你們。如果你們會動心，會考慮，我覺得很正常，同時我也能理解。如果你們考慮要離開這裏，而原因是我們的條件不夠好，我希望你們在做出決定前，先和我們溝通和商量，也許還會有回轉的餘地。」

校長的這番話是針對方文凱和瑪莎說的，方文凱沒有回應，瑪莎卻回答說：「謝謝校長先生，我們會的。」

方文凱對瑪莎把他捆綁在一起不是很開心，但是他只回答說：「謝謝校長先生。」

校長說：「很好，我們今天下午的會就到這裏，謝謝各位。方教授，請再留片刻。」

方文凱跟著到了會議室隔壁的校長辦公室，女秘書進來告訴校長，亞當斯先生已經到了，然後問他需要什麼飲料，咖啡、茶、還是白水？他選了咖啡。校長開門見山地說：「方教授，我請你多留一會兒是要當面感謝你。」

他等女秘書把咖啡放好後再繼續：「豪森納教授告訴我說，你已經拒絕了麻省理工學院和哈佛大學，決定留下來。我感謝你，因為你的決定不僅讓我們留住一名優秀的教授，而且還會影響其他同事們的想法。你的決定對我們是太重要了，所以我要當面來向你表達謝意。」

「校長先生請不用客氣。我喜歡這裏，我的快樂人生目標，是這一輩子只在一個地方工作。」

「這是我們學校的福氣，要是戴教授會這麼想就好了。我聽說她正在考慮，是不是要接受哈佛大學的聘請，你知道這事嗎？」

「是的，但是如果我們能給她同樣的條件，我相信她會考慮留下來。」

「我們認真地考慮過，但是我們的財力比不上哈佛大學，在條件上我們沒法和他們比。」

方文凱不說話了，校長就繼續說：「李斯教授說，你是唯一能把戴教授留下來的人。」

「校長先生，我不明白。」

「戴教授和李斯教授認識多年，並且李斯的夫人又是戴教授的表姑，所以他們是無話不談。戴教授曾向他們表示，如果你和她建立家庭，她會跟著你走。」

方文凱又沉默不語，校長說：「方教授不是受到豪森納教授的影響，也信奉了獨身主義吧？我們學校有他一個獨身主義者已經夠了。」

「不是的，我曾經結過婚，也經驗過婚姻生活的幸福，我不是獨身主義者。」

「你的不幸遭遇我都知道，這種事也只有時間才能讓它恢復，也許還沒到吧！不過有機會的話，如果你能勸說她留下來，我們會很感激你的。」

「校長先生，我會的。更何況瑪莎是個很優秀的同事，也是個很美麗的現代女性，我是衷心地希望她能留下。」

「很好。最後還有一件私人的事，如果方便的話，想請方教授幫個忙。」

「校長先生，您別客氣，您有什麼事我能做的，就請說。」

「噢！不是我的事，是我們校董會的史密斯先生的事。是他來委託的。」

「校長先生，您是說，在新澤西州的南方製藥集團史密斯董事長？我能替他做什麼事？」

「方教授，史密斯先生的律師亞當斯先生就在外面，他會當面跟你說明。」

經過校長介紹後，兩人在會客室的小圓桌前坐下，等校長離開後，亞當斯首先開口：「感謝方教授在百忙中和我見面，本來製藥集團的董事長史密斯先生，準備親自過來向方教授請教，但是因為健康狀況，才委託我來，請多包涵。」

「史密斯先生多年來大力的支持加州理工學院，我做為教員的一份子，非常地感激，其實有什麼事，送一個電郵給我就行了，只要是我能力辦得到的，一定沒問題。我希望史密斯先生的健康狀況會很快地好轉，請您轉達我的問候。」

「謝謝方教授。那我就把董事長委託您的事說明一下。說起來是件小事，但是辦起來可能會遇到一些困難。我們董事長的岳父去世的死因很複雜，現在已經過了這麼多年，董事長夫婦希望能把真相調查清楚，公諸於世。」

「我聽說史密斯夫人是在台灣長大的，所以董事長的岳母和岳父應是來自台灣的，對不對？」

「是的，董事長的岳父名叫秦依楓，原本是位台灣的上校軍官，任職國防部，負責軍備採購。他在一九九五年被軍事檢察官起訴，說他和軍火商勾結，貪汙了大量的錢財，但是在開庭審判前溺水身亡，調查報告說是畏罪自殺，軍事法庭在缺席審判後定罪，秦上校就被開除了軍籍。」

「我可以理解史密斯夫人希望查明真相，恢復她父親名譽的心情。但是這應該是委託像您一樣的律師，而不應找像我這樣的教書匠。我雖然是外行，但是我明白要推翻官方的調查結果是需要證據的。」

「完全正確。根據董事長夫人所得到的資訊，各方面對這份官方的調查報告，有非常多的質疑，更有傳言說秦上校的被害是代罪羔羊。董事長夫人委託了台灣一家著名的律師事務所，做一個客觀的調查和分析，他們在上個月完成了一份報告，內容及結論和官方的報告幾乎完全一樣。」

「也有可能是官方的報告就是事實真相。」

「我們也考慮到了這一點。所以想到趁方教授要去台灣講學的機會，在台灣替我們收集一下非官方的證據，做為是否要向台灣政府在法庭上提出民事訴訟的參考。」

方文凱思考了一下，他問：「您說的非官方證據指的是什麼？」

「例如報章雜誌上的報導，社會上的傳聞等等，在官方的報告中是隻字未提，更不用說是去採證了。當時盛傳殺人兇手是黑道上的人，有些媒體的內容還繪聲繪影，有名有姓的，但是這些都沒有包括在官方的報告裏。我們只是要求您，能把這些相關的資料和資訊收集起來就行了，事後的分析我們會有專人負責。」

「亞當斯先生，請恕我直言。我認為像您所形容的這件事，不應該會有任何困難，有很多人都能勝任，為什麼要找我呢？」

「這是我們董事長的決定，詳細的理由我也不清楚。方教授這麼問，是不是有困難？」

「不是的，我只是好奇而已。請問這事有時間性嗎？」

「沒有時間的要求。董事長特別要我告訴方教授，這件事，決對不能妨礙到您的正事。還有就是如有任何的開銷，包括購買資料、雇用人力，和一般的費用，我們都會向您償還。同時我相信，事後，董事長會有一筆致謝禮金給您。」

「如果沒有時間的要求就太好了，沒有壓力，我可以輕鬆地完成任務。請轉告史密斯先生，任何費用我都會以收據請求報銷，禮金就免了。董事長多年來為我們學校出錢出力，我能為他做這一點小事是應該的。」

和亞當斯的會談結束時，方文凱還是有好些不解的問題，但是他決定不問了，一方面他覺得這是一件小事，不值得打破沙鍋問到底，二方面是史密斯在校董會上的名聲很好，是個正直的人，不會是有其他的目的。亞當斯交給方文凱一個大牛皮紙信封，裏頭是秦依楓命案的官方調查報告和委託律師的報告。

瑪莎在下班後匆忙地趕回到她在拉肯亞大鎮的住家，她沖了個熱水淋浴，把一天的緊張和疲倦都洗掉了。從早上監督學生做實驗開始，中間和方文凱見面，下午去見校長，然後和系主任的長談，都是在繃緊著神經的狀態下進行，雖然這中間聽到了關於拿到了院士和終身職教授的好消息，但是並沒有引起她的興奮，就像是現在，開車飛奔著去會方文凱，要是平常她是會全身都興奮起來，但是今天卻沒有那份心情，也許是下意識裏，她知道如果這回談不出一個結論，就會是他們之間情緣結束的開始了。

瑪莎在七點半準時地來到了南帕沙迪那市方文凱住的房子，她正要按電鈴時，大門就開了，方文凱一把就將她拉進門去。瑪莎穿的是一身黑色的連衣迷你裙，除了兩條雪白修長的大腿外，它緊緊地把身體包住，前凸後翹，渾身散發著令人窒息的性感。

方文凱摟住了瑪莎的腰，輕輕地在她嘴唇上吻了一下，但是瑪莎的身體貼了上來，雙臂抱住了方文凱的脖子，非常主動地回吻他，過了好一會兒她才鬆手放了他，他說：「妳要是再不停，我們就出不了門，這頓晚飯也就吃不成了。」

「我也正在考慮是先吃你還是先去吃飯。」

「三千年前在中國，就有個教書的也面對過同樣的問題。」

「文，你的老毛病要到什麼時候才能改？」

「妳不說我的毛病是什麼，我怎麼改呢？」

「每次，我在你面前春情發作，你一定要造一個中國的典故來澆我的冷水。」

「我沒有矇妳，真的，中國最偉大的教師孔夫子，就曾面臨過吃飯和性生活兩件事中哪一個是比較重要的問題。」

「那你要選擇哪一樣？」

「看妳這一身的打扮，還用選擇嗎？走，我們上床去。」

二話不說，方文凱對她動手了，她一邊抗拒他，一邊求他：

「文，我們還有的是時間，我們不是講好了的嗎？要談重要的事。」

「是妳先行動的，現在又把我掛在這兒，有哪個男人會受得了？」

「我什麼時候把你掛起來過？我不是跟你說了，我要收拾你嗎？只是我們有重要的事要商量，何況我是真的餓了，為了趕實驗，我還沒吃中飯呢！」

「那就聽妳的了。不過我覺得妳從東部回來後，身體裏的荷爾蒙有顯著的增加。」

「你還敢說呢？我回來後你就對我不理不睬，所以是你逼得我非得使出渾身解數來勾引你。」

帕沙迪那市最熱鬧的一條商業大街叫科羅拉多大道，它的最東邊，也就是和格藍岱爾鎮相鄰的一帶是這裏的老城區。原本是多年失修，商戶遷出，很破落的一段大街，大約在二十年前，市政府把這一帶重建，引進商家，恢復了昔日的繁華，其中最成功的，就是有一、二十家特色餐館在這裏生根，天色一暗，這裏就是車水馬龍，都是來吃飯的人。其中一家叫「印度之星」的餐館，他們有非常好吃的咖哩菜，方文凱和瑪莎．戴是這裏的常客。他們除了叫上幾樣這裏的拿手菜之外，又要了一瓶白酒。方文凱發現瑪莎的確是餓了，等點的菜一來，她就一語不發、埋頭專心地吃她喜愛的食物，這是瑪莎的天性，無論做什麼都很專心，集中注意力，完成任務。

「瑪莎，我知道妳很餓，想趕快填飽肚子，但是我能問問妳嗎？」

她抬起頭來不好意思地笑起來：「對不起，看我只顧得吃了。快問吧！」

「妳對今天下午的會覺得如何？」

「是校長、院長和系主任在一起想說服我留下來。」

「我也看得出來他們的目的。妳和系主任的關係不錯，他有找妳再談一談嗎？」

「院長雷普曼教授和系主任李斯教授把我叫了去，我們又談了一個多小時。」

「有結果嗎？」

「他們還是說加州理工無法立刻給我同樣的條件，但是在以後的日子裏，會繼續不斷地增加支持我的科研力度，也許有一天會達到哈佛的條件。」

「他們在上一次和妳談話裏不就說過了嗎？」

「沒錯。但是這回加了一個新的誘惑。」

「是嗎？那不錯啊！是什麼？」

「他們把方文凱抛出來了。」

「我？」

「他們說，加州理工的高層決定以我們倆提出的，將力學和數學的思維應用在生物學的基礎研究上，就像下午校長所說的一樣，但是更為具體，提出了經費和組織的框架。」

「但是在和校長的會議上，不是說要我們基層的教研人員提出建議和方案嗎？」

「顯然，學校是準備了一筆經費要在這方面發展，下午聽校長的口氣，是要我們兩人來出主意和當頭頭。但是等到了院裏和系裏就不是那麼回事了，院老闆和系老闆就不願意把經費支出權和人事權下放給我們了。我聽了後滿灰心的。」

「妳認為在哈佛就不會有同樣的事發生了嗎？」

「哈佛的管理高層絕對不可能和我們的老闆們有任何的不同，但是我和他們說得非常清楚，我的方案必須在哈佛的教授會議和校務會議通過後，我才會同意過去。」

「瑪莎，我挺佩服妳的管理能力，這方面我就是不行。」

「你不是不行，你是沒興趣，同時心太軟，不夠狠。」

突然她抬起頭來說：「文，怎麼？不認識我了？為什麼老是看著我？」

「每次一說到妳的優點，妳會變得特別美，男人看美女還需要理由嗎？」

「是不是越看越討厭？」

「如果討厭就不會盯著看了。中國還有句老話叫秀色可餐，是形容美女美得讓男人想把她吃了。我覺得妳現在的可吃性很高。」

「你還敢說呢，到底是誰吃過誰？」

一說完，瑪莎的臉就變得通紅。方文凱帶著曖昧的笑容說：「瑪莎，妳是不勝酒力還是在想飯後的活動？妳太優秀了，我想征服妳。」

「你們男人都是豬。」

「妳是在說東海岸某著名學府裏的男人是不是？」

「文，你是要請我吃飯，還是要誠心來報復我？」

「我當然是誠心誠意地想請妳吃飯了。」

「你明明知道我要去東部了，就老是找機會來諷刺那裏的男人。」

「我是羨慕他們馬上就有一個大美女要從天上掉下來了。」

「他們只會撿西部男人不要的女人，值得羨慕嗎？」

「如果這個女人是將西部的男人遺棄了，到東部去找新男人，那太值得羨慕了。」

「文，不要跟我頂嘴了，我們說正事行不行。」

「好，妳想再要一瓶酒嗎？」

「不喝酒了，我們叫甜點和咖啡吧！」

侍者把瓶裏剩下的酒平分到兩人的酒杯裏，然後就將空酒瓶拿走了。方文凱告訴他可以上甜點和咖啡了。瑪莎問他：「校長把你留下是有特別的事嗎？」

「他要我用美男計把妳留住。」

瑪莎沉默不語，她把酒杯裏剩下的酒喝完才問：「你答應了嗎？」

方文凱想了一下後回答：「妳認為會有用嗎？」

「我不明白你說的美男計是什麼？但是你知道在這世界上，你是唯一會影響我做決定的人。」

「我當然知道了，但是我問我自己，如果妳為了我留下不走，甚至我們成家，生了一群孩子，瑪莎，妳會快樂嗎？妳是我認識的女人裏，最有事業心的人，妳會忘記也不後悔哈佛大學要給妳的條件嗎？」

「你怎麼能斷定我留在加州理工學院就不會有輝煌的事業？」

「我能斷定妳一定會的，但是當妳拿到一個諾貝爾大獎後，會不會想，如果去了哈佛，是不是會拿兩個大獎呢？那時妳還會快樂嗎？不後悔嗎？不恨我嗎？」

瑪莎不說話了，她低著頭喝咖啡，方文凱繼續說：「瑪莎，我在回絕哈佛和ＭＩＴ之前，曾仔細地思考過，主要也是圍繞著我去了會不會快樂的問題，會不會影響到我對妳的感覺。」

「告訴我，你對我是什麼感覺？」

「妳會不知道嗎？我們認識多久了？」

「在不久前，我非常有把握明白你對我的感覺，但是自從哈佛想拉我過去，你對我的感覺起了變化，不對嗎？」

方文凱不說話了，慢慢地品嚐著面前的甜點，瑪莎繼續說：「六年前我應聘到加州理工學院的第一天，我們就認識了。我人地生疏，你和琳達收容我做你們的新朋友，她很照顧我，我也很喜歡她，可是我愛上了你。琳達是你的妻子，你深愛著她，我能怎麼辦呢？真是痛苦極了，有一天我終於忍不住，告訴了她我對你的愛慕。琳達非但沒有排斥我，還對我更好，我們成了真正的朋友。」

「琳達有一顆善良和寬容的心，和她交往過的人，不管是男的還是女的，都會喜歡上她。」

「那你當她的老公，沒有壓力嗎？」

「當然有了，隨時都在擔心她會被野男人帶走。但是也有意想不到的好處，她會叫她的美女好友來照顧我，或是相反地去照顧她們，我就很爽了。」

「哈，原來你也是個好色的男人。文，你知道嗎？琳達是我最佩服的女人，她對自己充滿了信心。當我告訴她我愛上了你以後，她還是有意無意地安排我和你單獨相處。我問過她，她說如果有好女人愛上她的男人是件好事，萬一她不在了，她會放心的。我想這世上像她這樣的人太少了。」

「這是因為妳的關係，她一直讚美妳是個沒有私心、很誠懇的人。她很驚訝地發現，妳們的友誼讓妳決定不去找別的男朋友了，她覺得對妳有歉意，要我對妳好一點。妳記得嗎？她要我在除夕的舞會上把妳抱得緊一點，她說妳一定很久沒有被男人抱過了。」

「所以你就趁機占我的便宜，在黑燈時就上下其手地玩我。」

「我可是奉命的啊！但是到了零時的鐘聲一響，妳就拚命地吻我。到底是誰在主動？」

「當時你的心根本沒放在我身上，你拚命在看是誰在玩琳達，我生氣了，才決定這麼做。」

「那幾年的日子是我一生裏最快樂的。琳達還說妳我之間的學術討論，對我們的研究工作是很重要的，我說我們是不同行，學術上走不到一起。我還以為她是為了牽住妳才這麼說。現在看起來琳達是說對了。」

「在以後的兩年多裏，你們照顧我的生活和感情，讓我全心投入了我的科研。琳達的離去給我無比的哀傷，也帶給我新的希望。但是，文凱，你知道嗎？這個新希望是個假像，因為你還是愛著琳達，即使我使出了渾身解數讓你意亂情迷時，你還是呼叫著琳達。」

兩個人都沉默了一陣，似乎是在思念琳達。瑪莎繼續說：

「琳達已經走了兩年多，可是你還是戴著她給你的結婚戒指。她從來沒有從你的心裏離開過。她在天上，我在地上，你說我有機會能在你的心裏佔有小小的一席之地嗎？」

瑪莎哭了，方文凱把他的手帕遞過去，她把眼淚擦乾：「文，對不起，我平常不是愛哭的人，但是最近特別容易傷感。」

方文凱緊緊地握住了瑪莎的手，他說：「是我的手指頭長肥了，戒子拿不下來了。不說笑話，瑪莎，是我對不起妳。琳達走後，全靠妳細心體貼地照顧我，我才度過了難關。」

「你千萬別這麼說，我只是別人的代用品就是了。」瑪莎曖昧地笑了一下，繼續說：「但是，照顧你也帶給我很大的快樂，也讓我明白了什麼是生來的母性，有時我跟自己說，我去改名字，把瑪莎改成琳達，跟你生幾個孩子，我這輩子就會快快樂樂的當你的老婆過日子了。但是清醒過來後就會問，這樣方文凱會快樂嗎？有時候我恨我自己的自私。」

「瑪莎，我雖然還沒有跳出失去琳達的哀傷，但我相信總有一天我會的。可是我們之間還有一個最大的障礙，就是妳是個優秀的科學家，有很強的事業心，傳統的愛情和家庭生活只會把妳綁住。所有認識妳的人都能感覺到，哈佛大學給妳的條件，不僅帶給妳對未來的期待，也帶來了榮耀和快樂。這才是妳真正想走的路。其實像哈佛給妳這樣的條件，早晚都會來到妳身上，老山羊就跟我說過，我們的生命科學院一定留不住妳，他們的廟和裏頭和尚的眼光都不夠大。」

「豪森納教授真的這麼說嗎？」

「當然了，他在加州理工學院這麼多年了，什麼事能瞞得了他？妳知道嗎？當初我想把數學和力學的思維，應用在妳們的生物學上時，老山羊就說，生命科學院裏只有妳會接受這樣的想法。為了妳的事業，妳到東部去是對的。」

「文，你知道我為什麼難過嗎？因為我也是這麼想。我對哈佛給的條件所起的反應，使我明白了事業對我的重要，和擺在我面前千載難逢的機會，我對它的感覺和你對加州理工學院的熱情是一樣的。可是，我一走，我們之間所有的都會沒了，剩下來的只有回憶了。」

「為什麼我們不能繼續做好朋友呢？做研究的夥伴呢？繼續互相關心呢？」

「這些都是可能的。但是你早晚都會再娶，你的老婆會讓你在除夕舞會上，緊緊地摟著我嗎？她會讓我吻你嗎？你總不能盼望你的下一個老婆，會和琳達一樣吧？」

「那妳的老公會讓妳強暴我嗎？」

「我不會有老公的，沒人會娶我。連你都不要我，誰還敢娶我？」

「哈佛那個男的不是追妳追得挺緊的嗎？」

「男人會想跟我上床，他們是有目的，不是為了愛情。文，我看你還是對那件事耿耿於懷，是不是？」

方文凱沒有回答她的問題，但是他看著瑪莎說：「瑪莎，除非是妳不要我的友誼，我是不會放棄妳這個朋友的。」

瑪莎的眼眶又濕了，她說：「文，真的嗎？」

「我什麼時候對妳說過假話？」

「如果你老婆強迫你放棄我這個朋友呢？」

「辦不到，我會把它寫在我們的婚前協議書裏。」

「你想得好，女人都會有辦法讓你就範的。除非你再娶另外一個琳達。」

「妳替我去找？」

「我知道琳達有個妹妹，長得和姐姐一樣漂亮，個性也很相像。」

「這是什麼年頭了？婚姻大事還會聽別人一廂情願的話嗎？」

「文，你剛剛說，你不會放棄我們之間的友誼，但是我從哈佛回來之後，我能感覺到你對我冷淡了很多，是不是我傷害到你了？」

「如果我是和哈佛大學對抗而失去了妳，我沒有什麼好說的。但是如果是那個我想像中的男人把妳搶走了，我就感到很窩囊了。」

「你怎麼知道那個男的是誰？」

「不就是他們生物系的威連・肯尼地教授嗎？他已經向所有的人宣佈，他把妳擺平了，妳已經是他的人了，我在哈佛也有幾個哥兒們，所以我也就知道了。再加上那天晚上妳不接我的電話，一加一等於二的結論就出來了。」

「那你為什麼不問我是怎麼回事呢？」

「妳和別的男人上床是妳的權力也是妳的私事，我沒有問這種事的習慣。」

「我知道你和琳達都不問彼此之間的私事，怕真相會傷害了對方，更怕為了不傷害對方而說謊，會造成更大的傷害。但是琳達曾跟我說過，為了她的事，你會在意，也被傷害過。所以我要把我做的事都告訴你，如果是傷害了你，我就求你原諒我，這一點我和琳達是不同的。」

「但是我和琳達都有一個長處，就是我們都有一分包容的心。什麼事講開了就沒事了。」

「這也是我喜歡你們的最大原因。我知道你很看不起威連・肯尼地，我也同意，他除了有一個顯赫的家世外，在學術上是個典型的羽量級人物。但是他在促成哈佛給我這麼優厚條件的事上是出了大力，聽說還動員了他家族來關說。所以在他的花言巧語加上酒精的麻醉，我就和他有了一次禮貌性的上床。」

方文凱不說話了，瑪莎只好繼續：「是不是開始恨我了？」

「那第二次的非禮貌性上床，還需要花言巧語和酒精的麻醉嗎？」

「方文凱，你是想把我氣死了，你才解你心頭的恨，是不是？告訴你，我這輩子還沒吃過這麼厲害的後悔藥。想不想聽？」

「說吧！我洗耳恭聽。」

「他在別人面前說他把我擺平了，我是他的人了，他會是我研究中心的太上皇，等等的傳言我也都聽到了，但是我還是忍住氣，寫了個電郵，請他告訴大家這些傳言都不是真的，同時我還把電郵拷貝給哈佛的公關處，請求澄清事實。」

「他打退堂鼓了嗎？」

「哈！這個人缺少常人的敏感性，他還沒完沒了地要求我再跟他上床，我只好告訴他實話，說我這輩子就只假裝一次到達性高潮，決不做第二次。」

「這種話是最傷男人的自尊心了，男人聽了會跳樓的，妳這不是要他老命嗎？」

「我不是在氣他，他是真的不行。但是禮貌性上床的最基本要求，就是當對方無法滿足你的時候，就要假裝是到了高潮。我告訴你，這還真不容易裝呢！」

「那妳不怕把他得罪了？這回他總該識相了？」

「我要是怕，我就不去了。他打了幾次電話，我都沒接，結果他就送了短訊，告訴我，別忘了是他說服了哈佛給我聘書，他也能說服哈佛收回聘書。我馬上回了他，請他務必要說服哈佛把聘書收回，我決定要留在加州了，至少我還可以有性高潮。」

方文凱聽得發呆了，他啞口無言。瑪莎說：「喂，我的大情人，得意了吧！」

「老天爺！可憐的肯尼地教授真要去上吊了！他嘗到我們加州理工的厲害了。」

「我馬上用快遞給哈佛的校長去了一封信，把聘書退了回去。」

「後來呢？」

「校長馬上打電話給我，保證肯尼地在聘我的過程中沒有扮演過任何角色。他要我靜待他的快遞。他把聘書又送了回來，附帶了一張肯尼地寫給我的書面道歉，和一封校長對整件事的說明。他又說他的信和道歉信都已經在哈佛網上發表了。」

「瑪莎，真難為妳了，人還沒去呢，就先折騰妳。」

「這些我都不在乎，但是我受不了你對我不理不睬。」

「我不曉得妳只是禮貌性地跟人上床。那幾天我只要閉上眼，就看見妳和那個男人做愛。」

「文凱，我對不起你，傷害了你，請你原諒我好不好？可是我和他在一起的時候，心裏可都是在想著你呀！你知不知道？」

「現在知道了，我這不是在請妳吃飯了嗎？」

「所以我的心情好多了。以後你再也不可以不理睬我了。」

「瑪莎，放心，我不會的。我們是一輩子的朋友。但是妳得告訴我，什麼是禮貌性的上床？」

「『禮貌性的上床』就是指男女在社交場合上，一方照顧了另一方，如果一方表示對另一方的愛慕，而暗示要魚水之歡。如果是男方提出而女方拒絕，就表示她不感恩，如果是女方提出而男方不肯，就表示他沒有風度。所以男女就上了床，那是一種無關乎愛，甚至連性都不是的一種社交活動。男人以為不表示一下就會讓女方覺得她沒有魅力，女人以為拒絕他的話會有損他男人的尊嚴，結果就稀裏糊塗地上了床。有時候連最基本的動物本能都得不到滿足，但是還要裝出一副滿足了的樣子。還有人說『禮貌性上床』要有尺度，最好不要表現得太過火，不能在門外還是一個矜持高雅的貴婦，一進門就變成慾火焚身的蕩婦，在床上也不要在姿勢上玩太多花樣，不要胡亂嘗試，保持風度與底線。叫床的聲音也盡量放低。做愛的姿勢越簡單越好，越正常越好，不要把全部喜好都表現出來。文，你說這煩不煩人啊？要是這樣就乾脆不用上床了。」

「說得也是，矜持高雅的貴婦和慾火焚身的蕩婦，一旦脫了衣服赤裸裸的不都一樣了嗎？瑪莎，吃飽了嗎？我們回家好嗎？」

「那你開車開快一點。」

瑪莎做愛和她做研究一樣，全神貫注，集中精神。激情過後，她安詳地睡在方文凱的懷裏，臉上露著滿足的笑容，把頭枕在他的肩上，赤裸的上身半壓在他的胸上，長長的一條大腿彎起來，放在他的小腹上。

她那細膩又光滑的皮膚帶給他快感和回憶。他開始用手輕輕地撫摸她的背，瑪莎從喉嚨裏發出了一點聲音，然後把全身更緊地靠上來，在她背上游走的手停了一下，方文凱用大拇指觸摸了無名指上的戒指。

在晚餐時，他曾被瑪莎的一句話震撼住了，她說琳達已經走了有兩年多了，但他還是深深地愛著他早逝的前妻，甚至在激情時還會呼叫她的名字。就在不久之前，他在和瑪莎如饑似渴、糾纏的難分難解時，他的腦海裏還充滿了，他是如何地享受琳達灼熱的胴體和她的柔情蜜意，兩年多來，他不能忘記她在懷裏，把欲拒還要的熱情和哀怨的抗議摻攪在一起，但是身體卻在迎接他的侵入，最後讓他陷入了無法克制的瘋狂。他更不能忘記在歡愉過後，她用輕聲細語講述著編織的純美愛情故事，讓他如醉如癡地進入夢幻世界。

方文凱突然明白了，就是因為他沉醉在過去的愛情，才促使瑪莎選擇了離去，他們會成為永久的朋友，是她這幾年一廂情願所付出的情感代價，能換來的唯一承諾。他對躺在他懷裏，全身赤裸裸的癡心女人感到無比的歉意，他輕輕地在她的額頭上吻了一下，把她摟得更緊了一點。他閉上了眼睛，告訴自己要趕快入睡，好好的休息，因為他知道瑪莎在早上睡醒時還會要和他做愛，一夜的休息，會讓她恢復了體力，他必須要好好地應戰。

方文凱每次要去看他的岳父母時，都會先到九九超市去採購中國食品，雖然在他們住的聖地牙哥市也有幾個中國超市，但是規模遠遠的比不上九九超市，他買了五大袋的食物，特別包括了中國的青菜、豬肉、牛肉和兩條殺好了的新鮮活魚。雖然一路都是高速公路，距離也只有二百英哩，平常只要兩個多小時就能開到。但是這是一條非常忙碌的交通要道，碰上塞車要開三個多小時才能到。岳父母的家離聖地牙哥的加州大學很近，離海邊也很近，方文凱很喜歡這裏。下午四點多時開到了後，就直接開上了車庫前的車道，一打開車門，他就看見丈母娘滿臉笑容地開門出來了：

「媽，我來了。買的菜要放在哪兒？是廚房的冰箱還是車房的冰箱？」

「這麼快呀！沒塞車吧？」

「今天是一路暢通。您還好吧？爸在嗎？」

「他到辦公室去了，有研究生要找他，葛瑞思也到學校去了，都快回來了。」

「別讓老爸太忙了。要注意身體。」

丈母娘看見了放在後座的五個九九超市的大袋子，她回說：

「他很好。看你還是買了這麼多的菜，不是跟你說了別買太多東西，我們這兒的中國超市也買得到。先把菜擺在車房的冰箱裏吧！」

「有兩條剛殺好了的活魚也放進冰箱嗎？」

「你買的是什麼魚？」

「一條石斑和一條鯰魚。」

「老頭和丫頭該樂壞了，都是他們最喜歡的，我趕快先把牠醃上。」

方文凱的岳丈李楨耀教授是和他一樣的背景，從台灣來美國讀書，他是學歷史的，從芝加哥大學拿到博士學位後，就到了加州大學聖地牙哥分校歷史系任教，現在已經是資深教授了。他們有兩個女兒，老大琳達嫁給了方文凱，後來在一次空難中喪生，老二是小六歲的葛瑞思，她剛從芝加哥大學社會系本科畢業，現在到加州大學聖地牙哥分校的歷史系當一年級研究生，住在家裏。他們住的是棟一層樓的平房，是在一條林蔭夾道，非常安靜的街上，有一個很大的後院，丈母娘喜歡園藝，種了不少花木和蔬菜，房子離學校很近，上班、上學走路只要十五分鐘，兩個女兒就是在這棟房子裏長大的。

丈母娘在廚房裏準備晚餐，方文凱在旁邊幫忙和說話的時候，就看見葛瑞思從人行道上彎進家門前的小路，他趕快地去開大門，葛瑞思像一陣風似地進來：「姐夫，好想你啊！」

她抱住了方文凱，全身緊緊地貼上來，然後用半開著的嘴吻他。

「妳是真的想我還是想我給妳帶來的石斑魚？來，站好了。讓我看看妳。」

葛瑞思的一身打扮是標準的「大學裝」，藍色牛仔褲，緊身無袖連帽的小馬甲，腳上是白色的休閒運動鞋，她留的是長頭髮，但是用馬尾式的紮在後腦。她一點脂粉化妝都沒有，青春和細嫩的白皮膚，比任何化妝都更能把她的美凸顯出來。但是讓方文凱震驚的是，葛瑞思變得和他剛認識她姐姐琳達時的模樣幾乎完全一樣。隔了好一會兒，他才說：「小丫頭長大了，越來越像姐姐了。」

「不許叫我丫頭，太難聽了。妹妹長得像姐姐不是天經地義嗎？」

「那可不一定，美如天仙的姐姐也會有醜八怪妹妹，我看多了。」

「那我太幸運了。那姐夫，你說我的擁抱和親吻像不像我姐姐？」

「丫頭休得無禮，別太過分了。」

「我知道，一定不如姐姐的挑逗和性感，要不要再來一次，保證滿意。」

等到李楨耀教授回到家時，丈母娘已經將一頓豐盛的晚餐做好了，可口的佳餚和燙得溫溫的黃酒，每個人都吃得很滿意。李楨耀看著方文凱說：「文凱，當了加州理工最年輕的正教授和雙料院士後的感覺如何？」

「感覺良好。其實也沒什麼，還是一樣過日子。」

「慢慢來，以後你就會感覺到學校裏會給你越來越多的雜事，找你幫忙的人也會越來越多了，那時候你就不會感覺良好了。」

「爸，老山羊也是這麼說。人生不就是這樣嗎？有好就有壞，一塊兒來。」

「姐夫，誰是老山羊？」

「我們工學院的豪森納教授，我的頂頭老闆。」

李楨耀喝了一口酒，他說：「學術界的圈子是很小的，連我的同事們都知道了我有個雙料院士的女婿，叫我請客。」

「爸，讓你破費了，不好意思。」

丈母娘開口了：「別擔心，你爸這老頭心裏才樂呢！」

「姐夫，爸在別人面前一說起你就笑得嘴都合不攏。」

「文凱，我知道你是個有才華也很用功的大學教授，我就跟你說一件事，那就是你還年輕，不要只是在自己周圍的圈子裏成長，要到外面去看看、走走，認識認識人。我看了你送過來的亞洲遊學計畫，我們在美國的學術界不太去接觸亞洲的學者，認為他們是第三世界國家，但是他們也會有很傑出的學者。所以特別高興你要去亞洲看看。你的經費有著落了嗎？」

「是的，爸，我也是這麼認為，所以我是挺興奮的。麥卡薩基金會和學校都拿出經費了，還相當充裕，不用我自己再貼補了。」

「太好了，你準備什麼時候動身？」

「現在就等我把房子的事處理了之後就動身。」

「文凱，你是想怎麼處理？」

「爸，我想租給來我們加州理工訪問的教授，我不在乎租金多少，能把房子看好了就行。」

老丈人和丈母娘互相看了一眼，丈母娘開口了：「文凱呀！琳達已經走了兩年了，你該考慮你的婚姻了，總不能一輩子一個人過日子吧？」

「我不是還有你們嗎？怎麼？不歡迎我來了？」

「文凱，看你說的。我是說你一個年輕人，和我們兩個老頭、老太太混在一起幹什麼？何況我們還想要孫子呢！」

「那還不容易？就趕快把小ㄚ頭嫁出去呀，我保證她會給你們生一堆孫子和孫女。」

「別拿我當擋箭牌，我還要給老爸、老媽養老呢。」

「妳就別來湊熱鬧了，伺候老爸和老媽是我的事，這是當年我和妳姐說好了的。妳嫁了人後就去伺候妳自己的公公、婆婆吧！」

「姐夫，你不公平，看不出來你當了院士後還是這麼封建。」

「我們老了後不用你們來伺候，有空來看看我們就行了，你們倆能活得好好的，能有個自己的家，那就是我們老了時最大的福氣了。」

丈母娘的眼圈紅了，葛瑞思趕快握住她的手說：「媽，看您又傷感了，我們這不就是在隨便說說嗎？」

「是媽命不好，妳姐就這麼走了，留下我這老太婆不說，還讓妳姐夫像孤鬼遊魂似地獨來獨往，我能不傷感嗎？」

「媽，妳這是瞎操心，姐夫已經有要好的女朋友了。」

「文凱，這是真的嗎？是誰？那你下次帶來給媽看看。」

方文凱臉上一副尷尬地看著葛瑞思，她笑著說：「媽，她就是上次帶了一籃水果來看您的那位很漂亮的瑪莎．戴博士。」

「文凱，你們談朋友談了多久了？」

「媽，她是我們生物系的教授，我們是同事，她是琳達生前的好朋友，所以她上次來這裏開會時，就來看看您。」

「我看她挺好的，文凱，你要加油，別追丟了。」

「媽，我看姐夫的終身大事到今天的地步，要全怪當初你們沒處理好。」

「我怎麼沒處理好？」

「您沒聽爸講過嗎？古時候中國人嫁女兒時，會把出嫁女兒的妹妹也一塊兒嫁過去，當初要是把我也嫁給姐夫，今天您的女婿也不會是孤鬼遊魂了。」

「就妳這副德行，送給妳姐夫，他也不要。」

「媽怎麼知道？已經問過姐夫要不要我了嗎？」

葛瑞思轉過頭來問方文凱說：「姐夫，把我送給你，你要不要？」

「我要，我要妳明天幫我把帶來的那排日光燈，裝在車房的天花板，老爸說車房燈的亮度不夠，找東西吃力。妳明天什麼時候有空？」

葛瑞思一臉頑皮的笑容，她說：「姐夫好不容易來了，又只能住兩天，所以我決定明天翹課，全方位地陪姐夫，一定要把姐夫搞定，要不然讓一個亞洲美女搶走了，就太遺憾了。姐夫，你還沒說，你到底要不要我？」

方文凱瞪了她一眼：「別胡鬧了，我一直想問妳，書念得怎麼樣？是個研究生的料子嗎？」

「姐夫和老爸一樣，當教授的先把學生一棒子打趴下，然後再問話。告訴你，我親愛的姐夫，聖地牙哥的加大是拿了全獎學金，才把本姑娘從芝加哥大學給騙過來了，否則我才不來呢！」

「是嗎？我還以為是咱們老爸走後門的功勞呢！」

「姐夫，別看不起人。上學期我是班上的第一名，所以歷史系給我全額資助，讓我免費參加到西藏去的考察團。」

「葛瑞思，不錯啊！我還在擔心妳會念不下來呢！去西藏考察有心得嗎？」

「太有心得了，我本來還在三心二意，是不是要把宗教歷史做為我博士論文研究的方向，在西藏待了快一個月，讓我對這題目的信心大增，我的直覺是，藏傳佛教和中世紀的基督教，很可能曾經有過交叉和互動的影響。」

老丈人插嘴說：「才當了一年的研究生就敢談作研究的直覺了，是不是有點自大了？」

葛瑞思不服氣地回答：「爸，是您教我要『大膽假設、小心求證』，假設不就是憑直覺嗎？」

方文凱說：「喂，研究生丫頭，直覺是從經驗裏提煉出來的，就先說說妳的經驗吧。」

「姐夫，跟你說了，不許叫我丫頭，你要是再叫，我就不理你了。」

「別轉開話題，說妳的直覺是怎麼來的。」

「我在那個神秘的雪域西藏待了半個多月，總覺得那裏有西方宗教文明的影子。」

「半個月的時間不是作研究，那是觀光旅遊。現在的研究生要不是天才，就是從博士速成班出來的，是不是？」

「姐夫，我看你還不老，怎麼思想就和老爸一樣的老古董了？」

老丈人開口了，他說：「別跟妳姐夫鬥嘴了，我們言規正傳，文凱，有一件事我建議給你，就是你的家該好好整理一下了，我不是說它亂，其實它一點都不亂，就是那麼大的一個房子，全是琳達的東西，你要是不整理清楚，誰會來租啊？」

「是的，我一定得整理好才能走。」

「我看這樣吧，文凱，我知道你很忙，又快要走了，房子的事就交給我們三個人，我們知道什麼是琳達的東西，什麼是你的，琳達的我們會處理，你的我們裝在紙箱裏，加上你的車就存放在出租的小倉庫，然後替你把房子租出去。你看怎麼樣？」

「這太好了，但是讓你們操勞，太過意不去了。」

「沒問題，就這麼定了。今晚有甜點嗎？」

「有，是葛瑞思特別給姐夫做的，醫生說你不能吃甜的，你就嚐一小口吧！」

「不行，今天是慶祝文凱得了雙料院士，我不但要吃一塊甜點，喝一杯咖啡，等一會兒和文凱還要走一盤圍棋，同時我們父子兩人要享受一下我那瓶特級的白蘭地酒。」

「你這老頭今天是發瘋了！」

其實兩位老人心裏都很高興，瑪莎．戴來看他們時就說了，因為方文凱每天回到家裏，就生活在琳達的世界裏，無法跳出失去琳達的陰影。兩老決心要讓他們的女婿把他們的女兒忘掉。

方文凱和他岳父兩人的圍棋功力不相上下，走棋時都很投入。一盤棋下完時都快十一點了，李楨耀回房睡覺，方文凱洗了淋浴後也到房裏，他還沒有睡意，靠在床頭的枕頭想先看看書，這時他才發現房間的裝飾變了。這間臥室原來就是琳達的，所以他們婚後每次回來時還是睡在這裏，原來屋內的擺設全是琳達的，有不少她的照片是擺放在書桌和化妝台上，現在全沒了，他有點感覺怪怪的，但是想到琳達的一家人就感到一股溫暖。

這間臥室和隔壁的一間是相通的，中間有一扇門，方文凱聽見兩下輕輕的敲門聲，葛瑞思推門進來，在柔和昏暗的床頭燈光下，他驚愕了一下，以為進來的是琳達，她輕聲地說：「姐夫，如果還沒睡，就和我說說話，好不好？」

「行，快來坐下。」

等她在床邊的小沙發椅坐下後，方文凱看見她穿著一件短睡衣，頭髮放下來都披到肩膀上。嘴唇上顯然是塗了薄薄的淡色口紅，他第一次感到了，這位小姨子身上散發出來的成熟女人味。

「姐夫，你的離休是一年嗎？」

「是啊！」

「我不能每個星期見到你，我會很想你的。」

「我不會一年都不來看你們，我會常回來的，這裏也是我的家。」

葛瑞思在椅子上挪動了一下，短睡衣的下襬滑下來，露出了長長雪白的大腿。她不說話，只是盯著看方文凱，他說：「妳不是有話要跟我說嗎？」

「你還是每天都在想念姐姐嗎？」

這次輪到方文凱沉默不語了，她就接著問：「你有沒有想過我呢？」

「我們是一家人，我當然也會想妳了。」

「你知道我是什麼意思。你想姐姐是想一個女人和她的愛情，你想我是想一個黃毛丫頭的妹妹。但是你沒感覺到，丫頭現在也變成女人了嗎？」

「當然有了。」

「今天你見到我時，說我越來越像姐姐了，我有她那麼漂亮嗎？」

「有過之，無不及。」

「口是心非，那你為什麼不來追我？是不是嫌我的女人味不夠？」

「葛瑞思，妳是我妹妹……」

沒等方文凱把話說完，她已經站了起來，把身體壓了上來，兩臂緊緊地抱住了他，開始親吻他。他正要推開她時，就感到熱哄哄的舌頭伸到他的嘴裏，還有一隻手在他身上撫摸著，他失去了反抗的能力，一股快感氾濫到全身。熱吻終於結束，她的頭枕在方文凱的胸口，一條腿壓在他的下身，他能感到在那睡衣裏面就是赤裸裸的肉體。

「姐夫，我的女人味怎麼樣？」

他不敢回答，因為他對答案感到恐慌。他聽見：「你不用回答，我知道你有反應。」

又是一陣沉默後，「姐夫，你知道嗎？我第一次看到男人和女人做愛，就是在這張床上。那天晚上我把門開了一條小縫，你們互相熱吻著對方，窗外瀉進來的月光讓你們身上的汗水閃閃發光。那是我上過最美的一課性教育。」

「沒想到妳還是個偷窺者。」

「哈！你沒想到的事多了。」

說完了，葛瑞思又像一陣風似地回到自己的房間了。

第二天吃過早飯後，方文凱和葛瑞思陪老媽到花木園去買了好些小樹苗和花苗，又幫著老媽一棵一棵地種在後院裏，這個大後院被整理得美輪美奐，老媽每天都要花一陣時間在這院子裏。今天有女兒、女婿陪著跟前跟後的，老媽高興得眉開眼笑。

讓老媽特別高興的是，方文凱用鵝卵石圍出來兩片菜圃，它們高出地面有兩英呎，老媽去種菜、施肥或是收成時，都不用再大彎腰，這對上了年紀的人要方便太多了。把老媽喜歡種菜的朋友們都羨慕到極點。中午，老媽準備了方文凱最愛吃的牛肉麵，吃完了方文凱才到車房，在天花板上又加了一組日光燈。

葛瑞思開車帶著方文凱在五號高速公路上，沿著太平洋的海岸向南開，聖地牙哥可能是全美國氣候最溫和的城市，不僅是有常年風和日麗的天氣，還有四季如春的溫度，但是方文凱最喜歡的是，出現在他眼前碧藍浩瀚的太平洋，他喜歡聞空氣裏的海水鹹味，喜歡聽海浪衝擊海岸的聲音，更喜歡看那一波又一波的浪濤，永恆不息地追逐著，沖向沙灘，然後消亡。住在帕沙迪那的小鎮，最讓人遺憾的就是看不見大海。

方文凱被眼前的景色迷醉住了。他看著葛瑞思的馬尾巴頭髮，被從車窗吹進來的風飄起來，她的青春和美麗好像是和車外飛逝過去的大自然融合在一起，他禁不住脫口說出來：「香車、美女和大海，我可以在此地終老一生。」

葛瑞思把戴著大墨鏡的臉轉過來看著方文凱說：「這可是你說的，我會記住的。」

在到墨西哥邊境前，他們彎進一條小車道，開了不久就到了一片淺黃色的大沙灘，有人在水裏游泳，也有人躺著曬太陽。他們停好了車，方文凱提著包包和兩個折疊式的沙灘椅，跟著葛瑞思找到一塊沙灘，他把包裹的大毛巾拿出來鋪開，拿出了防曬油開始往身上擦。葛瑞思乾咳了一聲：

「姐夫，我要你看我新買的這件泳衣怎麼樣？」

她脫下了牛仔褲和小馬甲，立刻一個非常誘人的女體出現在方文凱的面前，光澤的皮膚上，緊緊貼著小得不能再小的深色比基尼泳衣。

「上帝，也只有妳這樣身材的人才敢穿這樣的比基尼泳衣。」

「你喜歡嗎？」

「是不是你們加州大學的人都有很強烈的綠色環保意識，為了節省資源，連做泳衣也不能浪費布料。」

「我是問你喜不喜歡它？不是問你是不是環保。」

「很好看，穿在妳身上觸目驚心，男人會犯心臟病的。」

「太好了！」

兩個人坐在打開的沙灘椅上，享受著輕輕吹在身上的海風和溫暖的陽光，方文凱歎了一口氣。

「姐夫，你歎什麼氣？有煩心的事嗎？」

「我是在感慨，住在這兒真好，可以一年三百六十五天都陶醉在這裏的環境。」

「除了陽光、空氣和大海之外，還有別的讓你陶醉嗎？」

「有，空氣裏海水的鹹味。」

「沒有別的了？」

「還有眼前的美女。」

葛瑞思不說話了，她把兩腿彎起來，手臂抱著小腿，把頭放在膝蓋上，隔了很久她才小聲地說：「是真的嗎？那昨晚你怎麼沒來找我，房門沒鎖，我躺在床上等了你一晚。」

這回是輪到方文凱不說話了，等了一會兒，她又開口了，還是很小聲地說：「姐姐告訴過我，說你很會親吻女人，昨天晚上我瘋了。姐夫，對不起，請原諒我吧！」

他歎了一口氣：「沒事，我只是覺得人的感情有時候是沒有理性的解釋，而一個人的命運更是無法控制和改變的。有時一個人就迷失在裏頭。」

「瑪莎曾經到學校來找過我，她也說了和你一樣的感慨。」

「她還說了什麼？」

「姐夫，你知道嗎？瑪莎是深深地愛你，可是你心裏只有姐姐，她說你們在激情時，你是喊著姐姐的名字到達高潮的，所以她要離開。」

「她是個好女人，也非常有才華，她會有個光輝成功的事業，我們會是永遠的好朋友，是我辜負了她的情意，我會一輩子帶著對她的歉意。」

「大概這就是姐夫說的命運吧！」

沉默不語了一會兒後，她接著說：「姐夫，你有沒有感覺到最近老爸和老媽急著想把我送做堆，去嫁人？」

「他們想把妳嫁給誰？」

「嫁給你。」

方文凱又不說話了。

「你是真的一點感覺都沒有嗎？」

「我的感覺不遲鈍，也不傻，我怎麼會不知道呢？」

「他們是不是操心過度了？」

「妳知道嗎？人老了會感到很多的東西都慢慢地失去了，包括自信心。琳達走了後，爸媽就剩下妳，還有我這半個兒子，他們怕有一天我再結婚，他們就只剩下妳一個人了，等到妳也嫁人後，他們認為就會成為真正的孤寡老人了。所以解決的辦法就是把妳嫁給我。」

「他們怎麼就不明白，不管我們跟誰結婚，他們永遠是我們的爸媽，我們不會不管他們了。」

「這種心理狀況對老年人來說是很正常的。他們看見別人都抱孫子了也會有急迫感，甚至於轉變成憂鬱症，這些妳一定要小心地注意。我也只有這兩個爸媽了，妳得幫我看好他們。」

他伸手過去握住了葛瑞思的手。她說：「別擔心，他們也是我的爸媽。」

停了一會兒，她接著說：「姐夫，你說我越來越像我姐了，除了長得像，你知道我還有什麼像她的嗎？」

方文凱正在思索答案時，葛瑞思接著說：「我和她一樣，也愛上你了。」

不等他的回答，她接著說：「你知道我為什麼要帶你到這裏來嗎？姐姐告訴我，在一個只有星光的夜晚，就是在這沙灘上，在一波又一波的海浪的沖刷下，你把她擺平了。在這一片沙灘和海水裏，有你們的愛和激情，我帶你來，就是想感受一下那份愛和激情，行嗎？」

他轉過身來，握住了葛瑞思的兩手說：「妳看著我，我說過，我不遲鈍也不傻，我明白妳對我的情。我已經下定決心要跳出現在的陰影，重新啟動我的生活，我嚮往正常地過日子，盼望家裏有一堆吵吵鬧鬧的孩子。我決定要去亞洲一段時間最大的理由，就是因為這是脫離陰影的第一步。我們之間的愛情，決不能是建立在小姨子和姐夫之間的感情上，那對妳對我都不公平，它一定要是一個男人和一個女人相愛互動的結果。但是我需要時間和空間來恢復原位，重新出發。葛瑞思，妳懂我的意思嗎？」

她把頭靠在方文凱的肩上，輕聲地回答：「我懂。我會在這裏等你回來。」

她把墨鏡拿下來，方文凱看到了她眼睛裏閃著的淚光。

「姐夫，我們去游泳吧！」

葛瑞思向大海飛奔而去，腳下挑起了一條線的浪花，她在水深及腰的地方一頭栽入水中，開始潛泳，在十公尺以外，一個包著一層水的雪白胴體躍出了水面，在太陽下閃閃發光，薄薄的比基尼布料緊貼在身體上，所有線條顯現出來，赤裸裸的像是個從天上下凡的女神，她開始做長距離游泳，方文凱緊跟在後面，他們在浪花裏起伏和前進。他們回游到水深及腰的地方停住，葛瑞思靠在他身上輕輕地喘著氣，她抬頭看著方文凱：「姐夫，把我當成是姐姐來吻我，好嗎？」

他看見了那刻骨銘心思念裏的眼神，把嘴唇印了上去。葛瑞思摟住了他，把身體貼上來，他不僅感到被女人胸部壓著的奇妙感覺，在微冷的海水中，他也感到靠著他的身體在發熱。葛瑞思鬆開了她的嘴唇，深深地吸了一口氣，讓肺裏補充了缺少的氧氣，在海水浮力的幫助下，她把雙腿勾住方文凱的下腰，鬆開了摟住他脖子的雙手，抓住了他的雙肩，突然她的上身往後仰去，他本能地摟住了她的腰，兩人的下身緊緊地貼在一起，葛瑞思開始隨著海浪的韻律，騎著他上下地奔騰，一陣顫抖後，她停下了。

「是不是每次吻了你就會發瘋？」

葛瑞思走回岸上後，過了好一陣子，方文凱才從水裏走上來。

辦完了登機、通關和安檢的手續後，方文凱來到聯合航空的紅地毯貴賓室，出示登機證後，櫃檯告訴他三號會議室有人等他。他敲門進入，就看見史密斯夫人坐在椅子上在翻著一本雜誌。她站起來和他握手：「方教授，您好！真是感謝您能來見我，我也很抱歉，亞當斯律師臨時才通知您來相見，太麻煩您了。」

「史密斯夫人，您好！一點都不麻煩，反正我今天要到機場來，反而是我來晚了，抱歉讓您久等了。」

「不，您沒有遲到，是我的飛機早到了一點。快請坐，我要了一壺咖啡，來一杯嗎？」

「好的，謝謝。不用加糖，加牛奶就行了。」

方文凱這才注意到她是一位美婦人，從頭到腳的穿著全是名牌，臉上的化妝和頭上的髮式，也看得出來是出自專業的打理。特別顯眼的是，一身雅素但是非常合身的衣服包著健美的身材。

「方教授，如果我沒記錯的話，我們曾經見過兩次，是不是？」

「是的，您沒記錯。是去年您陪史密斯先生到加州理工來開校董會的時候。」

「我還記得，您做了個非常精彩的報告，深入淺出，連我這大外行都聽懂了。」

「不好意思，找不到合適的人，就拿我來濫竽充數，讓您見笑了。」

「您就別跟我謙虛了，您當了雙料院士，我要恭賀您呢！」

「謝謝。史密斯先生好嗎？」

「自從做過心臟手術後就一直不是很好。醫生說，年紀大的人，恢復得特別慢。」

「這也是。請替我向他問好，一定要安心休養。」

「謝謝方教授，我一定轉達。我來見您還是為了我父親的事，亞當斯律師都跟您說了嗎？」

「都說得很清楚了，檔我也看了，您交代的事應該是不難的，您這次來是不是還有別的事要吩咐我？」

「亞當斯是我們製藥集團聘請的律師，家父的案子是我個人的事，我覺得把私事和公事混在一起不合適，所以我想今後任何與家父有關的資訊，就直接和我聯繫，不必經過亞當斯律師了。」

方文凱的臉色有點驚訝，她趕快接著說：「方教授請別誤會，我和我丈夫或是製藥集團之間沒有任何矛盾，我只是不忍心看到他的健康狀況這麼差，還要為我娘家的事操心。為了他能安心休養，早日恢復健康，我覺得還是不讓他參與這事比較妥當。您說是不是？」

「是的，不讓病人來操心是對的。」

「謝謝。方教授剛剛說，您已經看過了亞當斯律師給您的資料，您的看法如何？」

「令尊的案子本身我是沒有專業的背景，現在我還不能評論。但是您聘請的律師所給出的報告，和官方的是百分之百的完全相同，這一點我是有些納悶。」

「我也看到了這一點。」

「您知道這個律師事務所的背景嗎？他們和政府有什麼樣的關係？為什麼要對政府的報告照單全收？」

「這些都是疑點。台灣的媒體對這份政府的報告提出了很多疑點，特別是一位叫楊玉倩的記者，她一直在追蹤家父的案子，也許方教授應該和她接觸一下。」

「她是不是真相週刊的記者？」

「是的，您認識她？」

「我們是老朋友了。」

「太好了，我相信她一定能幫得上忙。」

「我會去找她的。史密斯夫人，您還有其他的吩咐嗎？」

「吩咐不敢說，就是這點事請方教授費心，我真是希望能將父親案子的真相找出來，至少能安慰我母親的在天之靈。」

她將放在桌上的雜誌推到方文凱的面前，封面是一隻貓頭鷹，她接著說：「方教授該上飛機了。這是這一期國家地理學會的雜誌，裏面有一篇講貓頭鷹的文章，是個鳥類學者寫的，但是裏頭的照片都是我拍的，在長途飛行中如果無聊的話，可以翻一翻。」

「真是謝謝您了，我知道史密斯夫人是一位出色的動物世界攝影專家。記得去年您還在我們學校舉辦了一次作品展覽，我也去看過，印象深刻。」

「都是別人安排的，一定是讓方教授見笑了。」

「哪裏的話，那是我第一次看到，動物世界裏也有這麼生動的影像。這份工作一定很有趣。」

「我從小就喜歡攝影，特別是拍活生生的人物，後來發現人會在鏡頭前裝模作樣，就專門改拍動物世界了。雖然困難度要大很多，但是拍出來的要美多了。」

「在去年的展覽中也有幾件貓頭鷹的照片，牠們的臉不僅是特別的大，而且似乎還有表情，我說的對嗎？」

秦瑪麗露出了燦爛的笑容：「太對了，您的觀察力真好。和人一樣，在動物的表情背後也是有故事的，牠們的喜怒哀樂和七情六慾也是非常豐富的。」

「拍攝動物生活是不是要比拍攝人的生活要難多了？」

「是的，重要的是必須將攝影機隱蔽好，再來就是要耐心地等待目標進入鏡頭。」

「在飛機上，我一定會好好地看這篇貓頭鷹的文章，再見了。」

她把一張名片交給方文凱後，接著說：「名片上有我的電郵和電話，我會期待著我們下次的會面。還有，別叫我夫人了，叫我秦瑪麗。」

他們沒有握手道別，因為秦瑪麗靠上來吻了方文凱。懷著一份興奮的心，他搭上了尋找第二春的旅程。

就在方文凱到達前，台灣發生了一起命案，死者是一位退伍軍人，他在台東的山裏，意外失足溺死在河裏。

第二章：久別了的台灣和命案陰謀

方文凱搭乘的聯合航空班機準點起飛，用了將近十三個小時橫渡太平洋，在晚間到達台灣桃園國際機場。辦完了出關手續，推著行李車走出了接機大廳，他的計畫是乘大有機場巴士到福華飯店，但是他聽見有人在喊他：

「方文凱！」

聲音是來自多年前的一位老朋友，但是讓他很驚訝。他轉頭看見叫他的人，確定就是楊玉倩，一身素色剪裁合身的連衣裙，臉上薄施脂粉，顯眼的是她脖子上和手腕上戴著的念珠。

「楊玉倩，是妳？妳怎麼來啦？」

「怎麼？不歡迎嗎？」

「我們有多久沒見面了？別這麼兇行不行？」

楊玉倩露出了笑容：「我是想要先下手為強，先開罵，把你震住。我知道這些年來，你不是一直在找機會要把我臭罵一頓，說不定還想揍我一頓呢！」

「是嗎？可見妳對我是如何的有成見。」

「我真的是想用接機來減低你對我的敵意。有效嗎？」

「妳如果熱烈地擁抱我，敵意就全消了。」
「不行，我現在是出家的人了。」
方文凱看著她，眼前的美婦人讓他想起他們從前的日子：
「我聽說了，那好，就握個手吧！」
兩個人的雙手緊緊地握住，注視著對方，都有千言萬語，但是世事全非，都不知從何說起。楊玉倩把手收回去：「文凱，恭喜你被選為美國科學院的院士。」
「謝謝，妳怎麼知道的？」
「報上都登了。」
「妳還沒說是怎麼知道我來台北的？報上也登了？」
「是秦瑪麗告訴我的。我們是中學的同學，也是好朋友。她一定要我來接你。」
「哈，原來是受人之托。我還以為妳是來跟我懺悔的。」
「文凱，我是很想找你好好地談談，不是懺悔，是珍惜那段感情，但是鼓不起勇氣，真的是怕你對我兇。秦瑪麗給了我藉口和勇氣。」
「小玉，我從來沒有認為妳對我有任何虧欠，我也從來沒有恨過妳。」
「到底是當大教授的，風度就是不同。」
方文凱曖昧地笑著說：
「不過，妳要是想補償我，我還是會接受的。」

「本性難改。秦瑪麗的事很複雜，我們須要坐下來好好地談一談，你這幾天的計畫是什麼？」

「我定了福華飯店的房間，明天要見幾個人，安排我在台北的活動，然後要去淡水看一個公寓，合適的話就要簽一年的租約。我想後天去台南，把成大開課的事敲定。這些事都定了後，就要和聯合國的開發總署聯繫，把他們要我做的事定下來。」

「大忙人，我在三天後來找你談秦瑪麗的事，好不好？」

「就這麼定，如果有空能不能打電話找妳聊天？」

楊玉倩給他一張名片：

「這上面有我的家、辦公室和手機的號碼，任何時候打電話找我都行。」

楊玉倩開車送方文凱到福華飯店，臨走時她主動去擁抱了他。

方文凱決定要到亞洲來做為期一年的學術離休，經過同事們和學校的對外部門傳到不少的學校，他們紛紛發出邀請，希望能當他的地主學校。雖然他選擇了母校成功大學，別的學校還是希望他可以去做專題演講或是其他的學術活動。

方文凱在第二天和這些人見面，將學術活動的內容和時間敲定。當天晚上他的中學和大學好友來見他，大夥就在福華二樓的餐廳聚餐，大家很開心也喝了不少酒，一直到十一點多才散。方文凱體會到這些珍貴的兒時友誼，只有回到台灣時才能享受，像他這樣在海外的人，就只能偶爾有機會時才可以重溫一下。這些都是生命裏無奈的地方。

按原先就安排的約定，方文凱從福華飯店走到忠孝東路和復興南路交口的捷運站，他上了板南線的車到台北車站換乘淡水線的車，車上的人不多，但是他看見有年輕人站起來讓座位給需要的乘客，車過了民權西路站就上到路面行駛，方文凱看見台北的市容改變不是很大，但是他深深地感覺到社會是在進步，人的素養也有了改變。

他在淡水終點站上了接駁車到「台北灣社區」，按他的手錶，一共用了整整一個小時。房東夫婦準時地在大堂等他，帶他看了公寓，有兩個臥室、兩個衛浴、一個客廳，還連著一個小飯廳，大小空間適中，唯一不太滿意的是廚房小了一點和洗衣機要放在陽台上，但是他一個人住，也是綽綽有餘了。

接著房東也介紹了整個社區的硬體設施和大環境。方文凱非常滿意，他馬上同意了房東原先開出的租金要求，當場就簽了一年的租約，當方文凱拿出準備好的一年租金支票時，房東夫婦就真的眉開眼笑了，他們也就很痛快地答應了，方文凱要求換一個較大的書桌和添加一個書架的要求。

當接駁車把方文凱送到捷運站後，他沒有馬上搭車回台北，他沿著淡水河邊走，一路上被看到的景象迷住了，顯然，這裏是在積極開發要成為一個觀光區，但是也有足夠的原始痕跡給保存下來，方文凱在捷運車上就讀了對淡水的介紹，再加上小時候留下的印象，他愛上了淡水，他覺得能在淡水住上一年該是件非常愉快的事。

他一路慢慢地走來，又停在幾個小吃攤位前吃了點東西，買了一個他心愛的陶笛，還要求店裏的漂亮女店員要教他吹陶笛。在電信局辦了安裝電話的手續，也買了一個加值的手機。但是等他走到了漁人碼頭時，讓他大大地吃了一驚，寬大的河口連接著浩瀚的太平洋，每當潮漲潮落，淡水河就會將台北市和沿著河畔的污水帶到太平洋，將它清洗和稀釋，周而復始，生生不息，讓文明在潔淨的環境裏成長著。他想，也許多年後，等他退休了，他應該回到淡水來終老。他用新買的手機給楊玉倩撥電話，響了三聲就聽見：

「真相週刊楊玉倩，請問是哪一位？」

「是我，方文凱。妳猜我現在在幹什麼？」

「那還用猜嗎？不是就要讓我知道你正和一位美女在一起嗎？」

「沒有那麼好的運氣。我現在是坐在漁人碼頭的長廊，看大海、大河，一個人在獨飲啤酒。」

「你在淡水嗎？」

「是的，我剛剛和台北灣的房東簽了一年的租約，我很喜歡這裏。」

「淡水是不錯的地方，就是有點遠。」

「捷運倒是很快，台北灣還有接駁車，也有四條公車線經過，應該是很方便的。」

「你明天還是要按計劃到成功大學嗎？」

「是的，一大早坐高鐵南下。」

「那你現在就是等著要看日落嗎？」

「等不到美女，只好等日落了。」

「鬼才信你！」

「讓妳猜著了，一會兒有淡江大學航空系的一位教授來接我，談談做專題演講的事，我想也許能騙頓晚飯。」

「那你從台南回來後馬上就給我電話，秦瑪麗打電話來問我有沒有去機場接你。我看她對你這大教授是特別的關心。」

「是啊！比有些老朋友更關心我。」

「隨便你怎麼諷刺。」

「小玉，我還沒跟妳說，我這次來還有一個任務。」

「是什麼？我能幫上忙嗎？」

「當然能。小玉，我想成家，我是來找老婆的。」

楊玉倩不說話，過了好一陣子才回答：

「這我能幫你，告訴我，你要求的條件。」

這回輪到方文凱沉默不語，楊玉倩說：

「文凱，你說話啊！」

「妳真的不知道嗎？那我掛了，看見這號碼了嗎？這是我的新手機。」

台灣高速鐵路的運行，讓整個台灣南北的交通起了脫胎換骨的變化，從南到北去辦事已經不是以「天」來計算所需的時間，而是以「小時」來算了。早上從台北出門到高雄辦事，晚上還能回家吃晚飯。

高鐵的台南站其實不在台南市，它在台南縣的歸仁鄉，下車後還要搭一段火車才能到台南市。台南火車站的後車站，是和成功大學的光復校區隔一條馬路，整個成功大學的校園分成：力行、光復、建國、成功、勝利、敬業和自強七個校區。和後火車站相連的光復校區是在最西邊，航空暨太空學系是在自強校區，位於校園的最東邊。

下了火車，出了後車站，方文凱花了二十分鐘才走到航太館。高鐵花了一百分鐘從台北車站行駛到台南站，下車後，等火車，坐火車，再加上從後火車站到航太館的步行，一共也是快要一百分鐘。這就是典型的現代交通現象。

在台灣向來就有「北台大，南成功」之說，「國立」成功大學的歷史僅次於台大。顧名思義，成功大學取名「成功」，並非上過成功大學的人都能取得卓越成就之意，而是為了紀念民族英雄鄭成功。成功大學就坐落在鄭成功曾經所在的府城，距離歷史名勝赤崁樓不遠的地方。因為紀念一位英雄而建立一所高等學府，其用意、辦校理念和育人精神是不言而喻的。

成功大學裏較為有名的三個校區是新潮的自強校區，西洋式成功校區，古樸式光復校區，僅是這些名字，就體現著不同的時代氣息。成功校區，有一座鐘樓，是成功大學的精神象徵。而在以後，這座鐘樓不僅是成功大學的標誌，還是台南市的地標性建築。因為，在這座鐘樓之上，安置有一座台灣島內最大的西洋式擺鐘。

方文凱和系裏開會討論開課的事進行得很順利，主要是因為「航空氣象」是一門必修課，但是多年來因為沒有合適的人，就一直沒開這門課，現在有人了，系裏當然是很歡迎。再加上方文凱的個人學術聲望，就更是順理成章了。

成大替他向教育部申請的教授資格和課程進度都已經批准了，現在只要把上課的時間頂下來就行了，最後是定下來每週三堂課集中在週一的下午，從一點到四點。但是系主任和研究所所長提出一個要求是方文凱沒有想到的，他們一起去到了工學院院長辦公室討論課程的細節，商學院的院長也來參加討論。

「航空氣象」的課程是在九月初開始的，它是研究所的課，來選課的學生主要是來自成功大學的航空暨太空系的研究所，但是也有一些是來自交通管理系的研究所，航太系是屬於工學院，而交管系是屬於商學院，兩個學院對他們本科生的必修課程要求很不同，所以交管系的研究生來選方文凱的航空氣象學是有一定的困難，尤其是數學能力更是有很大的差距。

就是為了這事，商學院院長來找了工學院院長和方文凱，說明他們交管系研究生最大的就業對象是交通部民用航空局，他們是通過公務員考試來錄取新聘的職員，由於專業上的需要，「航空氣象」就成為考試內容的一部分。因此希望方文凱能將需要用高等數學來講解的部分，以「深入淺出」的方法來說明。換句話說，就是要方文凱能夠網開一面，讓交管系的研究生能把這門課念下來，大考能夠及格，把學分拿下。方文凱的回應是：

「航空氣象是建立在流體力學和熱力學的基礎上，要說明它的原理，必須要用高等微積分和偏微分方程式做為工具。如果不能用這些工具，就只能說明『現象』，而無法去理解它背後的原理，這在應用發展上是個障礙，對我們學生的競爭力也是個缺點。」

商學院長說：「是的，方教授說得一點都沒錯。根本的辦法就是，把這些高等數學的課程，列為選修航空氣象的先修課，我們正往這方向走，但課程的制定是要在我們院務會議裏通過才行，商學院和你們工學院不同，我們的背景和教授們的思路都要複雜得多，所以需要時間來醞釀和溝通，不能馬上就做到。我們要求方教授的是暫時性的緩衝之計，但會給我們的畢業生解決就業問題。」

在工學院長的推波助瀾下，方文凱同意了用「科普」的方法，來講解有關流體力學的理論應用。對他說來，這是多增加了一份挑戰，因為用科普來描述「科學的正確性」，往往有很大的困難，日後方文凱花了很多的時間來準備這方面的講課細節。

方文凱和楊玉倩約好見面的地方，是他們多年前「幽會」過的所在——位於武昌街一段七號的明星咖啡館。那是一間在一九四九年，由一個十八歲的建國中學畢業生，和五個年紀比他大三十多歲的俄羅斯人，共同把「明星咖啡館」從上海霞飛路七號，延續到台北市武昌街一段七號，從此開啟了明星咖啡館一甲子的燦爛歲月。

美味的俄羅斯餐點與俄國皇室御用糕點，撫慰了無數俄羅斯人的思鄉之情，其中包括了蔣經國的妻子蔣方良女士。同時也風靡了無數講究美食的達官貴人。咖啡館樓下的騎樓，也正是詩人周夢蝶擺舊書攤的地方，這個傳奇故事的因緣，使明星咖啡館成了台灣近代文學的重要地標，孕育出許多文壇巨擘。曾有人說過：台灣六十年代的現代詩和現代小說裏，有著濃郁的明星咖啡香味。有人說：如果你用手輕輕地剝開白泡泡的俄羅斯軟糖，放進口中吃起來就會有彈牙的感覺，這就是當年俄羅斯沙皇享受的軟糖，甜而不膩，也是蔣方良女士的最愛。它在冰凍後食用，更有一番風味。

另一種蔣方良女士喜愛的糕點，是由傳統俄羅斯點心改良成適合中國人口味的核桃糕。它是用精選的桂圓，加上核桃和葡萄乾組合成的，有獨特的俄羅斯家鄉口味的糕點。咬下一口，就有撲鼻的萊姆酒香味，再搭配鋪滿的乾果，它的香氣和口感都是別無他處。

但是這些都不在方文凱的記憶裏，當年他只集中所有的注意力在楊玉倩的身上，感受著她身上每一條曲線，和撫摸她帶來的手感。過去的回憶讓他百感交集，這麼多年過去了，他事業有成，甚至有人說很光輝燦爛，讓人羨慕，但他還是孤家寡人，一個人獨來獨往，他的同學們不僅立業，同時也都成家有孩子了。楊玉倩可能成為他成家的對象嗎？

方文凱還在神遊四海時，楊玉倩來到了他面前，她還是一身素色的裝扮，還是戴著胸前的大念珠項鍊和手腕上的念珠，只是下身換成短裙，上身是緊身的白色襯衫，頭一個扣子是打開的，露出了雪白的胸脯，一身成熟女性的氣息，讓四周的男人和女人都多看了她兩眼。

「方大教授，我來了，可以坐下嗎？」

「小玉，對不起，我是在作白日夢，沒看見妳。快坐下，要點什麼喝的？」

「作什麼夢？」

「夢見在金教授家的那一晚。」

楊玉倩的臉頓時紅了，她沉默地在方文凱的對面坐下來，讓他能好好地端詳她。

「你怎麼這樣看人呢？不認識我了？」

「我們上次見面是快有十年了吧？時間好像在妳身上凍結了，妳看起來一點都沒變。」

「我們上次見面是兩天前，我當然沒變，你是不是在提醒我，我比你大兩歲？」

「前兩天我才和我那些老同學見面，好些都是妳認識的，他們都說妳是駐顏有術，或是吃了長生不老的仙丹。」

「不跟你胡扯了。你叫了什麼喝的？」

「咖啡。」

「你大概已經忘了這裏最好喝的是什麼了。」

「以前跟妳來這裏的時候，注意力沒放在飲料上。」

「那是放在哪裏？」

「妳如果不記得了，我指給妳。」

方文凱把手伸出來，楊玉倩抓住了它說：「你敢？我會大叫的。」

「我不怕。」

她還是緊握住他的手：「求你了，別整我了行不行？」

楊玉倩也叫了一杯咖啡，然後他們就進入了正題，方文凱說：「妳既然是秦瑪麗的好朋友，就讓我先把我想不通的地方跟妳說。她要我辦的事，只是去收集有關她父親案子的非官方資料，還說就是從新聞媒體上取得的就行了。這種事用不著來找我，任何看報紙的人都可以勝任，更何況她還有妳這個好友，妳不就是舉手之勞嗎？」

「是啊！那你為什麼不拒絕她，是不是讓她給迷住了？」

「說什麼呢？她是我們學校董事會成員的夫人，我想跟她說話還得經過好幾層的關口，我敢拒絕她嗎？但是我有提醒她，這種事我是外行。」

「是我建議她去找你的。」

「原來是妳在幕後給我找麻煩，怪不得人家都說，什麼人都能得罪，就是不能得罪記者，你們是無冕王，誰得罪了你們，誰遭殃。」

「秦瑪麗在兩年前就跟我說，你們學校裏有一位如何、如何優秀的年輕台灣教授，等她說了名字，我才知道她是在說你。我就把我們的事告訴了她，她也說了你妻子的不幸遭遇。我才知道你有了喪偶之痛，所以寫了一封安慰信給你，結果石沉大海，我才知道你還是沒有忘懷我的無情無義，還是懷恨在心。」

「小玉，妳錯了，我從來沒有懷恨過妳。我很感激妳的信，當時我處於崩潰邊緣，妳的信給了我一份溫暖，但是我沒有勇氣面對妳和我們的過去。所以半年前當妳失去丈夫時，妳不接我的電話，我完全能明白妳的心情。」

「文凱，我的情況和你完全不同，今天我不跟你說，但是等我鼓起勇氣時，我會一五一十地告訴你。」

「我有那麼可怕嗎？」

「你一點都不可怕，我是害怕我自己。」

「那我就不明白了。」

「我害怕抵抗不住你的誘惑，又不能自拔，然後就被你瞧不起，最後被你遺棄。」

「楊玉倩，說話要憑良心，我什麼時候瞧不起妳？說到遺棄，到底是誰把人踢皮球了？」

「我們兩人的事，我有一千個不是，這筆帳，我欠你一輩子。」

「那妳為了還債，就更應該把心裏的話告訴我了。」

「我不跟你說這些亂七八糟的事，我承認你不是那種始亂終棄的人，行了吧？我們還是先說秦瑪麗。」

「妳為什麼要她來找我？我們學校還有好幾個台灣來的教授。」

「她的小心眼我還聽不出來嗎？她想找機會接近你，所以當我建議了你，她就一口說行了。」

「她是真有需要找非官方的資料嗎？」

「不是她有需要，是我有需要。」

「我不懂。」

「當秦伯母請律師向國防部提出抗議，說他們對秦依楓的案子調查結果錯誤和處理不當時，國防部並沒有把它當一回事。後來律師又向監察院提出檢舉案，國防部才緊張，將案子送到地檢署，要求地方檢察官介入，重新調查。」

「秦瑪麗說，也是因為妳的一系列報導，促成了新的調查。」

「在目前老百姓的心目中，真相週刊的可信度要比政府的可信度高。所以這個案子的情況已經在立法院裏被質詢過好幾次了。」

「這不是很好嗎？妳應該繼續妳的報導啊！」

「問題就出在這裏。我們的報導是要根據事實，以前我們還可以去訪問一些相關的人，看到一些被偷偷拿出來的文件，讓我們有爆料的證據。但是現在國防部學乖了，把所有的消息都嚴格地封鎖，禁止任何人去接觸媒體。我們無法寫報導了。」

「妳不是說案子也送到地檢署了嗎？他們不歸國防部管啊！」

「可是他們指定了一位叫吳紅芝的檢察官負責，她打著調查中的案子不公開的大旗，也是對媒體全面封鎖消息。我才想到趁你來台灣時，以家屬代表的身分要求調閱檔案，同時你是美國來的大教授，有那麼高的學術地位，對你總得客氣一點。所以我才向秦瑪麗建議你。」

「原來是這樣。但是秦家聘請的律師也應該可以調閱檔案，不是嗎？」

「我的感覺是，這位律師和國防部有利益上的關係。他們沒有站在秦家這一邊。」

「秦瑪麗說這個律師是南方製藥集團聘請的。」

「她知不知道製藥集團和台灣國防部有任何關係嗎？」

「我不曉得，但是妳應該要她去查清楚。」

「文凱，秦瑪麗把國防部的調查報告和律師的調查報告都給你看了，你的印象如何？」

「律師把國防部的調查報告照單全收。」

「連最基本的問題都沒去問。」

「小玉，妳說的基本問題是什麼？」

「我們在調查一件案子時，一定要問三個所謂的基本問題和它們相關的資訊。這三個問題是圍繞著動機、受益者和被害者。文凱，你認為整件事應該如何地去看呢？」

「我能想到的是，如果動機真的是像調查報告說的，是因為分贓不均，動了殺機。那麼贓款，也就是錢財，跑到哪裏去了？為什麼兩份調查報告都沒有提？」

「文凱，你問得太好了。我們要找答案。那麼受益者是誰？」

「報告雖然沒有明說，但是強烈的暗示受益者是秦依楓。」

「他有這必要嗎？他的薪水加上每月的職務加給，可以算是高收入的人了。他只有一個女兒，嫁給美國的富豪，他有貪汙的必要嗎？」

「小玉，我還有一個問題，就是分贓不均的動機，如果確是如此，就表示還有同夥人，肯定是和國防部有關係的人，他們是誰？如果不知道，為什麼沒有調查？」

「這些資料，就是我們要你來設法取得的。你得聽我指揮，否則我就告訴秦瑪麗你辦事不利，看她怎麼收拾你。」

「妳要我做什麼呢？」

「先做三件事，第一件事是去製藥集團在台灣的法律顧問『羅聞律師事務所』，他們的兩位合夥人是羅寶敘和聞常晨，分別和藍綠兩個政黨有很深厚的關係，所以無論誰在執政，每年向國外採購軍火的談判和簽約，都由他們來擔任法律顧問。你問他們要秦案的背景資料，尤其是『同夥人』是誰？如果不給，就把秦瑪麗搬出來。第二件事就是去見吳紅芝檢察官，問問她我們剛剛討論過的問題，看她怎麼回答。」

「這兩件事，可能要花點時間來安排，不可能在兩、三天就完成的。」

「我明白，不用心急。你的第三件事可能更要花工夫的。」

「是什麼？」

「秦伯母告訴我，在案發前的幾個月裏，秦伯伯常常翻著看一本德文書，後來又托人在美國買了一本英文的翻譯本。這是一本怪書，看不出和案子有任何的關係，但是我又覺得，我們所要的答案也許就在這本書裏，所以我要你這大教授，有美國雙料院士的大學問家，好好地把這本書研究一下，也許會看出個端倪來。」

楊玉倩從她帶來的手提紙袋裏拿出來一本書，交給方文凱。他翻了一下，看見書的名字是《西藏七年》，是一本自傳，作者名字是海茵瑞奇．哈瑞爾，是奧地利人，但是他參加了德國納粹黨，成為黨軍的軍官，他在書中是敘述從一九四四年到一九五一年間，他在西藏的真實生活。

「文凱，有人告訴我，說吳紅芝是個很厲害的人物，不但在事業上很有野心，還是個殺手，所以你要小心。」

「一個檢察官會是個殺手？」

「是專門殺男人的那種殺手。」

方文凱在成功大學的訪問活動很快地就進入了正常狀態，除了在「航空氣象」的課堂外，他也經常和同學們交流，尤其是「航空模型俱樂部」請他做顧問，他們的各種活動裏，都能常見到這位美國來的訪問教授。成大的老教授們組織了一個「酒友會」，每隔一、兩個月就找個飯館聚會一次，顧名思義，目的就是喝酒。他們也邀請方文凱參加。好些「酒友」都曾教過他，很自然的，大家在酒後微醺時，會回憶起往日的美好。這些活動都讓方文凱感到溫暖。

在開學後不久，成功大學轉來一封由民航局發給方文凱的信，邀請他來主持一年一度的「航空氣象與飛行安全訓練」的講座。這是由民航局的飛航服務總台主辦的，參加訓練的對象有民航局的氣象中心、各個機場的氣象台、各航區的航空管制中心和所屬機場的塔台管制員，再加上出席人員最多的「航空業者」，也就是航空公司的飛行員和簽派員。

當方文凱拿到了參加訓練的名單時，他吃驚地發現來報名的人數有一百多人，再進一步地追問，更發現這些參加者的背景更是非常的「多元」，大部分的人都沒有很深入的「科學背景」。方文凱再度花了很多的時間將講解的內容「科普化」，但是同時又加強了「專業」的內容，來的人都是吃「航空」飯的，應該更容易理解他要講的內容。他發現來報名的人中有好幾位「資深」的飛行員，和他們切磋如何在惡劣的天氣裏保證飛行的安全，應該是件讓他興奮的事。兩天的訓練是在民航局的國際會議廳舉行的，在一開始時，方文凱就把「航空氣象」的定義和他要扮演的角色說明：

「航空氣象」一直被看成是氣象學的一部分，研究航空氣象和大學裏講授航空氣象的人，大多是大氣科學專業的。因此往往是偏重在「氣象」，而不是在「航空」。雖然學航空的人來教「航空氣象」會被看成是「異類」，但是課程的目標應該是針對飛行安全，而不是要研究大氣物理。對飛行安全有影響的三種氣象情況是：能見度、低空小尺度的風場變化、雷暴及對流天氣。

氣象與飛行都是建立在非常嚴謹的科學原理基礎上，這應該是「航空氣象」課程最重要觀念。大氣的可流動性、可膨脹性和可壓縮性，是大氣最重要的特性，它們的變化是全球氣候現象的驅動力。由於大氣是被地球的重力場固定住了，大氣的重量造成了「氣壓」。太陽輻射使地球和覆蓋著的大氣層有了溫度的變化，「氣壓」也跟著變化，形成了「高氣壓」和「低氣壓」的區域和時間。當大氣在高、低氣壓間流動時，「風場」就形成了。

太陽輻射是造成氣象變化的最原始驅動力，但還有一個非常重要的媒介，那就是大氣中的水汽。從氣候的觀點，它是大氣裏最重要的成分。在正常的大氣環境中，水是以汽體、液體和固體三種形態存在。外在的環境促使這三種形態轉變，在過程中，大量的能量被釋放或是被吸收，成為區域性氣候變化的驅動力。

水汽是形成雲和霧的必要條件，也是影響「能見度」最大的因素。因為不僅水汽在大氣裏的含量不是個常數，它還隨著時間和空間在變化，並且變化的尺度可能很小，但是強度會是很大。典型的例子就是雷暴，雷暴是一種天氣現象，當它通過時將會對飛行安全造成非常嚴重的危害。有人形容它是「發瘋了的積雲」，因為伴隨著它的是雷擊和閃電，還有垂直風場、強大的陣風、湍流、強降雨，有時甚至還會有冰雹。

全世界每天會發生四萬四千個雷暴，每一個飛行員早晚都會碰上它，但是所有的飛行員都應該對這種天氣抱有「敬鬼神」的心態，要離它遠一點。如果雷暴是來自對流性天氣，或是因地形造成的上升氣流所形成的，雷暴地區會保持著「目視飛行條件(visual flight requirement，VFR)」，應該很容易地避開它。如果雷暴是由移動中的冷鋒鋒面所造成的，它往往是嵌入在其他的雲層裏，不容易看見，對飛行員會造成特別的危難。「微型下擊雷暴」是指在低空的垂直對流風場，它的垂直風向速度可高達每分鐘六千英呎，在接觸地面後，垂直的風速向水平方向擴散，風速可達到每小時八十海浬。就因為快速變化方向和速度的水準風場，會使遭遇到的飛機喪失大部分的浮力，而無法維持飛行。

對於飛行，風場的變化是一個永遠無法逃避的問題。氣象環流或受地形影響的風場，會在短時間內和短距離內造成很大的風速變化。相對的，它也造成機翼和其他控制面上流場的變化，可能會使飛機進入危險的姿態。因此當航機在起飛和降落的過程，穿過大氣裏最低的幾百英呎的空間時，小尺度的風場變化和湍流，將對飛行安全造成很大的危險性。

風場不僅是隨著距離在變，它也隨著時間在變，因此，往往「風場變化」是用來形容低空飛行時所面對的危險。從技術的觀點來說，「風切變」是指兩點間的風速變化，如果在十英哩之內有很大的水準風速變化，就可能造成航機運作的困難。在低空的三度空間流場，及相關的風切變和湍流，是隨著地區、季節和氣象情況而變，根據過去的經驗，它對飛行安全所造成的危害性程度，是最為嚴重的。

如果飛行員知道他將遭遇到風切變，同時也明白它的強度，他可以在某種程度裏調整進場的空速，也許可能逃過一場災難。但是，這僅僅是個可能而已。風切變是個非常複雜，也是很難預測的小尺度氣象情況，而它所造成的風場變化，可能是緩慢的，也可能是快速和突然的。強烈的順風和逆風，可以在瞬間變得微弱或是更強。它可能有伴隨著的湍流，也可能夾帶著側風，造成方向的偏差。

風切變最重要的參數，就是風速在時間裏的變化。有了這參數，就能決定駕駛員的能力和飛機的性能，是否能夠應付眼前的風切變。如果飛機為了反應對風場的變化，能在瞬間加速度或是減速度，問題就好辦了。但是駕駛員和飛機的反應，都會有時間上的延遲，尤其是大型航機的反應要比小型通用航機要慢得多。因此，在遭遇到嚴重的風切變時，結果是否能夠安然無恙，就要看駕駛員的反應動作是否正確了。

在啟動應變行動時，即使是一個非常短暫的延誤，都可能造成航機失去了關鍵性的性能，而無法從強大的低空風切變裏逃脫災難。某些資訊是可以幫助駕駛員明白，風切變的出現和及時的躲避，這包括了來自其他遭遇到風切變駕駛員的報告，低空風切變預警系統的警報，和雷暴天氣的出現。在降落和起飛的過程中，駕駛員要特別注意空速的變化，垂直速度和飛機的姿態。任何過度的變化都可能是因為風切變所造成的，應該即刻啟動應變行動。

方文凱在培訓一開始，就很明確地說明了小尺度的氣象變化，尤其是由下擊雷暴所造成的風切變，將對航機帶來災難性的意外事件，在隨後的兩天裏，他就集中講解風切變的成因、預報技術和監測設備的發展情況，最後談到了，如果遭遇到風切變，如何逃生，或是更實際地說，如何來增加活命的機率。

有一位來聽講的飛行員發問說，在美國，如果一架民航機飛進了下擊雷暴所造成的風切變時，駕駛員會做哪些動作呢？他回答說，首先把左手移到胸前，再把右手也移到胸前，兩手合十，開始向上帝禱告。

雖然這是個笑話，但是方文凱是用它來說明，一旦進入了低空風切變，就是進入了絕境，剩下來的就只能聽天由命了。方文凱注意到了，一百多人中沒有人發出笑聲。

兩天的培訓下來，方文凱感到非常的高興，因為和學員間的討論和互動很熱烈，提出的問題裏有不少是屬於「標準操作」，學員們是按規則做事，但是他們不知道為什麼？有一位中華航空公司的女學員舉手發言：「方教授，我是華航的劉雅媚，我一直有個問題不曉得答案，所以想請教。」

「劉小姐，您請問。」

「在起飛的滑行時，有時會遇到突然發生的順風，使飛機的滑行速度在到達離地點之前，就已經到了起飛速度，但是教官警告我們絕不能拉杆離地。在模擬機裏的程式，也是制定在只要是一拉杆就墜毀，這是為什麼？」

劉雅媚是一位年輕美麗、穿著時尚，看起來很現代的女性，方文凱多看了她一眼：

「現在中華航空公司還要求簽派員要明白飛行的細節了。」

「我不是簽派員，我是駕駛員。」

「對不起，也許是我的年紀大了，老覺得現在的飛行員越來越年輕了。」

「其實我已經老大不小了，只是看起來年輕而已。我是飛多尼爾式的飛機，主要是飛外島航線和包機。」

「您的問題要從飛行動力學來解釋。當飛機以高速滑行到達離地點時，是表示通過機翼的空氣流場，已經產生了足夠的上升浮力，可以拉杆離地起飛了。但是如果遇到突然的順風，將飛機在瞬間推到起飛的速度，但是機翼的空氣流場，可能還沒有產生足夠的浮力，如果拉杆離地，尤其是當順風在瞬間即逝，飛機就可能會墜落。所以一定要記住教官的話就對了。」

諸如此類的互動給方文凱帶來了意外的喜悅。方文凱另外的一個收獲是，經過一位中學的同班校友，認識了中華航空公司的一位飛行員，齊瑞辰，他是從台灣大學的大氣科學系畢業，再考進華航，被送到美國的北達科達州立大學去學飛行，然後一路被提升到現任的波音七四七巨型客機的機長。方文凱認識不少的民航駕駛員，但是齊瑞辰是唯一一個學大氣科學科班出身的，他們相談得很投機。後來他還把這位經驗豐富的機長，請到他「航空氣象」的課堂上，讓同學們問他問題，收到了很好的效果。

方文凱給葛瑞思發了電郵。

親愛的葛瑞思：

嗨！小姨子，妳好嗎？謝謝妳的電郵。爸、媽都好嗎？

我在成功大學訪問的事都定下了，他們給了我一間滿好的辦公室，上課的時間也定了，每週三堂課，都是在週一的下午。辦公室的電腦是連線上網的，我打開後就看見妳的電郵了，當時有不少人在辦公室，所以沒有馬上回。我看中了一個公寓，是在淡水，簽了一年的租約，我現在就是在書房裏給妳寫信。

上次聽妳說到西藏旅遊的事，覺得妳對那裏的人文歷史很有興趣，有空就再多說說妳在那裏的感受吧！

我們校董會的史密斯校董夫人所托之事有些複雜，還不曉得能不能完成任務。有一件事希望妳幫個忙；有一本書，《西藏七年》，作者是海茵瑞奇．哈瑞爾，是一本自傳，我想請妳查查，書裏說的當年在西藏發生的事，有沒有和現在的台灣有任何的瓜葛。

在這裏獨來獨往，有點孤鬼遊魂的感覺。我很想念妳和那片沙灘。

文凱

第二天，方文凱就接到葛瑞思的回信。

親愛的姐夫：

終於接到你的信，好高興。姐夫真的會想念我啊！爸、媽他們都很好，放心。你走後我們就開始去收拾你的房子，進度很快，再去一、兩次就差不多了。

你們學校來了一位大牌訪問教授，在找住的地方，他們夫婦來看過房子，好像是很喜歡。他們說下星期會決定要不要租。姐夫，我看到了你和姐姐寫給對方的信，原來你都收藏了。我好想看看，可以嗎？

我已經到圖書館把《西藏七年》那本書借出來了，看完後，我就回答你的問題。

我覺得西藏是個好神秘的地方，有一種很特別的吸引力，在那裏待了快一個月，好像只接觸到它的一個角角。我的第一個感覺是：

在加拉白壘峰，看到攜一縷晨風，採一束陽光，然後飄浮在西藏，這樣的感覺是多麼美好，雖然遠離故鄉，心卻回到了夢中的天堂。到了南迦巴瓦峰時，碰到了冰天雪地，在那裏渡過了無數個不眠之夜；在神山聖湖旁，我傾聽了猶如春雷般的遠古天籟！在納木錯公路上，看到了太多的美麗讓人感動，心靈像脫韁的野馬，在蒼茫大地上自由狂奔，孤獨的身影越走越遠，夢幻的雪山卻隱藏在雲霧縹緲的天邊。到了珠峰天路，踏著狂野的生命旋律，越過雪山，越過河流，越過寬廣的草原，越過無涯的時間，心靈在離太陽最近的地方輕輕停留下來。

走進芒康小村使我感到夢想成真，柔情徜徉在生活的每一處，從這天開始，所有的美麗伴隨著一串串腳印，遍及西藏大地。到了崗巴小村，發現這裏沒有熙熙攘攘的人聲，沒有滾滾紅塵的物慾，讓人很容易融入到甜美的夢境之中。在夢裏，水在心中流動，彷彿思緒在江河波光中瀲灩；在眼前，雲在天上飄蕩，恰似大海的滾滾波濤……我在拉薩郊外，看到了西藏的雄渾與狂野，將凝重的生命色彩滲透到心靈最深之處，它的聖潔之美，把一切感動的瞬間，變成了永恆的思念。我很懷念西藏，姐夫，我希望能和你再去一次，好嗎？

我突然想起來一件事：我們去參觀布達拉宮時，導遊帶我們去看一個很大的地下室，相傳是從清朝康熙年間開始，歷代的達賴喇嘛就將金銀財寶存在這地下室，但是在達賴十四出逃印度後，有人將這間地下室打開，發現裏面是空的，現在有謠傳說是達賴把財寶帶到印度了，也有說是藏在別的喇嘛廟裏，還有傳說是運到台灣去了。

姐夫，我也很想念你，什麼時候會回來看我？

葛瑞思

方文凱打電話到羅聞律師事務所，接通了羅寶敘律師的辦公室，他向接電話的秘書小姐說明了身分，和要求與羅律師見面的理由。安排在第二天下午三點在事務所見面。

羅聞律師事務所是台灣數一數二的「律師樓」，坐落在林蔭夾道的敦化北路，是在一棟現代化的辦公大樓裏，方文凱準時到達，馬上就被帶到一間會議室。坐下不久，有人端來咖啡，一位中年人和一男一女的年輕人走進會議室，中年人手裏拿著一個檔案夾，他送上一張名片，自我介紹說：「我是劉絡瑞律師，這兩位是我的助手。羅寶敘先生要我向方教授說明秦依楓案子的調查情況。」

「昨天秘書小姐跟我說，羅先生會和我見面。」

「對不起，羅先生突然有要事，無法分身。我相信我可以代表羅先生回答您的問題。」

「根據我的理解，你們用了近兩百小時的工作，對秦依楓案子的調查報告進行了查詢，有新的發現嗎？」

劉絡瑞從文件夾裏拿出一份報告遞給方文凱：「我們做了非常詳細的報告。」

方文凱從背包裏拿出了兩份報告，指著其中的一份說：「就是這一份嗎？有補充的資料嗎？」

「啊！您已經有一份了。這是很完整的報告，不需要補充資料的。」

「是嗎？我這裏還有一份報告，是貴事務所轉給史密斯夫人的。」

方文凱把國防部的報告放在面前的桌上，劉絡瑞看了一眼：

「是的，我們對這份報告很熟悉。」

「那是完全正確的，因為兩份報告的內容是完全一樣的。」

「兩份報告的內容是反應同一個事件，因此他們有雷同的地方是不足為奇的。」

「你們花了兩百多個工作小時，結論是國防部的報告沒有一點可疑之處嗎？」

「是的。」

「那麼我就代表史密斯夫人提出我們認為可疑的地方。」

「請問，我們一定會把您的疑點解釋清楚。」

「國防部的調查說，秦依楓是因為分贓不均而被殺。如果按常理說，這裏的分贓是指分配貪汙所得，那麼這筆贓款現在誰那裏？為什麼在調查報告裏隻字未提？難道這不是可疑的地方嗎？」

「這個我須要請示。」

「請示什麼人？」

「當然是請示羅寶敘先生了。」

「報告裏指出幾個同夥人，對他們調查的重點是集中在殺人的事件上，這幾個被捕的同夥人都否認殺人，所以結論是兇手在逃，然後就沒有後續了，這不是疑點嗎？還有，這些同夥人要不是秦上校的部下，就是在逃的軍火商或是中間人，秦上校的上級在整個事件裏扮演了什麼角色？也是隻字未提。國防部不是黑社會，它有嚴謹的監督和審查制度，更何況是這天文數字的金額，秦上校難道在執行任務前，不需要請示上級和取得上級的批准嗎？你們認為這些都不是疑點嗎？」

「這一點我也須要請示羅寶敘先生。」

「那就趕快請示吧！」

「對不起，羅先生現在開一個非常重要的會議，不在事務所。」

「這個你說過了。」

「所以我要等他回來後才能請示。」

方文凱突然站了起來，手指著劉絡瑞大聲地說：

「劉絡瑞，你是律師嗎？你居然在光天化日下，敢對你客戶的代表人說謊，你就不怕我向律師公會舉報你？」

「方教授，請你不要含血噴人。」

「你對我說的第一件事，並且是當著你這兩位同事面前說的，就是你完全可以代表羅寶敘回答我的問題，這是謊言，因為事實上你並不能。」

方文凱把文件裝進背包裏，離開了羅聞律師事務所，他將詳細的經過用電子郵件向秦瑪麗作了報告。

當方文凱來到羅聞法律事務所時，羅寶敘律師是在事務所的大會議室裏主持一個非常重要的投資會議。經過了兩年的努力，他終於說服了南方製藥集團，在台灣設立一條生產線，將他們最暢銷的治療高血壓藥物，寧悅可，拿到台灣製造，滿足快速膨脹的亞洲消費者市場。

本來南方製藥集團就準備要在亞洲建立一條生產線，並且是選定了中國，因為看好了中國的市場，所以他們正在籌措資金。羅寶敘看準了這是個賺大錢的機會，他從客戶中挑選了十幾家台灣的企業，向他們提出在台灣設立寧悅可工廠的建議。由他們出資本，買地建廠，引進設備和建立技術隊伍，美國的南方製藥集團提供配方和關鍵的製造技術，他們的回報是出借專利權的費用。

藥品本來就是個高利潤的產品，更由於龐大的亞洲市場，尤其是日益增強的中國人購買力，每個人都看出來這是一樁穩賺大錢的生意，所以投資意願很高，羅寶敘費了很大的力量，讓大家都同意各參與者的投資比例。

羅聞律師事務所雖然不需做任何的投資，但是可以分配到百分之十五的乾股，這是台灣的行規，促成和安排企業的投資，是羅聞律師事務所的主要業務，當約定和方文凱會面的時間，與投資會議有了衝突時，前者就成為次要，找人代替他就很自然了。

投資會議正進行得如火如荼時，他的私人秘書走進來遞上一份傳真給羅寶敘，他立刻意識到這是一個重要的消息，並且是和現在的會議有關，否則他的秘書不會進來打攪他開會，傳真是印在南方製藥集團的信紙上，是亞洲部經理發給他的，內容很簡單，只有一行字：「即刻中止與羅聞律師事務所的業務關係」。

在場的一位台灣製藥公司董事長，也同時接到他辦公室的電話，告訴他南方製藥已經解除了和羅聞律師事務所的關係，這家公司多年來一直是在進口南方製藥集團的產品，他們有很好的關係。這一紙傳真讓羅寶敘愣住了，不知所措。在與會的投資者質問下，他只好宣佈暫時休會。

回到辦公室後，他馬上打電話給製藥集團的亞洲部經理，但是沒有接上。一直到兩天後才接到回電，告訴他中止業務關係的決定來自總經理辦公室，又過了三天，他才和總經理通上電話，他被告知，決定是來自秦瑪麗執行董事，她是史密斯董事長的夫人，有台灣背景，所以由她來分管有關台灣的業務。

羅寶敘馬上又和另一位執行董事戈登．麥凱打電話，此人接受過他不少的好處，能常常提供給羅寶敘一些有用的內幕消息，此人又是史密斯董事長的親家，所以在南方製藥集團裏很有影響力，他說秦瑪麗對羅聞律師事務所處理委託調查秦依楓案子的事非常不滿意，所以決定換人。這也難怪，因為秦依楓是她老爸，也是董事長的丈人，這個小事都辦不好，當然要把他們開除掉了。戈登．麥凱還說，如果秦瑪麗的私人代表方文凱教授，在他的報告裏說明對羅聞律師事務所還算滿意，他可以建議給董事會恢復雙方的關係，重新聘用羅聞律師事務所。

羅寶敘終於明白了，原來是他完全沒看在眼裏的方文凱，把他已經吃進嘴裏的一塊大肥肉硬是給挖出來。羅寶敘的最大優點是人際關係的處理，和他能伸能屈的個性，他即刻打電話給方文凱，希望見面，但是方文凱不回他的電話，最後他只好乘高鐵南下到成功大學去攔截他。

當他來到了航太系時，方文凱正在上課，他就安心地等，但是到五點半過後，學生們都下課走了，也不見方文凱的蹤影，後來有人過來告訴他，方教授已經搭乘高鐵回台北了。他明白，這是在給他顏色看。在萬般無奈下，他也只好坐上高鐵回去。等快要到台北時，他的手機響了：

「我是羅寶敘，請問是哪一位？」

「我是方文凱，你找我嗎？」

「方教授，您好，我希望我們能見一面，讓我當面說明一點小小的誤會。」

「有必要嗎？」

「當然，當然，所有的誤會，見面後都會說清楚的。」

「羅先生，我是受人之托到貴律師事務所詢問資訊，顯然你們是不想提供相關的資料，這還需要說明嗎？」

「這是劉絡瑞律師的失職，我會當面回答您所有的問題。」

「我想先不用勞您的大駕了，您把相關的資料送給我，我找到答案，就能交差了。」

「那好，二十四小時內一定會送到。」

從電話裏，他感到方文凱還是個很講道理的人，但是一個星期過去了，羅寶敘沒有接到任何的回音，方文凱和南方製藥集團都沒有任何動靜。但是從其他地方傳來的消息，都讓他憂心忡忡，尤其是聽到了中國大陸的一個製藥廠，也是個政府的企業單位，正在積極地和南方製藥集團談判，希望取得「寧悅可」的製造權。他們如果談成了，羅寶敘的計畫就全泡湯了。他又立刻給方文凱打電話：「方教授，您收到了我們送過去的資料了嗎？」

「謝謝，一星期前就收到了。」

「太好了，您給秦瑪麗女士的報告就可以發出去了。」

「是的，我準備把資料再詳細地看一次，就要把我的報告寄出去了。」

「您是要找什麼特別的資訊嗎？」

「羅先生，我向劉絡瑞律師提出兩個非常具體的問題，當時他不能回答我，說要請示您。我把您送過來的資料很仔細地研究了，但是沒有找到答案。如果是我理解的能力不夠，請您告訴我，哪一個檔案裏可以找到我要的答案。」

羅寶敘可以感覺到方文凱認真的態度，完全沒有情緒上的問題了：

「方教授，我們手頭上的資料來源是國防部，這是多年和他們的互動，所建立起的互信結果，這裏面有很多是牽涉到國防機密，不能和外人分享，希望您能諒解。」

「我真的是希望國防部的保密規則裏不包括謀殺案。我提議把秦依楓案件資料裏，任何有關國防機密的部分都刪除後再給我。」

羅寶敘覺得方文凱的要求很合理，他即刻又將兩大箱的檔案送過去，讓方文凱吃驚的是，這些檔案並沒有被過濾，有不少敏感的資料，例如國防採購專案的數量和金額。

《真相週刊》又連續地發表了三篇有關秦依楓案子的報導，內容的主要重點，是暴露了早先國防部正式聲明的謊言。

從開始，國防部就堅持所有的不法行為，都是秦依楓的個人行為，他的上級完全不知情。《真相週刊》在報導中說，他們得到確切的證據，可以證明秦依楓曾經向他的上級，將採購戰機的作業計畫作了詳細的彙報，同時建議一定要堅持配備新型的「西門卡－II式」發動機，以取得較大的推力、載重力和速度。並且他的建議也得到了批准。

報導內容的第二個重點是，國防部曾經用了很大的力量去追蹤「贓款」，尤其是針對秦依楓個人，將他在境內和境外可能隱藏錢財的地方，做了鋪天蓋地的盤查，但是一點蛛絲馬跡都沒找到，調查人員懷疑這筆錢根本沒有到「犯罪分子」的手裏。

第三個重點是，沒有任何文件顯示，國防部對秦依楓被殺害的事件做了任何的調查，但是對外的聲明是說，因分贓不均而被害，依常理，兇手應該是秦依楓的同夥，或是同夥買兇殺人，所以查出殺人的主謀，也會幫助找出贓款的去向。但是為什麼國防部不去追查？

這三篇報導又把沉寂許久的「秦依楓案」一下子炒熱了。報紙上開始出現各種相關的小道消息，電視媒體也不甘示弱，進行了各種稀奇古怪的訪問和報導。比較有意思的是，所謂的政論節目，幾個「名嘴」在主持人的引導下，針對案件發表意見和爆料。慢慢地有一個基本的「中心議題」形成了，那就是：「為什麼國防部要隱藏這些事實？是什麼人下的命令，是在保護什麼人？」《真相週刊》更是直截了當地說，從這些問題的答案裏，一定能找到謀殺秦依楓被害的動機和殺人的兇手。

楊玉倩是掀起這個熱門話題的始作俑者，又是對秦案背景資料知道最多的人，很自然地就成了電視政論節目邀請的來賓，方文凱不錯過任何在電視上看到她的機會，楊玉倩經過專業的精心化妝後，在電視上很亮麗，尤其是她胸前那一大串念珠，還有和手錶戴在一起的念珠手鐲，配在她素色但是充滿女性的衣著中，在那些女性名嘴和被邀客人中，最能引人注意。

為了感謝方文凱替她拿到的秦依楓案件資料，楊玉倩請他吃牛排，飯館選在小銅板牛排館，那裏的招牌牛排套餐還挺有名的，另外是地點就在民權西路捷運站附近，方文凱不會錯過最後一班回淡水的車。美味的牛排和上好的紅酒，讓方文凱吃得很高興：

「小玉，妳覺得羅寶敘把國防部調查秦依楓的機密檔案給我，是他不小心，還是他故意要這麼做的？」

「他是三個星期前把檔案給了你，如果他發現是給錯了，他應該早就問你要回去了。」

「所以你認為是他故意要給我這些檔案的。他是為什麼？」

「當然是想討好你，希望你能在秦瑪麗面前說他的好話，讓羅聞律師事務所恢復為南方製藥集團在台灣的代理。」

「妳認為羅寶敘是不是和國防部一個鼻孔出氣，也要把秦依楓的案子掩蓋起來？」

「不一定。」

「為什麼？」

「我一直把羅寶敘當成是個商人，他的一舉一動都是為了要達到他的第一目標，也就是取得最大的利潤。但是在他的第一目標得到了保證後，他會想到自己是個律師，他有責任要維護社會的公平和正義。如果他知道國防部不會或是無力來找他麻煩，他是會把這些資料給你的。」

「看起來這個人還是滿複雜的。不過還不錯，居然還能騙一頓這麼好吃的牛排大餐和紅酒，我得感謝羅寶敘。」

「文凱，我本來就想請你吃飯，跟姓羅的沒有關係。」

「那飯後的餘興節目也一定是很精彩的了。」

「文凱，我是快要出家的人了，你就……」

方文凱馬上插嘴說：「對不起，小玉，我是在開玩笑。回到正題上，妳要的資料……」

這回是楊玉倩插嘴了，她握住了方文凱放在桌上的手說：

「我這一輩子就只有對不起一個人，就是你方文凱。我知道我欠你一個說法，我也跟你說過，我一定會的。就請你再給我一點時間，好不好？」

「小玉，不用這麼認真，都過了這麼些年了，我們不都是挺好的嗎？妳成了名記者，我也好歹在大學裏能混碗飯吃。」

「看你說的，要是一個雙料院士的教授是在混飯吃，那我們就不用活了。」

「不說這些了。我剛剛問妳，現在妳們週刊需要的資料都有了嗎？」

「雖然羅寶敘提供了不少重要的資料，但是距離把案子的真相找出來還差得遠。尤其是關於殺人命案的資料，我們知道的太少了。」

「那我再去問他要。」

「我想不必了，為了要保住製藥集團這個客戶，他一定把所有的資料都給了你，我看再去榨他，也沒用。」

「從他給的資料裏，能不能看出來一點調查的眉目？」

「是有一些檔案，提到了命案的調查，但是非常不完整。我能感到似乎有幕後的陰謀，殺人的真正動機絕不是分贓不均。同時我還能隱隱約約地看出來，整個命案的背後還有一個集團，而這個集團和國防部並沒有關係，這是很關鍵的問題。」

「秦依楓是個資深的上校軍官，就算他犯了貪汙罪，也不能讓人殺了啊！國防部就這麼放手不管了，這也太奇怪了！」

「能夠找出殺人的動機，也就能找出國防部放手不管的原因。」

「看樣子，秦瑪麗所托的事還沒完呢！」

「吳紅芝接手調查，重點應該是在命案，文凱，你什麼時候要去找她？」

「給我幾天，我會去找她。」

「文凱，你在台灣工作、生活有一陣了，你對台灣的感想如何？」

「以前到台灣來就只待幾天，像個觀光客，看到的都是表面上的。這次倒是讓我能對台灣好好地思考。」

「太好了，說說吧！」

「楊玉倩，妳是要採訪我是不是？」

「真相週刊在採訪人之前，一定會非常明確地徵求被採訪人的同意。我知道你已經回拒了幾個媒體的採訪要求，所以我就沒要求你。如果有一天你改變主意了，讓別人捷足先登採訪了你，我就一輩子不再理你了。」

「放心，我保證妳一定是第一個採訪我的人。」

「那我就謝謝了。我想聽聽你對台灣的印象。」

「因為住的時間不長，我也只能說說我的初步印象。」

「那也好。」

「我覺得比起我離開台灣時，這裏起了脫胎換骨的變化。我是指整個社會和人的素質。的確，台灣從一個古老的農業社會變成了一個現代化的社會，不說別的，全台灣就有一百五十家大學，高中畢業了，只要是想上大學，就能成為大學生。」

「但是大學的程度如何？」

「當然，除了名列前茅的幾家大學外，其他的還有很長的路要走。但是這需要一個過程，也急不得。」

「總的說起來，你認為台灣還是有了很大的進步，是不是？」

「那當然，這是有目共睹的事實。」

「沒有遺憾和瑕疵嗎？」

「當然有了，就是對某些事情的價值觀扭曲。最讓我不明白的是台灣的政客和媒體。有些政客們為了奪得或是保持政權，會不顧自己在歷史上將留下什麼樣的名聲，就去幹壞事，像是貪汙和說謊之類的事。」

「那我們媒體呢？」

「在美國，如果媒體故意作不實的報導，被人揭穿後就很難再生存了。但是前一陣子，台灣銷路最大的報紙，把前任總統的車隊在高速公路上違規駕駛的照片張冠李戴，在標題上說是現任總統的車隊，在被人指出來後，就像是沒事似的，不了了之，銷售量一點都沒受到影響，真是怪了。」

「那只能說是讀者們的無知或麻木，他們接受了。」

「也許是讀者的寬宏大量，但是新聞從業者呢？他們難道沒有職業道德嗎？」

「這就是我們的悲哀。」

「昨天報紙上的頭條新聞，是報導一個香港的民調，說是百分之五十七的民眾認為，他們現在的生活要比回歸之前差。所以結論是受了中共的影響，香港人的生活變壞了。但是原來的民調還有第二個問題，那是百分之九十以上的人，都認為是香港特區政府的無能，才使他們的生活變壞。但是這份報紙卻是隻字不題。任何一件事，不完整的報導，就等於是錯誤的報導。」

楊玉倩沉默不語，過了好一會兒才反應說：

「當初我想當記者，就是想要為社會主持正義，我沒想到台灣的媒體會變成這麼政治化，親綠的媒體決不會報導任何關於中國大陸的正面新聞。這也是我看破紅塵的原因之一。」

「不只是親綠的媒體，所有台灣的媒體都有一種扭曲了的價值觀，對中國大陸都有幸災樂禍和報憂不報喜的心態。明明知道台灣的經濟發展要靠大陸，但是不肯承認，態度又很曖昧。幾乎所有的人都不會正面地去面對『統獨』問題，只能徘徊在保持現狀和基本教義的台獨之間。所以你剛剛說台灣有了脫胎換骨的變化，我並不同意。我們有很多地方還是跳不出島民的心態。」

「小玉，不說台灣的新聞媒體了。我能不能採訪妳呢？」

「你想問什麼？」

「妳剛才說，是妳的職業讓妳看破了紅塵，決定出家。我覺得妳沒說實話，妳一定還有隱情。」

「你為什麼說我沒講真話？」

「當尼姑和妳的原則不一致。」

「是嗎？」

「小玉，所有的宗教都是歧視女性的，佛教稱女性為女眾，依佛教的《八敬法》，女眾不能獨立，必須仰靠男眾，不能直接在尼僧中受戒，必須通過男眾的證明。到今天為止，女眾在佛教之中，有些地方甚至於不許女眾成為比丘尼，只能夠成為過出家生活而無法受出家戒的清修女。妳從我認識妳的時候起，就一直是在大聲疾呼男女平等，難道妳變了？」

楊玉倩說：「今天西方女眾已在大聲疾呼，要求男女平等的權利。在美國，她們出版了一份季刊，叫《女人與禪》，還有在台灣出版的《當代》雜誌，古正美博士寫了《佛教與女性歧視》專論，說明佛教的女性歧視是出於上座系化地部，例如《八敬法》和《女人有五障》，都是化地部所強調的所謂五障是不對的，她反對女人的五種障礙說，指出《增一阿含》卷廿二及卷五十，所敘述的女人如佛的姨母大愛道，須摩提等，不但信心十足，而且還以做《佛母》和《明妃》為光榮。」

「但是妳想到沒有？要當佛母是要生孩子的。」

「對，我有我的計畫，今天太晚了，你得走了，否則會趕不上最後一班回淡水的車。我下次再告訴你，好不好？」

方文凱深深地感到楊玉倩要出家的念頭是很堅定的，但是他不明白為什麼？他覺得即使他無法改變她要去當尼姑的計畫，也得讓他知道原因。

葛瑞思來了電郵：

親愛的文凱 姐夫，你好嗎？

我把《西藏七年》看完了，裏頭是寫了一些和台灣相關的事，有些地方寫得很簡單，但是老爸提供了一些資料，填了空。下面就是我整理出來的結果。

這是一本混合了自傳和旅行遊記的書，作者為哈瑞爾，他的身世有些奇特，根據他的自我介紹，他是奧地利人，是一個職業登山者。他參加了德國納粹黨，並且被吸收加入了希特勒的納粹黨黨軍。整本書是寫從一九四四年到一九五一年，他在西藏的經歷，當中國解放軍進入西藏後，他被迫離開。

書中提到了當年的攝政活佛呈文，由國民政府蒙藏委員會的委員長吳忠信，請求批准立第十四世達賴喇嘛：『青海靈童拉木登珠，慧性甚深，靈異特著，查係第十三輩達賴喇嘛轉世，應即免於掣簽』。就這樣，當年的拉木登珠成為第十四世達賴喇嘛昂旺羅桑丹增嘉措了。後來哈瑞爾成了他的家庭教師。

一九三八到三九年間，德國納粹黨總理希特勒的特務頭子希姆萊，派出探險隊從印度進入西藏，他們請了一位北京大學畢業的李淇當翻譯，當探險隊離開西藏時，李淇留下，蒙藏委員會的委員長聘他為國民政府蒙藏委員會的「西藏專員」，那時雖然撤退到台灣的國民政府，對西藏已經失去了影響力，但是吳忠信和李淇都出現在達賴十四的登基典禮。

後來哈瑞爾帶著他的老朋友李淇，也來見過達賴多次，新中國是在一九四九年成立，但是西藏是到一九五一年才解放，當時在達賴周圍的人分成兩派，有人主張他應該留下，也有人希望他出逃，哈瑞爾和李淇的意見是勸他離開。雖然達賴清楚哈瑞爾是奧地利人，也曾經是德國納粹黨黨軍的軍官，而李淇是國民政府的「西藏專員」，有他的政治立場。但是他特別喜歡聽他們和他講說一萬年前，傳說中的「亞特蘭提斯文明」和西藏宗教文化的關係，還有多年前德國的西藏探險隊發現，西藏人裏有「北歐亞利安人」的後裔，這些都是達賴非常感興趣的，同時他也對李淇這位漢人很有好感，很喜歡和他在一起喝茶說話，達賴常常跟人提起，他第一次看見李淇，是在他五歲時的坐床典禮上。

老爸告訴我，李淇和西藏有著絲絲縷縷的關係，在已經解密的中情局檔案裏，可以看到六〇和七〇年代的冷戰時期，中情局在西藏有不少的行動，其中都可以看到「西藏專家李淇」的影子。尤其是達賴出逃到印度的事件，他扮演了重要的角色。

下面是老爸提供的資料：

一九二九年二月，國民政府公佈了《蒙藏委員會組織法》，正式成立蒙藏委員會，在中央政策層面，積極推動管理邊疆民族事務。蒙藏委員會在當時起到了一定的積極作用，加強了中央政府跟邊疆地區的關係。

其中最明顯的是，蒙藏委員會在西藏設立了駐藏辦事處。一九三四年八月，「致祭護國宏化普慈圓覺大師達賴喇嘛專使」黃慕松進藏後，留專使行署於拉薩，派駐大員籌建蒙藏委員會駐藏辦事處，設置了無線電台和測候所等機構，加強了中央政府與西藏地方政府之間的聯繫。一九四〇年二月，蒙藏委員會委員長吳忠信入藏，主持第十四世達賴喇嘛坐床大典，在西藏期間，還與熱振活佛洽談在拉薩設置駐藏辦事大員事宜。

一九四〇年四月一日，國民政府蒙藏委員會駐藏辦事處正式成立，設正、副處長各一人，秉承蒙藏委員會之意綜理藏務。駐藏辦事處的設立，使國民政府跟西藏地區的關係加強了，西藏噶廈政府至少同意，外交上國民政府可稱西藏為中華民國領土。在藏期間，駐藏辦事處做了不少工作，對維護國家主權，起到了積極的作用。

姐夫，我的報告完畢，滿意嗎？還有新的任務嗎？姐夫，我們把你的房子租給菲特勒教授夫婦了，簽了三年的租約。昨天菲特勒夫人打電話來問，他們想知道你有沒有想到賣你的房子，如果有，他們會考慮你提出的價錢。老爸說，他聽到的小道消息是，菲特勒教授是你們學校下一任校長人選。怎麼樣？要不要把房子賣給他們？

謝謝姐夫讓我看你和姐姐的來往信件。本來我還以為男女只有在婚前才會寫情書，表達互相的愛意。但是你們在婚後還是互相給對方寫情書，看了內容後，我現在明白了，你們是要把那份刻骨銘心的愛情記錄下來，不僅是你們之間的愛情，和渴望捕捉對方的心和肉體，還有你們的男歡女愛，都一個字一個字地寫下來，我體會到這才是愛情的永恆，等你們都得到老年癡呆症時，還能體會互相送給對方的濃情蜜意，太美了。但是我只能偷偷地看你們的信，因為我會臉紅心跳。你們形容得太赤裸裸、太逼真了，都是屬於「限制級」的。我就只有一點不是很清楚：每次都是誰最後投降的？是姐姐還是姐夫？

姐夫，我好想你。

葛瑞思

方文凱回了她的電郵：

親愛的葛瑞思小姨子：

謝謝妳的報告，解決了我心裏好些謎團。妳的電郵裏還說了不少的事，老豪森納教授也來了電郵，勸我把房子賣給菲特勒教授夫婦。你們就替我把它賣了吧！

別再看我和妳姐姐的信了，都是千篇一律的。妳說得不錯，我是想把這份刻骨銘心的愛情記錄下來，我盼望這份回憶，不受時空變化的影響，也不受年歲增長和記憶衰退的影響，一路和我相隨到地老天荒。至於說誰比較厲害，當然都是妳姐姐最後投降了，妳還會有疑問嗎？

我也很想念妳，再說些妳在西藏的事，好嗎？

文凱

親愛的文凱姐夫：

如果你還想要聽聽我在西藏的故事，我就跟你說說我去西藏丁青的經歷。

它是位在川藏北線上昌都地區最北端的一個縣城，是以盛產名貴的蟲草藥材而著名。但是我們去訪問的目的，則是要關心多少有些另類和非主流意味的一妻多夫現象。現實生活中存在的一妻多夫生活，跟傳說中東女國一個女人擁有多個男侍的女權現象，究竟有什麼不同？或者說，兩者之間到底存在什麼樣的關聯？

茶馬古道的漫漫風塵，橫貫時空地籠罩著藏北的國道，穿越了瀰漫的黃沙來到丁青縣城前，一場風雨降臨了這片久旱的土地。於是，暴雨、冰雹和泥石流，成為那天下午伴隨我們前往丁青的主旋律，它伴隨著我們來到了拉卓和她丈夫們的家。二十四歲的女主人拉卓，面對我們這群不速之客時顯得手足無措，但是在經過一段「熱身」時間，她就很大方地侃侃而談了。

我們問了許多關於他們的「作息表」，尤其是她如何分配和四個丈夫單獨相處的時間，還有她是否特別地喜歡或是特別地討厭其中之一。我們是希望能理解她內心的矛盾與衝突，正常的邏輯是，當一個女人面對了多個男人要同時佔有她時，一定會有反抗、掙扎，甚至種種激烈而悲壯的行為。但是我們的關懷和好奇，在她的沉默和尷尬下完全消失了。她說，因為在外地打工賺到的錢，能讓他們「分家」了，所以她是很高興地期待著。

當大家去參觀蟲草加工廠時，我藉口留了下來，我下意識裏感到拉卓有話跟我說。開始時，她陪著我東看看、西看看，什麼話都沒說。突然，她拉起我的手，把我帶到她的臥室裏，關上門後，用漢語說：「我最在乎的是平措。我喜歡他，他也很喜歡我。」

「原來妳會說漢語啊！在哪裏學的？」

「我上過學，上到小學四年級才停學的。」

「平措是老大嗎？」

「是，他的二弟叫貢嘎，三弟叫朗結，四弟叫嘉措。他們四個人都在外地打工。平措在拉薩，我想求妳帶一封信給他，可以嗎？」

「沒問題，我一定帶到。」

拉卓把一封信交給我，信封上的地址寫得很工整。

「拉卓，我很好奇你們是如何地生活在一起，能說說嗎？」

「妳是想知道，我是怎麼樣和四個男人同時在一起生活，尤其是想知道，我在晚上是怎麼安排他們的，是不是？」

「是的，我保證不會出賣妳的隱私。」

「其實很簡單，我們有三間臥房，一間是公婆的，一間是我和平措的，另外一間是他們三兄弟住的。」

「那另外三兄弟想和妳睡覺時怎麼辦？」

「如果平措同意，他就會出去睡在他們臥室裏。」

「平措多久讓他們跟妳上一次床？」

「大概是一星期一次吧！」

「那妳是幾乎每晚都要和一個男人做愛，有很多女人會很羨慕妳的。」

「我聽說了，妳們管男人和女人睡覺叫做愛，是不是？」

「是的。為什麼妳最在意平措，最喜歡他？」

「因為他最疼我，對我最溫柔。」

「妳是說在做愛的時候？」

「是的。」

「別的丈夫不會嗎？」

「他們不會。妳知道嗎？每次我都會閉上眼睛，想著是平措在我身上。只有平措睡我的時候，我才會張開眼睛看著他。」

「為什麼？」

「我喜歡看他很爽的表情。」

「平措是妳的第一個男人嗎？」

「當然了，是他和我一起進洞房的。」

「妳是什麼時候知道，還要和另外三個丈夫睡覺？」

「我爸媽告訴我，要把我嫁到丁青時，我就想到會是這樣。有人告訴我，丁青的女人都有好幾個男人。」

「妳第一次和另外三個男人睡覺時，妳在想什麼？」

「開始的時候很害怕，我還想擋他們，可是他們力氣大，我也沒辦法。」

「他們強姦了妳。」

拉卓低著頭不說話，隔了好一會兒她才回答：

「平措跟我說，他們也是我的丈夫，也要睡我的。」

「後來呢？」

「我就讓他們睡我了。可是平措回來時，我就把最好看的衣服穿給他看。是他告訴我，他們兄弟要分家了，以後只有平措和我睡覺了。」

「妳一個人要和四個男人睡覺，會不會太累了？」

「不會，他們都想在我面前把另外三個比下來，睡我的時候都很賣力，有時候還挺好玩的。」

「他們有沒有想過要同時上妳？」

「那倒沒有。就是有一次四個人在同一天回來，就一個接一個地睡我，那晚把我給累壞了。」

「拉卓，妳快樂嗎？」

「現在很快樂。」

「為什麼？」

「他們兄弟馬上要分家了。我們的世界裏就只有我和平措兩人，只有他一個人能睡我，想到這，我就很高興。」

在西藏，我們一路上曾熱烈地討論，一妻多夫，到底是女權遺風還是經濟所迫？在現實生活中，多少有些尷尬和無奈的一妻多夫制，究竟是如何形成的呢？它的存在究竟與東女國女權當道的遺風有無淵源？它又將在男女平等高度文明的現代社會形態下何去何從？

眾所周知，彈丸之地東女國之所以引起史學家的興趣，一個區區小國之所以成為千百年來人們津津樂道的話題，根源就在它有與人類「重男輕女」的社會主流意識截然相反的價值觀：女尊男卑。《新唐書》對東女國習俗的記載有「俗輕男子，女貴者咸有侍男」。可見在重女輕男的女兒國，女人通常是擁有多個男人的。這樣的習俗跟今天我們見到的一妻多夫制有沒有關係？東女國最終消失或遷移出了歷史的大舞台，但是它尊重婦女地位的文化習俗，可能被吐蕃文化所吸收，因此在吐蕃盛行的一夫多妻制生活形態中，婦女仍享有較高的地位。其最典型的例子，當數松贊干布與他的王妃們的關係。但是要把丁青縣城的一妻多夫制，與東女國女權文化相連，似乎是草率了。

當地的文史研究者，和帶我們採訪一妻多夫家庭的鄉長都認為，丁青的一妻多夫制，應該是社會經濟發展到某種階段的必然產物，與當地的經濟狀況和傳統習俗都有關係。

在當地人的觀念裏，一夫一妻制是一種很平常的婚姻關係，它的致命缺點就是不能使家庭興旺；一夫多妻的婚姻制度更不可理喻，他們認為妻子越多，生孩子也越多，容易使家庭變得貧窮。相反，一妻多夫則是最理想的婚姻形式，最受人們擁戴。這主要是因為幾兄弟共娶一個妻子，家裏人多，不用分家，勞動力強，家庭財產不會分散，家境越來越興旺。

也就是說，保護家庭為單位的財富和生產力，成為當地人認同一妻多夫婚姻形式的根本原因。而且，在這種家庭裏，沒有明顯的女尊男卑或男尊女卑現象。丈夫們出門打工掙錢，妻子和留守丈夫挑起家裏的大樑，並微妙地協調各個家庭成員的關係。於是，似乎也不排除這樣的可能，在歷史的某個時期，這種普遍存在的家庭生活形態，經過多次道聽塗說之後，演變成了女人當家作主的女兒國社會生活藍本。《大唐西域記》和《新唐書》，是否是從這裏找到了靈感或依據呢？老爸這個歷史大教授也不知道。

顯然，丁青的一妻多夫生活形態還存在，然而，至少社會學家認為，這樣的家庭關係和婚姻形態維繫到現代社會，隨著資訊的發達，導致家庭成員觀念的改變，以及家庭經濟狀況的迅速改善，變得越來越不可能了。拉卓和她的丈夫們的生活還在繼續，但分家在將來勢在必行，他們所代表的一妻多夫制，正在淡出人類社會生活的舞台。

但是，我親愛的姐夫，你知道嗎？我認為像丁青似的，為了達到經濟目標而實行的一妻多夫制度，是在消失中，可是人們忽略了另一個排山倒海來的驅動力，那就是隨著社會的開放，將人性裏的愛情和激情都釋放出來，同時也將它放大。拉卓和平措要互相佔領對方的靈魂和肉體，這份渴望和熱情，是別人不能分享的。我這看法在經歷了一次又一次雲遮霧罩之後，變得越來越清晰了。

所以，我想問姐夫的是，如果當年姐姐帶著我去嫁給了你，在床上姐夫是會選我還是選姐姐？別生氣，我是開玩笑的。

我在想你，姐夫！

葛瑞思

自從大學畢業後，方文凱曾經多次想參加成功大學校友會，但每次都是陰差陽錯，突然有要事，不能分身而錯過了。所以當他接到成大校友會的通知說，今年要開擴大校友會，來慶祝成大建校七十五周年時，方文凱就馬上報名參加。

隨後他又接到通知說，他獲得了校友會的「傑出學術成就獎」，頒獎典禮就在校友會的大會上舉行，他感到很高興，這麼多年來，這是他第一次拿到成功大學給他的獎勵。讓他更高興的是，楊玉倩也得獎了，她得的是「傑出校友獎」，從頒獎典禮的先後次序，楊玉倩得的是大獎，方文凱的獎是扮演配角。這次的校友會除了慶祝大會外，還有不少其他的活動，包括了可以選擇行程的旅遊，高爾夫球比賽，在成大醫學院的身體檢查，還有就是在各系裏舉辦的座談會，可以和以前的教授們見面，回憶一下當年做學生的滋味。

整個活動一共是五天，分別在台灣南北各地舉行，當然最大的重頭戲是在台北的慶祝大會，不僅有多數的校友參加，成大校方，包括校長在內的高層，還有很多由海外回來的校友都會出席。方文凱約好了楊玉倩一起出席，在大會的前一天，楊玉倩發來一個短訊，希望他能把會後的時間留給她，有重要的事要和他談。

大會是在星期天舉行，地點是在喜來登大酒店的地下宴會廳，那裏原本是來來大飯店，是台北最早期的觀光大飯店之一，經過徹底地裝修後，變為很現代化的飯店，由於地點位置的適中，它除了提供住宿外，還吸引了很多喜慶的聚會活動。改了名字後，它的地下兩層都是餐廳和宴會廳，它的特點是有可活動的隔間，可將宴會廳隔成只容納二、三十人的小廳，也能變成可以席開百桌、容納幾百人甚至上千人的宴會廳。

成大校友會是把整個地下二層全包了下來。所有大型的校友會都演變成了一個固定的模式，它是早早地開始，讓校友們陸續地到來，多年不見的老同學們，能相聚一堂，當然是格外的歡喜，宴會廳裏有侍者穿梭，也設有好幾個酒水站，都是在推銷各種飲料。有人說，校友會賣酒水的收入，要比賣餐券還要高，因為成本很低，利潤很高。但是方文凱認為，這是校友會最高目的，也就是能和當年的哥兒們或者是曾讓你心碎的女友，再次把酒言歡，雖然不能重拾舊夢，但是可以「重溫」一次，太值得了。唯一的遺憾是歲月不饒人，再相逢時要嘛已是滿頭華髮，要嘛是人老珠黃了，但是重逢帶來的喜悅，將時光帶來的歲月效果完全沖淡了。

來參加的校友太多，方文凱沒有看到楊玉倩，一直到會場上宣佈請大家入席，他找到了指定的座位，坐下後才看見她手裏拿著杯子在他身邊入座。楊玉倩還是一身素色，念珠的長項鍊和念珠的手鐲還是不離身。唯一不同的是，她穿著落地緊身長裙，剪裁得非常合身，把女性身體的曲線完全顯露出來，她的臉上除了淡淡的唇膏沒有上任何的妝，但是手上拿著的扁形皮包和足下的高跟鞋，看起來像是個模特兒，但是同時又給人飄飄欲仙的感覺，方文凱看著她呆住了。

「楊玉倩，什麼時候到的？到處找都沒看見妳。」

「我可是看見你了，在一大群美女中間自我膨脹，完全是本性難移。」

「是嗎？遺憾得很，沒看到該看的人。」

「文凱，你又是這麼盯著看人。」

「因為是值得看，才會盯著看。妳看見了嗎，我們多年沒見的同學，都是人老珠黃，一頭華髮，唯獨妳是越來越年輕漂亮。」

「不許吃我豆腐。那本《西藏七年》的書裏，看出個什麼苗頭嗎？」

「沒看出什麼具體的東西，但是引出了一個問題，如果秦依楓是對西藏有興趣，那是因為案子呢？還是他的個人興趣？」

「我也想到了這問題，秦瑪麗說他父親從來沒跟她們說起西藏過，更何況現在市面上有很多關於西藏的書，但是她們家裏一本都沒有。如果是想去旅遊，也不可能要看這本奇怪的老書。」

「所以我想這本《西藏七年》很可能是和案子有關的。再擴大一點來思考，案子的線索很可能是在西藏。」

「我有個遠房親戚，她是出生在緬甸，但是她的祖先和西藏有很深的淵源，三年前她到台灣來定居，她是做旅遊業的，你可以問問她關於西藏的事，她是專門做雲南和西藏觀光旅遊的，有不少專業的知識。」

「能不能和她談談？」

「好的，我來安排時間。她可是個很優秀的年輕美女，介紹給你，看她願不願當你的老婆。文凱，你猜我剛剛看見誰了？」

「妳在成大的老情人，是不是？」

楊玉倩瞪了他一眼：「我看到吳紅芝了。」

「就是妳要我去見的那個檢察官？」

「就是她。」

「她怎麼會來參加我們成大校友會的活動？」

「她老公是成大工商管理系畢業的，她一定是陪她老公來的。」

「妳不是說她是男人的殺手嗎？她有老公，怎麼殺啊？要老公當幫兇嗎？」

「這我就不清楚了，等等你去問她吧！她還跟我提起你，說是要見你。」

「她怎麼會知道我的？」

楊玉倩還沒來得及回答，樂隊就開始演奏，會場的司儀宣佈校友會正式開始。他首先把定好了的慶祝會節目向大家說明：第一個說話的人是校友會長致歡迎詞和報告，然後是校長報告，第三項是頒獎，第四項是專題演講，然後就是用餐，同時進行的是各地校友會分會的報告，最後是自由活動。整個慶祝會從下午五點開始，預計要到半夜才會曲終人散。

方文凱和楊玉倩一桌坐的，都是他們認識多年的朋友，多年不見，又再相聚，大家都很高興。很快地校長說完了話，由他來主持頒獎，他簡短地介紹了兩個獲獎者得獎的理由，基本上就是楊玉倩和方文凱的簡歷。在一陣熱烈的掌聲下，校長把兩個精美的獎狀交到他們的手裏。接下來的專題演講，傳統上都是由得獎人擔任講者，司儀宣佈方文凱的講題是：「博雅教育的重要性」。

方文凱簡短演講的重點是：

在世界上幾個著名、並以理工科為主的大學，都有很完整的博雅教育，原因是人的素質，對文明的認知和傳達資訊，也就是語言文字的能力和技巧，都是直接和一個人所受的博雅教育有關。

有人說我們這一代人對世界文明最大的貢獻，就是建立了「永續發展」做為文明進步的準則和要素，，並且使它成為替我們的地球，和世世代代子孫造福行善的運動。幾乎所有的知識份子都認為，這個概念是來自西方現代的環境科學家，很少有人知道中國的老祖宗，在很早時就有了這個概念：在蘇軾的《前赤壁賦》裏，可以找到這樣的字句：

『惟江上之清風，與山間的明月，耳得之而為聲，目遇之而成色，取之不禁，用之不竭，是造物者之無盡藏也，而吾與子所共適。』

一個學科學的人，如果沒有接受過完整的博雅教育，很可能不知道《前赤壁賦》的存在。更不可能利用這個有力的歷史背景，在中國鼓吹永續發展的概念。社會文明進步的一個大阻力，就是人們對改變的保守，在中國，越是保守的人，越能接受來自老祖宗的東西。當問起中國人在科學文明的貢獻時，大家都知道是火藥、指南車和造紙。但是從發展科學的長遠影響來看，正確的圓周率是非常重要的。

我們中國人曾經做了貢獻。在宋末南北朝時代有一位名叫祖沖之（西元四二〇—五〇〇）的人，他當時是在南徐州任從事使，我認為他在基本數學裏的《數論》有很重要的貢獻。他對圓周率，也就是圓周和直徑的長度比例，做了繁複精密的計算，得到了萬世不朽的成果。他用的方法其實就是現在應用數學和工程計算，求近似值所使用的『有限元法』，就是將直徑為一丈長的圓形，內分成數個正方形，其中有一邊的兩端或兩角與圓周接連，將這些邊長的總和，做為圓周的近似值。

在他之前有一位叫劉徽的人，在圓周內用了二十四個正方，得到了圓周率近似值為三點一四〇五，當祖沖之將正方形增加到一千五百三十六個時，得到的圓周率是三點一四一六，也就是我們現在最常用的近似值，很多人把它當成是正確值了。但是他還不滿意，再多次加倍增加他的『有限元』，直到他得到一組圓周率：三點一四一五九二六。

祖沖之的圓周率三點一四一五九二七，而正確的圓周率是個非理數：三點一四一五九二六五……

文字的記載形容一個一丈直徑的圓，它的圓周是：『三丈一尺四寸一分五厘九毫二微六忽，虛；三丈一尺四寸一分五厘九豪二微七忽，盈。』

顯然，『虛』是說還差一點，『盈』是說超過了。祖沖之得到的這兩組數值，都達到小數點六位的精度，正好將正確的圓周率夾在正中間。這項工作非常繁重巨大，每當將『有限元』的小方塊加倍時，就要對九位元數字，反覆做加減乘除和開方根。當時還沒有珠粒算盤，只能用小竹籤做為籌碼，可見他的勤奮、專研、細心和毅力。

祖沖之的另外一個重大貢獻，是發現圓周率可用兩個有理數做為逼近值。一個常被後人用的，以二十二除以七，他稱之為『約率』，還有以三三五除以一一三，他稱之為『密率』。它有六位小數點的精度（三三五除以一一三等於三點一四一五九二九），當時曾經傳到日本，被尊稱為「祖率」。

在西元一五三七年，德國數學家Valentinus Otto又再次發現同樣的結果。

當時他做學生時，在成大沒有任何一個課程講述這個內容，現在他是成大的老師了，學生們在課堂上還是學不到這件重要的歷史。最後，方文凱說到，成工大學在理工科的水準，並不落後於台灣大學、清華大學和交通大學，但是排名卻一直落後。也許，博雅教育是原因之一。

方文凱覺得在座的人都沒聽懂他要說的意思，也許大部分的人都是滿頭霧水，都在盼望著趕快上菜吧！但是司儀宣佈，廚房還正在做最後的上菜準備，還需要幾分鐘，利用這短暫的時間，加一個小插曲，是由另一個得獎人給大家講個故事。楊玉倩帶著滿臉笑容走上了講台。她說：

「今天我要說一個多年前發生在我們成大的故事。每年的校友會都會頒發一個傑出校友大獎，我是今年的得主，但是在座的每一個人心裏都明白，得主應該是得小獎的學弟方文凱，怎麼會輪到我呢？我都看見了，你們好些人都在對我指手畫腳，為方文凱打抱不平。其實我也有質疑，我還去問了成大是怎麼回事？回答是方文凱沒有資格，我說不會吧？如果美國的雙料院士還沒資格，那誰有資格呢？答案是他在校時被記過大過，按規定不能成為傑出校友，因為傑出校友是學弟和學妹的楷模，不能讓他們把被記過大過的人做為榜樣。可是知道方文凱的人，都記得他是個功課好、人品好的學生，怎麼會被記大過呢？做為一個記者，尤其是《真相週刊》的記者，當然要找出真相了。所以我今天就要爆料，告訴大家方文凱被記大過的真相。方文凱就請你多多包涵了。」

方文凱在座位上回答：「那妳就等著我來報仇吧！」

「各位都記得我們那時候的校長特別喜歡開週會，每星期一早上，全校師生要集合在大操場，唱國歌，升國旗，然後聽他訓話。學生們如果缺席、遲到或是服裝不整，就要被警告一次，三次警告就要記一小過。在大三那年，因為已經有了兩次警告的記錄，方文凱一定要千方百計的，不讓巡邏中虎視眈眈的教官看到他忘了戴領帶。當教官衝著他迎面走來時，情急之下，他脫下了一隻黑色的襪子，將它掛在領子上。

「但是他沒有逃脫教官的眼睛，當被問時，方文凱辯駁說，根據他的定義，他脖子上的是領帶，而不是襪子。經過一番激烈的爭辯，他被送到訓導處，又和訓導主任激辯後，就被扭送到校長室，這是他第二次面對校長，頭一次是他和幾個宿舍的室友，爬上校長宿舍的樹上偷芒果，被校長夫人當場抓住，本來要以偷竊罪記大過，但是因為方文凱一向是品學兼優的特等生，很多教授都出來保他，校長和夫人也只好收回成命。

「這一下方文凱成了同學心目中的英雄，而校長夫婦反而是灰頭土臉的，因為長期以來，同學們對校長夫婦就很有意見，因為他們院子裏三棵大芒果樹上那麼多的果子，不分給同學，寧願就讓它們在樹上熟透了，掉下來，當垃圾給扔了。這回又犯在他手裏，校長毫不手軟，馬上以對師長強辯和態度不敬為理由，記了他一大過。

「方文凱並不在乎被記大過，但是成大寄給他父母的一封信，卻讓他心急如焚，信上說：『該生行為不檢，考試舞弊，涉足賭場，冶遊地下舞廳，及等等……』，所以記大過一次。這是一封公文式的信，因此它包括了所有該記大過的不檢行為。正如方文凱擔心的，他老爸和老媽，接到信後馬上趕到台南，到宿舍裏把他揪了出來，對他吼說，你到底是幹了信裏寫的哪一件壞事？然後揮起皮帶，當場就要施以家法，方文凱馬上回答，說幹的是『等等』。他老爸老媽趕到訓導處才查明白，兒子原來是犯了襪子和領帶定義不同的罪，就饒了他一次。方文凱沾沾自喜，逃過了一場皮肉之痛，但是他沒想到多年後，居然為了他幹的『等等』，把這個傑出校友的大獎給丟了，而且是敗在我這小女子手裏，相信他一定是非常的不爽。」

會場上一片鼓掌聲和笑聲。方文凱向司儀舉手，表示要求發言。他走上講台拿起麥克風說：

「如果我呆坐在下面，對我們傑出校友，也是名記者楊玉倩學姐沒有任何回應的話，日後她一定會用來做為例子，證明她多年來鼓吹的一個理論，那就是女人要比男人更為強勢。所以我一定要說兩句話才行。

「我首先要說的是，我們的學弟、學妹們千萬不要在學校裏犯事，剛剛楊大記者調侃我如何逃過了一場皮肉之苦，但那只是暫時的，幾年後，等我都為人師表了，為了這件小事，差一點把飯碗給砸了。

「有一天，在我們加州理工學院的教職員餐廳，我看見我的校長和成大的前校長在用餐，我二話不說馬上就決定離開，但為時已遲，校長把我喊了過去，要我和成大校長寒暄。我的深度鞠躬仍沒有逃過他的眼睛，馬上就宣佈他記得我，說他曾記過我一個大過。在中文和英文的翻譯過程裏，成大校長把『大過』說成是『嚴重的不道德行為』，我們校長馬上就瞪著我看。因為在聘用我們前，我們一定要宣佈自己沒犯過罪，也沒做過不道德的事。所以我只好一五一十地把事情都抖了出來，我們校長聽了哈哈大笑，讚不絕口，氣壞了成大的校長。

「但是說老實話，我可是嚇得一身冷汗。我想說的是，人不能幹壞事，否則就一定會有報應。我想說的第二件事，是和我們今晚得大獎的楊玉倩同學有關，在我們大四那年，她當過我們的英文助教，除了英文外，她給我們講文學和藝術，我有的一點點博雅方面的基礎，都是受楊玉倩給的啟蒙。我特別要感謝她的是，她會把中國古代文明裏，含有現代科學概念的地方指出來，像是我剛剛說的那段，蘇軾寫的《前赤壁賦》中說的『地球永續，資源共有』的絕句，就是楊玉倩講給我們聽的。我想不止是我這一輩子都不會忘記，我的學生也會記得她。因為我在課堂上會跟學生們說，一定要記住古人，如老子、孔子、孟子、荀子等，和現代人風鈴子所說的話，因為它不僅含有哲理，可能還會含有深奧的科學觀。」

方文凱停住，不說話，果然如他所料，台下有人張大了嗓門問：「誰是風鈴子？」

方文凱笑著說：「楊玉倩，妳看報仇的機會終於來了。」

他接著說：「我想你們都常在真相週刊或是其他的報章雜誌上，讀到不少以『風鈴子』為筆名的精彩爆料文章，你們知道嗎？風鈴子就是我們的同學，大記者楊玉倩。」

在台下一片驚歎裏，方文凱又停了下來，等安靜一些後他才繼續：

「當年我們一群工學院的學生英文太差，風鈴子可憐我們，她在課餘時給我們補習。每次在她來上課時，就有一隻大白貓跟著她進到教室來，風鈴子就會把牠抱起來放在懷裏。有一次，她考我們的作文能力，要我們寫一段短文，題目是『我的願望』。我寫的是，我如何地渴望變成一隻大白貓，被美女抱在懷裏，連晚上作夢都會夢見大白貓。可是當年的風鈴子很生氣，把我叫到她的辦公室，臭罵了我一頓。還好她沒像教官那麼狠，把我扭送訓導處，否則我難逃第二個大過，今天就當不成你們的校友了。」

方文凱看見好幾個當年和他一起補習英文的哥兒們舉起手來要發問，他說：「啊！好菜終於端上來了，我們可以開動了。」

說完了就溜之大吉，走回座位上。

校友會的慶祝活動在方文凱走下台時就結束了，剩下來的就是吃喝，還有就是和多年未見的老同學們敘舊，回憶當年的美好時光，或是那一絲絲揮不去的哀愁。前幾道菜上完了後，校友們就開始離桌，在會場上走動，尋找多年前的友誼，也盼望那失去了的愛情，能奇蹟般地出現在眼前。這才是校友們聚會的真正目的。

方文凱和一些同學們一樣，不安於座，到處走動敬酒，只是當有一道新的菜端上桌時，才回到自己的桌子來吃幾口菜。好不容易楊玉倩在飯桌上逮住了方文凱，她有點著急地說：

「文凱，有一件非常重要的事忘了跟你說。如果等一會兒吳紅芝找到你，你絕不能透露我和你交換過任何有關秦依楓案子的資料？」

「什麼理由？難道羅寶敘律師不會跟她說嗎？」

「你是打著秦瑪麗的招牌去找羅寶敘的，他不知道你和我的關係。記住了，你我是老同學，多年沒見，沒有談秦的案子。你千萬記住，這中間可能有玄機，以後我會跟你說的。在吳紅芝面前，你也是要打著秦瑪麗的招牌。」

楊玉倩突然改了口吻說：「文凱，不要回頭，吳紅芝走過來了。」

她的臉上露出笑容：「吳檢察官，我替妳把方文凱教授找到了。」

方文凱跟著站了起來，看見眼前的女人穿著紅色的旗袍，剪裁得很合身，把一副好身材都顯露出來，她身邊的男人看起來年紀較大，穿的是一套鐵灰色的西裝。

「楊小姐，就請妳引見一下。」

「文凱，這位是台北地方檢察院的美女，吳紅芝檢察官，這位是她的先生伍建耀學長。比我還高兩屆，是我們成大工管系的高材生，現在是輝映傳播公司的董事長。」

方文凱分別和他們握手：「二位好！幸會，幸會。」

吳紅芝說：「方教授您好！恭喜你們二位獲得今年成大校友會的大獎，建耀好羨慕你們。」

方文凱回答：「謝謝吳檢察官，其實我完全是陪襯楊玉倩的傑出校友大獎而已，楊大記者才是我們成大校友們的光榮。」

「文凱，我把你為什麼沒拿到大獎的原因，都昭告天下了，你怎麼還是酸溜溜的？」

吳紅芝說：「是啊！要我看，你們成功大學應該對方教授感到驕傲，你們現在有多少個校友是在世界級的大學裏當教授的？」

楊玉倩說：「我聽說了，成大的高層可是把方文凱當成大寶貝，還特別分了一個高級宿舍給他，就在航太系的邊上。噢，對不起，我接個電話。」

她打開手機說：「我是……你們確定是嗎？……好，派兩個採訪小組，第一組馬上出發，帶上全部器材，要求攝影組派兩個人，告訴他們是我要的。第二組在三十分鐘後到我家去接我，我現在外面，馬上回家去換衣服。」

合上了手機，楊玉倩說：「對不起，你們好好談，我得先走一步，要出現場。」

吳紅芝說：「都這麼晚了，不能等到明天嗎？」

「妳知道我們這一行，時間就是金錢。」

「那就讓建耀送妳吧！他開車來的。」

「不用了，酒店門口的計程車比到停車場取車要快。」

「建耀，那你送楊小姐到門口，替她叫一輛計程車，記得把車牌號碼寫下來。」

兩個人走了以後，吳紅芝換了座位，坐在方文凱的身邊，接近了，他看見原來就是姣好的面目，是經過美容專業的人精心地打扮過的。他說：「當記者的可真夠辛苦的，不管黑天白夜，說出現場，馬上就得走。」

「方教授心疼了？」

「我們是老同學了，何況她還是教過我英文的助教。」

吳紅芝曖昧地笑著說：「就只是這樣嗎？噢！我聽說方教授在收集有關秦依楓案子的資料，是不是？」

「不錯，您是怎麼知道的？」

「前天我去參加了一個律師公會的宴會，碰見羅寶敘先生，是他跟我說的。」

「他怎麼會在妳面前提起我呢？是不是他說我把他的助手劉絡瑞律師給臭罵了一頓？」

「這個他提了，還說了你對他們有意見，差一點讓他的事務所丟了最大的客戶。其實我們是在談秦依楓的案子，因為他是國防部的法律顧問，而我最近又是受國防部委託，對秦案做獨立調查，所以我向他瞭解一些情況，他提起你來，說你是受秦的家屬來打聽案情的。」

「秦依楓的女兒秦瑪麗，是我們學校董事會的校董史密斯先生的夫人，是她委託我收集關於她父親案子的資料。」

「我明白了，史密斯先生是美國南方製藥集團的董事長，也是羅寶敘律師事務所最大的客戶，怪不得他對你是肅然起敬。」

「不對，我看他是捨不得客戶付他的費用。您認為他這位律師的能力如何？」

「我從來沒把他當成是個法律人，他是個商人。我就不明白國防部看上他哪一點，非要他當顧問不可。」

「吳檢察官，我可以和您談談秦依楓的案情嗎？」

「當然可以。其實楊玉倩對這案子很熟，她們真相週刊做了好幾次的獨家報導，非常的專業。找她不是更好嗎？」

「她是幹新聞工作的，對熱門事件很敏感，他們的競爭又是非常的激烈，我不想給她造成困擾，並且我希望不要影響到我和她是好同學的關係。所以如果方便的話，我還是想用官方的資訊來交差。」

「看不出來，方教授還很體貼人的。要找我談案子是沒問題，請我喝杯咖啡就行了。」

「什麼時候方便？」

「就現在，我們找個安靜點的咖啡館。」

「我得回去了，明天一大早要搭高鐵去台南。」

「這是我的名片，那我等你電話。」

第三章：複雜的案情和愛情

台灣的報紙用極大的篇幅和正版頁面，報導社會新聞和名人的緋聞，重要的國際新聞反而不多，又是放在後面的版頁上，所以方文凱不是每天看報，但是他每天看CNN和BBC的新聞報告，有時也看網上的新聞。他每次乘高鐵時，都會買一份報紙，主要是用來打發時間，同時也自我準備，應付學生們的問題。他會先把標題瀏覽一次，看到有興趣的才讀內容，今天他在第六版看到一則很小的消息，說在台東的山區河床上，發現了一具屍體，已死亡多日，開始腐爛，警方正在調查死者身分。

方文凱在下課後，又花了快一個小時和學生討論問題，回到辦公室才有機會打開手機，看見楊玉倩發來的簡訊，要他快跟她聯絡。他馬上接通了她的手機：「小玉，我是文凱。」

「你別出聲，馬上掛電話，我發簡訊給你。」

不到一分鐘，方文凱接到楊玉倩的簡訊，內容很簡單，要他在一小時後用公用電話和她聯絡，不能向任何人透露和她有聯繫。最後出了個電話號碼，不是她的手機，也不是她發簡訊的號碼。方文凱去換了一大把銅板，又去買了一個手機，再到便利商店買了儲值門號。他看時間差不多了，就到學生活動中心，那裏有一排公用電話間，他進去後沒有馬上撥電話，等到了時間才打過去。

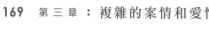

「請楊玉倩小姐接電話。」

「你等一下，她就在這裏。」

「文凱，謝謝你打電話來。」

「小玉，聽妳口氣好像很緊張，妳在哪裏？到底發生了些什麼事？」

「我在台東的山裏。如果證明了河裏的屍體是洪田林，那天就要塌下來了。」

「誰是洪田林？」

「秦依楓被謀害後，他的兩個助手也失蹤了。其中的一個叫管曉琴，她在基隆海邊留了一封遺書就從人間蒸發，也沒找到屍體。另一個助手就叫洪田林。」

「那妳怎麼知道那河裏的屍體就是洪田林？」

「是派出所的人說，這裏有一戶果農把一間屋子租給一個退伍的老兵，但是他在一個多月前失蹤了，也沒交房租，所以果農到派出所去報案，他們想把那間屋子租給別人。」

「那是果農跟妳說的，他們的房客就是洪田林嗎？」

「不是，他的房客不叫洪田林。但是當我把洪田林的照片給他看時，他認出就是他的房客。」

「妳是不是有預感，河裏的死人是洪田林？」

「是的，去年間，有個人向我們真相週刊提供關於秦案的資料，非常有用，我就懷疑是管曉琴或是洪田林，資料檔都是從台東發的。所以我一聽說台東有命案，就有預感是這兩個失蹤的人。」

「太好了，那為什麼要緊緊張張、神神秘秘的呢？」

「我發現除了派出所的人之外，國防部的調查人員、檢察署的人，還有調查局的人都來了，並且都是便衣，不露身分。所以這個屍體一定有來頭。」

「那妳的事結束了，可以回來了。」

「不行，我們買通了房東，在洪田林的屋子裏找資料，二十四小時內員警就會來封鎖現場，我們在這之前就得還原現場，撤出來，否則我們擔不起妨礙公務的罪名。我都急死了。」

「我給妳出個主意，妳去問房東把屋子租下來，跟他說，員警來問時，就說房客退租了，請房東把他的東西打包，他以後來拿。你們不就能名正言順地整理洪田林的東西了嗎？」

「文凱，到底是當大教授的聰明。」

「小玉，妳發覺電話有什麼不對嗎？」

「只是我的感覺，這批人辦案子的第一步，就是監聽所有人的電話。我們真相週刊的電話和我們同事們的電話，都被監聽過N次了。所以我一定要小心。」

「妳這麼做是對的，小心點總是好的。你們打算怎麼替死者驗明身分？」

「我們在死者身上採了DNA的樣品，已經在送往台北的路上了，我們有管道可以取得洪田林的DNA檔案，我們要對比。」

「我看妳的事也辦得差不多了，就早一點回來吧！」

「不行。洪田林在這裏，是使用一個叫李浩的身分證，在派出所報的戶口，我們查出來，李浩是洪田林的小同鄉，也是當兵的，他在聯勤的兵工廠當過士官長，一輩子單身，洪田林夫婦很照顧他。他退伍的第二年回大陸老家，但是出車禍死了，還是洪田林去辦的後事。」

「所以他在人間蒸發後就變成李浩了，那洪的老婆又到哪兒去了？」

「洪田林夫婦沒有孩子，在李浩去世不久，洪的老婆也得了癌症，不久也走了，所以當時國防部還放出空氣說，洪很可能是厭世自殺了。」

「那妳為什麼還要待在山裏呢？」

「從洪田林住處裏放著的檔，可以看出他並沒有閑著，他還在找一些和案子有關的人談話，顯然在這附近，有不少從聯勤兵工廠退伍的老兵，洪田林做了和他們談話的記錄。我們正在複印。我還要去接觸這些人，我想他們之中一定有人知道洪田林的真實身分，也許可以找出真正的死因。」

「妳不相信他是失足掉在河裏淹死的。」

「他的房東說，洪田林的水性非常好，曾經救過兩個掉在河裏的人，不可能會淹死的。」

「那妳一定要小心。聽我說，我的同事替我買了一個手機的門號，〇九一六三五〇一八九，我裝在一個新手機裏。現在只有我和妳知道這個號碼，妳也去買個門號，好隨時跟我聯繫。」

楊玉倩對方文凱的體貼和關心感到很溫暖，但是又很傷感她的命不好。

「我會的，但是山裏的訊號不好，很多時候手機都不能用。文凱，你放心，我是很有經驗的記者，什麼大風大浪都見過了。我倒是擔心你。」

「我有什麼好擔心的？」

「吳紅芝和你談得如何？」

「還沒談呢！昨天妳走了不久，我也走了。」

「在情況不明朗前，你要把她當成假想敵，什麼都別說。」

「我知道了，小玉，妳要小心，早點回來。」

「沒問題，我辦完事就回，掛了！」

兩天後的報上又出現了一則小消息，報導日前被登山者發現的腐屍已查出身分，死者名叫李浩，法醫驗屍結果是失足落入河中溺斃。

因為要參加兩個外系博士生的論文答辯，方文凱要在台南多住兩晚。他很高興能有機會和學生們多一些交流。有不少的學生對他還是有恐懼感，以為他會把剛剛走進學術大門的學生殺得片甲不留。但是和他深談過的人，都會感到他是個滿溫和的人。在下午四點多鐘時，他的手機響了，

「我是方文凱，請問是哪一位？」

「方教授，我是吳紅芝。」

「啊！吳檢察官，您從台北打電話來有要緊的事嗎？」

「我現在在台南。」

「啊？什麼時候來的？」

「今天一大早要在台南檢察院開會，所以昨晚坐最後一班高鐵來的。」

「事情辦完了嗎？」

「辦完了，所以給方教授打電話。看看您今晚方不方便，我想請您吃飯。」

「今晚沒問題，但是我一定得做東，台南是我的地盤。」

「要是說地盤，您是美國來的，別跟我搶做東的生意。」

「我們先擱置這問題，先決定去哪家餐館好不好？」

「我聽您的。」

「成大對面有一家西餐館叫轉角餐廳，味道還可以，也很安靜。」

「我知道，那就訂六點半見面，好嗎？」

「太好了！我打電話去訂好三個人的抬子。」

「方教授還要帶一個朋友，是不是楊玉倩小姐？」

「我就一個人，我以為伍先生陪您來的，他順便回母校一趟。」

「他沒來，就我一個人。」

轉角西餐廳就在成功大學自強校區的對面巷子裏，去吃飯的客人，基本上都是成大的教職員或者是來訪問的客人。方文凱早到了一刻鐘，有好些客人和服務員都很親切地和他打招呼，在大廳的迎賓經理把他帶到座位問說：

「方教授今天是請女朋友吃飯吧？」

「妳怎麼知道我不是請學生或者別的老師吃飯？」

「方教授從來不請一位學生或一位老師，每次都是一夥人，所以今天一定是女朋友了。」

「好聽明啊！想不想當我的學生？」

「沒那麼大的膽子，我一定會被刷掉。」

「學生被刷只有一個理由，就是不用功。不過妳今天猜錯了，我今天要請的不是女朋友，是女性的朋友。」

突然，方文凱站了起來說：「吳檢察官您好！謝謝您的賞光。」

「能夠請方大教授吃飯，太榮幸了，我不僅要來，我還特別去做了頭髮。大概是做得太差，沒看出來。」

顯然，吳紅芝不僅去做了頭髮，全身還刻意地打扮了一番。她脫下了平常檢察官穿的保守服裝，換上一套淺藍色的半身裙，下襬寬寬大大的，走起路來會飄起來，下身是黑色的緊身褲襪，把兩條修長的大腿凸顯出來，她腳下穿著一雙很高的高跟鞋，讓她走起路來婀娜多姿。方文凱忍不住，瞪著她多看了兩眼，她笑著說：

「看夠了嗎？能不能坐下了？」

「對不起，快請坐。我是在想，妳是不是來參加選美的，不是來開會的。」

「不要開我玩笑了，我是為了來見方教授才換了件衣服。」

「那我真的不敢當了。這家飯館的菜式不多，但還算可口，我喜歡他們的湯和烤麵包。」

吳紅芝一邊翻看著菜單一邊問：「方教授能建議我選什麼嗎？」

「今天的招牌菜是海鮮套餐，如果對海鮮不忌口的話，可以嚐嚐看。」

「好，我就聽您的。」

方文凱點了兩個海鮮套餐，又點了一瓶白葡萄酒，服務員把點菜單拿走後，把一瓶白酒拿給他看看，酒瓶打開來讓他聞聞瓶塞，淺嚐一口，點點頭，就給兩人倒了酒。方文凱說：「我對酒是外行，要是沒點對，還請檢察官多包涵。」

「可是我看你對開酒品嚐的動作倒是挺在行的。」

「我是看別人怎麼做，就依樣畫葫蘆。」

「我想提一個要求，我今天的中飯是個便當，極難吃，只吃了兩口。所以晚餐要好好地補一下，如果我聽到有人叫我檢察官，會影響我食慾，就請求你叫我小吳或是紅芝，好嗎？」

「沒問題，那妳也叫我文凱。其實，只有學生和同事叫我方教授，別人都是提名道姓的。還有，這裏是我們成大的地盤，就別跟我爭，誰來做東了。真的想請我就等到台北再說。」

「那我們就一言為定，到時候別被楊玉倩霸佔住不敢動了。」

「有美女檢察官保護，一定不會被霸凌的。」

方文凱和吳紅芝的第二次見面，讓他對這位美女檢察官有了很好的印象，他一直覺得，一個人的自信心是影響一個人留給他人什麼樣印象最大的因素。如果一位職業婦女有很好的專業能力、美滿的婚姻和家庭，再加上動人的外表，會很自然地留給他人很好的印象，方文凱覺得吳紅芝就是這樣的人，生活在充滿陽光的世界。看她專心一意地享用海鮮大餐的樣子，大概是沒吃中飯，他說：「紅芝，慢慢吃，不夠的話，再叫一客。」

吳紅芝喝了一口酒：「是不是吃相很難看？」

「不難看，但是吃得太快會噎住的。」

她把盤子裏最後一塊蝦肉配著塗著牛油的麵包吃了，然後再喝了一口酒：「文凱，酒足飯飽了。你知道嗎？這家的麵包也是很好吃的。」

「這裏的濃湯和烤麵包是他們的招牌，百吃不厭。」

服務員過來把主菜的盤子收走，告訴他們甜點和咖啡隨後就會上來。吳紅芝說：「吃了你這麼美味的晚餐，看樣子，我非得滿足你才行。」

方文凱曖昧地笑著說：「妳說吧！妳要怎麼樣滿足我？」

吳紅芝的臉紅了：「我的意思是，我得要滿足你對秦依楓案子的好奇心了。」

「原來是這樣啊！太失望了。不過這頓飯我就可以向史密斯夫人報賬了。」

「她這麼照顧你啊！」

「本來嘛！替她收集她老爸案子的資料不是我份內的事，所以她說任何的開銷，都可以向她報帳。她要是問起來，妳可得說實話。」

「你不早說，要不我就會再叫一瓶酒，這一瓶幾乎都是我喝的。」

「那現在就再來一瓶？」

「咖啡和甜點都上來了，太晚了。」

方文凱不說話，就只盯著看吳紅芝。她說：「怎麼這樣看人呢？」

「在台灣，是不是所有的女檢察官都像妳這麼可愛？」

「在台灣，吃女檢察官的豆腐要關監牢的。」

「在台灣，司法還是有封建現象。」

「別跟我貧嘴，說，你想問我什麼？」

「妳現在要對秦依楓的案子做獨立的調查，妳會參考國防部的調查報告嗎？」

「那是當然的，同時我也要查看他們所採集的證據和證人的證詞。」

「目前妳的調查進展到什麼程度了？」

「國防部的調查，我基本上已經完全消化了。」

「結論呢？」

「是我所看過最糟糕的調查報告。」

方文凱有些驚訝，因為楊玉倩給他相反的印象。

「可以具體一點地說嗎？」

「國防部的調查說，秦依楓因將貪汙所得，分贓不均而被殺。按邏輯推理，贓款和兇手或是主謀者是緊緊相連的，追出贓款的去向，很可能就會找到和凶案有關的人，但是國防部的調查，做了殺人原因的結論後就打住了，這是一大敗筆。」

「還有嗎？」

「當然有啦，否則怎麼會是最糟糕的呢？報告還說秦依楓有同夥人，但是他們都否認殺人，所以結論是兇手在逃，然後就一點後續的行動都沒有了，有這麼做刑事調查的嗎？」

「國防部的調查人員可能不是專業的吧？」

「非常可能，在他們那，只要是當兵的就行。」

「但是羅寶敘，他是個律師，是和妳一樣的法律專業人士，可是他認為沒什麼不對的地方。」

「我不是跟你說過嗎？羅寶敘不是法律人，他是生意人。國防部的軍購處是他的大客戶，他居然還能毫無顧忌地當秦依楓家屬的律師，這是明目張膽的利益衝突，律師公會不敢辦他，就是因為他財大氣粗，人脈關係強大。」

「紅芝，妳看過最近楊玉倩在真相週刊上登的報導嗎？」

「是關於國防部高層對秦依楓所作所為，在事前知不知情的文章，是不是？」

「就是，妳同意嗎？」

「如果她引用的消息是正確的，不僅是我，所有的人都會同意的。到現在真相週刊從什麼管道拿到這麼重要和正確的資料，沒有人知道。文凱，我知道楊玉倩對我有看法，有意見，但是我對她個人沒有話說，她是個很優秀的專業人員。我就是不明白為什麼她總是要和我們對立。」

「在一個民主社會，這是很正常，也是應該有的現象。新聞從業人員對社會的責任，包括了對政府的監督，維護社會的公平正義，還有要支援弱勢族群。所以他們一定是和檢調站在對立的一方。妳應該理解。」

「難道我們就不是在為社會的公平正義奮鬥嗎？方大教授的私心赤裸裸地露出來了，再度證明了楊玉倩的魅力。」

「別轉開話題，如果國防部的高層知情，甚至是命令秦依楓去幹壞事，妳想過這個可能嗎？」

「我每天都在想，每天都會出一身冷汗，國防部變成了黑社會，太恐怖了。」

吳紅芝的手機響了，她看了一下來電顯示：「文凱，對不起，我接個電話。」

「是我……我在外面應酬……明天這裏還有事，所以今晚還得多留一晚……好的，他們給我安排住在外面……我再給你打電話……掛了！」

她看著方文凱，沒說是跟什麼人通電話，但是她明白，他會猜出來的。果然她聽見方文凱說：

「謝謝妳回答了我的問題。我可以打報告交差了。」

「你可以告訴你的史密斯夫人，我的獨立調查報告寫好以後，也會發給她一份的。」

「妳的下一步行動是什麼呢？」

「當然是追查兇手和買兇殺人的主謀者了，像我剛剛說的，我會去追查這大筆錢的去向，說不定就會查到殺人的主謀。」

「那我們就拭目以待了。時間不早了，我送妳回去吧！我去請櫃檯叫一輛車。」

「不用了，我住在離這兒很近的酒店。」

「什麼地方？」

「成大對面的遠東大酒店，文凱，陪我走走行嗎？」

「其實伍先生是應該陪妳到台南來的。」

「文凱，如果不方便的話，我自己可以走回去的。」

「我當然要送妳回酒店，但是我不明白，妳老公就放心如花似玉的老婆，一個人深更半夜地在外面，他就不怕妳碰到壞人嗎？」

「你是壞人嗎？」

「妳怎麼知道我不是？」

「那我們走吧！好讓我明白眼前的大教授是不是壞人。」

方文凱和吳紅芝沿著大學路朝台南火車站的方向走去，遠東大酒店就在後火車站的對面。他們經過圖書館時，吳紅芝指著對面的成大校門說：「這裏就是你們的舊校區嗎？」

「這就是我們的光復校區，我以前就是在這裏待了四年。」

「你還有時間陪我到裏頭走走嗎？」

光復校區就是早期的成功大學，它的系館全是紅磚式的老建築，現在看起來既有典雅之風，又有古韻之意，很有獨具特色的另類風情。方文凱喜歡在這裏散步流連忘返。

當時工學院的系館都是在工學路的邊上，路的兩邊有近百年歷史的、千奇百怪的粗壯樹幹，撐開了濃郁蒼翠的枝葉，像一把把巨傘懸浮在綠色的草坪之上，遮擋出一片片的陰涼。在晚上，路燈照亮了在微風裏搖曳多姿的鳳凰樹，地上還有往上照的燈，從鮮紅色妖嬈嫵媚的鳳凰花反射出的五彩光線，急切地擠進了兩人的視覺，讓人目不暇接。她說：「我好羨慕你，能在這麼美的地方待上了四年。」

「當時並沒有感覺，時間都花在讀書和瞎胡鬧上，對周圍的環境完全是有看沒見。」

方文凱沉默不語，陷入了回憶。他們慢慢地走了一段路，偶爾會碰見一對對的男女也在散步，他們都是牽著手，摟著腰，也有在樹下擁抱和親吻的。她說：

「文凱，我是第一次穿這麼高的高跟鞋，還不習慣，能讓我扶著你走嗎？」

她伸手握住了方文凱的上臂，然後把胸部靠緊了：

「這樣的走在這裏，別人就不會把我們看成是異類了。」

他領著吳紅芝走上一條幽深的靜徑，燈光照不到了，只有天上的星光把前面的一片水體照耀得碧光粼粼，這裏就是白天裏草波生姿的成功湖，但是在朦朧的夜色裏，放眼望去，還是能依稀地看到古藤和舊橋，更能感覺出它們在古樸中流蕩著的淡淡詩意，在昏暗的夜色下，岸邊的大樹下，隱隱約約有幾對情侶在互動著，方文凱輕輕地歎了一口氣，但是沒有說話。過了一會兒，吳紅芝說：

「這裏是不是你和楊玉倩談情說愛的地方？」

「其實我們並沒有真正的戀愛，她比我高兩年，也有一個要好的男朋友。我是個不知天高地厚的小男生，有一天發了瘋，跟她說，我喜歡她。」

「後來呢？」

「沒有後來。我畢業後去當兵時，給她寫過信，她也沒回。我出國後接到她的一張明信片，告訴我她結婚了，丈夫不是她在成大的男朋友。等到我也成家後，我們就失去了聯絡。」

「那你以前到台灣來的時候，沒去找過她嗎？」

「她是有夫之婦，我是有婦之夫，都是有家室的人了，更何況從前也未曾有過很深的感情，所以也就罷了。」

「那這次見面沒有舊情復燃嗎？」

「要不是因為秦依楓的事，我相信我們也不會見面的。」

「但是聽你跟她的對話，充滿了挑逗。」

「那是因為我的惡劣毛病，喜歡在言語上吃豆腐，佔便宜。尤其是我們一見面，她就告訴我，她要出家皈依佛門了。」

「你信嗎？她這幾年當真相週刊的記者，遊走在大千世界、芸芸眾生中，很風光的。怎麼突然就看破紅塵了，真難以相信，一定是受到了什麼刺激。」

「我看她是很堅持的，看她現在的打扮，就給人飄飄欲仙、不食人間煙火的感覺。我知道就在她當了寡婦後不久，她的父母親也過世了，我想這一連串的事，對她的打擊一定是很大的。」

「也許你的出現，會讓她改變主意。」

「我想正好是相反，她一再地跟我強調說，她已經是出家人了。要是妳的舊情人當了和尚，妳要如何再去追求他呢？楊玉倩是生活在佛陀的世界，我已經無法下手了。」

「我看你還是對她很有情意的，難過嗎？」

「不難過，只要她活得很快樂，我會為她高興。」

方文凱深深地吸了一大口氣，他能感到空氣中的泥土味，這麼多年來，他一直都記得這個特別的氣味，多年前就在這同一個地方，楊玉倩告訴他，只有在這片水體的岸邊泥土裏，才會有這特別的氣味，那是一種說不出來的芬芳。吳紅芝說：「你想她了？」

方文凱不說話了，她轉過身來，面對著他：「文凱，你什麼都不要說，我要你把眼睛閉上，在心裏想像站在你面前的人就是楊玉倩。」

等方文凱把眼睛閉起來後，吳紅芝的雙臂把他摟住，她的嘴唇吻了上去，吃驚的方文凱正要掙扎，但是她的舌頭已經佔領了他，似乎是失去了控制，方文凱的身體有了強烈的反應，他一邊緊抱著吳紅芝的細腰，同時還在她身上遊走著，撫摸著，當他用力地擠壓她已經漲大挺堅了的乳房時，她仰起了頭，看見方文凱滿臉情慾的表情，她輕聲地說：「文凱，我要你……」

他的手遊走到她兩腿之間，開始向她進攻，兩人都進入了迷惘的境界，互相的享受著對方身體所帶來感官上的刺激，她從喉嚨深處發出了呻吟……

時間和天上的星星一樣慢慢地在移動，許久以後，一陣涼風吹醒了激情。

「文凱，求你停停，我都不行了……」

他毫不留情地持續著，吳紅芝的下身開始往上挺，配合著他，兩人的動作加快了，她張開了嘴，呻吟著，方文凱吻住她的嘴，讓她全身都麻醉了，無力地癱瘓在他的懷裏，她看見了水面上反射出滿天的星光。但是方文凱的腦海裏出現的是楊玉倩，和慢慢走來的葛瑞思。

當方文凱把吳紅芝送回酒店時已經很晚了，他在電梯前說：「晚安，明天回台北一路順風。」

吳紅芝愣了一下，在電梯的門關起來前，她說：「文凱，你夠狠的了，我在一二二〇號房間。」

方文凱沒有去她的房間，在回宿舍的路上，他想起來楊玉倩曾說過，吳紅芝是個男人殺手。

方文凱接到了葛瑞思的電郵。

親愛的姐夫：

你好嗎？想不想我？

上星期，我的指導教授給了我一個小小的研究課題，他大概是想看看我是不是個可造之材，今天我們小組開討論會時，叫我把研究的結果報告給大家，還特別地誇獎我，說我的看法很有創意，看樣子他是會收我這個博士生了。我很開心，因為我們的老古董老爸還批評我說，古人不像我們現在的年輕人，把愛情放在至高無上的地位，然後就藉機罵我和姐姐，說怎麼會生出兩個「放浪形駭」的女兒。我要把我的研究結果說給你，希望你不是個老古董。

題目的背景是：

《長恨歌》是中國唐朝詩人白居易的一首長篇敘事詩；這首全詩形象地敘述了唐玄宗與楊貴妃

的愛情悲劇。詩人借歷史人物和傳說，創造了一個迴旋宛轉的動人故事，感染了千百年來的讀者，唐玄宗李隆基與楊玉環的愛情故事令人們千年難忘，《長恨歌》裏的「七月七日長生殿，夜半無人私語時。」寫的就是七夕月夜李楊盟誓的愛情故事。

農曆七月初七，俗稱七夕。這一夜月上柳梢，已是夜深人靜，遠處傳來打更的聲音。沿著曲折的小徑，有一隊宮女捧著香盒瓶花等前行，待到了內殿的庭院，早已有內侍張好錦幄，擺開案几。唐玄宗令宮女退下，親自添香盒，焚龍涎，爇蓮炬，燭光在煙霧氤氳中忽明忽暗。月亮的銀輝灑在漢白玉的石階上，夜空深邃高迥。

楊玉環斜倚著唐玄宗，低聲地說：「今夜雙星，渡河相會，真是一件韻事。」

「他們雙星相會，一年才一次，不及朕與妃，可以每時每刻相守。」

但是楊玉環卻傷感地落下淚來。唐玄宗十分心疼，替她拭去淚水，問她為什麼流淚。楊玉環說：「妾想那雙星，雖然一年只是一會，卻是地久天長，年年皆有今日，而妾與陛下，恐怕不能像他們那樣長久。」

「朕與妃生同衾，死同穴，這難道不是長久麼？」

楊玉環黯然地回答：「長門孤冷，秋扇拋殘，妾每閱前史，心中多有悽惻。」

「朕不是如此薄倖之人，今夜可對雙星起誓。」

說著便攜住楊玉環的手，同至案几前，拱手作揖：

「雙星在上，我李隆基與楊玉環，情似海深，願生生世世，永為夫婦。」

楊玉環也收斂了衣服說：「願如誓言，若有違此盟，雙星作證，不得令終。」接著她側身握住唐玄宗的雙手：「今夕密誓，妾死生不負。」

在這千古流傳的愛情故事裏的楊玉環，生於唐玄宗開元六年的蜀州，據說出生時胳膊上就有一枚玉環，她的父親楊玄琰就為她取名為楊玉環。

開元二十三年，她嫁給壽王李瑁做妃子，從名分上說，她應該是唐玄宗的兒媳婦。這時玄宗最寵幸的武惠妃剛剛病死，玄宗陷入深深的哀慟與孤寂中，喜怒無常。他有一位叫高力士的近臣上奏說：壽王李瑁的妃子楊氏姿色無雙，傾國傾城，並且她還長得很像武惠妃。

唐玄宗是在黃昏時傳旨宣召楊妃入溫泉宮，那時蠟燭搖曳著紅茫茫的光，石階上月輝沉彩，只見楊妃肌態豐豔，顧盼生情，眉不描而黛，髮不漆而黑，頰不脂而紅，唇不塗而朱，果然是沉魚落雁，唐玄宗一下子不能自已。當下命她寬衣解帶，沐浴華清池。

玉環脫去衣衫，黑髮如雲，肌膚照雪，在氤氳的水汽中帶著一絲疲憊，更覺嬌媚無限。沐浴後設宴，楊妃侍坐右側，楊妃吹起的玉笛清音逸韻，惹得他不可名狀，親斟美酒三杯，她逐杯飲後，臉頰泛紅，愈加明豔。唐玄宗順勢捏住她的手，覺得滑膩且柔弱無骨。這一拉住就再也不放開了，兩人乘著酒興攜手入內，在床帳裏有了魚水之歡，面對楊玉環年輕的赤裸身體，唐玄宗覺得自己也彷彿年輕了幾十歲，楊玉環是依稀地有當年武惠妃的身影，但是她更多了野性和放蕩，而這正是唐玄宗從不曾感受過的。為了不明目張膽地把兒媳強佔，也為了能夠常相廝守，楊妃以為已故的竇太后奉獻為名，要求成為女道士。唐玄宗賜給她一個太真的法號，先到長安太真宮做了幾天女道士，然後再暗暗地接進宮裏，從此長相廝守。

楊玉環性情聰敏，善於迎合上意，被唐玄宗專寵她於後宮，並冊封她為「貴妃」。貴妃的三個姐姐也都美豔絕倫，就分別封為韓國夫人、虢國夫人、秦國夫人，可以自由出入宮禁，勢傾朝野。楊玉環有藝術方面的特長，她善歌舞，通音律，彈得一手好琵琶，而玄宗也非常愛好音樂，《霓裳羽衣曲》就是玄宗所做，傳說這首舞曲的美妙非人間所有。楊玉環閱過此曲後，立刻心領神會，依曲度腔，字字清楚，聲聲宛轉，又依曲而舞，如回風流雪。唐玄宗看了，都不知自己是在天上還是人間了。

歷史記載說，安祿山在天寶十四年以清君側的名義，在范陽起兵，兵鋒直指長安。唐玄宗的將士指揮無方，二十萬大軍頃刻崩潰。潼關很快失陷，長安震動。在一個細雨迷濛的清晨，唐玄宗、太子、丞相韋見素、楊國忠、楊玉環姐妹及大將陳玄禮率領的少數禁衛軍，奔出延秋門西逃。傍晚至馬嵬坡，軍士持戟鼓噪，亂兵誅殺了楊國忠。圍住驛站，鼓噪久久不止，要求皇上賜死楊貴妃，唐玄宗還在遲疑，外面嘩聲更烈，亂兵幾乎要衝進門來。楊玉環聽到後，含淚向唐玄宗辭別：

「願陛下保重！妾誠負國恩，死無所恨，惟乞容禮佛而死。」

唐玄宗已是泣不能語：「願妃子投生在一個好地方。」

楊玉環以白綾一束，掛在驛館院中的梨樹枝上，向北向拜道：「今與聖上永訣了。」

接著她就自縊而死，但是她的人身、屍骨和一道幽魂卻都渺渺無跡，消失在陰陽兩界。

對於楊貴妃的最後歸宿，卻有許多疑團。流傳最廣的就是上面所說的自縊而死。

第二種說法是楊玉環死於亂軍之中。這是來自一些唐詩中的描述。李益的七絕《過馬嵬》和七律《過馬嵬二首》中有「托君休洗蓮花血」和「太真血染馬蹄盡」的詩句，說明楊玉環死於亂刀之下。

杜甫在他的《哀江頭》裏有：「明眸皓齒今何在，血污遊魂歸不得」之句，「血污」是暗示她並非縊死在馬嵬驛，因為縊死是不會有血的。張佑在他的《華清宮和杜舍人》的「血埋妃子豔」；杜牧《華清宮三十韻》的「喧呼馬嵬血，零落羽林槍」，和溫庭筠《馬嵬驛》的「返魂無驗表煙滅，埋血空生碧草愁」等，也都說明了這一問題。

以詩證史，也是我們研究歷史的一個可靠方法。劉禹錫在他的《馬嵬行》裏也有詩句：「綠野扶風道，黃塵馬嵬行，路邊楊貴人，墳高三四尺。乃問裏中兒，皆言幸蜀時，軍家誅佞幸，天子舍妖姬。群吏伏門屏，貴人牽帝衣，低回轉美目，風日為天暉。貴人飲金屑……」，這是說楊玉環是吞金而死的。

第三種看法是楊玉環流落於民間。在白居易的《長恨歌》裏有詩句：「馬嵬坡下泥中土，不見玉顏空死處」，唐明皇由成都回京再次經過馬嵬驛時，見今思昔，觸景傷情。他要找楊玉環的屍骨，但是在埋葬地裏，什麼都找不到，這是意味楊貴妃並未死在馬嵬驛。陳鴻的《長恨歌傳》裏有一句：「使人牽之而去」，這分明是指楊貴妃並未死，而是被人牽去藏匿在他處了。

第四種說法來自日本民間和學術界，認為楊玉環逃亡日本，並且說在馬嵬驛被縊死的，僅是一個替身的侍女。楊玉環被安排護送南逃，揚帆出海，漂至日本久谷町久津，至今日本還保存著許多楊貴妃的廟宇、墳墓、傳說和器物。傳說她在日本的政壇上又活躍了三十年，到六十八歲才死去。還有一個最離奇的說法，是來自一位台灣學者魏聚賢，他在《中國人發現美洲》一書中聲稱，他考證出楊貴妃並未死於馬嵬驛，而是被人帶往遙遠的美洲。

姐夫，根據我的推論，這場悲劇就是一件婚外情所造成的，楊貴妃愛上了另外一個男人，他不是漢人而是個胡人，他的名字叫安祿山。他是出身在營州柳城地方的胡人，兼任平盧、范陽與河東三鎮的節度使。因為屢立奇功，受到皇帝的賞識。楊玉環想到自己與唐玄宗年齡懸殊，萬一他死去，當時已經是有實力的安祿山，就可以是一個依靠。因此楊玉環極力保持與安祿山的良好關係，而安祿山也極盡所能地討好楊玉環。

記載上有說，安祿山會在洗完澡後，讓人裹進襁褓裏，然後拜楊玉環為母親。安祿山也時常進宮朝見楊玉環，楊玉環賜安祿山在華清池洗浴，浴罷用色錦結成一個小兒搖籃，令安祿山裝做嬰孩兒模樣，臥在搖籃中，讓數十個宮女，抬著搖籃來到楊玉環跟前，安祿山就大呼小叫地喊著媽媽，他們嬉鬧中，日久生情，慢慢地就有了戀情，他們趁唐玄宗不在時，開始偷偷地幽會。

楊玉環的第一個男人，是在皇宮裏長大，弱不禁風的壽王李瑁。當她進到宮裏時，已經是個風華絕代的美婦人，但是也正是狼虎之年的中年女人。可是和她朝夕在一起的男人已經是老態龍鍾，經常沉醉在琴棋書畫和樂曲舞蹈裏，每當唐玄宗要和楊玉環燕好時，他都需要借助漢代的春藥慎恤膠，或是從胡人那裏取得的助情花，來幫助他的情慾發興，精力不倦。

她一生裏的頭兩個男人，都不曾讓她感受到男人強壯的體力和威武的神采，但是安祿山強壯有力，動作野蠻，刺激了楊玉環的情慾，雖然有一次安祿山用力過猛，竟然在她的酥胸上抓出一道道傷痕，因此「祿山之爪」就成了典故。但是也終於讓她得到了她在夢中所渴望的「被男人征服的感覺」。

楊貴妃瘋狂地愛上了這個胡人。而安祿山從原本的「討好皇帝身邊的女人」，發展到「愛上了皇帝的女人」，這是他自己都始料未及的。他身邊不缺少美女，女人帶給他肉體上的歡愉和滿足，對他一點都不陌生，但是和楊貴妃的近距離接觸後，她的美豔使他怦然心動，更發現他無法抗拒那向他發射出來的、一波又一波的女性誘人魅力。當第一次將她的衣裝卸下時，一個雪膚花貌、水滑凝脂的女體出現在他的眼前，通紅的臉和火熱的胴體，在他的撫摸和親吻下扭動，他說：

「貴妃人乳，滑膩如塞上酥！」

「快快恩澤妾身吧！」

當安祿山「征服和佔領」了皇帝的女人，看著在他身體下被他「蹂躪」的楊貴妃，他的男人佔有慾和「玩了老闆的女人」所帶給他的快感膨脹到極點。楊貴妃的玉掌抵住他壓上來的胸膛，她如怨如癡地呻吟和哀求，像是回風流雪，聲聲宛轉，一次又一次地將他帶進了從未經驗過的奇妙境界，也感動了他，將原始的野蠻激情，轉化為惜香憐玉的柔情。

在不知不覺中，是這位在芙蓉帳裏，夜夜和皇帝暖度春宵，讓皇帝享受她肉體的楊貴妃，征服了安祿山，玩弄他於股掌之上。幽會後，每當安祿山扶起嬌弱無力的楊貴妃時，「在天願做比翼鳥，在地願為連理枝。」的念頭，在兩人的腦海裏油然而生。按著他們的計畫，唐明皇開始迷戀聲色，荒廢政事，「驪宮高處入青雲，仙樂風飄處處聞。緩歌慢舞凝絲竹，盡日君王看不足。春宵苦短日高起，從此君王不早朝。」

楊貴妃的受寵，說服了唐玄宗，讓楊氏族門雞犬升天。他們立刻權勢逼人，哥哥楊國忠當了宰相，幾個姊妹都被封為大國夫人，爭權鬥富，不可一世。壞人竊弄權柄，紊亂朝綱，所以當安祿山發起叛亂，唐朝這座炫人眼目的金字塔，立刻就傾倒崩潰了，他精心策劃了唐玄宗帶著楊貴妃出逃的路線，在馬嵬驛發起士兵嘩變，楊貴妃投環自縊，他在最後一刻以偷天換日的手法，把楊貴妃帶走。沒想到的是，原來是打著「清君側」的名義，在范陽起兵的叛亂，因為各個利益集團的爭權奪利，演變成為歷史上的「安史之亂」，而他自己也被親生的兒子殺死。從此，楊玉環就消失在茫茫人海之中，留下來的是千年不去的傳疑。

親愛的姐夫，你也是大教授，你認為我這個小小的研究和推論如何？

想念你的葛瑞思

親愛的葛瑞思：

我看到了大膽的假設，但是沒看到小心的求證。

方文凱

楊玉倩和她的助手租下了死者原來住的小房間，她們做的第一件事，就是安裝了小耳朵天線，主要是用來上網和外界保持聯繫，她們在那裏住了將近一個月的時間。本來以為員警會很快地來到，封鎖現場，把「李浩」的遺物收集做為證物。但是在宣佈找出死者的身分後，員警只打了個電話給房東，請他把「李浩」的遺物打包，有空時送到派出所來。

遺物是由新房客楊玉倩和她的助手整理的，她們將所有和秦依楓及洪田林有關的東西都留下，其他的都讓房東送給派出所了。楊玉倩她們走訪了洪田林記錄裏的每一位老兵，他們都是從聯勤兵工廠退伍的，洪田林向他們打聽的主要事情，是在八十年代所發生的事。

當時他們都是在各個兵工廠裏經驗豐富的技術士官，有一天被集中起來，通知他們說被調派去擔任一項機密任務，有很豐厚的職務加給，但是絕不能向任何人，包括自己的家人在內，透露任何有關任務的事。他們是被派到一個在南勢角的秘密兵工廠，四周有聯勤總部的衛兵層層把守，但是大門口卻沒有掛任何的牌子。工廠內只生產一樣東西，就是當時最先進的反坦克導彈，設計圖紙、製造流程、原材料和部份的配件，都由美國中央情報局提供。這項任務的負責人就是秦依楓，當時他就是帶著助手洪田林經常來到工廠裏巡視。

在維持了近三年的生產期間，只有兩個「外人」到過這間兵工廠，一位是西蒙斯先生，他是中情局的特工，負責提供有關製造技術的資訊，另一位是潘延炳先生，他是一個不會說中國話的華人，職業是販賣軍火，所有生產出來的導彈都是由他收購去了。

根據《真相週刊》所找出來的資料，在八十年代，美國總統雷根進行了兩件「非法」的活動：

當時的國會通過了法案，禁止美國政府支持中美洲的尼加拉瓜反共勢力打擊親共的遊擊隊，也禁止以政府名義介入和中東穆斯林聖戰主義份子談判，用金錢贖回被綁架的美國公民。但是雷根總統是想堅持他的反共基本教義，所以他要求中情局以黑箱作業的方式，瞞著國會的情報活動監察委員會，在台灣秘密生產反坦克導彈，再經過軍火商轉手，賣給伊朗，賺取龐大的利潤，好用來支持雷根的「非法」活動。

當時伊朗和伊拉克是兩伊戰爭裏的交戰國，正打得不可開交。這項任務的負責人就是中情局的特工西蒙斯，他介紹他的一個老朋友史密斯，到台灣來投資蓋了一個秘密兵工廠，由聯勤總部提供人力，生產導彈。

在楊玉倩走訪的老兵中，一位名叫岩觀山的人，向她提供了最有用的資訊。岩觀山和他的原住民妻子，在房子後面的一片山坡地上，種了日本水梨的果樹，還開了一個汽車維修廠，是這一大片山區裏唯一可以修車的地方，所以生意很好，還雇用了兩個徒弟做幫手。當他看了楊玉倩遞給他的名片，他劈頭就說：「妳是來打聽洪田林的事，是不是？」

她非常驚訝地問：「岩先生是怎麼知道的？」

「我替老洪寄過兩次材料給您。其實我是正在等楊小姐來找我的，您請坐，我來倒杯茶，然後再說給您聽是怎麼回事。」

洪田林和岩觀山都是聯勤士官學校出來的，洪田林是學行政管理的，岩觀山是學汽車維修保養的。從士官學校畢業後，分別被分發到國防部的軍購處，和台北汽車保養廠工作。因為洪田林是負責軍購處的車輛問題，多年來和岩觀山的互動建立了友誼，所以當秦依楓被害後他亡命出逃時，就是去找已退休，定居在台東山區的岩觀山，是他建議洪田林利用李浩的身分，在山區裏隱姓埋名。

岩觀山是在退休後才結婚的，兒子年歲還小，有一次失足掉進大雨後滾滾洪水的溪裏，洪田林跳入水裏把他救上來，所以他很清楚洪田林有很好的水性。當洪田林失蹤後，是他和房東一起到派出所報的案。在過去的三年裏，兩個退伍的老兵在茶餘酒後，經常地談論秦依楓的案子，對於洪田林執著的追查，岩觀山也只能勸他多加小心。但是等他看到報上的消息說，警方宣佈李浩是淹死的，他確定了這幕後是一定有陰謀的。

「士官長，您是怎麼知道我會到這裏來的？」

「大概是三個多月前吧，老洪下山到苗栗去參加他大姐的葬禮。回來後就沒到我這裏來過，我兒子從學校帶回來一封信，說是他洪叔叔交給他的。老洪在信裏說：他可能被盯上了，自從苗栗回來後，就有一些莫名其妙的人，出現在他住房附近，還到處打聽他的來龍去脈。老洪要我一定不能去找他。但是我實在忍不住，有一天過了半夜，我摸黑到他家去看他，他交給我一個紙袋，說如果他出事了，就把它交給您。他說您會找到山裏來，如果在一個月之內，您還沒來，就像上兩次一樣地把它寄給您。」

「謝謝士官長，洪先生看到我們按寄來的材料寫的調查報告了嗎？」

「當然看到了，他拿著那本真相週刊至少看了七、八遍。高興極了。」

岩觀山到裏屋拿出一個紙袋子交給楊玉倩，打開後看見裏頭有一封信和一本書。她一眼就認出來《西藏七年》那本書，是和秦瑪麗給她的一模一樣。信封裏只有一張紙條，上面寫的是：

「命案主謀可能是目前在位的高官。位於尼泊爾首都加德滿都市中心以東八公里處，有一個博達納特大佛塔，附近有黃教喇嘛廟，內有駐廟的卓瑪喇嘛僧，知秦案詳情及凶案主謀。」

楊玉倩把《西藏七年》的封面翻開，第一頁和另一本一樣是個圖案，但是這裏有用紅筆寫的：「大衛・索康」。

她問說：「士官長，這紙袋裏的東西您看過嗎？」

「都看過。」

「您知道大衛・索康是誰嗎？」

「老洪說，他有一次在秦依楓的辦公室裏見過一個人，聽中情局特工西蒙斯管他叫大衛・索康，這人在屋裏也戴著大墨鏡，讓人看不見他的真面目。但是老洪認為他可能是個中國人，因為他聽見這人和秦依楓說國語。老洪一直在找有沒有人認得或是見過這個叫索康的人，他覺得這人很可能是整個南勢角兵工廠案子的總指揮，也是命案的關鍵人物。」

「那麼這紙條上寫的卓瑪喇嘛僧又是怎麼來的？」

「老洪說，就在二十多年前，秦依楓出事的前兩周，他領來一個叫顧彤的年輕人，說是從西藏來的難民，交代他馬上想辦法，把這人送出國，回到尼泊爾去。」

「他就是卓瑪喇嘛僧，是不是？」

「對的，老洪曾把他先藏在南勢角兵工廠裏，那裏警衛森嚴，是最安全了。所以我們好多人都見過他。在山裏，老洪找到一個曾在南勢角兵工廠幹過活的老兵，他最近參加一個去尼泊爾的旅遊團，在那兒的喇嘛廟裏碰見了這位顧彤，他已經成了卓瑪喇嘛僧了。」

「為什麼洪田林會認為，秦依楓命案的主謀會是現任的高官呢？」

「這我就不清楚了。不過老洪曾經說過，當年是有人在追殺顧彤，殺手很可能是受政府裏高官的指揮。他還對我說過，要找出殺害秦依楓的主謀，這個西藏人是關鍵人物。他被追殺的原因，很可能是因為他知道了某些內幕。老洪跟我說過，他的下一步行動，就是去找這位喇嘛和尚。」

「洪先生還跟您談過其他和案情有關的事嗎？」

「沒有，就是這些了。噢！對了，老洪曾提過，他覺得和他一起工作的管曉琴應該沒死，一定是和他一樣地躲藏起來了。她應該知道更多，因為她是替秦依楓管內勤的，而老洪是管外勤的。」

除了岩觀山之外，楊玉倩手裏還有一張王牌，就是葉國森。他是一位退休了的法醫，在屏東鄉下一間小診所當醫生，給人看病。他原來是台灣刑警大隊的法醫，曾主持秦依楓的屍體解剖，在發現有高層篡改他的屍檢報告後提出抗議，沒想到的是反而被迫提早退休。但是楊玉倩找上了他，成為朋友，在不少《真相週刊》的命案調查過程中，提供了不少有用的資訊。

因為他是位有執照的資深法醫，很多地方上的法醫，在工作繁忙時都會找他來幫忙，洪田林的屍檢是在台東縣的刑警隊法醫室做的，楊玉倩安排他來參與，他發現死者肺裏的積水含有漂白粉，和其他自來水中含有的微量化學成分。最後當他檢查出真正讓死者致命的原因時，他出了一身冷汗，因為和二十年前殺害秦依楓的手法完全一樣。

難道同一個兇手在二十年後又回來了嗎？葉國森把他從屍體上所取得的證據，和一份書面報告交給了楊玉倩，然後在正式的屍檢報告的死因欄裏寫了「因溺水窒息死亡」。

回到台北前，楊玉倩在《真相週刊》上又登出了一篇有關秦依楓命案的後續報導。文章中的第一個重點是指出日前媒體報導，在台東山裏出現老兵李浩的屍體是誤導，根據海基會的存檔記錄，李浩在退伍後不久就回到大陸老家，他是在那裏因車禍去世的。而從ＤＮＡ採樣和檔案資料的比對結果，證明死者就是失蹤了多年的秦依楓助手洪田林。進一步地調查，指出原始的法醫屍檢報告，所列出的死亡原因並非「因溺水窒息死亡」，而是他殺。

第二個重點是指出，在八十年代聯勤總部配合中情局，曾在南勢角設立秘密兵工廠，生產導彈，由中情局經軍火商出售給中東國家，用來集資支持美國政府在中南美和其他地區的情報和軍事活動。

第三個重點是，這項顯然是非法活動的負責人是美國和台灣的政府官員，他們目前還可能是位居高層的重要決策者。

這篇報導震驚中外，在台灣，國防部重申秦依楓案件已經在早先要求台北地方檢察院介入，重新展開調查，行政院宣佈：法務部的調查局已經開始調閱秦案的卷宗和物證，總統府秘書長宣佈：總統已下令監察院對秦案處理過程開始調查，找出是否有違法瀆職的行為。

在美國，所有的主要媒體都做了有關的報導，銷路最大、也是最被群眾尊重的紐約時報和華盛頓郵報，都轉載了《真相週刊》的報導，他們的攝影小組也來到了台東山區的現場和南勢角兵工廠的舊址。當然他們訪問了楊玉倩，她的照片也登上了這兩份報紙。哥倫比亞廣播電台的「六十分鐘」新聞節目，決定要將這個新聞做為他們每週一次的節目主要內容，他們認為當年雷根總統有沒有在任內違背國會立法，而在中南美洲進行反共活動，一直是個有新聞價值的懸案，所以決定製作一個三十分鐘的報導，在全美最受歡迎的新聞節目裏播出。

龐大的製作組來到台灣，折騰了一個星期，累壞了《真相週刊》和他們的明星記者楊玉倩，但是週刊的銷售量猛增了三倍，廣告收入更是直線上升，老闆發給每個工作人員一個大紅包，週刊社裏喜氣洋洋，每個人都是帶著個大笑臉。但是有人發現，楊玉倩的臉上卻有一分哀傷和憂愁。

「六十分鐘」新聞節目播放後的第二周，紐約時報和華盛頓郵報，根據憲法中「資訊自由」的修正條款，向美國政府申請，將八十年代裏，中情局在中南美洲從事非法反共活動和相關事件的檔案解密，但是被政府以「危害國家安全」的理由拒絕了，兩家報社就一狀告到美國聯邦最高法院，請求判決政府違憲。消息傳來，說多數的大法官將會同意兩間報社的判決申請，所以政府已經開始瞭解密的準備工作。在公司總部設在美國北卡羅萊納州的「紅石環球安全顧問公司」裏，召開了一個緊急會議，與會者都是美國及台灣的政府官員和「紅石」的高層。會議的內容是討論，在檔案解密後應該如何應對的方針。

也是在「六十分鐘」新聞節目播放後的第二周，方文凱和楊玉倩見面了，地點還是在武昌街的明星咖啡館。

「小玉，妳在台東的山裏待了多久？」

「一個多月吧！為什麼問這些？」

「我想在那裏一定是吃不好也睡不好，看妳都瘦了好多。」

「真的看得出來嗎？一定是這套衣服不合身了。」

方文凱曖昧地笑著說：「我不用看妳的衣服，妳身上的曲線我應該是瞭如指掌的。」

「文凱，我是對不起你，但是你也不必每次見面都要折磨我。」

他看見楊玉倩的眼睛裏似乎出現了淚水：「小玉，對不起，妳知道我就是這個德行，嘴巴不饒人。其實，我看妳真的瘦了不少，有點心疼。」

楊玉倩笑起來了，她說：「只是有一點心疼嗎？」

「說錯了，心疼有多多。」

她敲了敲方文凱放在桌上的手：「就是你這張會說話的嘴，早晚會有人把它給廢了。」

「我記得有人說過，我的嘴除了會說話，還會吃人，並且把人吃得死去活來的，一生難忘。」

楊玉倩的臉一下就變得通紅：「我真是作孽，都要出家了，還讓我又碰上了你。」

「我是在開玩笑，別在意。小玉，妳現在是讓人羨慕的世界級名記者了，可別忘了老朋友。」

「現在總算安靜下來了，能好好的集中精神在秦依楓的命案上。我警告我的同事們，不要隨著老美的媒體起舞，他們只是對當年雷根總統和中情局有沒有幹過違法的事感興趣，他們對台灣死了個秦依楓是毫無興趣的。」

「小玉，你們對命案的調查有進展嗎？」

「有，不過不是突破性的進展，只是將破案的方向指出來了。」

楊玉倩把從岩觀山那裏得到的資訊，和葉國森法醫當她線民的事，告訴了方文凱，她說：

「現在是很清楚了，破案的關鍵是在那個喇嘛僧和管曉琴這兩個人，我擔心他們的人身安全，洪田林已經遇害，他們更不會放過這兩個人，所以你還是暫時別跟秦瑪麗說這些事。和美國的媒體接觸後，給了我一個感覺，就是替老美造導彈和秦依楓的被害都是相關的。我怕我們的消息會從美國又回到台灣，那我們就沒戲唱了。」

「我明白，告訴我什麼時候可以解除警報就行。」

「文凱，你去見過吳紅芝了嗎？」

「是她到成大去找我的。我問她關於她調查秦案的進展，她說才開始，還在瞭解情況。但是她倒是主動地告訴我，她對國防部調查報告裏的幾個疑點，也都是我們討論的那幾點，但是還看不出她有顧忌的地方。」

「她有沒有談到秦依楓的死因？」

「我問她了，她回答說還在瞭解一些物證和證人的口供。」

「她給了你任何新的資訊嗎？」

「一點都沒有。」

「所有她主動提到的，都是你已經知道的事，她真的是很聰明，明白任何已經見了報的，也沒有必要隱瞞，乾脆就主動地說了。」

「我還是不懂，她是一個地方法院的檢察官，和軍購案會有什麼關係？」

「政府官員間的複雜關係沒人說得準。」

此時，方文凱看見有人從樓梯上來，向他們揮手說：「玉倩姐，我來了。」

楊玉倩站起來迎接：「妳真的趕來了，讓我來介紹一下。文凱，這位大美女是江柔澄小姐。小江，這位就是我跟妳說過的，我的老同學，方文凱大教授。」

方文凱看見站在眼前的人，面目和身材都很引人注目，尤其是那一雙淺藍的大眼睛、雪白的皮膚和高挺的鼻樑，讓她看起來像是西方人或是中西混血。她的穿著簡單，白襯衫，牛仔褲，足登休閒鞋。沒有化妝和戴任何珠寶首飾，手腕上有一串和楊玉倩一樣的念珠。兩人握手後都坐了下來，方文凱問：「江小姐，您要點個什麼喝的呢？」

「給我要一杯桔子汁吧！」

他向侍者點了一杯桔子汁，又要了咖啡的續杯後，笑著問楊玉倩：「妳有這麼漂亮的朋友，為什麼要藏起來，不介紹給我？」

「天地良心，我老早就告訴她了，你是個優秀的大教授，正在找老婆，要把她介紹給你，可是她成天地忙，老是找不出時間。小江是昨天才帶團回來的，今天又忙著為我安排出國的事。但是你們終於見面了。」

方文凱驚訝地問：「妳要出國了？要到什麼地方去？」

「前天我們真相週刊開會，決定了目前最重要的採訪對象，就是卓瑪喇嘛和管曉琴，我們不能確定後者是死是活，但是我們知道了卓瑪喇嘛在哪裏，所以我就決定要去一趟尼泊爾。『六十分鐘』節目的製作人也表示有興趣。」

方文凱說：「他們也許就是這麼說說，反正是妳給他們免費跑腿，何樂不為。」

「我想他們是玩真的，已經匯來了一筆經費，製作人說，聯邦政府正在調查一間私人公司，很可能和解密的政府檔案有關，所以他們要在我們身上押寶，也許能讓他們搶個獨家新聞。如果事成，節目會被稱為：『六十分鐘和真相週刊聯合製作』。那我們就非常的風光了。」

江柔澄說：「玉倩姐，人家說妳現在已經是世界級的記者了，到那時候就是世界級的紅牌記者了，可別忘了我是常給妳煮餛飩麵的小妹。」

楊玉倩說：「這麼可愛的小妹，怎麼會忘呢？去尼泊爾的事安排得如何？」

「玉倩姐，我已經給所有辦尼泊爾旅遊團的旅行社發出了通知，一有人退出，就把妳補上了。所以妳得趕快準備好，隨時都可能動身的。」

「幹我們這行的，說要走，提個包就出發，沒問題的。」

方文凱說：「小玉，我以為妳是去採訪卓瑪喇嘛的，為什麼要參加旅遊團呢？」

「尼泊爾是佛教聖地，我想多看看，說不定還找個地方修煉一下再回來。」

江柔澄說：「玉倩姐，別待得太久，航空公司會不肯再延長回程的機票。」

楊玉倩看了看手錶，突然說：「哎呀！差點把時間忘了，我得到電視台上節目了。你們好好談談，我先走一步。小江，我晚上有應酬，不回家吃飯了，妳想辦法敲我們方大教授一頓晚餐。二位再見。還有，文凱，你要趕快去找吳紅芝，探聽出管曉琴的下落。」

「她即使知道也不會告訴我的。」

「你要用你男人的魅力，使出渾身解數，必要時把她拿下，擺平她，叫她鬆口。」

「我不是午夜牛郎。」

「我有重賞。」

「是什麼？」

她看著江柔澄笑著說：「賞你一個大美人。」

送走了楊玉倩，方文凱好奇地問：「原來妳們是住在一塊兒的啊！」

「玉倩姐沒跟你說嗎？我在人生的谷底時，她收容了我。」

「她什麼都沒說，就只告訴我，她有個朋友是大美人，可以當我的老婆。原來就是妳嗎？」

「怎麼，很失望了。」

「我很失望她沒早點帶妳來見我。不過見了面，卻是個大驚喜，妳的玉倩姐很會吊人胃口。」

「她可是把你的一五一十都赤裸裸地告訴我了。」

「她是怎麼說我的？」

「世界級名大學的教授，美國雙料院士，中年喪偶，沒有家累，身體是猛男型的健康，人生經驗豐富，很會伺候女人，銷魂蝕骨的功夫一流。」

「像是在寫小廣告。說說妳自己好嗎？」

「我的祖籍是雲南白族人，但是我出生在緬甸，一九九八年我十八歲時，回到昆明求學，進了雲南大學旅遊學系，畢業後就當導遊，我的特長是雲南省和西藏自治區。所以對那裏的一切事都知道一點。我一進大學就交了一個男朋友，經過了六年的愛情長跑，他娶了我最要好的同學，就是因為他未來的丈人送了他一棟房子和一輛汽車，而我老爸是個窮光蛋。這個大混蛋在婚後居然寫電郵邀請我和他上床，說是他老婆無法滿足他。」

「結果呢？」

「我就把他的電郵轉給了他老婆，然後就到台灣來找玉倩姐。」

「妳們是怎麼認識的？」

「這就是奇妙的人生。她參加去雲南的旅遊團，我當他們的地陪，她和我一見如故，很談得來。又碰上她的丈夫剛剛去世，兩個沒了男人的女人就走到一起了。後來我們才發現，我們還是表親，她的祖母和我的祖父是親姐弟。」

「這的確是難得的巧遇。所以妳就到了台灣，然後呢？」

「玉倩姐為我辦了依親身分，我去上了幾堂課，考上了台灣的導遊執照。先是在一家旅行社打工，後來表姐頂下來一間旅行社，交給我去經營。」

「再後來呢？」

「表姐說要給我介紹一個非常優秀的大學教授男朋友。」

「再後來呢？」

「希望是像童話裏，美麗溫柔多情的公主被白馬王子帶走了，從此過著快樂的日子。」

「江小姐，妳很好玩。」

「別叫我江小姐，叫我小江。」

「條件是妳要叫我文凱。」

「好，一言為定。」

「小江，旅行社的生意好嗎？」

「你還真別說，任何事業只要是玉倩姐碰過的就一定賺錢。她把旅行社頂下來後，就改了名字叫『香格里拉旅行社』，專做雲南和西藏的旅遊團，因為那裏是我的專長，又有不少人脈關係，做出了一點名聲。從去年開始，我們做雲南省到台灣的旅遊團，兩岸直航後，我們的團數一直在增加，都忙不過來了。」

「小玉還有什麼事業？」

「她沒跟你說嗎？前年不景氣時，真相週刊碰上了財政困難，快要倒了，玉倩姐就把它買下來，所以她是週刊的老闆了，但是她另聘人做總經理，自己還是幹她的記者工作。從去年開始，週刊的業務就蒸蒸日上，這幾個月就更不像話了，鈔票就像是從天上掉下來似的。但是說句公道話，玉倩姐除了是個優秀的記者之外，她的管理和經營方法更是讓我們佩服，她基本上不干預同事們的幹活方法，說明白了要達到的目的，個人就自我發揮，所以替她做事很痛快。你知道嗎？她啟動了『香格里拉』和《真相》的互相支援，讓兩家都不增加人手，但是能完成更多的工作。」

「那妳是怎麼管理『香格里拉』？」

「我當然是依樣畫葫蘆了，所以我的人都很聽我的。」

「所以這些都是她先生去世後的事了。顯然她是累積了一些錢，才能做這些投資。」

「這些錢都不是她的，當記者能吃飽就不錯了，根本存不了錢。這都是她丈夫走了後，她的公公給她的。」

方文凱沉默了一陣才問：「她快樂嗎？」

「非常不快樂。」

「這是她看破紅塵的理由嗎？」

「我和玉倩姐一樣地信佛，但是我們的目標不同。我是想用佛教來改變我的人生觀，再來改變我的命運。她是在尋求解脫，她曾說過，在她面前的只有兩條路，一條路是出家，遠離紅塵和凡俗，另一條路是自我毀滅。」

「有這麼嚴重嗎？小江，告訴我，她到底是發生了什麼事？」

「不行。文凱，我答應她不能透露任何的消息，她一定要親自跟你說。她常說，在這世界上，她只對你一個人做過對不起的事，這麼多年了，她還是忘不了，每天都在後悔。」

晚上洗完了澡，正要上床睡覺時，楊玉倩打電話來了：「文凱，對不起，是不是已經睡了？」

「還沒呢，但是正要看一篇學生的論文。」

「你都是在床上看學生的論文嗎？」

「也不全是，有些是很好的入睡前催眠工具，我就在床上看了。」

「做你的學生怪可憐的。我問你，我的表妹如何？」

「挺可愛的，但是表姐更可愛。」

「別跟我貧嘴。江柔澄是很善良的女孩，你絕對不能傷害她。知道嗎？」

「我實在是不明白，為什麼妳會認為我是會傷害女人的那種男人，我太怨了。」

「文凱，我不是說你是壞人，就是因為你對女人溫柔體貼，才會傷了人自己還不知道。」

「做人有這麼複雜嗎？」

「小江說，你請她到長春素食去吃素菜自助餐，她吃得好開心。」

「我也是第一次去那裏，想不到他們能做出來上百道的素菜。」

「以後多跟她來往，她很會逗人開心的。其實我是有要事跟你說，紐約時報和華盛頓郵報都打電話來，他們得到消息說，聯邦政府正在進行的調查案子，都顯示和秦依楓案子有絲絲縷縷的關係，他們要我特別的小心，因為涉案集團很可能有他們的行動員，在台灣繼續從事違法犯罪活動。他們也要我在尼泊爾時格外小心，因為那裏曾經是他們活動的地盤。文凱，從明天開始，所有我們之間的聯繫，都要通過真相週刊，我不想把你牽涉到我們的調查工作裏，所以我們不要直接的聯絡。但是你給我的那個特別手機號還是開著，在緊急情況下，我會直接打給你。我一直有感覺，我們政府裏有人心懷不軌，有陰謀。今天下午，老美那邊也是這麼說的。」

「妳有證據嗎？」

「沒有，但是幹了這麼多年的記者，我相信我的感覺，何況隔著一個太平洋，他們也有同樣的感覺。」

「知道了。我明天又得去台南了，也許妳走時就不能送妳了。對了，妳知道是坐哪一個航班去尼泊爾嗎？」

「聽小江說，台灣的團都是先到香港，轉搭港龍的班機飛加德滿都。」

「很好，加德滿都的機場是在一個盆地裏頭，飛機要貼著山坡下降到盆地的跑道，不是個很容易降落的機場，需要有點技術才行，港龍的駕駛員經驗比較豐富。他們飛加德滿都的飛行員差不多我都認識，妳有事就去找他們，提我的名字就行。」

「太好了，說不定就能用上這個關係。你不用送我了。別忘了替我打聽管曉琴的下落。」

楊玉倩面對著鏡子，將胸口的扣子打開，她看見了自己的胴體，雖然是快四十歲的人了，但是身體的曲線依然凹凸有致。潤濕的頭髮披散在雪白的雙肩上，圓潤的手臂勻稱而細膩，全身的皮膚像是凝脂，明亮的一對大眼裏卻帶著憂鬱，豐滿的嘴唇有動人的誘惑力，她忍不住輕輕地撫摸著自己的身體，慢慢地將胸罩拿掉，一對雪白的乳房露了出來，粉紅色的乳頭迅速地發漲，挺了起來。

她用雙手把漲得硬硬的乳房托了起來，用指尖輕輕地搓揉。一種異樣的感覺開始在她的身體裏氾濫，她不能控制自己，加快了動作，那奇妙的感覺也越來越強烈，她的手順著胸部向下移，在小腹上停留下來，她渾身發熱，感到受不了，她很快地把身上的衣服脫了，最後連小小的三角褲也被她扯了下來。她已經很久沒有用「看女人」的眼光，在鏡子裏仔細看自己的裸體了。勻稱的身材，白皙細膩的皮膚，豐腴結實的臀部，胸前豐滿高挺著的雙峰，她將鏡子上的薄薄一層水汽抹去，竟然發現自己滿臉通紅，全身像是一朵盛開了的成熟出水芙蓉，她被自己的身體迷住了。她的生理時鐘和命運都告訴她，這是她要當「佛母」的最後機會了。

方文凱是在下了課不久後，接到楊玉倩的電話：「文凱，你現在說話方便嗎？」

「我剛下課不久，回到辦公室了，沒事的，妳說吧？對了，妳是什麼時候要動身？」

「後天的飛機走，我有重要的事想跟你說。」

「那我坐晚上或是明天一早的高鐵回台北見妳，順便給妳送行。」

「文凱，我這次到尼泊爾可能會待一陣子，你回來後我還沒好好地請過你，就讓我請你吧！」

「沒問題，告訴我時間和地點。」

「如果你明天沒課，我們去墾丁公園好嗎？後天我是從高雄飛香港。」

墾丁公園三面臨海，它同時涵蓋陸域與海域，由於百萬年來地殼運動不斷的作用，陸地與海洋彼此交蝕影響，造就了高位珊瑚礁、海蝕地形、崩崖地形等奇特的地理景觀。

特殊的海陸位置加上熱帶氣候的催化，孕育出豐富多變的生態樣貌，海岸林帶的植物群落尤其特殊罕見，每年還有大批候鳥自北方飛來過冬，數量之多蔚為奇觀；海底的珊瑚景觀更是繽紛絢麗，為墾丁公園妝點出卓絕風貌，這些都是讓方文凱所懷念的，多年前他曾經和楊玉倩來到這裏的白沙灣，道路的沿岸都是潔白細緻的白沙，它有五百公尺長的沙灘，北邊的海域，水質清澈。淺區以石珊瑚為主，軟珊瑚夾雜在其中，生物很多。

海底景觀相當豐富，有石洞、拱門、峽谷等，海扇及柳珊瑚星羅棋佈。因為是位於巴士海峽與台灣海峽相接處，在靠近白沙的海底地形變化很大，有如階梯一般。在東邊因有台地做為屏障，即使冬天東北季風很強時，海灣裏仍然是風平浪靜。白沙灣目前還沒有完全開發，還可以感受到原始的寧靜和幽雅的韻味。

方文凱在台南高鐵站上了南下的班車，楊玉倩已經是在同一車次，他們在高雄換乘台鐵的班車到了屏東，在那裏租了車開到墾丁的白沙灣酒店，方文凱已經預定了一個面海的房間。他們是在下午到的，趁太陽下山前來到了沙灘。楊玉倩穿的是一件式的泳衣，她有一副好身材，好些遊客都禁不住盯著她看。方文凱看著眼前白色的沙灘，碧藍的海水，萬里晴空下的奇形怪狀岩石，和在岸邊隨風搖擺著的椰子樹，他說：「真是太美了。也許整個世界都應該是這樣。」

「是不是感到遺憾，就是少了一個美女？」

方文凱看著楊玉倩被泳衣緊裹著的身體，該凸的地方凸，該凹的地方凹，他曖昧地說：「可是我有感覺到是在伊甸園裏了。」

「是嗎？」

他們手拉著手往大海走，當一個接著一個的浪打在臉上時，他們開始沿著海岸游泳，半小時後，他們走到及胸的淺水，把雙手放在對方的肩上，面對面地看著對方，幾乎就在同時，他們擁抱了，互相饑渴地吻著，兩人的手順著對方的背滑下去，緊緊地抓住了對方的臀部，用下身壓住對方。楊玉倩用舌頭侵入了他，身體也主動的在一步步地侵犯他。她感到了方文凱的反應。他們又開始游泳，然後又再擁抱、互吻和撫愛。最後他們是躺在沙灘上，看著一輪火紅的太陽沉落在遠處的海面。方文凱說：「小玉，在想什麼？」

「在想上次我們躺在這裏的時候。」

「那是十幾年前的事了。」

「我記得你也說過，這裏是個多美的世界，如果能把時間凍結住該有多好。」

「可是一眨眼，十幾年就過去了。世界變了，我們也變了。」

「走，我們回去洗澡換衣服，然後去吃晚飯，我餓了。」

「然後呢？」

「然後呢？」

「然後我就要跟你說重要的事。」

「然後你就開始恨我一輩子。」

方文凱和楊玉倩是在酒店樓下的西餐廳吃的晚飯，一頓可口的海鮮大餐配上美酒，似乎讓方文凱的疲憊都消除了，但是楊玉倩卻像是心事重重，一瓶白酒幾乎都是她喝的。

「文凱，我喝多了，有點醉了。」

「那就叫他們上咖啡，喝了會醒酒的。」

「那我們到房間去喝咖啡、吃水果。坐在沙發上也比較舒服。」

方文凱訂的是間套房，除了臥室之外，還連著一間小小的客廳，兩間都有落地窗，一打開馬上就聽見海浪的聲音，海風吹了進來，屋子裏也充滿了海水的氣味。他們坐在長沙發上，喝著咖啡，吃著水果。讓方文凱吃驚的是，楊玉倩拿出了一瓶上好的白蘭地酒放在桌上。兩人都沒說話，都在享受著大自然帶給他們感官上的喜悅。

楊玉倩移動了身體，把上身靠在他的肩膀上，她情深地看著身邊讓她思念了十幾年的男人，她閉上了眼睛，把嘴唇微微地張開，方文凱情不自禁地吻她，她立刻把全身都放開來，接納了他。兩個人的手都在對方的身上遊走，她把方文凱的襯衫扣子解開，撫摸他赤裸的胸膛，她的手往下移動，到了他兩腿的中間，他身上兩個最敏感的地方，都被楊玉倩佔領了，鬆開了親吻，他說：「小玉，妳要對妳行動的後果負責。」

「會有什麼樣的後果？」

「妳要是真的不知道，我這就表演給妳看。」

方文凱的一隻手開始解她上身的鈕扣，另一隻手伸進了她的裙子，撫摸她的大腿。她的眼睛又閉上了，從喉嚨的深處發出低沉的呻吟，小腹開始向上挺。但是就在一瞬間，楊玉倩坐了起來，抓住了方文凱的兩手：「不行，我求你停下來好嗎？」

「對不起，我以為是妳想要的。」

「是我想要的，這麼多年了，我一直在渴望你給過我的口感和手感，現在我證明了，你還是很可口和迷人的。」

「上帝，原來我只是妳的一碟美食，真是洩氣。」

「文凱，我求你了，請聽我把話說完，我已經等了十幾二十年了，等我說完了，我就是你的，願意怎麼處置我都行。」

「這可是妳說的，到時候妳可不准後悔。」

「我不會的。你先讓我喝口水。」

楊玉倩挪動了一下身體，離開方文凱遠一點：「文凱，你還記得你大二那年來找我的事嗎？」

「妳真的認為我會把它忘得一乾二淨嗎？」

「一般的人都會把不愉快的回憶趕快地忘掉。」

「可是我們也曾有過很快樂的時光，不是嗎？只是沒開花結果而已。」

「文凱，當初你為什麼來找我？大學裏很少有男孩子會去找比他大的女孩。」

「妳好像問過我這問題。那時候妳和連文是我們學校的一對金童玉女，郎才女貌，讓人羨慕死了。所以我決定要找一個條件比妳好，至少像妳一樣漂亮，和妳一樣有學問和能幹的同學，做我的女朋友，但是找不到。所以就決定追妳了。」

「你也真是膽子大，不但我比你高兩年，我還有男朋友，你就不怕挨揍？」

「當然怕了！所以妳知道了愛情有多偉大！」

楊玉倩沉默不語，過了一會兒，方文凱說：「妳不是也接受了我嗎？」

「我就是要告訴你當時是怎麼回事，請你不要馬上就來火，讓我講完，行不行？」

「妳說吧，我不發火。」

「文凱，我知道你是真心的。但是我當時是在玩弄你的感情，在利用你對我的愛情。」

「是嗎？為什麼？」

「學校裏的每一個人，都說我和連文是一對郎才女貌的金童玉女，說久了，連文就相信了，但是那時他的功課，已經到了全面崩盤的邊緣，他面臨的是被退學的危機，我兩次三番地警告他，如果他再不用功，他就無路可走，只有退學了。」

「我記得你們不是每天都去圖書館念書的嗎？」

「連文的虛榮心很大，他不僅要告訴所有人他有女友，還要表現他是如何地有學問。和女朋友上圖書館就是具體的表現，他還跟別人說，他是在研究相對論，他想要推翻它，要得諾貝爾獎。」

「我們年輕的時候都曾有過夢想，有一天成為大學者，成名立業。」

「但是要靠不斷地努力才能達到目的。就看你自己吧，有那麼好的天資，但還不是要夜以繼日地努力，才能當上了名校的教授。」

「小玉，我想連文的問題是他各方面的條件都太好了，他的家庭、才貌、體格都是沒人可比的，所以一切對他來說都是很容易得到的，包括了學問，也是舉手之勞。沒想到在學術上不是那麼回事，一切都是真刀真槍，要憑真本事才能出頭。」

「其實他父母也都看出來了，他是好高騖遠、不著實際的人，多次的勸他，但是沒用，他被自己的英俊瀟灑和顯赫的身世迷住了。」

「所以妳決定和他分手。」

「不是，是他不要我，去找了別人。」

「是嗎？連文去找了誰？」

楊玉倩拿起放在面前的酒杯，喝了一大口白蘭地，她說：「外文系的那個風騷女生。」

「妳是說那個和我同屆，在合唱團裏的女高音嗎？」

「就是她。不少人看見過他們在一起，我問連文有沒有這回事，他起先一口否認，後來被我逼煩了，就承認了。他還告訴我，他把人家的肚子搞大了。但是他說他愛的是我，要我原諒他，他會把事情處理好的。當時我整個人就崩潰了，請了病假回家待了一個月。」

楊玉倩又喝了一口酒後繼續地說：「等我回來上課後，連文告訴我，他和外文系女生的事結束了。有人告訴我，是他們家花了不少錢讓人家打胎，還買了棟房子賠人家，才擺平了這件事。他要求和好，但我還是覺得很丟人，更是非常的憤怒，我要報復，那時你正好自己找上門來，所以我就拿你當了我的報復工具。」

方文凱沒有回應，他端起面前的酒杯，一口乾了它。

「文凱，我知道你會從此很看不起我，恨我一輩子，但是請你讓我說完。這是我在出家前要做的最後一件事。」

「說吧！妳知道我不是懷恨記仇的人。」

「但我是一個充滿仇恨的人，我恨的人是我自己，我不能原諒自己，這是我決定出家的最大原因。文凱，替我把酒倒上，別擔心，我不會醉的。」

楊玉倩又是一口喝乾了：「我現在喝酒是在壯膽，要不我怕又不敢說了。當我接到你那封示愛的信時，我心裏很高興，因為在女生中，你已經是有好學生的聲名了，但是不知道什麼事讓我鬼迷心竅，決定把你拿下，做為我報復連文的工具。所以我就利用替金教授看房子的機會，設下了陷阱，把你騙進來，但是我發現那是你的第一次。你恨我拿走了你的童貞是不是？」

「我和妳在一起的時候，從頭到尾都是歡愉和那份被挑起的激情。小玉，我知道妳有過坎坷的感情生活，但是我沒有感覺被人玩弄或是利用，反而覺得我們的肌膚之親，是很美的一件事，看著妳在我的身體下快樂地掙扎和嘶喊，而我自己也好像是進了天堂似的，那每一刻的感覺，到現在我還不能忘記。」

「我想這是因為你善良的個性使然。但是我沒想到的是，玩了你居然改變了我的一生。」

「是嗎？」

「原來我只是想告訴連文，他能去睡別的女人，我也能去睡別的男人，並且被我睡的男人要比被他睡的女人優秀得多。但是和你的親密，讓我第一次經歷了做一個真正的女人是什麼滋味。」

楊玉倩的臉上出現了曖昧的笑容，她繼續說：「連文是我的第一個男人，我把所有的，我的心，我的身體，我的一切都給了他，因為我愛他愛得發瘋了。但是他的所作所為都是以他自己為中心，從來沒有為我著想過，是個非常自私的人。他唯一想到我的時候，就是他要在別人面前顯示，他的女朋友是多出色。你知道嗎？我把初夜給他時，我是在流著血和流著淚，但是他倒頭就睡，睡醒了就走人，一句安慰的話都沒有，我除了當成他的擺設女朋友外，我們之間唯一的溝通都是面對面的，那就是他在我身上發洩他的性慾。從來沒有想到我也是個有感覺、有需要的大活人，但是我還是死心塌地地愛著他，因為我一直以為，男女的關係就是這樣。認識你之後我才知道，還有另外一個世界，我第一次體會到，在夜深人靜時被男人愛撫著，如何的一次又一次地被帶入高潮。」

方文凱發現楊玉倩的笑容不見了，眼淚滾滾地流了下來。

「小玉，如果妳難受，就別說了。」

「我沒事兒，說出來反而心裏痛快。文凱，你知道嗎？你是唯一吻過我全身每一寸地方的人，你的好奇心和勇氣把我送進了天堂。」

「也是妳，把我變成了男人。」

「我記得每次全身都被你佔領了之後，被你弄得迷迷糊糊時，你還一邊在我耳邊講愛情故事，說你是要如何地愛我，把我帶進天堂。」

「妳不喜歡嗎？」

「當然喜歡了，因為你很溫柔體貼，我是被你給麻醉了。」

「但是最後你還是棄我而去。」

突然，楊玉倩的淚又滾滾流下，她開始哭出聲來：「文凱，我對不起你，是我失信了。」

方文凱摟住了她，遞了一張面紙給她擦眼淚：「小玉，我想到了妳嫁人一定是有身不由己的苦衷，我從來就沒有恨過妳。」

楊玉倩在抽泣，她哽咽著說：「你知道嗎？要是你把我恨死了，我會好受一點的。我的悲哀不是在怨恨我自己的命運，而是連累了給你帶來的傷害，我知道你心裏對我有無言的怨恨，沒想到我是個言而無信的人，我背叛了我們之間的諾言。我忍耐了這麼多年刻骨銘心的無奈，今天我一定要把事情的原委跟你說清楚。」

「妳先喝口水，慢慢地說，我們有的是時間。但是我要先告訴妳，我沒有被妳傷害，我不是活得挺好的嗎？」

「我決定不理連文後，他反而來糾纏我，要我原諒他，要我們再從頭開始。他逼著我告訴他誰是我的男友，我就把你抖出來了，結果他說了一句話，讓我出了一身冷汗。」

「他說了什麼？」

「他說我是『白骨精』，為了追我，讓他的功課一落千丈。現在我又要去害另一個功課好的男生了，我是一個心黑手辣的害人精，我會得到報應的。這就是為什麼我告訴你，我們不能談戀愛，我一定要等你學業有成後，才投奔到你懷裏。你當時跟我說，你是一心一意要去加州理工學院深造，拿一個航空學的博士學位。所以我給了你我的承諾，在你通過博士候選人考試時，如果你還沒結婚，我就會去找你。」

「我還記得，我們是對著星星和月亮發過誓的。現在想起來都覺得好美。」

「在那之前，和連文在一起時，總覺得是生活在虛幻的世界，是你給了我真實的感覺。」

「後來呢？」

「連文為了避免被退學，他就從電機系轉到工商管理系，避開了他重修兩次都沒過的重頭課，又利用他老爸的人情關係，允許他用電機系的一些課取代了工管系的一些必修學分，最後他只遲了兩年，是和你同時從成大畢業的。你在大三、大四和服兵役的那段時間，我可以感覺到你是長大成人了，開始為自己的前途準備，雖然我們只是偶爾見一次面，但是那段生活是我一生中最快樂、最充實的。我開始為真相週刊寫稿，開始只是業餘愛好，後來發現我很喜歡做調查記者，所以等到你出國時，我就離開了成大去做專業記者了。」

「我記得當兵時，有一次妳到楊梅的西高山頂來看我，我們整個工兵營在那裏日夜趕工修建飛彈基地，我連上的大頭兵看見妳這大美女來了，就開始起哄，連長只好放我三個鐘頭的特別假，我們就在眾目睽睽下，坐在小河邊，妳看著我，我看著妳，過了三個鐘頭。」

「你記得嗎？我想抱抱你，親親你，但是差一點沒把你嚇死，你一直要把我推開。」

「我是他們的排長，妳知道他們都是從山地來的原住民，他們用山地話在喊要我脫妳的衣服，我要是親了妳，那他們不就要造反了嗎？我都不敢跟妳說。」

「他們是想看我們表演活春宮，是不是？」

「當兵的就是這副德性。可是每次回憶起來還是很甜蜜的。」

「你出國後不久，連文也去到紐約，他寫信給我，說他聽說我和你已經不來往了，他要我嫁給他。我沒有理他，但是一個多月後他又來了一封信，說如果我不去紐約找他，他就會詛咒我，我的家人，還有你都不得好死，然後他去臥軌自殺。我認為他是發瘋了，精神已經不正常了，所以我還是沒理他。又過了一個月，傳來消息說連文出了意外，從地鐵站月台跌落，被進站的車撞死了。」

「我也在報紙上看到了這個報導。」

「但是真相週刊在三個月後拿到了紐約市警察局的調查報告，他們根據地鐵司機和現場目擊證人的說詞，達成的結論是連文跳軌自殺。文凱，你說我是不是殺人的幫兇呢？」

方文凱發現楊玉倩出奇的平靜，平靜的讓他感到可怕，他說：

「一個人決定要自殺的原因是很複雜的，他不會就只是為了妳而去自殺。何況妳也感到他精神已經不正常了，也許是突然的精神恍惚，掉下了地鐵的月台。妳不應該自責，和自己過不去。」

「但是一年後，我的惡夢和悲慘命運就開始了：先是我父親得了肝硬化，然後又發現母親的腎臟出了問題，在經過一年多的治療後都沒有起色，醫生說只有器官移植是剩下來唯一能保住性命的方法了，但是換肝和換腎都不是醫療保險涵蓋的專案，而我們家的財力是完全不能負擔得起的。看著父母親的生命一天天的衰竭，我心如刀割。有一天我母親告訴我說有人來說親，問我的意見，我當然是一口回絕，但是母親說，如果我同意嫁過去，人家就會負擔我父母器官移植的全部費用。我當然還是不肯了。」

「小玉，妳沒請親戚朋友們幫幫忙嗎？」

「我到處奔走，求人借錢幫忙，但是你知道要多少錢嗎？借來的錢，加上把我們住的房子賣了的錢，還不夠給一個人換肝的費用。後來，我媽給我下跪，要我答應這門親事，看著他們兩個人發黑的臉，我同意了。」

「這些事你全都沒跟我說。」

「說了又會怎麼樣呢？我整整哭了三天三夜，前後給你寫了十封信，都扔進字紙簍裏，好幾次都撥了你的電話號碼，但是都掛上了。當時我都願意用我的生命來換取我對你的內疚。但是想到我要是走了，我父母也就完了，所以我活下來了。那時你正在準備博士最後的口試，我不能去打攪你，我的一生已經毀了，不能把你也拖下水。所以我就只通知你我結婚了。」

兩個人都陷入了沉思，很久以後，方文凱首先開口：「妳婚後的日子好嗎？」

楊玉倩苦笑了一聲：「哈！老天爺是拿我的命在開玩笑。父母親的器官移植手術非常成功，但是也只是換來四年的生命延續，幸好除了最後的三個月之外，他們都過了很正常的生活。應該算是沒有遺憾了。但是我的丈夫有很嚴重的健康問題，這也是他遲遲沒有結婚的理由。我的公公、婆婆還有他的家人對我很好，當時我全心全意投入了做記者的事業，每天日夜的工作，但是我的夫家還是非常地支持我。」

「那不是很好嗎？」

「這是在婚後一開始的時候，但是等我父母去世後不到兩年，我的丈夫、公公、婆婆都一個接一個地走了。當時我曾經想到了連文的詛咒，但是我從各方面打聽來的消息，都說你在學術上有了輝煌的成就，也結婚了，妻子是一位非常美麗溫柔的女人，你深深地愛她，你們過著美滿幸福的日子，雖然我心裏不是滋味，但是讓我對你放下了心。我公公去世的時候，留下了一筆錢，我不用再為生活煩惱了，全心投入了記者事業，在調查報導的行業裏還建立了名聲，讓我感到挺驕傲的。」

「我也聽說了，妳是個非常優秀的調查記者，我在美國的時報雜誌上還看到了對妳的報導。」

「那幾年是很豐富多彩的，唯一的遺憾是日子很寂寞，還有就是對你刻骨銘心的思念。」

「小玉……」

「你別過來，讓我說完。當時我就有一個感覺，我的好日子只是眼前的虛幻，隨時會消失的。果然在連文已經在我的記憶裏完全消失後，有一天他突然出現在我的夢裏，他手裏舉著一個牌子，上面寫著『詛咒』兩個字，他問我有沒有算過我身邊一共死了多少人？我馬上從惡夢中醒過來，開始計算這幾年在我身邊走了的人：我的父母，我的丈夫，還有他的父母，我問自己這都是因為連文在我身上發的詛咒嗎？我開始在佛經裏尋找答案，第一次明白了『作孽』和『因果報應』的說法。幾天後，接到消息說你的妻子和父母親遇到空難身亡。當時我就完全崩潰了，這麼多的人都因為我死了，為什麼我還活著呢？我曾經想過要結束自己的生命，但是我沒有勇氣，我心裏還有一個人讓我掛念，所以我決定出家。」

楊玉倩停下來，看著方文凱再度流淚：「文凱，你現在明白，我的罪孽有多重了。」

「小玉，妳聽我說，現在是什麼時代了？妳還真的相信那些亂七八糟的『詛咒』嗎？妳這是在折磨自己。」

「你是學科學的，現代科學是在十七世紀啟蒙的，但是你知道佛經是什麼時候出現的嗎？」

「年代的久遠並不能證明它的正確性。」

「有廣大的群眾信徒，就是因為有具體的應驗。」

「這和邏輯的合理性還是沒有關係的。」

「那好，我問你，你妻子遇難時，是不是已經懷孕了？」

「啊！妳怎麼知道的？」

「有沒有？」

「琳達是懷了三個月的身孕。」

楊玉倩歎了一聲：「我作的孽可大了！文凱，我需要念經和打坐了，你就在沙發上睡吧！」

方文凱躺在長沙發上輾轉不能成眠，滿腦子都是多年前在成功大學金教授家的情景，他輕聲地詛咒自己，將身上的薄毯子掀開，光著兩腳站了起來，他想去喝口水，但是他聽見臥室裏傳出來很清醒的聲音：「你要是睡不著，就進來吧！」

他伸手去拿掛在椅背上的背心，但是改變了主意，光著上身把臥室的門推開。裏面的燈全是關著的，但是落地窗是打開的，瀉進來的星光在屋裏閃亮著，楊玉倩穿著酒店的浴袍，將她從脖子蓋到腳腕。她背對著方文凱站著，像是一座神聖不可侵犯的觀音，在守護著落地窗外的世界，他恐懼了：「小玉，妳是佛陀裏的人了，如果我碰妳，妳是不是就會把我推開？」

她深深地吸了一口氣，搖搖頭，她全身顫抖了一下，方文凱說：「妳害怕嗎？」

「非常害怕。」

「怕什麼？」

她閉上了眼睛，但是很快地就張開來回答：「就是怕現在要發生的事。」

懷著不能確定的期待，方文凱把她的浴袍從肩膀上褪下，看著它滑落到她的手臂，再落到地毯上，她沒有抗議也沒有掙扎的意圖。除了一個小小的比基尼三角褲，浴袍裏就只有她的胴體。他把她的臉捧在手裏說：「妳跟我說什麼都行，但是不要對我的感覺說謊。」

「我沒有，我也不會的，這幾年我一直是被命運在懲罰著。」

「是嗎？」

「文凱，我的婚姻裏是無性的，我丈夫他不能人道。」

她的聲音和嘴唇都是顫抖著，方文凱開始吻她，她的回應是緩慢和保守的，但是他在持續地增加熱力，終於使她的防衛、保守和矜持棄她而去，她將自己全面地放開，讓他毫無忌憚地享受著她。他用舌頭濕吻她，同時也玩弄著她，當她再也忍受不住時就用兩臂緊抱著他，她感到了乳房被他的胸部壓住，但是還在繼續的漲大，皮膚的接觸使她發出了低沉的呻吟，在喉嚨裡振盪著。她快要窒息了，就將頭靠在他胸上，左右地搖著，張開了嘴饑餓地吸著氣，將濕潤的嘴唇在他的胸上摩擦，他的體溫上升，讓她感到了熱力，感到了即將來臨的瘋狂。她說：

「把衣服脫了。」

他的赤裸讓她回憶起多年前在她面前的小男生，她再次把手指伸進了男生的頭髮，把它往下引導，多年來都再也沒感到的身體麻醉回來了，她呻吟著：

「文凱，你不怕我是個饑渴了很久的女人？」

「不怕，何況我並沒有荒費妳教我的功夫。」

「我要你躺下來。」

不等他的回應，楊玉倩就把他推倒在床上，她跪在他躺平了的身體旁邊，聚精會神地看著他，兩隻手的手指輕輕地撫摸著他的皮膚，她用指甲把他全身從上到下地掃了一遍：

「你還記得那天晚上在金教授的家嗎？你說你是第一次被女人摸了全身後興奮起來。」

「一輩子裡的第一次，妳說我忘得了嗎？」

「這麼多年了，你的身體還是保持得和以前一樣。」

「但是功夫是長進了很多。」

她的手遊走到他身體最敏感的地方，開始玩他了。

「嗯！至少你的工具好像是長大了，也更硬了。」

「妳還沒試呢，怎麼會知道。」

「那就試試吧！」

楊玉倩張開了嘴，把頭埋到方文凱大腿之間。他感到有一股電流通過了全身，兩腿不能自主地伸直了，但是等到她的動作越來越加快時，他又不自主地彎起了雙膝，夾住了她上下擺動著的頭部：「小玉，快停吧，我要忍不住了。」

她放開了方文凱，順著他的身體爬上去，騎在他的腰上，引導他進入了她的身體，當他完全進去的那一剎那，楊玉倩仰起了頭，閉上了眼睛，從喉嚨裡發出一個無法形容的、介乎於呻吟和嘶叫之間的聲音，然後按住了他的雙肩，把他當成在她座下駕馭著的一匹馬，開始有韻律地馳騁，奔騰的速度由慢而快，她用力地驅趕著身下的坐騎，他的回應上挺也越來越大，楊玉倩緊緊地抓住他的肩膀，兩腿將馬鞍也夾得緊緊的，全身都在收縮住不放開，方文凱的雙手抓住了她的細腰，把她穩穩地固定在馬鞍上，騎士的全身都被汗水浸潤了，在星光下皮膚更是光滑和閃亮。她像是瘋狂了，雖然奔騰的速度已經達到了極限，但她還是毫不留情地駕馭著身下的坐騎，呼喊著要更強大的奔騰，距離和時間都失去了意義，楊玉倩和方文凱回到了十年前的日子，他們把那些日子裡的濃情蜜意緊緊地抓住不放，在裡頭互相的折騰著對方。終於在一陣全身顫抖後，楊玉倩平靜了，她伏在方文凱的身上喘息著，他憐惜地撫摸著她的背：「妳全身都汗濕透了，累壞了吧？」

「嗯！我的大腦都不聽我的使喚，滿腦子都是在金教授家把你擺平了的情景。」

「那麼久的事了，妳還記得！」

「當然了，女人不會忘記玩過的第一個處男。」

楊玉倩從方文凱的身上翻下來，她緊貼著他，把頭用一隻手支撐著，另一隻手開始撫摸他也是汗濕了的皮膚：「文凱，你沒有被我的性饑渴嚇壞了吧？」

「我已經不是當年的小男生，別老是小看我。」

「對不起，我們的方大教授一定閱人繁多，在脂粉堆裡遊刃有餘，當然是不可同日而語了。」

她的手找到了目標，在把玩一陣後，她輕聲地在他耳邊說：

「你怎麼還是劍拔弩張，剛剛沒出來嗎？」

「是啟蒙老師要我忍住，所以被嚇得不敢出來了。」

「我沒有叫你不放呀！男人憋在裡頭不好。」

楊玉倩吻住了方文凱，他的反應來得很快也很強烈，他用舌頭侵入，把她整個的嘴都佔領了，配合著在她身上撫摸著的手，任意地挑逗著她，使她無力的癱瘓了。隔了好一會兒，她才掙扎出來說：「文凱，吻我，像以前一樣的吻我。」

方文凱沒有回答，但是又開始了愛撫她的行動。這回方文凱是用了無比的溫柔和無比的耐心，他的手和他的吻沒有錯過她身體的每一寸肌膚，極度緩慢的動作，像似輕風細雨在濕潤她的全身，時間停住了。他的手停留在她的胸前，似乎是在尋找她心跳的韻律。她的眼睛又閉緊了：

「文凱，我要你。」

在沉默中，她的全身像是張開的弓，隨時要釋放出巨大的能量，她也像是一朵盛開的花，正期待著將要撕碎她的暴風雨。經過一段漫長的時間後，輕風細雨終於要形成了暴風雨，剎那間，她的眼睛張開了，她用力地把他推開，毫不害羞地看著眼前赤裸裸、完全準備好了的男人，她倒在床上，仰臥著，伸出了雙臂迎接他。她的頭是仰臥在枕頭上，兩手放在頭的兩邊，掌心向上，當她把大腿分開時，方文凱就跪在中間，她沙啞地說：「把我的腿放在你肩膀上。」

方文凱跪在她張開的大腿中間，把她的雙腿提起來放在自己的肩上，她已經完全的濕了，他很容易地進入到她的身體，他在長驅直入後，馬上發起了進攻，楊玉倩跟著他一波接著一波的深入，也一聲接著一聲地呼喊著。她看著方文凱的臉上，出現了征服者勝利在望的笑容，但是耳朵又聽見他一聲聲憐香惜玉的無限愛意：

「小玉，妳痛嗎？妳終於是我的了，我愛妳，讓我帶妳走，好嗎？」

「用力，再深一點！我不痛。」

方文凱把她一步一步地帶上了山峰，他看見曾讓他瘋狂過的初戀情人，在極度歡愉時的表情。楊玉倩在呻吟和求饒，方文凱已經進入到他無法自我控制的情況，但是他溫柔地呼喚著她，告訴她將要來臨的歡愉，要她再忍耐，她的雙手緊緊地抓住著床單。似乎是抵抗也是在迎接即將來臨的最後衝刺。在她喘息的抗議和渴望中，方文凱堅定地帶著楊玉倩攀登更高的山峰，一峰又一峰，經過漫長、漫長的狂風暴雨後，到達了最高的山頂，讓方文凱一瀉千里，回歸平靜。她似乎是昏迷了，但是臉上卻帶著滿足的微笑，他將肩膀上又白又長的大腿放下來，恢復了的輕風細雨又帶回來無限的溫柔和愛意。兩個赤裸裸的身體緊緊地互相抱著，方文凱吻著他的初戀愛人，將她帶進了只有他們倆的世界，在那裡他們的靈魂得到昇華。

楊玉倩是在第二天快到中午的時候，聽見窗外的海浪聲和鳥叫聲而醒過來的，身邊的方文凱還在熟睡著，她輕手輕腳地走進浴室，好好的洗了一個熱水淋浴，她站在鏡子前，看見窗外射進來的陽光照在她身上，使她的皮膚發亮，她發現鏡子裏的人變了，臉色容光煥發，像是年輕了好幾歲，皮膚有一種奇怪的光澤，像是一層包著水的薄膜。她赤裸著坐在梳粧檯前，被自己的美體迷住了，男女的親密就是這麼的奇妙，沒想到在出家的前晚，一夜的顛鸞倒鳳居然能把失去的青春找回來。

她披上了浴袍，走進臥室，看見方文凱換了睡眠姿勢，從仰臥變成趴著睡了，赤裸裸的背部和下半身都露在外面。楊玉倩坐在床沿開始撫摸他，從上到下，她的手輕輕地在他身上遊走著，方文凱的身體動了一下，顯然他醒了，雖然他的眼睛還是閉著，但是臉上出現了笑容：

「嗯！沒想到被初戀的情人給撫摸醒了是這麼的舒服。」

「你醒了，累嗎？都快到吃中飯的時候了。」

「不累。」

「說謊，不累怎麼會睡得那麼沉？還會說夢話。」

「我真的說夢話了？我都說了些什麼？」

「好像是在叫一個人的名字。」

「那一定是在叫楊玉倩。」

「胡說！我還聽不出自己的名字嗎？」

方文凱知道他是在叫誰的名字，一定是和他作的夢有關，他趕快轉開了話題：

「小玉，妳的身體好香呀！」

「我剛剛洗了淋浴，是肥皂的香味。」

「太好聞了。」

方文凱翻過身來，把楊玉倩拉下來吻她，她身上的浴袍滑下來，一身誘人的細膩光滑皮膚都露了出來，他目不轉睛地看呆了：「小玉，妳好美！」

她正要把浴袍拉上來，但是太晚了，方文凱把她推倒，開始吻她的脖子和撫摸她的乳房，楊玉倩用了好大的力量抵擋他的侵犯，她哀求著：「文凱，快別這樣，你聽我說，昨晚你和我都瘋狂了，我們不能再來了，你會傷身體的。」

他的臉已經漲得通紅，動作的侵犯性也更是加大：「我不管，我受不了，我現在就要妳。妳知道男人的性慾是在早上最強，我一睜開眼睛，妳就像一個美麗性感的女神出現在我面前，妳不讓我碰妳，把我掛在這，太不公平了。妳不在意會把我憋出病來嗎？」

「文凱，我已經在佛祖面前許下了願，要出家了。昨天晚上我是做了特別的念經和打坐，求佛祖法外開恩，讓我跟你做最後的一次合體，我把你當成是明王，我是明妃，我們合體修煉。但是從今天起，我就不能再和男人合體了。」

「我看妳還沒當尼姑呢，就已經走火入魔了。」

楊玉倩真的急了，她抓住了方文凱的手，求他說：「真的，我求你了，我也許了願要下輩子做牛做馬來回報你的情，求你就饒了我吧！」

「小玉，自從我們相識以來，這一刻妳是最美的，妳就突然不許我碰妳，對我太絕情了。」

她坐了起來，歎了一口氣，把身上的浴袍脫下來：「我真是拿你一點辦法都沒有。哪！我讓你看，讓你摸，但是你要答應我，一定不能和我合體。」

看著她挺得高高的乳房，他開始吻著一個乳頭，又把玩著另外一個，然後濃情蜜意的做愛動作又慢慢地開始了，當她又聽見他在耳邊說娓娓動聽的愛情故事時，她的身體開始反應了，方文凱彎下身來，將一隻手放在她兩個大腿的中間，手掌蓋住了她最敏感的地方，她再也無法克制，叫出聲來，並且她的下腰開始往上挺，兩眼盯著他，在乞求，在傳遞著她的慾望。他一個鯉魚打挺，很平穩地翻身壓在她身上，然後就繼續地吻著她，他的舌頭侵略性地把她的嘴頂開伸了進去，他伸直了身體，兩手抓住她的臀部，緊緊地壓在他的下身。聲音又在她的喉嚨裡振盪了，但是聽不出來她是在說什麼，她用力地把他推開倒在床上，仰臥著，伸出了雙臂抵著他的胸膛，但是她的下身感受了他的膨脹。她的頭是仰臥在枕頭上，兩手放在頭的兩邊，掌心向上，但是她把大腿夾得緊緊的：「文凱，你要疼愛我，一定不能欺負我，也不能害我，求你了。」

「可是妳答應過我，我可以隨心所欲處置妳。小玉，我現在就要妳，我快忍不住要爆炸了。」

「我是說昨天你可以，今天就不行。文凱，你的身體好熱啊，不要太衝動，把身體弄壞了。」

方文凱不回答，但是用他的撫摸和親吻將她的身體當成了戰場，展開了全面的攻勢。她使出了所有的力量在頑強地抵抗，但是她知道全身的每一寸地方都要被佔領了，她緊夾著雙腿，堅守著她的最後防線：「文凱，你停一停，我想跟你說說話。」

「小玉，妳想說什麼？」

「那你停一下好不好？別這麼沒完沒了的玩我了，求求你了。」

方文凱沒有停下來，但是他放慢了他的攻勢：「好，妳想說什麼呢？」

楊玉倩喘了一口氣：「你一定不記得我最喜歡白居易《長恨歌》裡哪幾句詩詞了，是不是？」

「要是我能記得的話，妳就是我的了。」

方文凱情深地看著她：

「芙蓉如面柳如眉，春風桃李花開日，秋雨梧桐葉落時，落葉滿階紅不掃。」

「你真的還記得啊！都這麼多年了你還沒忘記。」

「上窮碧落下黃泉，蓬萊宮中日月長，回頭下望人寰處，天上人間會相見。」

「文凱，我們是要分開到天上和人間嗎？」

楊玉倩的意志在消失，她分開了雙腿，神智開始迷糊，但是她聽見耳邊有人說：

「在天願作比翼鳥，在地願為連理枝。天長地久有時盡，此恨綿綿無絕期。小玉，我知道妳不會讓我懷恨而去。」

方文凱又開始饑渴地吻她的全身，一隻手還是在撫摸她最敏感的部位。她像是離開了水的一條魚，全身在不停地扭動：「文凱，你要是再不停下來，我的高潮就要來了。」

「太好了，那不就是我們的目的嗎？」

「可是我要你到我的身體裡。」

方文凱用力地進入了她的身體。

「啊！不行！快停住！你會毀了我……」

「是妳要的。」

她使出了所有的力量，用兩隻手臂推著他的胸膛：「文凱，我的文凱……求你停下來吧！」

他停了片刻，似乎是要退出了，她感激地說：「文凱，我……啊！我會死的……」

他的第二波衝刺開始了，她感到一股強大的壓力，從下面的身體一直傳到她的喉嚨，讓她的抵抗意志和力量都崩潰了，她正要呼喊時，方文凱吻住了她的嘴，舌頭馬上就佔領了她，她徹底的喪失了所有的抵抗力。在他長驅直入地進入她的身體後，她隨即就有了強烈的反應，她用長長的腿把他的下腰夾緊，弓起了她的背，配合著方文凱一波又一波的衝刺，開始有韻律地向上頂撞。多年前，楊玉倩騎著方文凱，如夢如幻的把他從一個「男孩子」變成了男人，現在是方文凱駕馭著楊玉倩在熱情的原野上狂奔。她的臉上出現了桃子成熟時的粉紅，她流著眼淚說：「文凱，你要溫柔，我是你的，全給你了，都拿去吧！我給你寫過：『邂逅承際會，得充君後房，衣解巾粉御，願為羅衾幬，樂莫斯夜樂，沒齒焉可忘。』你明白我的心嗎？」

「小玉，我的愛，不要哭了。我明白，我從來沒有忘記妳說的。」

騎士和座馬都淋著汗水，他在長驅直入後的馳騁，是一波接著一波地衝擊著她，在他無情地驅策下，她氣若遊絲地哀求著，但是他在耳邊說著多年前的愛情故事，讓她如醉如癡的癱瘓了，她喃喃地說：「文凱，我不行了，我愛你，你就饒了我吧！」

他們回到了多年前金老師的家。許久，許久以後，當一切都平靜後，他們緊緊地摟著，無法分辨出來是緊緊地抓住了彼此的肉體還是靈魂。

「文凱，你把我這幾年修煉的禪功全都廢了，真是作孽。」

方文凱在他成功大學的辦公室打電話到吳紅芝的辦公室，電話鈴響了四聲才有人回答：

「吳檢察官辦公室，請問哪一位？」

「我是成功大學的方文凱教授，吳檢察官在嗎？」

「她去美國度假了，一個星期後才會回來。」

方文凱撥打一〇四查號台，要了台北輝映傳播公司的電話，用他買的儲值門號手機撥打，鈴響了兩聲後：「輝映傳播公司，請問要找哪一位？」

「請接董事長辦公室。」

又是一聲鈴響後：「伍董事長辦公室，請問是哪一位？」

「我是台北地方檢察院，找伍建耀先生。」

「請稍等。」

一分鐘後，方文凱聽見了吳紅芝丈夫的聲音：「我是伍建耀，請問是哪一位？」

方文凱掛上了電話。

方文凱和劉雅媚在培訓時所建立的互動在延續著，他們頭一次的約會，是在一架塞思納一五〇式單發動機的四人座小飛機上。劉雅媚受人之托，需要把小飛機從花蓮機場飛到台北的松山機場，她問方文凱有沒有興趣陪她飛一趟。

對於方文凱，任何的飛行任務都是求之不得。他在約定的時間乘火車到了花蓮，然後叫了計程車直奔機場。簽派室裏的一位職員正在等著他，說劉機長剛剛把所有的飛行前手續和表格都填好了，她正在飛行服務台求取沿途的氣象資料，要他直接去停機坪開始起飛前的目視檢查。

一輛機場公務車將他送到機場跑道頭的停機坪，那裏停著三架私人飛機，最小的一架就是漆成白色的塞思納一五〇，方文凱將飛機從頭到尾的檢查剛完畢時，同一輛車把劉雅媚送來了。她看去和往常不同，在培訓時她是把頭髮在頭上紮起來，這是工作時的要求，現在她將一頭漂亮的秀髮放了下來，披在肩上，配上高雅合身的衣服，真是風情萬種，方文凱禁不住地多看了她兩眼，劉雅媚知道他是在欣賞她，她回應地笑一笑說：

「方教授，真高興可以和您飛一趟塞思納。」

「劉機長，感謝妳給我機會。這是我生平第一次在台灣飛單發動機的塞思納。航線定了嗎？」

「我也想到了這也許是您第一次在台灣飛小塞思納，所以選了海岸航線，應該是條很好的觀光航線。我們先沿海岸北飛，用宜蘭和富貴角的高頻導航台信號調整方向，最後從淡水河口進入一號航道，再要求松山塔台進場。您看行嗎？」

「行不行當然是看機長的了。沿途的氣象情況如何？」

「一路都是好天氣，看樣子是沒有讓我一顯身手，表演在惡劣天氣裏飛行的機會了。」

「似乎是一位藝高膽大的飛行員，我一定拭目以待。」

全馬力的塞思納在跑道上滑行了一段距離後，就迎風騰空而起，他們在萬里無雲的蔚藍天空下翺翔，腳下碧藍的海水，被激起的浪花一波追著一波地沖向平坦的沙灘，它的盡頭就是綠色的林地和農田，景色美得讓方文凱窒息，他看了一眼身旁的美女，大吸了一口氣說：

「江山美人，這就是我的故鄉。」

劉雅媚沒聽懂，但她把手伸過來握住了方文凱的手。松山塔台引導塞思納從淡水河口向南飛，進入了台北航區，高度降低後就能很清楚地看見淡水高爾夫球場，方文凱指出來在它邊上的幾棟高層樓房就是「台北灣」，也是他現在住的地方。河的兩岸都是他所熟悉的地方，讓他想起了很多兒時的記憶，高度繼續下降，塔台引導他們在基隆河交匯上空左轉，沿河看見了紅色的圓山飯店，一座座的橋樑和路上的車水馬龍，最後大屯山邊的跑道出現了。劉雅媚通知塔台已經目視跑道了。

第一次的約會是出乎意料的成功，之後兩人交往不僅大為增加，而且親蜜度也在快速地加強。兩個人都感到喜歡對方，但是同時都感到他們之間隱藏著一股揮不走的「暫時感」。

楊玉倩是在黃色的喇嘛廟裏見到了卓瑪喇嘛僧。她穿著一身職業婦女的服裝，黑裙、白襯衫、黑色的半高跟鞋，身上一點顯示她是信佛的東西都沒有，她還略微地化妝。一位小喇嘛把她帶領到廟裏的會客室，推開了門看見大會客室裏，只有一個穿著袈裟的中年喇嘛，他站起來雙手合十說：

「楊女士遠道而來，想必旅途勞頓了。」

楊玉倩微微地彎了一下腰，回答說：「感謝卓瑪大師在百忙之中還能抽空接受採訪，我們感到非常榮幸。」

「我也是有些話想要說出來，一方面是要昭告神明，另一方面也想要阻止罪孽繼續延伸。但是我有一個請求，不知可否。」

「請說。」

「我將要說的事和我目前的身分沒有任何關係，那都是在我皈依黃教之前所發生的事，因此我希望在訪問中，用我俗家的姓名，而不用我的法號。」

「這個完全沒有問題，我們在所有的報導中都會用顧彤，而不用卓瑪大師，來代表您。」

「還有你們的新聞夥伴也同意嗎？」

「您是說美國的三家新聞媒體公司嗎？他們只有轉載真相週刊報導的權力，沒有編輯的權力，所以您可以放心。」

「那好，楊女士就開始吧！」

楊玉倩從皮包裏拿出一個微型錄音機放在桌上：「請您先介紹一下您的身世和家庭背景。」

「我的名叫顧彤，是青海省的康巴族人，可是我的祖先世代都是居住在藏北地區，信奉黃教喇嘛。我父親是當年西藏武裝部隊，四水六崗衛教軍的戰士，他跟隨著達賴喇嘛離開西藏。我是在一九六五年出生在印度北部的達蘭薩拉難民營，後來進了達賴流亡政府成立的學校裏讀書。」

「是哪年到台灣的？為什麼去台灣？」

「在我高中畢業那年，應該是一九八三年了，我父母親相繼去世，我成了孤兒。有一位西蒙斯先生收養了我，後來我才知道他以前是美國中情局的特工，曾經參與達賴出走西藏的計畫，所以在達蘭薩拉的流亡政府裏很有影響力。是他把我帶到台灣去的。」

「那時您還是個十八歲的小孩，西蒙斯把您帶到台灣去幹什麼呢？」

「他把我安排在雪山公司裏做雜工，做一些搬運和打掃清潔的工作，後來又學會了開車和騎摩托車，所以又做送貨的事。」

「您知道西蒙斯先生和雪山公司有關係嗎？」

「詳細情況我不清楚，只知道他的權力很大，他說的任何事都一定會執行的。另外我還發現，公司裏還有不少和我一樣的背景，都是從達蘭薩拉來的，但是公司一再地告訴我們，對外說我們是從大陸來台灣依親的。」

「您是怎麼認識秦依楓的？」

「有一次我到國防部軍購處送貨，正好碰上他們有人要把重要文件趕送機場，他們的車又臨時發生故障，眼看就要錯過了航班，我就替他們當了一次義工，騎摩托車把人和文件準時送到了機場。事後秦處長把我叫去謝了我，就這麼認識他的。」

「後來呢？」

「他透過雪山公司安排我到他家去做零工，修修補補他們的房子，秦處長夫婦對我很好，知道我是孤兒，就很照顧我。他們信佛，看我常看佛書，每次碰上他們吃齋時，還會留我吃飯。後來秦處長安排我晚上到法鼓山的佛教學院去念書，我在那兒念了三年的佛學，也是在那裏做了出家的決定。」

「請您說說，後來你被人追殺的事。」

「雪山公司安排我每週一次到天母的一棟大宅院打掃庭院和做零工，房子的主人叫潘延炳，長年在國外，一年就只回來住兩、三個月，說是在比利時做生意，其他的時間都在國外。家裏長住的還有一個管家和一個傭人，都是和我一樣是從達蘭薩拉來的。我見到過西蒙斯和秦依楓來找過姓潘的，還見過他們起了很激烈的爭吵。在秦處長出事的前兩星期，我在潘家院子的窗下修灑水管，聽見西蒙斯告訴潘延炳，格殺秦依楓的決定已經下來了，殺手已經動身。我嚇得出了一身冷汗，等他們走後，我溜進去看見地板上掉了一份文件，我就把它帶走了。」

「事後呢？」

「雪山公司的一位朋友打我手機，叫我趕快逃命，有人要來殺我。還說公司全體動員到天母的潘家找一份文件，同時也報警說我偷了公司的鉅款後失蹤潛逃，要通緝我。我這才明白，他們發現我偷聽到了西蒙斯和潘延炳的談話，並且拿走了一份重要文件。所以他們在追殺我。當晚我摸黑去找秦處長，一五一十地告訴他當天下午的事。當他看了我拿的檔，臉色馬上變得非常蒼白，當場就把檔鎖進他的保險箱裏。他告訴我西蒙斯一定會派人來殺我，問我想去什麼地方逃命，我是孤兒，現在收養我的人又要追殺我，我想到出家，就說我想去尼泊爾。秦處長把洪田林士官長找來，安排我偷渡到香港，再轉來尼泊爾。我在香港時，知道了秦處長遇難，和雪山公司突然關門的事。」

「在秦依楓的遺物中，沒有發現有讓人震驚的文件，國防部的調查人員去搜索他的辦公室，發現保險箱是空的。您認為那份文件會在哪裏？」

「不知道。」

「您知道秦依楓是怎麼死的嗎？」

「是不是被鋼針刺腦而死？」

「您是怎麼知道的？」

「小時候就聽父親說過，那是西藏衛教軍裏，歷代康巴族戰士殺人的特殊手法。秦處長是個很正直的好人，他們全家包括他們的小姑娘都是好人，當時我什麼東西都沒有，臨走時秦處長夫人給了我一個小包，說是一些換洗衣服，上路後我才發現，裏頭還包了一千塊美金，還寫了一張紙條，說這是佛意和緣分，要我好好積善。如果當年秦處長是為了我拿的那份檔被殺，兇手一定是康巴族的殺手。」

「您知道嗎？在秦依楓遇害後，洪田林就隱姓埋名，躲藏在台東的山區裏，但是不久前他也被殺了，死因也是鋼針刺腦。」

卓瑪喇嘛突然拍桌而立，大聲地說：「作孽，真是作孽！士官長是個大好人，當年冒了危險把我偷渡出來，就是為了救一條人命，怎麼就連他也不能放過呢？」

「您認識一個叫大衛．索康的人嗎？」

「不認識，但是我在潘家見過這人兩、三次。印象很深，因為他永遠是戴著一副大墨鏡。我覺得他是個大人物，因為西蒙斯和潘延炳都好像很聽他的話。」

「秦依楓和索康的關係好嗎？」

「不清楚。」

「洪田林說索康是台灣政府裏的高官，但沒有一位政府官員叫這個名字，可以肯定這一定是化名。我這裏有一本政府高層的名冊，請顧先生看一下，也許能把這人認出來。」

卓瑪喇嘛一邊翻著政府名冊一邊說：「楊女士，您知道嗎？索康這個名字在西藏是非常有名的。在歷史上，索康家族就是西藏最有實力的貴族，從清朝時代，他們就是皇帝指定的，在西藏的茶葉專賣戶，他們雇用白族馬幫，從雲南將茶葉運到西藏各地銷售，獲取很大的利潤，所以他們是西藏最富裕的貴族。第十三世和第十四世達賴喇嘛的政府，都是聘請索康家族的人管理財政的。我在達蘭薩拉上學時就聽說，在拉薩的布達拉宮地下室堆積成山的金銀財寶，就是達賴喇嘛要求索康家族，指揮白族馬幫偷運到境外，做為一旦獨立後的建國基金。」

「後來這些金銀財寶被送到哪裏去了？」

「沒有人知道，拉薩解放後，那批金銀財寶就不見了。流亡政府宣佈，沒有指揮任何人去搬運任何金銀財寶，強調拉薩政府的任何財產都是屬於西藏人民的。奇怪的是，我記得在天母潘家幹活時，曾聽見西蒙斯和潘延炳問起那批金銀財寶的事。楊女士，我看這個人非常像大衛．索康。」

楊玉倩吃驚地叫了一聲：「怎麼會是他？」

方文凱接到葛瑞思的電郵：

親愛的姐夫：

最近教授逼得緊，要趕一篇論文，忙得都好一陣子沒給你寫信了。姐夫一切都好嗎？我們全家都好，請不用掛念。老媽還是一樣的嘮叨，急著要把我嫁出去。姐夫叫我不要看你和姐姐寫的情書了，但是我還是忍不住地把每一封都看了，並且看得很仔細，因為太享受了，我已經看了兩遍。我終於明白你和姐姐的愛情是一件藝術品，是在你們的感覺上作的一幅畫，一幅絕美的畫，而你們在作畫的過程裏，以非常敏銳的感覺，享受著對方的靈魂和肉體。姐夫，你知道嗎？我在夜深人靜時，會幻想自己變成姐姐來到姐夫的身邊。

回到《西藏七年》那本書，我又去查了一些參考資料；有一名德國學者，漢斯．肯特，認為早期的亞利安人，曾經征服過許多亞洲的地區，包括在西元前二千年攻打中國和日本。他又認為高塔瑪菩薩本人，就是北歐亞利安人的後代。所以也有當時的政治評論員說，希特勒的政治理念和佛家的思想相似，因為他們有共同的祖先和傳統。一九三八到三九年間，希特勒的納粹黨黨軍首領希姆萊，派出考古探險隊從印度進入西藏，因為他深信佛教是「亞特蘭提斯」文化所遺留下來的。他寫了一本書，書名是《亞利安人的路程》，就是闡述這個看法。

當年國民政府的「西藏專員」李淇，就是應聘做為隨隊翻譯第一次來到了西藏。探險隊裏有好幾位科學家，其中一名叫伯格的人類學家，他的主要任務是來鑒定西藏人的人種來源，和與世界上其他人種間的關係。他在拉薩城外找到一家叫索康的藏族人，伯格對他們全家的人都做了很仔細的度量和觀察，從他們白皙的皮膚顏色、藍色的眼珠、淡黃色的頭髮，再加上其他外型地詳細對比，伯格認為索康這一家人，應該是北歐亞利安人的後裔。

索康有一個年輕的女兒白瑪，她美麗聰慧大方，德國西藏探險隊的出現，改變了她的一生，她愛上了漢人李淇，而他們結婚後，她又改變了她的丈夫。原先李淇對西藏完全是學術上的興趣和好奇，但是白瑪使他擁抱了「亞特蘭提斯文化裏亞利安人種族優越」的理論，認為他們是屬於「主宰種族」的一部分，他們在這世界上是有使命的。其實在今天的美國「白人種族優越主義份子」的組織裏，這種說法還是存在的。

姐夫，我就寫到這了，有空打電話給我，好想你啊！

葛瑞思

方文凱已經有好久沒有吃得這麼心滿意足了。這一陣子他在全力地看學生們的研究報告，除了看成大學生的，還有加州學生們送過來的，著實讓他花了不少的時間。但是學生們的進步讓他高興。最開心的是，他和老丈人和丈母娘通了電話，做了長談，他們說把他的房子賣了，就是將過去做了結束，畫上了句點。現在要再出發，開始新的人生。

方文凱說，他回去後總要有個住的地方，所以請他們二老有空就多費心，替他物色一棟新居。

在夜深人靜時，他在電話上和葛瑞思互換心裏的思念，她說姐姐和姐夫的情書，讓她對愛情有了新的認識，也有了渴望。這些賞心悅目的事，佔據了方文凱大部分的時間，所以他一個人在淡水，有一頓沒一頓地吃飯，經常是處於饑餓的狀態。當吳紅芝打電話來說要請他吃飯，他很高興，只是要求去一間飯菜份量大的餐館就行。但是他沒想到，吳紅芝帶他來的六福皇宮大酒店的餐廳，是自助式的世界美食大集合，各式中、西餐、日式和菜，等等，式樣齊全，要什麼有什麼，讓方文凱從饑餓的邊緣恢復到正常狀態。他專心的把注意力放在食物上，一直等到飯後，他們到樓下的咖啡廳，坐在一個安靜的角落裏，才開始了真正的談話。

「文凱，我看你吃得狼吞虎嚥的，你是不是幾天沒吃飯了？今天吃得還滿意嗎？」

「太滿意了，真沒想到台北還有這麼精彩的美食。」

「那是因為你真的是餓了，才會覺得這麼好吃。」

「不管怎麼樣，我要謝謝妳了。」

「不用謝，我們是講好了的，我要回請你在台南請我的那頓晚餐。」

「還有晚餐後的餘興節目。」

吳紅芝有點不好意思，她說：「你還敢說，居然把我掛在那兒，你太狠心了。」

「紅芝，我那天在成大校園對妳很無禮，我應該向妳賠不是，對不起了！」

「文凱，你說的無禮是指我們在星光下親吻和撫愛，還是指你沒到房間來找我？」

「我希望沒讓妳生氣。」

「你做的前一半，我不但不生氣，反而是讓我非常享受。但是你最後差點把我氣死了。」

「對不起，請不要再生氣了。」

「生不生氣，就要看你以後的表現了。」

「那好，我們還是談談關於案子的事，可以嗎？可以的話，就說說妳的調查進展吧！」

「看了他們的調查報告，我的理解是：秦依楓升調國防部軍備採購處後，負責向法國『伊迪斯飛機製造公司』購買幻象戰機，國防部的指令是要配備『西門卡－II式』發動機，以取得較大的推力、載重力和速度。國防部高層，有人指示秦依楓聘用軍火商潘延炳，參與和法方的談判。潘延炳不但從中收取大量回扣，還將發動機的規格私自改為『西門卡－I式』，但要求秦依楓對國防部作假報，他從中將差額中飽私囊，秦依楓不同意，但是隨即死亡。軍購造假案東窗事發後，國防部將所有責任推到秦依楓身上，說他是貪汙主謀，並且畏罪自殺。這就是他的家屬不能接受的主因。」

「紅芝，妳的看法呢？」

「我認為秦依楓很可能是奉命行事，但是奉誰的命，現在不好說。軍購案裏有巨大的差額是事實，但它落入誰手還沒查出。到目前為止，證據指明秦依楓沒有接到巨額款項，所以說他是主謀還嫌過早。法醫的驗屍報告說秦依楓是淹死的，所以自殺的可能很大，但是他殺也不是不可能。」

「那妳調查的下一步是什麼？」

「我說過，秦依楓的死，不管是自殺還是他殺，一定和這筆失蹤了的巨大差額款項有關。把錢的走向查清楚，兇手也會離它不遠。軍火商潘延炳在台灣有很大很深的人脈關係，他的祖父和父親都是國民黨的黨國元老，但是事發後就再也沒回到台灣來。他會是我調查的一個主要目標。但是我認為能夠提供最有力證據的，應該是法國『伊迪斯飛機製造公司』，國防部的錢是送到他們的帳戶，從那裏才將巨大的差額轉出去的。他們應該是有非常詳細的款項進出記錄的。國防部說，幾次請求他們提供款項的進出明細，都被拒絕了。可惜台灣方面沒有人和他們的高層有私人的關係。」

「對一個外行人，妳做的分析很精闢，希望妳的調查早日成功。我還能問幾個問題嗎？」

「我要是說不行，你就不問了嗎？你問吧？」

「洪田林被判是落水自殺，但是法醫驗屍，說是死者肺部的積水，和落水處的水質不符，所以應該是他殺。你們檢察官對這種事如何看？」

吳紅芝盯著看了方文凱一眼才回答：「法醫學在目前還不是一個百分之百完美的科學，不同法醫在同一個屍體上，得到不同的結論是可能的。」

她沒有做進一步的說明，但是她卻問說：「你最近和楊玉倩在一起嗎？」

「我已經好久都沒見到她了。」

「楊玉倩不是快從尼泊爾回來了嗎？」

為了安全，楊玉倩要求對她到尼泊爾訪問的事嚴格保密。在她不在時，真相週刊又刊登了她寫的報導，外人都以為她人在台灣。怎麼她的「假想敵」倒是知道了她的行蹤，方文凱很不解，但是更感到了有些恐懼。吳紅芝看他不說話，就又問：「如果你問完了，是不是輪到我來問你呢？」

「總要禮尚往來嘛！」

「文凱，那天你為什麼沒到我房間來？是我的魅力不夠，還是你心裏已經有人了？」

「不，妳是很有魅力的女人。」

「那為什麼？你現在不是沒有婚姻的約束了嗎？」

「但是妳有。」

「文凱，我喜歡你。」

「台灣的黑槍氾濫成災，恐怖極了。」

「你是什麼意思？」

「我不會穿防彈背心做愛。」

「聽不懂。」

「你也許不能想像我赤裸裸在床上時，伍建耀會衝進來把我亂槍殺死。但是這情景老是在我腦子裏打轉。」

「他不會管我的。」

「所以妳去美國度假，不要伍建耀陪妳。是不是有妳喜歡的人陪妳呢？」

「你瞎說什麼？我是去美國出差的。」

突然，方文凱站了起來，笑著說：「伍先生，您好，您也來了！」

伍建耀像幽靈一樣地出現在他們的身邊，吳紅芝鐵青著臉說：「你來幹什麼？」

「太晚了，我來接妳回家。」

「我開車來的，自己會回家，你先走吧！」

方文凱突然插嘴說：「對不起，我想起來還有點事須要先走一步。」

方文凱頭也不回地離開了咖啡廳，走出了酒店的大堂就是南京東路，天色黑了，但是路燈和行走的車燈還是將黑暗驅散，把方文凱的四周都照亮了。夜晚的空氣很清新，連吸進肺裏的感覺都令人舒暢，也讓方文凱的頭腦頓時特別的清醒。他看看手錶，決定沿南京東路步行到中山站去搭淡水線的捷運。他一邊走著一邊想著，吳紅芝這個謎樣的女人，她有丈夫，但是喜歡另外的男人，渴望著和這男人的婚外情。她用高度的專業知識分析秦依楓案子，但是卻在節骨眼的地方顯然說謊，連到美國去度假還要用出差來掩蓋，她到底是誰？是像楊玉倩說的是「假想敵」，還是真的敵人？

方文凱聽見人行道邊上有汽車按喇叭的聲音，他轉頭看見吳紅芝開著一輛越野車過來，向他招手，他等吳紅芝把車停在路邊，搖下車窗後，走向前去，她說：「文凱，我要你上車跟我走。」

「吳紅芝，對不起，我辦不到。」

楊玉倩花了整整一個多星期的時間，在加德滿都的酒店裏，寫成了她下一篇的秦依楓命案報導。主要的內容是透露了前美國中情局的特工西蒙斯，曾經參與策劃達賴喇嘛出逃印度後，繼續在西藏流亡政府中享有非常大的影響力，他在達蘭薩拉召募年輕的康巴族人到台灣工作。

中情局的特工在台灣成立雪山公司，雇傭康巴族人，在秦依楓被害後，雪山公司突然關門結業。她敘述比利時軍火商人潘延炳，在天母擁有豪宅，但長年居住國外，他是前國民黨政府高官的兒子，家中傭人是由西藏來台的康巴族人，多年來他一直在國防部裏呼風喚雨，是台灣向歐洲國家購買軍火武器的中間商，與中情局特工西蒙斯的關係非同一般。她又報導了以「鋼針刺腦」致人死命，是西藏衛教軍裏康巴族殺手所用的傳統方法，台灣已經有三個人是死於這種手法，楊玉倩花了不少篇幅，敘述這三個被害者之間的關係。最後她說有一位現任的政府高官，很可能與目前的這些案子是有關的，現在還在調查中。顯然這篇報導是楊玉倩在台北真相週刊的同事們，配合查找大量的資料才完成的。

資料的來源和獲取的方法，都作了很詳細的說明，更增加了文章的可信度和可讀性。但是最讓人震驚的是：在美國的紐約時報和華盛頓郵報，都轉載了真相週刊的報導，其他的通訊社也介紹了楊玉倩的報導。隨即這兩家報紙又根據最近解密的中情局檔，發表了他們自己的調查報告，再次證實了真相週刊的報導。這些文章又被真相週刊在隨後的兩周轉載，造成了週刊前所未有的銷售量。

楊玉倩自己愣了一下，因為她突然意識到自己所犯的錯誤。她一直把「大衛．索康」當成是西方歐美人的名字，現在她明白了，「索康」是西藏人的名字，她記起來，江柔澄說過，她的祖先曾是白族馬幫的成員，就曾經在西藏的「索康」家族裏工作過。現在她恍然大悟，洪田林在《西藏七年》的書本上，用紅筆寫的「大衛．索康」，就是因為要指明這是個從西藏來的人。她好奇地問：卓瑪所指認的人就是這一切的幕後陰謀者嗎？他也是從西藏來的嗎？還有軍火商潘延炳，他就是一個以賺錢為目的的商人，還是有其他的角色要扮演？

楊玉倩在酒店接到卓瑪喇嘛送來的文件，那是一本雪山公司的工作記錄，注明了所有的工作人員，是在何時從何地來的，曾經被派往服務的單位和客戶，及服務的時間。楊玉倩把她帶來的政府高層官員名冊，和卓瑪送來的檔對照比較，馬上就明白目前的高官中，有哪些是和中情局特工、軍火商潘延炳曾有過關係，更重要的是，這些年來，那些人是受大衛．索康直接指揮的。到目前為止，所有的資訊都來自不同的唯一來源，她需要另一個獨立的消息來源來驗證。

西藏或是和西藏有關的人或事，是取得這些驗證最可能的地方，世界上沒有任何地方比加德滿都離西藏更近了。卓瑪喇嘛還給了她一份名單，上面是他知道曾經到過台灣去「工作」的人，這些人中有大部分是在達蘭薩拉，也有一部分是在尼泊爾。楊玉倩想了一下，提起電話，請酒店的總機替她接港龍航空公司在加德滿都的辦事處。楊玉倩的心情相當複雜，她為自己的週刊成功感到高興，但是為案子裏所出現的醜惡人性感到悲哀。她關上了電腦，開始了她的走訪調查，在來到加德滿都後的第五個星期，她把一頭秀髮剃光，換上一身女尼的袈裟，走出了酒店，開始了她專業的走訪調查。

在「紅石環球安全顧問公司」的會議室裏，召開了第二次的緊急會議，與會者還是同一批美國及台灣的政府官員，和「紅石」的高層。會議的內容是討論行動計畫。

第四章：追尋眞相

方文凱接到葛瑞思的電郵：

親愛的姐夫：

你好嗎？我要給你講一個發生在一千多年前，五代十國後期，南唐國的一個愛情故事：它有一個絕美的過程內容，但是結局卻是讓人心酸落淚的悲劇，它是發生在一對美麗的姐妹身上。在一個叫周宗的大戶人家，有一對非常漂亮的姐妹花，周薔和周薇。周薔又名娥皇，嫁給了比她大一歲的李煜，他就是後人所稱的「李後主」，後人也稱周薔為「大周后」。李煜和他的紅顏知己妻子，在後人腦海裏留下一個鮮明的印象，那就是他所寫的香豔、柔情和悲哀的詞，他被譽為「詞中之帝」。他的一首千古絕詞《虞美人》，曾感動了無數的人：

春花秋月何時了？往事知多少。

小樓昨夜又東風，故國不堪回首月明中。

雕欄玉砌應猶在，只是朱顏改。

問君能有幾多愁？恰似一江春水向東流。

他在文學上的成功，是因為他迷戀著的女人，大周后。在文史記載中，她是個多情、美豔和賢慧的多才女人，古代帝王們，多是有後宮佳麗三千，能將全部的靈魂寄託在一個后妃身上的，而不變遷他的愛情，還將他的濃情蜜愛表現在文學作品，的確是非常的難得。

根據陸遊的《南唐書》：她精通書史，善音律，尤工琵琶。李後主的父親唐元宗，很欣賞她的才藝，賜給她一個焦桐琵琶。李後主寫《念家山》詞的同時，她也寫了《邀醉舞》。兩人曾一起重訂當時最盛傳的大麯，也是唐明皇作的《霓裳羽衣曲》，她也經常彈奏李後主的詞調，成為他創作的原動力。

李煜的初作《浣溪沙》：「紅日已高三丈透，金爐次第添香獸，紅錦地衣隨步皺。佳人舞點金釵溜，酒惡時拈花蕊嗅，別殿遙聞簫鼓奏。」描述了他迷戀大周后的情感和深宮裏的香豔情景。而他的《一斛珠》：「曉妝初過，沈檀輕注些兒個，向人微露丁香顆，一曲清歌，暫引櫻桃破。羅袖裛殘殷色可。杯深旋被香醪涴，繡床斜憑嬌無那，爛嚼紅茸笑向檀郎唾。」則把浪漫嬌柔的兒女姿態、香閨韻事和兒女柔情，赤裸裸地寫了出來。

大周后的多情，感動了李後主的詞筆，同時也讓我們在千百年後，讀到了使人動容的文學瑰寶。李後主二十八歲時，大周后生病去世，李後主哀痛的心情從他寫的《輓辭》裏就可以感受到：「珠碎眼前珍，花雕世外春，未銷心裏恨，又失掌中身。玉笥猶殘藥，香奩已染塵。前哀將後感，無淚可沾巾。豔質同芳樹，浮危道略同。正悲春落實，又苦雨傷叢。穠麗今何在？飄零事已空。沉沉無問處，千載謝東風。」這首詩表達了李後主對大周后深摯的情意和深哀巨慟的心情。

大周后的妹妹周薇，接替了姐姐，成為南唐的皇后，後人稱她為「小周后」。雖然她用無限的柔情，使李後主恢復了健康和創作的意願，但是在他心靈深處的傷痛，表現在他的作品中，他的詞從風花雪月的「爛嚼紅茸」，轉變為淒慘調子的「為誰和淚倚欄杆」和「秋風多……夜長人奈何」。

後人說，李後主的作品內容可分為兩類：前期是寫宮廷生活和男女情愛，題材很窄。後期是寫他亡國的悲痛和自身感情的無奈。他的千古傑作《虞美人》、《浪淘沙》、《相見歡》（又名《烏夜啼》）、《望江南》、《子夜歌》、《破陣子》等，都是他後期的作品。此時期的詞作大多哀婉淒涼，主要抒發了自己憑欄遠望、夢裏重歸的情，表達了對往事的無限眷戀，在政治上失敗的李煜，卻在詞壇上留下了不朽的篇章。但是等待著李後主和小周后的是更多的苦難。比起她的姐姐，小周后在感情和身體上更經歷了地動山搖似地衝擊。

李煜只知譜詞度曲，不知治國，最後被宋太祖趙匡胤滅了國，他和小周后一起做了俘虜，被送到汴京，封為右千牛衛上將軍和違命侯，還封小周后為鄭國夫人。史書上記載：「宋太祖去世後，宋太宗趙光義繼位，覬覦小周后的美色，藉口命婦須要不定期入宮朝覲，強留並染指小周后。」小周后明白如果她不從或是自盡，李後主的命也一定不保，所以對皇帝以「臨幸」為名而強姦了她，就只能忍氣吞聲了。

在唐朝這個相對開放的時代，女人的貞操觀念並不是被看得很重，再加上封建制度裏，皇帝有權和天下女人睡覺的思想，她希望丈夫能夠原諒和容忍，另一個男人短暫地佔有了她。李後主不但是忍辱負重地活了下來，而且在這苦難和不堪的日子，創作出他一生中最感人的，讓後人千古傳誦的詩詞。

李煜才華橫溢，工書善畫，能詩善詞，通音曉律，他本來就無心爭權奪利，登上王位完全是個意外，他曾痛恨自己生在帝王家。就是因為他「生於深宮之中，長於婦人之手，性寬恕，好生戒殺。」使他不善於體力活動，成為手無縛雞之力的人，做為他的妻子，小周后從來沒有感受過自己的身體，被強壯男人「征服」的經驗。等他們當了「階下囚」之後，李煜就更沒有心情和她行房事了。「臨幸」成了她唯一和男人肌膚相親的時候。

她還是年輕，夜深人靜時躺在丈夫的身邊，發現了自己的身體在渴望著下一次被召喚「入宮朝覲」。宋太宗趙光義是個好色之徒，玩女人的高手，強姦小周后象徵他徹底地毀滅了唐朝，也征服了唐朝最後一個皇后，同時滿足了他超強的性慾。但是他發現被他蹂躪時的小周后起了變化，原先是緊閉雙眼，一言不發，雙手緊握著床褥，毫無反應地承受著，後來偶爾會發出輕聲的呻吟，也會瞬間睜開那發亮的眼睛，立刻又緊閉起來，但是臉上出現的一片紅潤卻不消失。曾有不計其數的女人被趙光義玩過，但是他從沒有看過，比此時此刻的小周后更美豔的婦人，油然而生的憐愛和渴望小周后的激情也改變了他，他愛上了小周后。

愛情就像是久旱後的雨水，滋潤了它所到之處，小周后像是一朵剛剛開出來的鮮花，無比的豔麗，而宋太宗的粗暴也慢慢地被對人的體貼所取代。他和小周后的「接觸」，也不只限於「臨幸」，而是有了男女戀人間的互動。他被帶進了靈性的世界，讓他認識了除了女人之外，世上還有琴棋書畫的美。小周后做為命婦，被召喚入宮的次數越來越頻繁，停留的時間也越來越長，甚至有十天半個月才回家來。她體會到被兩個男人深愛著的感覺，但是也很清楚，她的新愛掌握著丈夫的生死，她的任何差錯都會是致命的。雖然一再地向他哭訴趙光義對她的強暴，但是李後主看在眼裏的是，小周后的日漸年輕、容光煥發和美豔迷人，他心知肚明，唐朝最後的一個皇后已經愛上了別的男人。他唯一能夠做的就是，寄情在他的詩詞裏，思念死去的大周后和忘情在虛無的世界裏。

宋太宗趙光義深深地沉溺在愛情裏，在他感受到小周后對他愛意的同時，他渴望她的激情反應，但是每次的「臨幸」，小周后都是像木頭一樣，毫無反應地承受著他的侵犯，她在瞬間睜眼時的目光，和一閃而過的臉上表情，已經讓他如醉如癡而不能自拔。他明白這是為了維護她丈夫最後的尊嚴，她必須是被她所愛的另一個男人強姦而不是和他歡好。

不愧是玩女人的高手，趙光義將小周后放在一個對行房有豐富經驗的宮女身上「臨幸」，再加上好幾個宮女在旁邊扶持，配合他的快慢強弱動作，帶動小周后的身體。最後的防線終於被攻破了，激起了她的原始本能，一頭秀髮披散在枕上，她扭動著被壓在他身體下的身體，迎接他一波又一波地衝擊，她睜開了閃亮的大眼睛，看著侵犯她的男人，呼喊著和他一起到達了那奇妙的境界，讓趙光義迷糊了，不知道他是在人間還是天堂。趙光義曾把宮廷畫師召來，將他「行幸」小周后的場面進行寫生繪畫，畫裏的宋太宗戴著頭巾，面色略黑，身體高大強壯，挺著很大的陽具。小周后頭戴花冠，腿上的紅襪褪到腳脛，赤裸的纖弱身體被五個宮女扶侍著，其中兩人抬著腋膀，兩人抬著後股，還有一人墊著後背，小周后身體懸空，宋太宗在身前正要侵入行幸她，小周后轉過頭去，閉著雙眼，皺著眉頭，用手抵拒在宋太宗的額頭，臉上有不勝的表情。這就是相傳在宋元年間著名的春宮畫，《熙陵幸小周后圖》。「熙陵」兩字的來源，是因為宋太宗趙光義死後葬在河南鞏縣的永熙陵。春宮圖上還有元朝的學士馮海粟的題字：「江南剩得李花開，也被君王強折來。」

心靈和身體都解放了的小周后完全變了，她和宋太宗的愛情越來越深，也讓她一直深藏著的另一面女人的激情性格，在她的愛人身上顯露出來，她開始豔裝入宮，換上薄紗的衣裙，將她誘人的身材若隱若現，走動在愛人的面前，輕聲細氣，低頭含羞地主動求歡，她會將火熱的赤裸裸身體，完全展開來迎接宋太宗的臨幸，在他的耳邊用鶯聲燕語，娓娓地歌唱著動聽的曲子，念著詩經裏的情詩，或是說著纏綿悱惻的愛情故事，把他帶進天堂，他們緊緊地摟抱著顫抖，然後歸於平靜。這些令人難忘的銷魂蝕骨時光，讓宋太宗下定了決心，要和小周后日夜廝守，天長地久，要她搬進宮來封她為貴妃，但是她拒絕了。

在以後的三年裏，封為鄭國夫人的小周后，無數次的「入宮朝覲」，但是每次都會回到李後主的身邊，看著日漸凋零的丈夫，她有無限的歉意。宋太宗對小周后的眷戀，不但沒有隨著時光淡去，三年過後反而更加強烈，在一次激情的臨幸後，他告訴小周后，他已經下詔，廢去了他的皇后，立小周后為正宮娘娘。但是她回去後立刻上奏，再次申述了她對宋太宗的愛，答應在她的來生一定會長相廝守，可是這次請求他收回成命。宋太宗知道，李後主是他和小周后之間，還存在的唯一障礙，於是就拿他寫感懷故國的名詞《虞美人》為理由，在他四十二歲的生日，也是七夕的晚上，賜他牽機藥，毒死了這位名留千古的一代詞帝。牽機藥就是中藥的馬錢子，服用後破壞中樞神經系統，全身抽搐，頭腳縮在一起，狀極痛苦，小周后悲痛欲絕，不久也隨之而去。宋太宗將小周后和李後主合葬在洛陽北方的邙山，他追封李後主為吳王，他們的墓碑上是刻著兩排字：「吳王李煜，鄭國夫人周薇，之墓」。

親愛的姐夫，我第一次聽到這個絕美的愛情悲劇，是姐姐講給我聽的，雖然她說是喜愛故事裏的妹妹代替姐姐，在她死後繼續地為她照顧她的愛人，但是我知道她是在回憶，被兩個男人愛過的感覺。你和莫佛都深深地愛過姐姐，你們現在是朋友還是敵人？

好好的照顧自己！

你的葛瑞思

穿越紐約州南北的赫德遜河最終流入了大西洋，有三個島嶼集中在它的河口，形成了都市的主要市區，它們是著名的曼哈頓、自由女神像所在的斯坦頓和長島。前兩個島就是一個市裏的區，但是在長島的西部有布魯克林區和皇后區，東部有紐約州的拿騷郡和薩福克郡。一般紐約人說起長島都是指這兩個郡。

從美國革命戰爭期間一直到今天，美國的老錢和新移民的財富，就一直不斷地被移進到長島來，富裕的美國人和歐洲人，在拿騷北邊的黃金海岸蓋起豪華住宅，被圍起來的巨大庭園，經常為主人贏得設計大獎，這些豪宅的一個共同點，就是歐洲貴族家園風格的鐵欄杆大門。紐約長島地區聚集的名人不勝枚舉，包括有蔣介石夫人宋美齡，美國總統羅斯福和克林頓，石油帝國洛克菲勒家族等等。美國南方製藥集團董事長史密斯的住宅，就是在長島的黃金海岸甘泉路二一五號，因為它的豪宅非常的大，庭院更是巨大，當地的人就把它叫做「大宅院」。

南方製藥集團有限公司，被人簡稱為「南方製藥」，是在美國的一家跨國製藥公司，總部設於紐約，公司的創新產品行銷全球一百五十多個國家和地區，目前是世界上最大的醫藥企業之一。公司創立於一八四九年，當時的公司及廠房都是設在南卡羅萊納州，早期是一家以生產化工產品為主要經營業務的化學品公司，藥物做為化學品的一種也屬於公司的經營範圍之內。

一八六一年爆發的南北戰爭，給了「南方製藥」發展的機會，戰爭中它向南軍提供了大量的藥品，公司隨著戰爭的進展而迅速發展，成為美國國內較大的化學品生產企業之一。南北戰爭之後它的主要產品是檸檬酸，直到一九二八年發現青黴素後，「南方製藥」開始介入抗生素的生產，並逐漸將企業的重心轉移到抗生素領域，此後，「南方製藥」對發酵工藝進行了深入研究，並將其用於檸檬酸和青黴素的生產，現在工業界普遍認同，製藥集團是發展發酵技術的先驅之一。

第二次世界大戰給了它又一次發展的機會，當時它是唯一使用發酵技術生產青黴素的企業，不僅產量極大且生產成本非常低，向美國軍方提供了大量相對廉價的青黴素產品，「南方製藥」也利用這一機會飛速擴張。戰後它進一步加強了藥物的生產與研發，並於一九五一年研發土黴素成功。此後的四環素、吡羅昔康等藥物的成功研發，都給「南方製藥」帶來了巨大的經濟利益。這些藥物很多成為臨床的經典藥物，而它的很多研發案例，也因而成為藥物設計的經典案例。

「南方製藥」的總部是在六十年代搬到紐約市的曼哈頓中城區，在洛克菲勒中心的辦公大樓裏，租有一整層的空間，秦瑪麗的辦公室就是在此。

在上世紀結束前，「南方製藥」以其累積的龐大財力，吞併了幾家很大的藥品公司，成為美國最大的藥品生產企業。其眾多的產品組合、科研開發專案、成熟的非處方藥業務，使「南方製藥」成為強大且最具競爭力的跨國醫藥公司。並以總價六百八十億美元收購它最大的對手，使其成為全球最大藥品製造商的地位進一步得以鞏固。

史密斯家族是在七十年代成為「南方製藥」的最大股東，威廉・史密斯本人是董事長，他的大兒子法蘭克和妻子秦瑪麗，都是董事會的執行董事。秦瑪麗特別致力於非藥業傳統的工作，使「南方製藥」取得了更好的口碑。她努力地在每一個國家推動和建立社區義工，發揮積極作用，使之能有更加美好的生活和工作環境，進一步地發輝了「南方製藥」對其所在的國家及社區人民，長期的健康發展有了直接的影響。

秦瑪麗鼓勵「南方製藥」對自己和他人設定崇高的道德標準，並追求完美的產品及高效的運作程式。同時她也致力於為全球提供品質卓越的醫療保健，要求所有的業務行為和運作程序，都是以獲得高品質為目的，超越了患者、客戶、員工、投資者、商業夥伴和政府官員的期望，對每一件事，「南方製藥」追求品質的熱忱都要永無止境。

秦瑪麗宣導「南方製藥」積極承擔企業的社會責任，履行企業公民義務，在經營活動中，嚴格認真遵守商業法規和商業道德。同時，還要與政府、醫療機構、醫生和社區合作，積極支持愛滋病、高血壓、關節炎和男性性功能障礙、精神衛生等疾病方面的教育活動。

近年來，在政府的支持和指導下，「南方製藥」通過與世界健康基金會、家庭健康國際、美國癌症協會、亞洲基金會、中華健康快車基金會等合作，共同開展了多個健康援助和培訓項目。這些項目涵蓋了愛滋病防控教育、醫院領導人才培訓、護士護理培訓、新型農村合作醫療試點、婦女衛生健康意識教育、貧困地區眼科醫生專業培訓，及免費為白內障患者進行復明手術、社區高血壓等慢性疾病管理和戒菸宣傳等內容。

二〇〇三年當禽流感疫情爆發時，「南方製藥」在中國的分公司，通過中國紅十字會總會，向中國政府捐贈四十五萬美元的物品和資金。次年又通過中華健康快車基金會「健康快車」項目，捐贈價值四十五萬人民幣的人工晶體，用於中國西部貧困白內障盲童的復明手術。秦瑪麗負責籌畫「南方製藥」每年將要執行的慈善活動，尤其是對教育事業做出大量的財政捐款，秦瑪麗會伴隨丈夫，以董事長夫人身分出席捐贈儀式，多年來，她對加州理工學院情有獨鍾，它成為最大的捐贈對象之一。由於她的年輕貌美和優雅風度，常常成為媒體所追逐的對象。在「南方製藥」內部和公司股東裏，秦瑪麗也建立了一群追隨者和愛慕者。她成為製藥集團的標誌人物。

史密斯的病危顯然是對「南方製藥」造成了危機，因為過去的三年裏，秦瑪麗和法蘭克對繼承董事長大位的企圖已經明顯化了，兩人在台面上的角力將「南方製藥」高層分裂，並且把鬥爭漫延。法蘭克擔任紐約州的眾議員已經有三任了，在這六年裏，他不但累積了很多的政治資本，同時也漲大了他的政治野心。社會上不斷地傳出來，他應該是下任的參議員，或者就是紐約州的州長，最後很可能會去當白宮的主人，這些未來的可能，只要他經營妥善是指日可待的。

而「南方製藥」的控制權將會是他最有力的政治工具，所以在台面下，法蘭克的親信和代表，不斷地接觸秦瑪麗和她的代表，提出來各種在「南方製藥」裏分配權力和利益的建議，目的就是要秦瑪麗把她的股權讓出來，讓法蘭克更接近取得「南方製藥」的絕對控制權，但是都沒有結果，雙方的差距太大了。可是威廉．史密斯日益惡化的心臟病，讓董事長的繼承問題更顯得急不可待。

巴黎是一座世界歷史名城，名勝古蹟比比皆是，像是：艾菲爾鐵塔、凱旋門、愛麗舍宮、凡爾賽宮、羅浮宮、協和廣場、巴黎聖母院、喬治．龐畢度全國文化藝術中心，等等，是全世界遊客流連忘返的地方。

美麗的塞納河兩岸有公園和綠地星羅棋佈，還有三十二座大橋橫跨河上，使河上風光更加嫵媚多姿，河中心的城島是巴黎的搖籃和發源地。文化人是巴黎社會生活的靈魂。十九世紀法國作家巴爾札克、普魯斯特、波特萊爾、藍波、喬治．桑、蕭邦、王爾德、科萊特、惹內；二十世紀的畢卡索、本雅明、紀德、沙特、西蒙．波娃、卡謬，羅蘭．巴特、傅科這一些文化名人，組成巴黎社會文化人群落。他們曾經生活在巴黎這個空氣中都充滿虛無的地方，可是他們精神的創造力，卻豐盈了自由法國精神，並取得世界文化史上的最高成就。而塞納河畔聖蜜雪兒林蔭大道有綿延數公里的舊書市場，也是巴黎文化的特色之一，那裏每天都有不少國內外學者和遊客，來選購心愛的古籍，形成塞納河畔古老的文化區，也就是拉丁區的一大特色。

香榭麗舍大道是連接著協和廣場和凱旋門，它是由十七世紀花園式散步道所改建的大道。它也是巴黎的眾多旅遊景點之一和主要的購物街。協和廣場位於香榭麗舍大街東端，初建時稱為「路易十五廣場」，是臭名昭著的「斷頭台」所在地點。它附近的埃及方尖碑是巴黎最古老的古蹟。在廣場上，皇家路的兩側，有兩座相同的石頭建築：東面的一座是法國海軍部，西面的一座是豪華的克里雍大飯店，它的常客之一就是美國南方製藥集團，集團的巴黎辦公處也是設在這家飯店裏。附近的旺多姆廣場以時尚和豪華酒店著稱，它有麗池大飯店和旺多姆大飯店及其珠寶店，許多著名的時裝設計師在廣場上也擁有他們的沙龍。蒙田大道，毗鄰香榭麗舍大道，它是時尚的奢侈品牌聚集地，包括香奈兒、路易威登、克麗斯汀．迪奧和紀梵希。

在塞納河右岸的蒙馬特，有聖心聖殿，它一直是歷史上藝術家的區域，在這裏有許多藝術家的工作室和咖啡館。蒙帕納斯也是左岸的一個歷史性區，它也是以藝術家工作室、音樂廳和咖啡館生活著稱。

巴黎的濃郁文化氣息，把南方製藥集團董事長的夫人秦瑪麗牢牢地套住了，她每年都會到這裏來住上兩、三個月。但是她這一次的來臨，卻是為了完全不同的目的。在過去的幾個星期裏，她看到了好朋友寄來的資料，在紐約時報、華盛頓郵報、還有「六十分鐘」的電視新聞節目中的報告，再加上方文凱給她的電郵，讓她終於看到了父親秦依楓命案，露出了將要破案的曙光。

秦瑪麗家有一位長年黑人女僕，包特太太，她曾照顧過秦瑪麗的母親。當包特太太患了癌症時，秦瑪麗出錢出力為她治病，讓她痊癒，恢復了健康。包特的女兒，珠迪・包特，小時候常跟著媽媽到秦瑪麗的家，也許是緣分的關係，也許是當時秦瑪麗年紀輕輕就嫁到史密斯家，一個人在長島的深宅大院裏，人地生疏，很自然地就和包特太太母女建立了友誼，當秦瑪麗受到了委屈，她唯一能去訴苦和取得安慰的人，也就是這位包特太太了。

幾年後，珠迪高中畢業，進了北卡州立大學，她接受了秦瑪麗的資助，在畢業後考進了法學院繼續追求她的律師事業，她在考上了律師執照後，就進入了美國司法部的聯邦檢察官辦公室，職位是助理檢察官。多年下來，珠迪和秦瑪麗反而成了無話不談的閨中膩友，但是包特母女從來沒有忘記秦瑪麗對她們的恩情，一直在尋找報答的機會。

珠迪・包特的工作表現非常好，很是得到上級的賞識和嘉勉。當美國總統指派了聯邦特別檢察官，調查前任總統和他的政府是否有從事違反憲法的行為時，司法部成立了「特別檢察官辦公室」，又稱為「特檢室」，在百餘名的聯邦檢查人員中，選出了十人，由特別檢察官直接指揮進行具體的調查工作，珠迪・包特被選中加入了當時最熱門的案子。對檢察官來說這是非常榮幸的事，如果表現不錯，案子辦完後，一定會被提升，珠迪很清楚，雖然在這十人中，她是年資最淺的，但是到時候她職稱裏的「助理」兩個字就會不見了。

特檢室的重點調查對象就是被媒體做了不少的報導，總部設在北卡羅萊納州的「紅石環球安全顧問公司」，但是他們和媒體同樣地發現，「紅石」雖然是個私人公司，但是它的組織、規範、人員及運作，和軍事單位完全一樣，保密工作是滴水不漏，分工是有嚴格的獨立和區分，部門間的溝通完全是限制在上層的管理幹部，同事們即使是親兄弟，也不知道對方的工作內容。所以調查的進度很慢，所有的資料都是需要拿著法院的傳票才能取得，而「紅石」又聘請了一個全美最有經驗的律師團隊，在每一個調查步驟前都設下了「路障」。所以當珠迪提出，由她利用在北卡州念大學的背景，到「紅石」總部去臥底，收集資料，聯邦特別檢察官馬上就同意了。珠迪被送到設在維吉尼亞州昆那寇鎮的聯邦調查局學校，接受兩周的加強訓練，學習臥底的基本技術和方法，同時也學了一些在緊急情況下如何逃生的方法。她最後的一招就是表明自己的身分，傷害在執行任務的聯邦檢察官是要判處死罪的。

當一個黑人年輕女子，拿著當地的大學畢業證書來到「紅石」的人事處找工作時，正碰上他們檔案室裏的一位工作了很多年的檔案管理員，因病請假兩個月，正想找個臨時工來替代，因為是個非常基層的員工，同時又是當地的人，而來找事的也是個當地人，所以只需要最簡單的背景「安全審查」，一、兩天就行了。人事處問她願不願意幹一個只有兩個月的臨時工，當珠迪點頭後，人事處叫她回去等電話。兩天後她通過了聯邦調查局為她安排好的天衣無縫背景，開始在「紅石」的檔案室工作。

她發現了幾個重要和驚人的事件，一個是「紅石」內部隱隱約約地似乎是有一個小組織，從事某些特別任務，而不受正常的公司審察和監督，小組織的成員都是和中央情報局有絲絲縷縷的關係。第二件事是發現了「紅石」有兩份內部檔，都是「紅石」內部會議的記錄，一份是討論對秦依楓謀殺的行動計畫方案，一份是討論在台灣發起一件爆炸事件的行動計畫方案，兩個會議的主持人都是大衛．索康，其他參與討論的人沒有列出來。聯邦特別檢察官立刻將第二份會議記錄送到白宮，總統馬上宣佈有關事件列為最高國家機密，交國家安全顧問處理。

對於第一份會議記錄，在「特檢室」的開會討論後，聯邦特別檢察官請珠迪安排和秦瑪麗私下會面，他親自將案情從政府的觀點說明，他的主要重點是，美國的聯邦法律不允許美國公民在美國策劃和參與謀殺他國政府官員，司法部對將主謀者繩之以法責無旁貸，同時他也聽取了秦瑪麗的看法，做為被害者的女兒，她同樣的想要看到兇手——不管他是什麼人，都要受到法律的制裁。雙方同意了下一步的行動。

秦瑪麗和珠迪．包特來到了「伊迪斯飛機製造公司」在巴黎的總部。見面的時間和地點是經由「南方製藥」在巴黎辦事處安排的，因此會見的規格非常高，兩位訪客在到達伊迪斯公司總部時，公關部的主任朱麗安娜女士已經在大廳迎接，在簡短的寒暄後，就被引進到公司頂樓的董事長專用會議室，董事長和公司總裁都因公在外地，所以由副總裁法藍斯．嵐博特主持接待，在場的還有另外兩人。朱麗安娜趨前介紹：

「嵐博特博士，今天我們很榮幸的來接待兩位高貴的客人，這位是從紐約來的史密斯夫人，是著名的南方製藥集團的執行董事，還有這位是史密斯夫人的私人律師珠迪．包特小姐。」

朱麗安娜轉過身來，指著站在面前穿著很得體，看起來有五十多歲的人，滿臉笑容地對著客人說：「夫人，這位是我們伊迪斯飛機製造公司的副總裁嵐博特博士，旁邊的這一位是我們法律部主任桑德蘭大律師。」

嵐博特握住了秦瑪麗伸出的手，他微微地彎腰鞠躬，然後輕吻她的手背：

「夫人，歡迎來到巴黎，更歡迎光臨伊迪斯公司。董事長昨天還來電話提醒您來訪的事，我代表董事長和總裁歡迎您，也向您致歉，他們不能親自相迎。」

「謝謝您，嵐博特博士。希望這次我和包特小姐的來訪，不會給您造成太多的不便。」

「哪裏的話，董事長已經發了話，您的要求，我們一定要全力以赴。」

主客雙方都寒暄握手後就入座，首先是上飲料，紐約來的兩位女士要了礦泉水，其他的人都是點了咖啡。桑德蘭律師特別對秦瑪麗注意地看了一眼。副總裁嵐博特看了看手錶，皺著眉頭問朱麗安娜：

「妳通知約翰開會的時間了嗎？」

「當然通知他了，但是我們的莫佛大博士永遠要遲到的習慣，您還不知道嗎？」

突然會議室的門被推開，一個看起來三十歲左右和有一頭金髮的男子，慌慌張張地走了進來，雖然他穿著西裝上衣，但是沒有打領帶，下身的西裝褲也不是一套的顏色，即使看起來很時尚，但是和這間非常正式、裝潢典雅的會議室，以及和其他在場的人所穿的衣著，就顯得很不相配了。嵐博特起身指著他，然後對秦瑪麗說：「史密斯夫人，這位是我們的副總工程師約翰．莫佛博士，請您原諒他的不守時，怠慢了尊貴的客人，正如朱麗安娜小姐說的，約翰向來就是會遲到，我們董事長的客人來訪也敢不遵守時間，我看情況是越來越嚴重了。」

莫佛快步走到秦瑪麗身邊，向她深深地一鞠躬：「史密斯夫人，請接受我因遲到而對您的十二萬分歉意。」

秦瑪麗沒有回答，她還是坐著，但是將右手伸了出來，讓莫佛用兩手捧住，做了手吻。但是讓人吃驚的是，他不但沒有立刻鬆手，反而是反覆地撫摸著她的手，秦瑪麗的臉漲紅了，她用力的把手抽了回來。嵐博特發話說：「約翰，我們要開會了。」

秦瑪麗喝了一口水：「嵐博特博士，請允許我先說幾句話，可以嗎？」

「當然，請說。」

「首先，我衷心感激各位的熱情接待。其次是我這次來，是為了個人的私事，我不希望對伊迪斯公司造成任何業務上的影響。如果各位認為我的請求是不合適的，就請直說，千萬不要客氣。」

副總裁嵐博特博士回答說：「董事長把您的信給我們看了，我們明白您這次來訪的目的。首先讓我代表伊迪公司對您要找出令尊被害的真相，表示同情和敬意，所以請您放心，您的任何要求，我們都會全力以赴。除了有董事長的指示外，我們還有另外一層的關係。您的丈夫史密斯先生多年來是加州理工學院董事會的成員，貢獻了很多力量。我們公司裏有不少人是曾經在加州理工讀過書的，我自己和莫佛博士都是從那裏拿的航空學博士學位，對於母校我們都有一份感恩的心情，能為您出一點力，我們會很高興的。」

「我沒想到這裏還會有一批加州理工學院的校友。」

桑德蘭律師突然插嘴說：「在伊迪斯，我們叫這夥人是『加州黑手黨』，他們的幫主就是在座的副總工程師約翰．莫佛，他是我們董事長和總裁的愛將，是公司裏的大紅人，所以他經常是橫衝直撞，不按規矩辦事，到處遲到就是他的壞習慣之一。就是因為他的一句話，我們董事長就發話一定要全力地接待您。」

秦瑪麗很感激地說：「謝謝莫佛博士，我非常的感激。您一定是個非常優秀的員工，才會有恃無恐。」

莫佛笑著說：「和別人一樣，我是在這裏混碗飯吃。其實是我同學方文凱打電話給我，說史密斯夫人會來這兒有事相求，我馬上就告訴了嵐博特博士，他是我的頂頭老闆。」

嵐博特說：「您也許知道，方文凱是加州理工航空系的教授，他是約翰的鐵哥兒，多年來，他替我們解決過不少的技術問題，但是從來沒跟我們要過報酬。」

秦瑪麗說：「我認識他，是加州理工的優秀教授，最近獲得了美國的雙料院士。他和我說過，他和莫佛博士曾經是同班同學。」

莫佛說：「是嗎？那他有沒有說，他把伊迪斯欠他的帳，全算在我頭上了。」

嵐博特說：「我看你最後也是賴帳了。」

「你們還不知道我已經付出了多大的代價，我的損失是多嚴重嗎？」

秦瑪麗覺得很奇怪，因為沒有人回應莫佛。她聽見嵐博特說：

「史密斯夫人，請允許我回到正題上。董事長要我代表伊迪公司向您表達我們的心意。我們和令尊秦依楓上校相識已有多年，雖然他是代表我們的客戶，也就是台灣國防部的軍備採購處，但是他個人的專業、誠信和高尚的道德，留給我們很深刻的印象，雖然我們在業務上會爭吵得面紅耳赤，但是他從不越出我們既定的規矩，一切都按國際慣例行事，並且說一不二。長期以來，秦上校在伊迪斯交上了不少的老朋友。在座的桑德蘭律師就是其中的一位。當我們得到了秦上校被誣陷和被害後，我們感到非常的悲哀和憤怒，對我們說來，是痛失一位朋友。」

「謝謝您的這番話……」

秦瑪麗再也忍不住，低著頭，抽泣著哭出聲來。坐在身邊的珠迪．包特握住了她的手，遞給她一張面紙。整個會議室裏除了低聲的哭泣外，沒有任何聲音，但是空氣中瀰漫著濃郁的悲哀和無奈的憤慨。她用面紙輕輕地、小心地將淚水擦乾：「對不起，請原諒我的失態。」

嵐博特說：「不用擔心，我們明白您失去親人的心情和父親被陷害的憤怒。但是還是請史密斯夫人節哀，我們還有很多的事希望告訴您。」

秦瑪麗微微地笑了一下：「我沒事了，請說吧！」

「那好！史密斯夫人剛剛說了，您來的目的是私事，那我就宣佈今天的會議是屬於私人性質，我們不做任何記錄。」

公關部主任朱麗安娜站起來說：「對不起，副總裁，我還有其他要事，請允許我先走一步。」

「那就請便吧！」

朱麗安娜走出了會議室，桑德蘭律師起身將會議室的門鎖上後，嵐博特把放在面前的文件夾打開：「史密斯夫人，您也許已經感到了，今天我們的會面有些詭異和不尋常，那是因為司法單位已經在調查，伊迪公司和秦上校的被害是否有關係，因此我們必須要報告任何與案子有關的活動。在目前我們對整個情況還沒有完全清楚前，不希望官方介入我們之間的往來。希望您能理解。」

一直沒有發言的珠迪·包特說：「秦上校遇害的事件是二十多年前的事了，為什麼法國政府現在才開始調查呢？」

嵐博特看了桑德蘭一眼，又點了一下頭，意思是要他回答：

「包特小姐，半年前，在這裏發生了一件殺人案，一位非洲國家的政府官員，被槍殺死在酒店，警方調查，發現他是被派來購買軍火的，而行兇動機和此地的一間叫『達震系統公司』的軍火中間商可能有關，是這個軍火商把我們牽連到命案裏。」

秦瑪麗說：「您是在說半年前發生在巴黎的命案，還是二十多年前發生在台灣的命案？」

桑德蘭接著說：「這就是蘭博特博士說的詭異，請讓我慢慢地說。警方在調查『達震』時，發現它在成立後的第一樁生意，就是向我們伊迪斯公司下了一個大訂單，購買七十架幻象戰機。但是就在這前一天，我們接到台灣國防部的通知，他們取消了我們的訂單，並且說明了他們已委託『達震』，全權代理採購幻象戰機一事。當時我們用盡了各種方法，都無法再聯絡到秦上校。」

蘭博特將面前的文件夾推送給秦瑪麗：「這裏有好幾份檔，雖然是影印本，但是可能對找出秦上校被害的真相有幫助。我希望您能理解，因為法國的公司運行規則，不允許我們透露客戶的資料，因此我們要求您要保密。檔案夾裏的第一份信件，是台灣國防部的通知，取消我們的訂單。第二份是我們的回覆，說明我們的採購談判已取得最後的協議，因此不須要再雇用中間商，要求他們重新考慮，台灣沒有回覆我們。第三份文件是『達震』給我們下的訂單，請注意，他們指定的戰機發動機是『西門卡－I式』。第四份檔是我們提醒『達震』，台灣原始訂單的發動機是『西門卡－II式』。第五份文件是『達震』的回覆，說明台灣國防部改變了決定。我們是在秦上校被害後，才知道台灣官方隱瞞了『達震』所扮演的角色。我們感到非常的震驚。」

珠迪．包特問：「你們有任何的後續動作嗎？」

桑德蘭接下來說：「秦上校代表台灣國防部是我們的客戶，但是秦依楓個人是我的朋友。我寫了一份報告，將整件事的發展經過，詳詳細細地列出來，然後去見我們當時的總裁，請他要求司法部對『達震』展開調查。我等了一個月還不見任何動靜，所以我又去找總裁，他叫我以後不要管這件事，我一氣之下就和他吵了起來，結果他說我對上級無禮，當場就把我開除了。」

秦瑪麗說：「父親能有您這位朋友，一定會很安慰了。那後來您怎麼又回到公司了？」

桑德蘭回答說：「我可能是『伊迪斯公司』有史以來，員工裏被開除時間最短的，三天後總裁又把我叫了回去。他告訴我，法國政府的高層受到來自美國的壓力，停止調查『達震系統公司』，總裁說，我們不會忘記秦上校，但是要耐心地等待時機的來臨。史密斯夫人，我已經等了二十多年了，您的來訪，是不是意味著時機來臨了呢？我已經和公司的高層講明白了，沒有人能阻擋我要為秦上校找回清白的決心和努力。」

秦瑪麗突然站起來向桑德蘭深深地一鞠躬：「我代表死去的母親和我自己，向桑德蘭先生表示最衷心的感謝，有您的這番心意，相信父親的案子一定會真相大白，把兇手繩之於法。」

桑德蘭的臉上露出了笑容：「秦上校是我的朋友，您的來臨使我想起我們當年的日子。我還記得，我在台灣頭一次見到您時，您還是梳著兩條辮子的漂亮小姑娘，現在是一位大美人了，剛剛我都認不出來了。」

珠迪．包特問：「桑德蘭先生，對不起，恕我插嘴。對於法國政府受到了美國的壓力，而停止對『達震』的調查，您認為是什麼原因呢？」

「我們沒有得到任何的官方說明，但是從非官方得到的資訊是，這份壓力其實是來自法國的情報部門，所以我相信他們是受到美國的情報部門委託，停止官方調查。如果的確是如此，那麼『達震』就一定是美國情報部門的關係戶了。並且一定是從事了不能見光的事。」

「非官方資訊所指的美國情報部門，是指中央情報局？」

「我相信是的。」

珠迪．包特繼續地問：「『達震』是在法國註冊了的公司嗎？能查出它的背景嗎？」

桑德蘭說：「多年前，當他們頂替了秦依楓時，我就開始收集他們的資料，當年他們的總裁是潘延炳，是一位有比利時國籍的華人，現在還是他，公司的所有人除了潘延炳外還有三個人，但是名字不對外公開，這在法國的法律是允許的。我們當時都認為，是他們和台灣國防部的特別關係，成立了公司，拿到了購買戰機的委託權，賺取了一大筆傭金，分贓後就結束營業，來躲避可能的犯罪調查。但是顯然『達震』是有長期計畫的，做完了台灣的生意，他們一直從事在中東、非洲和中南美洲的軍火買賣，且都是不能見光的生意。但是這次鬧出了人命，相信政府就非得要調查了。」

秦瑪麗問：「有關達震公司的組織和營業情況，就完全是黑箱作業了嗎？」

桑德蘭說：「政府部門還是有資料的，但『達震』用他們的影響力，把保密做得很到家。」

蘭博特說：「我們的桑德蘭大律師利用他的人脈關係，也取得了不少有關『達震』的資訊，這些也都做了影印本放在這檔案夾裏。我再次提醒二位，我們希望能夠對文件的來源保密。」

秦瑪麗：「會的，我們一定會保密的。我對你們的合作和照顧非常的感激，我一定不會帶給你們任何麻煩。」

一直都沒有發言的約翰．莫佛突然問：「你們在美國聽過『紅石環球安全顧問公司』嗎？」

珠迪．包特瞪著眼睛問：「為什麼問？」

「有人說它是『達震』真正的後台老闆。」

「誰說的？消息可靠嗎？」

「我的朋友告訴我的，非常可靠。」

「能告訴我是誰嗎？」

「不能。」

離開了伊迪斯公司，秦瑪麗和珠迪回到了酒店，迫不及待地將檔夾打開，取出了有關達震公司的資料，她們看到「達震」除了潘延炳之外，還有另外三位所有人，他們就是西蒙斯，大衛・索康和史密斯，也就是秦瑪麗的丈夫。珠迪馬上打電話向特別檢察官辦公室彙報，特別是有關「達震」和「紅石」的關係，這是個新的重要發展，珠迪接到命令，要她立刻啟程回去。

當天晚上蘭博特副總裁代表伊迪斯公司，開了盛大的晚宴派對來歡迎秦瑪麗的來訪，公司裏所有的高層人員和「加州黑手黨」的成員都應邀出席。

秦瑪麗的美豔外貌和身材，加上她高貴素雅的衣裝及幽默風趣的談吐，吸引住了在場所有的人，尤其是約翰・莫佛，被她的風韻完全迷住了。在整個宴會中，她是絕口不提案子的事，只是好奇地詢問伊迪斯公司的業務，也不停地追問所有的細節，給人一個很深刻的印象，她是真心誠意的對伊迪斯公司感興趣，而不只是說一些客套的話。

當被問起了關於南方製藥的事，她又很耐心和仔細地回答所有的問題，不知不覺的，在場的人都感到秦瑪麗不僅只是個漂亮的貴婦人，還是一個非常有內涵的女人。當伊迪斯公司的財務主任問起來，南方製藥將如何使用這幾年累積的巨大盈餘資金時，她回答說，除了要按計劃將一部分的盈餘利潤，用在自我的擴充外，大部分是要尋找投資的對象。副總裁跟著追問，南方製藥有沒有興趣在歐洲投資，她也跟著回答說，公司對歐洲的市場和投資環境都非常看好，所以正在積極地收集具體資料，尤其是對航空工業裏的新型客機更是情有獨鍾，當場引來全場的掌聲。

「伊迪斯」是歐洲唯一的大型客機製造公司，也正在尋找投資夥伴取得資金，好啟動他們製造現代化大型客機的前期研究，如果能找到投資者，將會大大地降低財務成本，而使他們的最終產品在價格上更有競爭力。秦瑪麗的來訪目的，是尋求父親被害的真相，但是她突然又變成從天上掉下來的天使，在場的人都對她另眼相看了。蘭博特說：

「史密斯夫人，我們都以為您此次來訪是為了秦上校的案子，沒想到您還是上帝派來的天使。目前我們們最大的擔憂，就是新產品前期研發的資金還沒有著落，您看我們下一步該如何進行？」

「南方製藥的董事會在最近的一次大會上，做了一個重大的決定，那就是我們要尋找一個大的投資項目，而不是像過去，把這筆巨大的資金分散投資在多個專案上，董事會認為這樣的資金運用是更有效，更是用在刀口上。消息傳出後，已經有好幾個大公司和集團將他們的投資建議書送來了，包括你們唯一的競爭對手在內，所以我建議你們，盡快地把你們的建議書也送進來。另外如果可能的話，你們應該派一個高層，強有力的代表團來訪問南方製藥，做一個投資說明會，更重要的是，和幾位有影響力的董事會成員私下的當面會談，這些人都會有不同的想法，但是又不願意公開地說。」

蘭博特說：「太好了，今天晚上我們就啟動建議書的寫作，我相信在兩、三個星期後，就會送到南方製藥。我們的代表團一定會由我們的董事長來領隊的，成員會是我們的高層。至於說明會的時間和重要董事們的個別會見，是不是可以請您助一臂之力？」

「這沒有問題，我一回到紐約就安排，安排好了我就會通知您。另外我還認為，個別董事的私下見面應該在說明會之前，把他們個人的顧慮先擺平，免得在說明會上提一些反對的意見。您認為如何？」

所有的人都能夠聽得出來，這是秦瑪麗表態的話，她先說了已經有多個集團將爭取投資的建議書送進來了，但是她是決定要站在「伊迪斯」的一面，助他們一臂之力。蘭博特滿臉笑容地說：

「您認為我們的機會如何？」

「因為還沒看過你們的建議書，我現在不好說，如果你們能參考南方製藥的年度報告，或是我們的網頁，可以看出來我們董事會對未來投資方向的看法，你們針對著它發揮，我認為你們是有機會的。在過去幾年裏，伊迪斯公司的管理、產品的創新和對客戶的服務，都得到相當的好評，因此是個優良的投資對象是沒有問題的。你們的問題是，產品成本一直居高不下，再加上這幾年的經濟不景氣，影響了你們的市場。投資彙集的資金將大大的減低了因借貸而來的成本。經濟學家都認為，在未來的五到十年裏，全球的經濟都將好轉，所以我是很看好伊迪斯公司的。如果企業現在還不開始準備，很可能就太晚了，會錯失良機。我這外行的分析，請不要見笑。」

桑德蘭說：「夫人就不用謙虛了，我聽說了您在南方製藥集團裏，是一位很有見地的執行董事，也是下一任董事長的可能人選。聽了您的分析，我明白了南方製藥請您和您是董事長的夫人是沒有關係的。對於投資我是完全外行，我想問一個外行的問題，可以嗎？」

「您請問。」

「夫人剛提到，我們需要和南方製藥的某些董事們預先溝通，避免他們在說明會上提出反對的論述。您是不是說您的董事會同事裏，有在根本上就反對我們的人？」

「桑德蘭先生，在美國，我們是一間南方的公司，我們的根是在南方，我們是在美國的南北戰爭時，生產為南軍療傷藥品起家的。多年來，我們的董事會都是被深深受到南方保守思想影響的董事們所霸佔，當然情況是在慢慢的改變，但是還是有一部分人會認為投資到外國是不愛國的行為，甚至是犯了叛國罪。可是這些人都是很聰明的，他們一心一意地希望看到南方製藥能賺大錢，能進一步的擴大，因此和他們做預先的溝通是有必要的。」

「您這麼一解釋，我就全明白了。其實所有的董事會都一樣，在某些問題上都會有『集體個性』，但是也都有高度的智慧和理性，我們是應該和貴公司的董事們溝通。」

蘭博特接著問：「您認為董事長對向一個法國的公司投資會有什麼看法。」

秦瑪麗很嚴肅地回答：「這幾年裏，史密斯董事長得了嚴重的心臟病，一直臥床不起，他寫了委託書，所有的董事會投票都是由我來代理。」

秦瑪麗並沒有回答蘭博特副總裁的問題，她只說明了她在董事會裏的影響力。同時也很明確地表明了她的立場，也就是南方製藥董事長的立場，在場的伊迪斯人聽了當然都很高興。約翰·莫佛覺得這個女人在那美麗誘人的外表裏，有非常不簡單的思維能力，他盯著注視她，覺得她有無比的吸引力。

秦瑪麗繼續說：「你們還將面對另外一個困難，那就是有幾位董事和你們的美國對手有深厚的歷史關係，他們很自然的會反對你們的投資建議，這一點你們應該有心理準備。」

「您認為我們有克服這困難的方法嗎？」

「南方製藥多年來，和加州理工學院的關係一直是非常的好，並且保持著多方面的互動，我們每年提供捐款，而他們將很多研究成果在南方製藥轉換成產品，分享所獲得的利潤。你們有不少加州理工的校友，又是航空系的畢業生，如果能請他們在董事會上美言幾句，或是為你們新產品的技術背書，我相信董事們會採納的。」

蘭博特說：「約翰，你能不能先和你的老朋友方文凱通個氣，把我們的意圖告訴他，請他幫忙。說我會去找我們航空系的大佬，帶我去見校長，為我們美言幾句。」

秦瑪麗看莫佛沒回答就接著說：「方文凱教授現在是加州理工的大紅人了，剛剛拿到了雙料院士，又回絕了東部幾個名校的高薪聘請，所以他成了加州理工的大寶貝，連校長都得買他的帳。找他是對的。」

蘭博特：「約翰，聽到沒有？你好像有點心不甘情不願似的。」

莫佛回答說：「副總裁的命令我敢不聽嗎？沒那麼大的膽子。」

這頓晚宴是在意想不到的賓主盡歡氣氛裏結束的，在場的人裏，都忘了秦瑪麗此行的目的，她沒提任何關於秦依楓的案子，所有的時間都是在談「伊迪斯」的事，副總裁蘭博特請莫佛開車送秦瑪麗回酒店。因為還不是很晚，巴黎市區的路上還是車水馬龍，行車的速度不是很快，秦瑪麗很高興能和莫佛談一下案子的事，但是莫佛先開口了：「史密斯夫人，今晚您的風采把我們伊迪斯公司的高層徹底的迷住了。」

「是嗎？莫佛博士，您是不是伊迪斯的高層？」

「我也不知道我自己算不算高層，但是我到現在還是在昏迷狀態，沒醒過來呢！」

「不必阿諛奉承我，我知道自己是塊什麼料子。你們不就是想要南方製藥的投資嗎？」

「沒錯，但是您今晚的風采和我們想爭取投資是兩碼事。要把我們法國男人迷住了，不是件容易的事。」

秦瑪麗沉默不語盯著莫佛看，他被看得有點不自在：「是我的臉變形了嗎？」

她笑出聲來說：「別擔心，莫佛博士，您是個迷人的男人。如果不急著回家去見美麗的妻子，可以請你喝一杯酒嗎？」

「我是孤家寡人，有得是時間。」

「單身男人的風流生活是很誘人的，是不是？」

「我本來是有老婆的，但是她跑了。」

「不會吧！根據別人跟我說的，莫佛博士是數一數二的優秀科學工程師，我不相信女人能找到更好的伴侶。我聽說法國男人愛開玩笑，您是在逗我吧！」

「我從來不拿我的婚姻開玩笑。」莫佛的語氣很嚴肅。

「對不起。男女相愛而結合，但是又因愛情的失去而分手，是很遺憾的。但是優秀的男人，尤其是優秀的法國男人，還怕沒有美女來投懷送抱嗎？」

「我對老婆的愛情從來沒有改變過，但是老婆愛上了別人。」

莫佛等了一會兒，秦瑪麗沒有說話，他就繼續說：「她愛上了方文凱。」

又等了一會兒，莫佛說：「不說過去的事了。史密斯夫人，您想到哪裏去請我喝一杯？」

「您是巴黎人，就聽您的。最好是在塞納河邊，我喜歡看晚上在河裏的玻璃船，和岸邊上一對對的情侶。另外我還有一個要求，請不要叫我夫人了，只有老頭和老太太才叫我夫人，你和我還沒那麼老，叫我秦瑪麗。」

「沒問題，秦瑪麗，記住我叫約翰。」

莫佛和秦瑪麗來到「堤岸酒吧」，這是著名的巴黎觀光景點，坐在那裏可以一覽無遺地看到塞納河，酒吧門前擺滿了兩排桌椅，完全坐滿了客人，走進了酒吧，裏頭也是水泄不通地擠滿了顧客。莫佛說：「拉住我的手，我們到吧台去。」

秦瑪麗握住莫佛的上臂，把上身貼上去，緊跟著。站在吧台後面的酒保顯然是認識莫佛，他點點頭說：「七號包廂。」

莫佛把小費放在吧台上：「安東尼，謝了。」

他回過頭來對秦瑪麗說：「我們要穿過酒吧的大廳到另外一邊，有一個樓梯可以通到二樓，抓住我，別擠丟了。」

「約翰，摟住我。」

酒吧裏大部分的客人都是一對對的男女，他們臉上的表情都帶著饑餓的對異性渴望，也有一些單身的男女客人，他們的臉上則是帶著獵人尋找目標的表情，集中注意力在單身的異性客人。狹窄的樓梯讓莫佛和秦瑪麗經歷了不可避免的身體近距離接觸，不經意的有了肌膚之親。樓上的包廂都是兩人的情侶座，座位前面是個小桌子，再前面就是落地的大窗戶，外面是著名的塞納河，河裏來回走著的是巴黎觀光客乘坐的玻璃船。船內的燈火通明，而酒吧包廂裏卻是一片昏暗，秦瑪麗和莫佛分別點了白蘭地和威士卡，莫佛說：「堤岸酒吧的包廂是全巴黎看塞納河夜景最好的地方，但是這裏都是情侶座，可以接受嗎？」

「能做你的短暫情人應該是件令人喜悅的事。」

莫佛沉默不語，秦瑪麗就接著說：「怎麼？巴黎男人害怕被女人騷擾嗎？」

「我是害怕董事長丈夫會來興師問罪。」

「問罪？約翰，你是說你有對我犯罪的意圖？告訴我，你想幹什麼？」

一位穿著性感的酒吧女侍把他們點的酒端來了，她和莫佛熱情地打招呼，當秦瑪麗付上酒錢和很大方的小費時，她摟住莫佛的脖子送上一個熱吻，等秦瑪麗從喉嚨裏乾咳了一聲，女侍才悻悻然地走開。秦瑪麗說：「你和這裏的酒保女侍都很熟，一定是常常帶情人到這裏來，是不是？這位性感的酒吧女郎居然是拿了我的錢，但是卻給你一個熱吻，巴黎的女人也太過分了。來，我們喝酒。」

她舉起了酒杯繼續說：「我祝你身體健康，萬事如意。」

莫佛也舉杯說：「謝謝妳，秦瑪麗，我祝妳巴黎之行順利。」

兩人都各自的喝了一口酒，秦瑪麗興奮地說：「這個包廂正是我想的，約翰，你看塞納河就在眼前，玻璃遊客船裏的乘客都看得一清二楚，太好了。」

「妳好像對玻璃船情有獨鍾。」

「我看過一篇文章，說塞納河玻璃船上的觀光客，雖然都是說要看巴黎的景色，但是女遊客的心中都是在回憶多年前，她們是如何的將初夜給了巴黎的男人。我想那份激情是她們終生難忘的，這也是她們一次又一次地回到玻璃船上，重溫舊夢的原因。」

「妳相信嗎？」

「當然信了。約翰，你從實招來，你拿走了多少女人的初夜？」

「不自我入罪是基本人權。」

「哈，果然是吧？我看被你看中的女遊客一定逃不出你的手掌。」

「別說我了，你不是要和我說事情嗎？妳在晚宴上只談我們投資的事，絕口不提秦上校案子的事，但是在下午的會議上又很清楚地說明，妳此行的目的是來尋求案子的真相。所以我相信妳請我喝酒，就是要問我關於案子的事，對不對？送給你們的資料看過了嗎？」

「資料全看了，我想給你們道個歉，請你轉達。我在你們面前隱瞞了事實，跟我同來的珠迪，她是冒充我的律師，實際上她是美國司法部的助理聯邦檢察官，她是來調查『紅石環球安全顧問公司』的。她打電話給司法部報告你們給的資料，司法部就馬上把她叫了回去，所以她沒參加你們的晚宴。」

「我看了哥倫比亞廣播電視的『六十分鐘』節目，根據他們的報導，美國政府在調查八十年代聯邦政府幹過的違法活動時，把『紅石』拉出到台面上，也提到了其中有些人，和多年前秦上校的命案可能有關，所以從尋求真相的觀點看，這是個難逢的機會，我想妳一定不會放過的。」

「是的，同時台灣的檢調機關，也重新啟動了對案子的調查，如果這次還是不能查個水落石出，我父親的冤案就永不能見天日了，所以我一定會全力以赴，但是眼前最大的困難，就是來自如何取得有力的證據。這就是我想請你幫幫我的原因。你的鐵哥兒同學方文凱已經答應幫忙，也有了實際的行動，約翰，就憑這一點，你也應該助我一臂之力。」

「妳和方文凱很熟嗎？」

「一點都不熟，我們只見過兩次，一次是多年前在加州理工學院的校董會上，他被請來做報告，我在台下旁聽，事後我和他握過手。第二次是不久前他啟程去台灣時，我在機場見他，請他在台灣替我收集案子的資料。因為跟他不熟，所以我是透過他們的校長先為我關說的。沒想到他還真的取得了一些有用的資料，主要是關於早先的調查裏所出現的漏洞和矛盾。」

「那妳要我幫什麼呢？」

「我父親的被害原因，是台灣在採購你們伊迪斯製造的戰機過程裏，有人要貪汙圖利，父親反對，『達震系統』取代了我父親，現在美國的調查又顯示，『紅石』是這件事的幕後黑手，更可能是殺害我父親的主謀。今天下午你突然脫口說出來，『紅石』是『達震』的後台老闆，這可能是案子最重要的一個關鍵，它可以說明了許多疑點，所以你一定要幫幫我。約翰，你可以告訴我，為什麼你認為這資訊是可靠的？」

「是我以前的一位女朋友說的，她在『達震』工作多年，現在也算是個高層的管理人員了。我們是因為訂購戰機的業務認識的。」

「很親密的朋友嗎？」

「妳是說我們有沒有上過床，是不是？」

「你們法國人對男女親密朋友的定義，不就是包含了上過床的內涵嗎？」

「有人說，法國人是無可救藥的羅曼蒂克。當時我還有老婆，而她也是有老公的人，我們的婚外情只維持了半年，熱情就消失了。但是友情卻一直地延續著，我們還是互相關心，但是只有偶爾見見面。」

「但是見面時還是很激情的。」

「秦瑪麗，妳對法國人很瞭解嗎？是不是曾經有過法國男朋友？」

「很遺憾，未曾有過。這些都是從書本上得到的。約翰，如果你願意幫我，你得再去會一會你的老情人，把她弄得意亂情迷，叫她口吐真言。願意嗎？」

「沒問題，說吧？」

「在軍法審判庭上，檢察官提出文件和人證，說我父親透過『達震』改變戰機的訂單內容，以舊式發動機取代原來選購的發動機，私下將差額價款吞為己有。按你們的採購程式，『達震』必須出示國防部的委託書和委託採購的具體內容。有了這份文件，我們就能證明檢察官的文件是偽造的。這是個關鍵性的物證。」

「我知道。我的朋友就是在採購部門工作，我想這個忙她會幫的。」

秦瑪麗接著說：「還有，珠迪在調查『紅石』的過程中，發現了兩個檔，都是以備忘錄的方式說明，在舉行過的會議裏所討論的執行方案。一份是謀殺我父親秦依楓的行動計畫，一份是要在台灣發起一件爆炸事件的行動計畫，兩個會議的主持人都是你們提供的『達震系統』所有人之一的大衛．索康，但是檔裏沒有說誰是這兩個計畫的主謀人和執行者，也沒寫其他參與討論的人。約翰，我希望你能替我找出，這兩份文件裏所敘述的會議幕後真相，還有哪些人是參與了行動計畫。」

莫佛沒有立即回答，他看著秦瑪麗的眼睛裏出現了淚光，就握住了她的手說：

「我明白妳現在的心情，雖然我無法體會妳心中的痛苦，但是我知道妳是在被煎熬著。妳就放心吧，我明天就去找葛布瑞爾。」

「葛布瑞爾就是你的老情人，是不是？那就辛苦你了。」

「我要是能找出那兩份文件的始作俑者，妳要如何謝我呢？」

「哈，我是給你製造機會，讓你在老情人身上得到爽快，你還好意思要我謝你。但是看在你的賣力及辛苦，我答應只要是我的，你要什麼我都給。」

莫佛目不轉睛地打量著她的身體，臉上帶著曖昧的笑容說：「這可是妳說的，到時候不可以後悔。」

秦瑪麗用力把被握住的手抽了回來：「果然是名不虛傳，法國男人就是會想打女人的主意。」

「看妳現在就捨不得了，還在說大話。」

「開會的時候就被你抓著我的手，死摸活摸的，讓我很不好意思。好了，不說我的事了，說說莫佛大博士吧！」

「我的一生到現在為止，還沒有可圈可點的地方，但是我還是非常喜歡我的工作，希望我的下半生能有些出色的成就。至於我個人的生活，尤其是我的感情生活更是一敗塗地。」

「我以為謙虛是中國人的美德，怎麼法國人也謙虛起來了？我聽到的可不一樣，你是伊迪斯有史以來最年輕的總工程師，難道這不是可圈可點的成就嗎？我也聽說了，您身邊的美女可是多得數不過來，還有人說，約翰．莫佛是法國男人之光，你知道有多少男人在羨慕你嗎？」

「秦瑪麗，一個男人的身邊有不少女人，是意味他內心的空虛，我想要的是身邊有一個深愛我的女人，我能夠看著她，她也能夠看著我，一步一腳印，直到地老天荒，所以我很羨慕方文凱。」

「我知道你是個非常優秀的專業人員，現在我又發現你是一個性情中人。約翰，你知道嗎？最能吸引我們女人的男人就是像你這樣的人。」

「是嗎？我還以為有內涵的女人都喜歡像方文凱的男人。」

「約翰，大家都說你和方文凱是好同學、好朋友，是鐵哥兒們，你似乎不同意，心裏還有疙瘩。你說你的妻子因為愛上了他而離開了你，可是根據我的理解，方文凱在他的妻子遇難後，還是孤家寡人一個，為什麼都過了這些年他們還不結婚呢？」

「對不起，秦瑪麗，我是在說鬧情緒的話。其實我們還是好朋友，如果你要我說一句公平的話，方文凱的專業和為人的確比我優秀，並且他是個原則性很高的人，有很多的事，即使對他有很大的誘惑，他也決不去做。這一點是我最佩服他的地方，這也是讓我們的友誼保持下來的原因。」

「我想你們之間一定是有故事的，能說來聽聽嗎？」

「妳有時間嗎？」

「對夜晚說來，現在還正開始，時間還早呢！約翰，請你把那位性感的女侍叫來，我想再要杯酒。」

「太好了！」

也許是因為酒精的催化，男人和女人初次見面時的距離縮小了，互動的熱情增加了，秦瑪麗不再反對莫佛又握住了她的手，和在她手上來回地撫摸了。莫佛開始講他和方文凱之間的事，他說：

「我認識方文凱，是因為我們同時進了加州理工學院的航空系讀書，他是個高材生，是個每門功課都拿A的學生。很自然的我常在功課的問題上向他請教，他也很有耐心地幫我。我的足球踢得不錯，被選為校隊的隊員，方文凱也很愛踢足球，但是球藝太差，只能當旁觀者或是跑跑龍套。當時英式足球在美國不很普遍，比賽時球員常有缺席的，我就會向教練建議讓方文凱來補缺，他很感激，我們就這麼樣的成了好朋友。在我們考博士論文口試前的那個暑假，方文凱第一次來到巴黎，我帶他去參觀著名的巴黎索邦大學，在那裏碰到了兩個漂亮的女生，琳達和黛思。我們四個人在巴黎度過了一個讓人難忘的暑假，那是我們感情生活的啟蒙。」

「那時你們都是博士生了，才開始談戀愛嗎？」

「我們以前也都有過女朋友，但都是小打小鬧，卿卿我我一陣子就沒事了。等我們碰到琳達和黛思時，我們兩人的博士學位已經是指日可待，學校已經告訴方文凱要留他下來教書了，而『伊迪斯』也在向我招手，提出了很優厚的條件。所以我們是懷著要成家立業的心情，認識了琳達和黛思。」

「我好羡慕你們，我這輩子是沒有福氣去經驗這份年輕人過的神仙似的生活了。」

莫佛拿起秦瑪麗的手深深地吻著，然後一隻手開始往上移動撫摸她的臂膀，他的手正要再往上走時，被她抓住了：「約翰，不能得寸進尺。」

「看看我們的四周，妳不覺得我們也該入境隨俗嗎？」

秦瑪麗這才發現，包廂裏的男女都是在擁抱著、熱吻著，互相的撫摸著、享受著對方的身體，在昏暗的光線裏，還能看見在角落上有一對激烈運動人影，隔壁的包廂傳來了一聲女人滿足的呻吟，她轉過頭去，但是高高的椅背擋住了視線，只看見座位前一個跪著的身影，肩膀上有一對雪白的大腿。

「約翰，原來你是心懷不軌，帶我到這種地方來，然後還要我入境隨俗，法國男人都像你這樣壞心眼嗎？」

秦瑪麗似乎是在說生氣的話，但是她的語氣裏沒有憤怒，卻是充滿著嬌嗔，她又把上身靠過來，莫佛立刻能感到她的乳房緊壓著他的上臂：「秦瑪麗，別冤枉好人，是妳要我找一家塞納河邊的酒吧的。」

「不要轉開話題，快說你的故事。」

「方文凱本來是計畫到巴黎來旅遊兩周，然後我和他一齊回學校完成我們博士論文的最後文稿，但是我們臨時決定繼續留下，在巴黎寫論文，其實我們是捨不得和這兩個女生分手，怕她們被別人搶走。可是問題來了，我和方文凱都愛上了琳達。」

「後來怎麼辦呢？」

「我和方文凱掙扎了一天一夜，找不出一個滿意的解決方法，最後我們同意了兩點，第一是由琳達來選擇是要他還是要我。第二是沒被選上的人要娶黛思。所以琳達成了方太太，而黛思成了我的老婆。」

「所以你是很失望了。」

「其實我心裏還有些期待這樣的結果。因為我曾引誘過琳達，可是她總是沒有反應，有一次我使出各種辦法，把她的衣服都脫了，但是她還是乾乾的，身體一點反應都沒有，最後連琳達都跟我說抱歉，我自己都覺得丟臉。可是對別的女人，包括黛思在內，我一點問題都沒有，一個個都被我服服貼貼地擺平了。」

「這不是很好嗎？為什麼又出了問題呢？」

「不錯，我和方文凱的婚姻都有很好的開始，我們發現在婚後，夫妻的愛情非但沒有淡化，反而是增加了更多的濃情蜜意，我們四個人都有各自的事業，每天都在打拚，方文凱和我在專業上都有了出人頭地的成就，我們四人每隔一年半載就會聚會一次，成了我們生活裏的期待，但是我們神仙似的日子，在琳達因空難而死後就完全崩潰了。」

莫佛喝了一口酒，再繼續地說：「當然第一個崩潰的是方文凱了，他不僅失去了妻子，他的父母也在同一個空難裏喪生。黛思在參加葬禮後說她要多留幾天，照顧一下方文凱，結果是我的惡夢開始了。」

「你是不是害怕黛思和方文凱會有婚外情？」

「其實我倒沒有很在意黛思用她的身體去安慰崩潰了的方文凱，但是等我一個人回到巴黎後，只要一閉上眼睛，腦子裏就出現了他們兩人在做愛。」

「我想你是太愛你的妻子，受不了她和別的男人單獨在一起。」

「也許是吧，現在回想它覺得自己的心理很複雜，甚至想到黛思和我在一起所表現的快樂是不是真的。」

「怎麼會呢？」

「方文凱是個很會伺候女人的男人，在琳達出事的前一年，我們一起去加州的國家公園露營，我和黛思去釣魚回來時，發現他們兩人脫得精光在帳篷裏做愛。琳達扭動著身體在反抗他的進攻，但是她的四肢又是緊勾住他不放，嘴裏呢喃著輕聲抗議，但是又夾帶著期待的索求，我和黛思都看呆了。事後我才知道，這場壁上觀震撼了黛思。葬禮後原本我以為她會多留在加州兩、三天，但是一直到兩周後她才回來，從那時候起，我們的夫妻關係就崩潰了。」

「黛思沒有跟你解釋嗎？」

「黛思說她愛上了方文凱，但又說他們並沒有發生關係。她搬出去住，一年後我們就協議離婚了。」

「你相信嗎？」

「我信，因為我們分居後，方文凱來找過我，當著黛思的面告訴我，她沒有背叛我們的婚姻，並且他也不可能和一個有丈夫的女人上床。這就是我說的，方文凱的原則觀念很強。」

「現在都過了這些年了，方文凱和黛思為什麼還沒結婚呢？還是有其他的問題嗎？」

「我相信是方文凱在我們面前的一番話，重重地傷害了黛思，從此他們沒有再見過面。我還聽說有一位生物系的女教授，瑪莎‧戴，對方文凱很好，她又是琳達生前的好朋友，這也可能是黛思不想見他的原因。」

「我聽說她被哈佛大學用高薪挖走了，顯然她是沒抓住方文凱。我看多半是黛思心灰意懶了。約翰，你想不想和她再婚呢？」

「黛思是學戲劇的，這幾年她的電影和舞台事業如日中天，她怎麼可能和我再婚呢？」

秦瑪麗突然捂住了嘴叫了一聲說：「哎呀！你是說黛思就是現在紅透半邊天的那位大美人女明星黛思嗎？」

「就是她。」

「她演的電影我全都看過，她是個絕美的女人，你不該放過她。」

酒精和氣氛讓秦瑪麗放鬆了防線，莫佛的手已經是在撫摸她的手臂、臉蛋和脖子，他多次想去撫摸她的胸部都被擋住了，但是秦瑪麗似乎很享受他的局部進攻。她閉上了眼睛，上身緊靠著他，讓乳房壓在他半邊的胸口，莫佛不知道她是在保護敏感的部位，還是在讓他享受她的性感。莫佛再度地感到他身邊的女人不是個簡單的人物，他聽見她說：「約翰，我再不走就回不去了，送我回酒店吧！」

莫佛摟著秦瑪麗的腰走到她房間的門口，他說：「我們是要用中國人的握手方式道別呢？還是要入境隨俗，用我們法國人的激情方式道別？」

秦瑪麗把身體靠上來，抓住了莫佛的後腦，小嘴微微地張開，小聲地說：「吻我。」

莫佛沒有想到的是，秦瑪麗將嘴張開來，讓他完全地佔領了她，但是當他的身體起了反應時，她推開了他，滿臉的笑容說：「今天晚上謝謝你了，我等你的好消息。」

然後就開門進了房間。

方文凱在下課後回到了辦公室把行動電話打開，就看見有一則簡訊，是劉雅媚發的，問他如果下課後有空，就請到高雄小港機場來，她駕駛的航班將從綠島飛抵高雄，她有要事相告。

方文凱來到小港機場時，從綠島來的航班還沒有到，他走到航廈的一頭，等著看多尼爾飛機的進場和降落。他看到的是一個無懈可擊的完美降落。等下機的旅客都走出來一陣子後，劉雅媚才出來，她已經換下了公司的制服，身上穿著剪裁合身的時裝，足上蹬著高跟鞋，讓人想不到一個美少婦居然是航班的機長。她看見方文凱在接機大廳裏，立刻婀娜多姿地跑著過來，握住了他的手臂靠上來笑著說：「方大教授真的被我騙來了，我還以為你不會來了。」

「巴不得有美女召喚，還會不來嗎？」

「我以為臨時發個簡訊，要馬上見面，對大教授太不敬了，也許一氣之下就不理睬了。」

「沒錯，是太不敬了。一般情況下一定會大發雷霆，但是對美女總要例外的。」

「那好！晚飯要請我吃什麼？」

「啊！我終於明白了，原來是要騙吃騙喝的。」

「上次是我請你，這次當然是輪到你請我了。」

「機長小姐，上次妳請我是喝咖啡，怎麼就要我回請吃晚飯了？用一杯咖啡換一頓晚飯，你們開飛機的也太會精打細算了。」

「我的教授大人，你請我吃一頓美食，我保證你不會後悔的。」

「妳是準備好了精彩的飯後餘興節目了？」

劉雅媚的臉一下子漲得通紅，她說：「上回是我把你灌醉了後讓我為所欲為，你是不是這次準備好要來報仇了？但是我真的有很重要的事要跟你說。」

「是不是要告訴我妳還沒離婚，老公帶著他的哥兒們正等著要把我揍一頓。」

方文凱和劉雅媚在民航局的培訓後見過幾次面，談得很開心。開始都是談他們共同的愛好，也就是飛行。後來也把各自的情況說給對方。劉雅媚因為有一副娃娃臉和好身材，看起來很年輕，其實她已經是三十出頭的人了，有過一次失敗的婚姻，還有一個孩子，現在她帶著孩子和父母住在一起。在她認識的男人裏，方文凱是第一個高級知識份子，原先她以為會很難相處，沒想到他非常的平易近人，讓她感到有一股說不出的吸引力。她說：

「別害怕，我不點頭，他們不敢動手的。所以只要你按我的要求去做，就沒事。聽好了，我的第一個要求是請我吃牛排。」

「聽起來不像是開飛機的，倒像是黑幫老大。」

「你是在說韓國電影『我的野蠻女友』嗎？」

「韓國美女也會騙牛排吃嗎？」

他們坐計程車來到高雄的凱悅大飯店樓下的西餐廳，等點好了牛排套餐和一瓶紅酒，方文凱就瞪著看劉雅媚，她有些不自在：「你怎麼這麼瞪著眼看人？」

「這套衣服穿在妳身上真好看。」

「哈，終於口吐真言了，我長得不漂亮，只好說我的衣服好看了。」

「停！宣佈收回發言。修正為：妳穿了這件衣服就更好看了。加強這個『更』字。」

「文凱，我的大教授，你是不是覺得我是個很刁鑽的人？」

方文凱發現劉雅媚高興的時候就會叫他的名字，他回答：「有自知之明的人還有救藥。」

餐廳的侍者把酒端上來了，劉雅媚趕快把方文凱的酒杯倒滿，然後握住了他的手，一往情深地看著他說：「文凱，我還要求你一件事，別跟我生氣好不好？」

方文凱也把劉雅媚的酒杯倒滿：「雅媚，妳明天沒有飛行任務吧！可以喝點酒是不是？」

「別想把我灌醉，我的酒量比你好。並且我是兩天後才要待命，今天可以開懷暢飲。文凱，我對不起你，別跟我生氣好不好？」

「機長小姐，妳到底幹了什麼虧心事，讓妳這麼心虛？」

「我沒說實話，對你隱瞞了一些事。」

「妳一定是想跟我說，妳還沒有離婚，老公回來了，是不是？」

「文凱，你是不是在找管曉琴？」

「妳怎麼知道的？」

「從楊玉倩那聽來的。」

「妳認識楊玉倩？」

「是的，但是也不是。」

「妳把我說糊塗了。」

「我知道她是誰，但是她不知道我。」

「雅媚，妳得把事情一五一十的告訴我。」

「那你得答應我，不跟我生氣，也不許不理睬我。」

「我不是說過了嗎？對美女總是有例外的。」

「管曉琴是我的大表姨，她和我媽雖然是表姐妹，但是從小在一塊兒長大，非常要好。大表姨後來進了聯勤總部做文書工作，替秦依楓當了二十年的秘書，她和另外一個同事成了秦依楓最得力和最信任的助手。她跟我媽說，有人要秦依楓利用職權去幹貪汙違法的事，他不肯合作，所以生命受到了威脅。我還記得那是二十多年前的一天夜裏，大表姨到我們家來，說她的老闆秦依楓被謀害了，她和另一個同事都要逃命。她寫了一封遺書給她的家人，拜託我媽把它擺在基隆的海邊，然後她就從人間蒸發了。」

「管曉琴的同事是不是洪田林？」

「是的，你大概知道了他是在最近去世的，報上說，他退伍失蹤後，就在台東的山裏隱姓埋名地活了二十多年，但是到頭來還是死於非命。」

他們點的餐前菜、沙拉、濃湯和牛排主菜都陸續地端上來了，他們一邊吃一邊繼續談。

「妳還沒說是怎麼認識楊玉倩的。」

「管曉琴表姨離開時，留下了一包東西給我媽，她一直藏在箱子的最底下，我是長大後無意中發現的。裏頭全是一些文件，都是跟秦依楓案子有關的，當時我對這些並沒興趣，但是有一本管阿姨的日記，我看完後才明白，國防部對秦依楓命案的調查報告都是胡說八道，也明白了管曉琴為什麼要消失的原因。真相週刊的記者楊玉倩，曾經陸續地寫了好幾篇對秦依楓命案的追蹤報導，提出很多非常尖銳的問題，直接懷疑命案調查結果的真實性。所以我就把這些檔，包括日記都做了複印本，送去給她了，但是我沒露面也沒說我是誰。可是我覺得她是個很敬業的記者，我們在電話上談得很投緣。根據我給的這些資料，她又寫了好幾篇後續報導，目前社會上已經沒人相信原來的命案調查報告了，同時監察院也開始了他們的調查。她在報導裏說的『可靠資訊來源』就是我。」

「妳成了真相週刊的『深喉嚨』了。」

「深喉嚨是什麼？」

「七〇年代有一位叫尼克森的美國總統，他在競選連任時，派人在深夜進入了對手民主黨在水門大廈的競選總部，偷竊競選資料，竊盜被巡邏的員警當場逮著後，就被當成小偷處理了。但是在尼克森當選連任後，有兩個華盛頓郵報的記者寫了一連串的報導說，被當場逮捕的竊賊，實際上是中央情報局的特工，受命尼克森總統去偷政治對手的機密。當時的報導就說，消息是來自『可靠來源』，後來事情越鬧越大，國會也介入調查，之後就有人把『可靠來源』取名為『深喉嚨』。」

「後來呢？」

「最後國會對尼克森進行彈劾，但是在表決前，他辭職了。這就是著名的水門事件。從此媒體就管所有不具名的幕後消息來源叫做『深喉嚨』。」

「有沒有人知道到底『深喉嚨』是誰呢？」

「三十多年以後，當『深喉嚨』死後，華盛頓郵報公佈了他是聯邦調查局的副局長。」

「文凱，你說真相週刊是不是也要等我死了以後才會把我曝光？」

「記者的職業道德是不允許透露消息的來源。更何況楊玉倩不認識妳，沒法把妳曝光，這一點妳是安全的。但是妳和妳母親，絕對不能透露給任何人，妳們和管曉琴的關係，這可是人命關天的事。我非常懷疑，洪田林就是因為知道了一件重大的秘密而把命丟了，要是他們知道了管曉琴還沒死，妳想殺手會放過妳和妳媽嗎？雅媚，這可不是鬧著玩的，妳們一定得小心。」

「這個我很明白，你放心吧！」

「楊玉倩是怎麼叫妳來跟我聯絡的？」

「一次在電話裏，她說秦依楓有一個女兒，叫秦瑪麗，是她中學時非常要好的同學，現在嫁到美國去了。她要求楊玉倩調查她父親的案子，因為她和母親都無法接受秦依楓是個貪汙犯的結論。她也會委託一位教授，趁他到台灣講學之便，收集有關秦案的資料，楊玉倩認為，我應該去見見這位教授，等我看到了培訓通知，才知道原來你就是那位美國教授，所以我趕快報名參加培訓了。」

「秦瑪麗的老公是我們學校董事會的成員，所以她才找上了我。我想楊玉倩是希望，妳能把所知道的情況親口告訴我。我終於明白了，妳來找我是另有目的的，我還以為是我的男性魅力把妳迷住了。太沒勁了。」

「我去報名時是有目的的，但是培訓開始後就被你給迷住了。」

「想矇我是不是？」

「難道你沒有感覺嗎？」

「感覺不強。」

「那你在上課時為什麼老是看我？」

「男人看美女是天經地義很正常的呀！」

「我不和你抬槓，告訴我，你收集資料的任務完成了嗎？」

「雖然秦瑪麗只是要求我收集命案的資料，但是我無法忽視調查報告中的許多疑點。幕後似乎有一群主謀，時隱時現。同時又和目前發生的事件，似乎有著絲絲縷縷的關係。我希望台灣當局有決心把案子辦個水落石出。」

「在電話裏，楊玉倩告訴我，你們是多年的老朋友，但是我聽得出來她的語氣曖昧。你們到底是什麼樣的老朋友，從實招來。」

「我們曾經是男女朋友。」

「上過床沒有？」

「拒絕回答。」

「認罪了。後來呢？」

「她嫁人了。」

「一定是你先移情別戀。」

「妳把事情的先後次序弄顛倒了。」

「我聽說她後來當了寡婦，為什麼沒和她舊情復燃？」

「妳聽說的對了。妳還聽說沒有？她想要出家當尼姑。」

「是不是你給她刺激了？」

「不可以破壞我的名譽。我問妳，後來有再見到過管曉琴嗎？」

「大概在三、四年前，姨婆也就是管曉琴的母親去世時，她曾出現在葬禮上，但是就幾個小時，馬上又消失了。我相信我老媽和她有聯繫，否則她怎麼會知道姨婆去世的事。」

「雅媚，我需要和管曉琴見面。」

不知不覺中一頓牛排晚餐就吃完了，最後一道甜點和咖啡被端上來了。劉雅媚在咖啡裏加了糖，然後低著頭很專心的用小湯匙攪拌，方文凱說：

「妳是不是還有什麼話要跟我說？沒關係的，我不會痛哭失聲的。」

「其實我找你是要跟你說說我們的事。」

「我們？我們有什麼事？」

「說錯了，不是我們，是我的事。」

「妳又把我說糊塗了。」

「上星期我公公和婆婆到我們家來了。我是說我前夫的父母親，離婚後我不曉得該怎麼稱呼他們，所以還是叫他們公公和婆婆。他們是來求親的，要正式的再把我娶進他們家。」

「妳跟我說過，你們的關係還是挺好的，這對你們的孩子是很重要的。」

「文凱，他們一直對我很好，我喜歡飛行，是個異類，沒有人家的好媳婦是開飛機的，但是公公婆婆不但沒反對還很疼我。他們知道我老公有野女人時，婆婆就打了他一記耳光，公公還用皮帶抽了他一頓。然後就和他兒子一起來求我別離婚，雖然我堅持要離，但是我心裏也很難過。我們辦好離婚那天，我去見他們，跟他們說聲對不起。公公對我說，要是他兒子不能再把我娶進他們家，他就不要這個兒子了。」

「雅媚，那妳呢？妳還愛妳的老公嗎？」

她低著頭不說話，還是在專心的用小湯匙攪拌她的咖啡。

「咖啡和牛奶馬上就要分家了。」

「文凱，你說什麼？」

「咖啡和牛奶的比重不同，把加了牛奶的咖啡放進離心機裏去旋轉，它們就會又分離了。妳要是還繼續攪拌妳的咖啡，妳的杯子就會成了離心機了。」

「人家都心煩得快死了，你還跟我開玩笑，你到底關不關心人家？」

「我不是才問了妳嗎？關鍵是妳還愛不愛他？」

「我老公是個軟弱沒主見的人，那個小妖精長得人模人樣的，一對他主動進攻，他就招架不住，還以為人家是真的看上他了。當年我跟他談戀愛，就是我在採取主動的。等小妖精開口又要車又要房子時，他才明白是衝著他的錢來的，而不是真的愛上他的人了，現在後悔莫及。他就是一個這麼沒用的人，有時候都會被他給氣死了。」

「妳還是沒回答我的問題，也許妳是有心理障礙不願意回答我，所以我替妳說了。我認為妳還是很愛妳老公的，更珍惜他的家人對妳的愛心。我說的對不對？」

劉雅媚還是低著頭不說話，方文凱就繼續說：「我來給你們培訓時，正好是妳婚變的時候，丈夫的背叛和被野女人打敗，使妳陷入人生的低谷和無比的憤怒，按妳的個性，妳是不會坐以待斃的，妳要反擊和報復的念頭油然而起。所以妳和我走到一起了。我說得對嗎？」

劉雅媚推開了面前的咖啡，抬起頭來和方文凱說：「文凱，你的出現不僅把我的生活和所有計畫都打亂了，我連話都不會說了，都是你害的。」

「我有那麼可怕嗎？」

「我本來是打算要原諒我老公的，所有在我身邊的人，包括我爸媽在內，都勸我放他一馬，我看他現在活得那副孫子的樣子，又想到孩子要有爸爸，所以我心裏是想，再讓他熬個一年半載後就和他再婚。可是沒想到遇見了你……」

這回輪到方文凱不會說話了，隔了好一會兒他正要開口時，劉雅媚按住了他放在桌上的手，看著他說：「文凱，別害怕，你沒有傷害我，我也沒糊塗。你和我是存在兩個世界裏，你只是把門打開了，讓我看見了你的世界，就已經天翻地覆了。我曾夢想過你的世界，但是在夢醒時我很清楚，那裏沒有我的生存空間，我不可能活在那裏，正和你也不可能活在我的世界裏一樣。我們之所以會有今天，只是因為你和我有一個常人沒有的共同愛好，就是我們熱愛的飛行。文凱，如果我不是飛行員，你會對我有興趣嗎？」

「雅媚，兩情相悅是沒有規律的，這也是愛情的定義。我是因為妳對飛行的喜好，引起我對妳的注意，但是和妳接近後，發現了我喜歡妳這個人，這和妳是不是飛行員已經沒有關係了。我當然明白妳我生活在不同的世界，我更不知道我們會不會有未來，但是我跟妳在一起感到很快樂，而我也能感覺到妳也有同樣的反應。如果妳決定和老公破鏡重圓，我會理解的，也會祝福你們。我明白妳的小心眼，妳是在擔心，當妳告訴我妳答應再嫁時，我會對妳生氣，是不是？」

「文凱，你不會生我的氣嗎？你不會認為我是在玩弄感情嗎？」

「當然不會了。只要妳能找到快樂，我會為妳高興的。」

「真洩氣，我還以為你會傷心的去跳河呢！」

「我會游泳，跳河死不了。」

「那可以上吊或者跳樓啊！」

「怎麼，一要回到老公身邊，馬上就詛咒我去死，是不是？真是天下最毒婦人心。」

「文凱，我是跟你開玩笑的。你知道我現在心裏有多亂嗎？」

「不知道。」

「我如果是個孩子，你就是我嘴裏含著的一顆糖，我捨不得你。」

「妳是說我很甜蜜，是不是？」

「雅媚，妳是這世上少有的讓我動心的女人。只要妳願意，我們可以做一輩子的朋友。」

「你不是在騙我吧？你能答應，我想你的時候，你就會來找我嗎？」

「那妳的老公，還有我的老婆怎麼辦？」

「看你，現在就打退堂鼓了。你是大教授，就想不出辦法嗎？」

「沒問題，但是有條件。以後再有飛小飛機的機會，一定要找我。」

「我要交換。」

「妳要什麼？說吧！」

「今天晚上你一定要聽我的。」

「我哪一次不是聽妳的？」

除了她是個非常優秀和漂亮的飛行員之外，方文凱最欣賞劉雅媚的，就是她率直的個性，和她交往如浴春風，一點都沒有壓力。即使是在男歡女愛的激情中，方文凱都能把兩人帶進那似幻似真的境界，他會一次又一次地把劉雅媚欲言又止的哀求和欲拒還要的抵抗，用溫柔但是堅持的動作和耳邊的細語，引導成一波又一波的高潮，直到她覺得身體在空中懸浮起來了，眼睛裏出現了星星。

當劉雅媚的神智有些清醒時，她感到的第一件事，就是方文凱在吻她，還有一隻手在她被汗水潤滑了的身體上撫摸著。她將身體轉動了一下，把一條長長的大腿彎起來壓在方文凱身上，她的手也開始在方文凱赤裸的身上遊走。過了一會兒，她聽見：

「妳很會摸男人，哪裡學的？」

「不告訴你。」

「妳不說？那我就再讓妳迷糊一次。」

「文凱，不行，不能再玩我了，我會被你整死的。你說的是真的嗎？」

「當然，你看我來了！」

「不行，等一等。我是說你在吃晚飯時對我說的都是真的嗎？」

「我說了什麼？」

「你說你會一輩子都是我的朋友，不是騙我的吧？」

「當然是真心的。」

「等我不當飛行員的時候，你還會想征服我嗎？」

「我不是說了嗎，這和妳是不是飛行員沒有關係。」

「要是我大肚子時想你，你會來嗎？」

「上帝，有這樣的婚外情嗎？」

「等到我變成七、八十歲的老太婆時，你還會來找我嗎？」

「那時候我也會變成比妳更老的糟老頭，老頭子配老太婆不是挺好的嗎？」

「那時候老太婆不能做愛了，但是男人會永遠想和年輕的女人上床。所以你就會不理我，去找小妖精了。」

「不會的，我害怕會得馬上風。並且我是個守信用的人。」

「文凱，你才不守信用呢，我們說好了的，你要聽我的，我們一起到高潮。可是你還是拚命地忍，把我弄得全身虛脫神智昏迷時，你再沒完沒了的欺負我，玩我，你太不守信用了。」

「可是我有問妳呀！妳不是說妳也想要嗎？」

「那我也拚命地抵抗你啊！」

「那是抵抗嗎？我覺得那是半推半就，還在說著要我快一點，妳不是在給我吃催情的藥嗎？」

「你明知道我已經神智昏迷了，何況你那張嘴最厲害了，一直在講愛情的故事，黑的都會給你說成白的，然後就乘機整我，一點都不手軟。」

「只有嘴厲害嗎？」

劉雅媚沒有回答，但是她抱住了方文凱重重地吻了他，然後才回答：

「沒聽見我說最厲害嗎？你全身都厲害，我都怕死你了。」

「但是又愛得捨不得，是不是？」

「大教授的自我膨脹又來了。不過憑良心說，文凱，雖然你欺負我時不手軟，但是你很溫柔，很會伺候女人，讓人又恨又愛。」

「不錯啊，妳說實話了。那我也告訴妳，妳最美的時候就是在妳達到高潮那一剎那時臉上的表情，所以我要眼睛看著妳的表情，進入那個美妙的境界，耳朵聽著妳的喃喃自語，而自己又不能迷糊，妳知道我有多辛苦嗎？」

「可惜我到高潮時，眼睛看到的都是天上的星星，沒看到你的表情是什麼樣子，太遺憾了，是我自己太不中用了。」

「在那個美妙的境界裡，妳最喜歡的是什麼？」

「在看到星星的剎那，耳朵裡聽的愛情故事也到了高潮。文凱，這是你最迷人的。可惜我得保密。」

「跟誰保密？」

「陳韋蕙和邱雪晨。」

「她們是誰？」

「她們是我最要好的朋友，就是培訓時坐在我邊上的兩個美女。她們倆都是我們中華航空的簽派員，我們三個人總是在一起，人家叫我們是『中華三朵花』，等我不能飛的時候，我也會去當簽派員的。她們一定要我說你是什麼地方最讓我意亂情迷。」

「想起她們來了，那妳是怎麼回答的？」

「我不好意思說我們上床的事，我就把你另一個迷人之處告訴她們，我說你最會吻人，最能讓人震撼和迷醉。她們還要我形容被你吻的時候是什麼感覺。我說就像飛機在空中被閃電雷擊，機翼尖上端冒出了電火似的。我忘了那個英文名字是什麼了。」

「那叫"St. Elmo fire"」

「她們兩個都說，也想要試試你的吻。」

「告訴她們，我在等著。」

「她們敢，我會掐死她們，你也別想，她們的老公都有很強的嫉妒心，尤其是阿頭。」

「阿頭是誰？」

「邱雪晨的老公，管她管得可嚴了，哪裡都不准去。」

「他有暴力傾向嗎？」

「那倒不會。」

「沒問題，叫他們放馬過來接招。要不妳一起來，三娘教子，太好了！」

「男人都有做皇帝的夢，女人多多益善，是不是？她們還曾經問過我，會不會跟你去美國。」

「妳怎麼說？」

「我說，只要你求我，我會丟下一切跟你走。她們都說美國沒有我生存的空間，到頭來我還是會傷心地離開。我說，我只求短暫的擁有和愛情，別無他求。但是到頭來，我還是沒有等到你的要求，而我的勇氣也消失了，也許這就是你和我的命。」

方文凱又開始吻她，然後用他的手和眼睛開始享受她的身體，他說：「雅媚，妳是個有一顆善良心的大美人，我永遠不會把妳忘記。」

她輕輕地按住他壓上來的胸口：「文凱，你不累嗎？」

「我還想講個故事給妳聽，再讓妳看見天上的星星。」

再次的激情和男歡女愛，終於讓他們疲倦得平靜下來入睡了，方文凱聽見耳邊的喃喃細語，他睜開眼睛看見劉雅媚美得像天使的臉，帶著滿足的笑容沉睡著。他明白了，簡單和快樂的人生，會將一個女人變得更美麗，劉雅媚讓他想到遠在聖地牙哥的葛瑞思。他翻過身來，一隻手輕輕地揉著她高挺的乳房，然後慢慢地往下移動到她平坦的小腹，再要往下移時，她醒了，抓住了他的手：

「我求你別再挑逗我了，我真的會受不了的。」

「妳知道，妳哀求的樣子有多美嗎？有多催情的效果嗎？」

「我們有的是時間，先聽我說說話好不好？」

「必須簡單扼要。」

「我先問你，葛瑞思是誰？」

「妳從哪裡聽來的這個名字？」

「是你在作夢說夢話時說的。」

方文凱想起來了，他在意志昏迷時，是葛瑞思出現了，要不要跟她說？

「按定義，在夢裡說她的名字，那就是我的夢中情人了。」

「哼！一邊玩我，還一邊想別的女人，你太風流了。」

「可我是在妳身上賣命，拚命的要妳爽啊！是不是？」

「文凱，你很會伺候女人。」

「嗯！口吐真言了。」

「我不懂，為什麼報導『水門事件』的媒體，要用『深喉嚨』做為『可靠消息』的代名詞？」

「這個說來話長，那是因為年輕又信仰自由主義的記者們，要羞辱老奸巨猾又非常保守的政客尼克森總統。」

「我還是不懂，解釋給我聽。」

「從七〇年代開始，在西方社會，尤其是美國，口交成為一種性活動的內容，隨著成人影片的大量出現，它開始走上人類性活動的舞台，並逐漸佔領中心。當時的一部美國電影『深喉嚨』，和它的女主角，琳達·拉弗蕾絲，對口交成為一種流行文化起到推波助瀾的作用。『深喉嚨』是在一九七二年六月上映，影片講述一位名叫琳達的少女天生沒有陰蒂，她無法從正常的性交中獲得快感，後來在醫生的檢查下，發現她的性器官是長在喉嚨裏，因此通過口交才能獲得快感。這部僅花了六天時間和兩萬五千美元成本拍攝的成人電影，曾被美國二十三個州禁映，但最終在全球總收入超過了六億美元，是電影史上投資回報率最高的電影。該片令演員拉弗蕾絲大紅大紫，讓口交這種性愛方式風靡一時。同時『深喉嚨』也被人用來做為口交和生殖器的代名詞。但是保守的尼克森總統，打著道德的旗幟，下令政府開始以掃黃的名義，對製片人和電影公司提起公訴，男主角更成為影片的代罪羔羊而被送上法庭，他也是美國電影史上第一個因為演出一個角色而被起訴的演員。」

「這個尼克森總統也太愛多管閒事了，他難道就沒有比管成人電影更重要的事了嗎？」

「媒體不喜歡他，所以把為他洩底的消息來源叫做『深喉嚨』，意思是指他所幹的壞事，都是要從生殖器裏說出來的。」

劉雅媚露出一副曖昧的笑容，她坐了起來，兩手開始在方文凱的身上行動。

「雅媚，妳要幹什麼？」

「既然是當了『深喉嚨』，我要你嘗嘗本姑娘的『深喉嚨』功夫。」

劉雅媚把嘴張開，往躺著的方文凱下身埋了下去。

方文凱接到他小姨子葛瑞思的電郵：

親愛的姐夫：

今天在圖書館有一個重大的發現，所以我急不可待地想告訴你：記得嗎？有一次我問你，你認為誰是中國古代最著名的科學家，你說是漢朝的張衡。你說他是個天文學家、數學家、發明家、地理學家和製圖學家。他最偉大的成就是利用力學知識和齒輪原理在他的發明上，包括了世界第一個水力渾天儀，水鐘，世界上第一個地動儀，它能探測到五百公里外的地震，可以準確測出地震方位，並令使官記錄地震方向地點，積累了許多可貴資料，當時稱為「候風地動儀」。他還改進了計算圓周率的方法。在星表中記錄了二千五百個星星，研究了月亮和太陽的關係，以及日蝕和月蝕的原理。你還說張衡得到了很多的榮譽，被認為是通才。一些現代的學者，還將他的工作和古希臘天文學家托勒密相提並論，一八〇二號小行星就是以他的名字命名。

但是，我發現了他也是個文學家，並且還是個「愛情文學家」。原來張衡也是漢代有名的賦家。他最大的成就是將漢賦從長篇大論的堆砌文字，轉變為抒發心靈的短小篇章。那個年代，盛行漢賦的模擬風潮，他的《二京賦》就是典型的代表。但是他的《歸田》、《思玄》一類的作品，形式較為短小，一掃漢賦先前那種鋪採摛文，虛誇堆砌的手法，運用清麗抒情的文句，描寫自己的懷抱和感情，內容和形式都起了變化，對後代的辭賦起了很大的影響。他寫的一首《同聲歌》，是描述一個女人訴說自己花燭之夜的經歷和感受。全詩是這樣的：

邂逅承際會，得充君後房。情好新交接，恐栗若探湯。
不才勉自竭，賤妾職所當。綢繆主中饋，奉禮助蒸嘗。
思為莞蒻席，在下蔽匡床。願為羅衾幬，在上衛風霜。

灑掃清枕席，鞮芬以狄香。重戶納金扃，高下華燈光。
衣解巾粉禦，列圖陳枕張。素女為我師，儀態盈萬方。
眾夫所希見，天老教軒皇。樂莫斯夜樂，沒齒焉可忘。

原來張衡這位兼具科學家觀察力和文學家感性的大天才，也留意到春宮圖的存在，為我們留下了第一手資料，他在詩中寫的：「衣解巾粉禦，列圖陳枕張。素女為我師，儀態盈萬方。」不就是「洞房之夜新郎和新娘同看春宮畫，然後依樣畫葫蘆。」的優良傳統，提供了印證嗎？他還在另一篇賦《七辯》中，留下這樣一段句子：「假明蘭燈，指圖觀列，蟬綿宜愧，夭紹紆折，此女色之麗也。」所以我認為他是個「愛情文學家」，而他在這方面所造成的影響，要比他現在看來完全是「小打小鬧」的科學成就大得多。

姐夫，你同意嗎？好好照顧自己，有空打電話給我。

你的葛瑞思

楊玉倩一直認為，秦依楓是在什麼時候和在什麼情況下，和美國中情局建立了關係，是整個案子裏一個非常重要的時間點，她必須要找到答案。

在冷戰時期，台灣軍方曾經與美國的中央情報局，和它在台灣的關係機構如：美國西方公司、亞洲航空、Air America，在中國大陸、西藏、印尼和越南，進行了一連串的軍事行動，打擊和阻止當地的共產黨勢力的擴張。但是就在同時，他們在台灣也進行了一項破壞活動。

當時的蔣經國政府，決定要發展自身的核子武器，來對抗日益壯大的中共飛彈及核彈頭的軍事力量，但是美國政府強烈反對。只是台灣最高當局還是決定要秘密地執行發展核武器計畫。負責的單位是設在桃園龍潭的國防部中山科學院，他們以行政院原子能委員會的名義，以研究核能發電為由，向加拿大進口了一台Cando Reactor，裝置在中山科學院內，做為發展核彈之用。這件事是由總統府直接指揮，連對國防部都是保密的。

當時秦依楓是聯勤總部的中校軍官，他被派負責組建中山科學院的核反應爐，和他一起的王文軍博士也是陸軍軍官，是一位核能專家，曾留學美國，由他負責核反應爐的運作。但是不久後，王文軍失蹤，而整個的計畫詳情落入了美國政府的手裏，事後傳來的消息說，王文軍攜家帶眷叛逃到美國，以台灣的核武器計畫，交換得來他下半生的流亡但舒適的生活。

一九八五年美國中情局特工西蒙斯奉命來台臥底，任務是徹底消除台灣製造核武器的能力。國防部派秦依楓去配合，他老老實實地將他一手建立的核子反應爐徹底地拆卸。在整個過程中，秦依楓和西蒙斯建立了相互的認識和友誼。

八〇年代，美國總統雷根透過中情局的秘密行動，大力支持中美洲的尼加拉瓜反共勢力打擊親共的遊擊隊，但是美國國會通過立法，禁止美國政府介入。

中情局特工將反坦克導彈的製造技術交給台灣的兵工廠，生產出來的導彈全數出售到中東，正在交戰的伊拉克和伊朗。

中情局的負責特工就是西蒙斯，而負責聯繫兵工廠的人就是秦依楓。西蒙斯介紹好友史密斯加入，利用他的財力在台灣建廠生產飛彈，史密斯認識了秦依楓成為好友。這些都是歷史背景，但是裏頭的人物都還存在，並且依然活躍在舞台上。

根據江敬沙的日記和卓瑪喇嘛僧所告訴她的，這些歷史背景裏的人物，在開始時似乎是秦依楓的朋友，但是後來卻演變成要取他性命的仇人，在目前，這個演變的過程還是模糊不清，所以她必須把真相找出來。她將這些資訊送回真相週刊，要求從第二個管道求證。

楊玉倩對西藏的瞭解主要是來自書報刊物、網頁、江敬沙的日記和卓瑪喇嘛僧所告訴她的。她知道：

西藏古稱吐蕃，位於青藏高原之上、喜馬拉雅山以北，是藏族以及門巴族、珞巴族的原住地，現今亦有部份漢族居民。西藏是地球地勢最高的地區，平均海拔有四千九百公尺，因此有「世界屋脊」之稱。

西藏在西元七世紀由松贊干布首次實現統一，其後分裂成諸多地方政權。一六四〇年至一九五〇年期間，西藏實行名義上以達賴喇嘛為首，行政上隸屬清朝的神權統治。一九一二年一月一日，中華民國成立，一個月後清帝宣統退位。當年四月，民國政府意欲任命原清朝在拉薩的軍官，為民國政府在西藏的代表。不過，當達賴喇嘛在一九一二年七月由印度回藏，原駐藏清軍即經印度返回中國本部。

一九一三年，十三世達賴喇嘛把清朝的軍官驅離拉薩，同時宣告自己對西藏的統治，這通常被理解為西藏獨立運動之始源。當第一次世界大戰爆發，及中國進入軍閥割據的亂局，西方各國與軍閥都無暇理會西藏問題，第十三世達賴喇嘛在無壓力下管治西藏，直至他一九三三年去世。當時，西藏的政府控制衛藏和西康，大約就是現在的西藏自治區。

一九四〇年二月，蒙藏委員會委員長吳忠信入藏，主持第十四世達賴喇嘛坐床大典，在西藏期間，與熱振活佛洽談在拉薩設置駐藏辦事大員事宜。一九四〇年在國民黨政府蒙藏委員會主席吳忠信的主持下，在布達拉宮坐床，一九四〇年的確認書與坐床儀式資料，也被保存了下來。

一九四六年，西藏選出代表參加制憲國民大會，參與了中華民國憲法的制定。而該憲法明確將西藏列入中國高度自治的一部分，並規定了該地區國民大會代表的選舉產生以法律明文定之。一九四八年行憲國民大會中，西藏再度選出三十九名代表，代表西藏參加國民大會。

一九四九年前的國際關係中，西藏往往被視為是中國的一部分。超過半數的藏族和十來個不同民族，混居在不受達賴政府管轄的臨近省份。但是當二十世紀來臨後，西藏進入了前所未有的動盪時期，使它的社會、經濟、政治和文化，都出現了脫胎換骨的變化。

在一九五五年之後，中央政府在四川、青海等地藏區推行人民公社制度，進行大躍進運動。結果遭到地方藏人各階層的抵制，並引發民眾暴亂。一九五九年，武裝衝突擴展到拉薩。解放軍進駐拉薩，平息暴亂。西方發達國家將這件事定性為對西藏的武裝入侵。當時的冷戰範圍也擴大到了西藏，中情局的特工收買了達賴喇嘛身邊的親信，積極鼓吹西藏脫離中國，建立獨立的政權。

一九五九年，在中情局的支持下，達賴喇嘛率領噶廈政府及大批藏胞，其中有很多是失去了特權和利益的貴族，一起逃離了拉薩。在炎熱的印度平原上有一個離新德里一天路程的小鎮，它叫「達蘭薩拉」。它原來是個英國人廢棄的兵營，是一座被人遺忘的幽靜城鎮。它的四周是原始森林，常有危險的動物出沒，一位信奉拜火教的波斯人後裔捐贈了房屋，從拉薩來的達賴喇嘛，就居住在這裏並建立了流亡政府，要求西藏獨立，它成為了國際上冷戰的工具。

一九五九年六月二十日，達賴喇嘛宣佈不承認「十七條協議」，並指出「十七條協議」是當時西藏地方政權，在中國武力下逼迫簽訂的。中央政府認為，這次武裝衝突是達賴喇嘛挑起的，因為中央政府要廢除在西藏實行的農奴制，這觸犯到了達賴喇嘛的個人利益。為了持久，達蘭薩拉打出了「難民營」的牌子，接受國際慈善組織在財務、食品、衣服和醫藥上的援助，當年認為是絕不能接受的奇恥大辱「難民」身分，現在也被主動的擁抱了。

也就是在這同一期間，西藏的貴族，索康世家的全部成員都消失了。索康家族的財富是來自販賣茶葉，從前清時代開始，在拉薩的「噶廈」政府，就給了索康家族世世代代販賣雲南普洱茶的專賣權，壟斷了西藏人最愛喝的普洱茶市場。喝茶是西藏文化中重要的一部分，它的內涵是和一個古老斑爛的文化緊緊地相聯著，那就是已有了幾百年、甚至於上千年，還為人津津樂道，世代相傳的「茶馬古道」上傳奇故事，其中有很多都是和世世代代索康家族的延伸，有著神話似的關聯。

但是在二十世紀即將結束前，一場驚心動魄的血腥殺擄，就在這被譽為「南方絲綢之路」的蜀身毒道上發生了，西藏政府的「財政噶倫」，也就是在拉薩達賴政權的最高負責人貢旺．索康，整個家族遭遇到了滅門的災難，所有的人，包括了為他們工作的下人，全部被格殺。

根據江敬沙的日記，楊玉倩深深感到江柔澄就是索康僅存的後代之一，但是索康家族還有另外的人嗎？她認為這是個嚴重的問題，處理得不好，會惹來殺身之禍。台灣和美國兩地的媒體報導裏，都有一個共同的關鍵，那就是曾經居住在西藏的康巴族人，根據卓瑪喇嘛僧，這些康巴族人和他們的後代，現在有很多都是居住在印度首都新德里北方的達蘭薩拉，也就是達賴十四世流亡政府的所在地。

楊玉倩決定，她的走訪調查，尋求真相之旅，就從達蘭薩拉開始，她拿著一張她是台灣《佛教月刊》的採訪編輯證明書，以撰寫藏傳佛教在台灣的發展情況為理由，尋找卓瑪喇嘛僧給她的雪山公司名冊裏的康巴族人，做為她的採訪對象。

達蘭薩拉位於印度北部喜馬偕爾郡西北山區，北面是號稱「世界之巔」的喜馬拉雅山脈，這裏冬季寒冷乾燥，夏季潮濕悶熱，背靠終年冰雪覆蓋的喜馬拉雅山麓，全地區為山谷、河川、農田、茶園所點綴，而四周則被高山和原始森林覆蓋，風景秀麗，景色別致。

喜馬拉雅山區涼爽而濕潤的空氣，賦予達蘭薩拉獨特的四季分明氣候。達蘭薩拉盛產大米、小麥、綠茶等農作物。達蘭薩拉分上下兩部分。下達蘭薩拉主要是當地印度人居住的地方，而上達蘭薩拉，又叫做麥羅甘吉，人口有萬人左右，是流亡的西藏人聚居的地區，也是十四世達賴喇嘛的「西藏流亡政府」所在地，流亡的藏人把麥羅甘吉叫做「小拉薩」，顯然有懷鄉意味。

楊玉倩來到達蘭薩拉的第一個印象，是那裏有不少來自西方的「國際人士」，大多都是和西藏流亡政府的活動有關。但是她也聽到很多當地的人說，其中有不少是來尋找「拉薩寶藏」和「遺失了的萬年文明」。同時讓楊玉倩感到驚訝的是，她發現了已經在台灣關門了的雪山公司，居然還在達蘭薩拉營業，當她按地址去到公司所在地時，又給了她更大的驚訝：雪山公司是坐落在離市中心有六、七公里的一棟五層高的獨立樓房裏，那附近是個商業和住宅共存的混合區。大門上有兩個招牌，小一點的一個顯示「雪山公司」的字樣，下面還有一行小字，說明公司的專業是提供人力資源。另外一個較大的招牌是「紅石環球安全顧問公司駐印度辦事處」。正如楊玉倩所料，雪山公司的主要業務，是在為康巴族人找就業的機會，但是這個「紅石辦事處」的業務，卻和北卡羅萊納州「紅石公司」總部的業務完全無關，它的唯一業務是尋找百年來堆積如山的「拉薩寶藏」。

由於居住地域和社會交往的因素，自古以來，康巴人就較早地接受了來自青海、甘肅等地的黃河文化，來自四川、重慶的巴蜀文化、長江文化，和來自雲南白族、彝族、納西族、傈僳族等多民族文化中的精華部分，並將其融入到了自有文化之中。

康巴漢子性格中的豪放粗獷、熱情奔放、堅毅勇敢、忠誠信義與這種多元文化相融會，逐漸形成了既有多方位、多民族文化的複合體，又有康巴人獨特個性和凝重宗教色彩，具有豐富內涵和底蘊的康巴文化，並在語言、服飾、宗教、民俗、民居建築、民間文化等各個方面，都有其明顯區別於其他藏區地域文化的特殊表現。

甘孜州是康巴文化的發祥地，地處該州德格的印經院，以收藏藏族文化典籍最廣博，門類最齊全，完備而嚴格的管理，原材料製作考究，精湛的刻工技藝，高品質的印刷，以及對建築、壁畫、刻版及其他文物的全面保護，在藏區三大印經院（拉薩印經院、拉朴楞印經院、德格印經院）中位居首位。所藏典籍和刻板，涵蓋了藏傳佛教五大教派，及整個藏民族文化的所有精髓，素有「世界藏文化大百科全書」之譽。

在宗教方面，藏傳佛教各教派均在此發展，有格魯、薩迦、寧瑪、噶舉、苯波五大教派。此外，康巴區還有伊斯蘭教、天主教、儒教等。昌都芒康還有藏區獨一無二的天主教村，形成了不同宗教和不同教派彼此相容，既求同，又存異的優良文化傳統。居住在丁青、芒康、白玉等不少地方的康巴人，還保留了最古老的婚姻形態，就是一妻多夫制的婚姻。現代的康巴人，處處表現其文化的多樣性、相容性、多重性和開放性的特點。一個家庭裏就享受著漢藏兩種文化交匯的日常生活，他們既講漢語，又講藏語，既供佛像，又貼對聯，既穿藏裝，又穿漢裝和西裝。但是他們多年來世代相傳下來，崇拜大慈大慧的佛教精神和崇尚能文能武的英雄精神，仍然是根深柢固地存在他們的傳統和血液裏。

康巴人的自然環境，山高水深，出門不是登山就是下山、下水。這種獨特的自然環境，造就了康巴人不但體質上高大，而且心理上追求高大。正是這些文化特點和人文精神的傳統，歷史上造就了富甲一方的康巴商人，和威震西藏雪域的強悍無畏康巴鬥士，以及信徒萬千的康巴高僧大德。

透過雪山公司，楊玉倩訪問了卓瑪喇嘛僧提供的名冊裏，一些去過台灣工作的「外勞」，他們都是經過設在印尼首都雅加達的一家「仲介公司」，也是屬於雪山公司的子公司，「康巴外勞」被包裝成「南亞外勞」後，安排到台灣去的。她收集了被「康巴外勞」服務過的主人所有的資訊。楊玉倩還發現，康巴人被外派的另一個任務，是回到西藏去尋找「拉薩寶藏」。

雪山公司的這些人有一個共同點：他們都是從西藏流亡到達蘭薩拉康巴人的第二代，他們的父輩都是當年西藏獨立運動中武裝力量，西藏衛教軍的一份子，很多都是參加過最後一場在木斯塘的血腥戰鬥。他們從上一輩人的口中聽過「貢旺・索康」的名字，知道他是和「拉薩寶藏」有關的，也曾聽過他有一個後代，叫「大衛・索康」，是雪山公司的老闆，但是沒見過他。其中有一些人則見過另外的一個叫「西蒙斯」的老闆。所有的康巴人都認為，「雪山」和「紅石」是同一間公司，但是用兩個名字。在走訪中，有不少的康巴人對「西藏流亡政府」官員們之間互相的勾心鬥角、爭權奪利，以及各種的腐敗，讓他們對指望這個機構帶領他們返回西藏的想法變得很渺茫，因此在「大吐苦水」的心態下，就有問必答，無所不談了。

楊玉倩在達蘭薩拉停留了一個多月，有了重大的發現，也連續地發出了幾篇驚心動魄的報導。

方文凱從成大回台北時，是在板橋站下車，雖然距離台北站只有不到五分鐘的行車時間，但是板橋是新北市，也就是以前的台北縣，首府所在地，車站附近的街道和建築都是煥然一新，他還是第一次來這裏。一出了車站，就看見江柔澄在向他招手，讓方文凱驚喜的是，她把香噴噴的身體靠上來摟抱了一下，他感到很舒服。她說：

「方大教授，對不起，我還沒來得及回家換衣服，就直接從辦公室來了，要是給玉倩姐知道了，一定罵死我了。拜託，你可千萬不能告訴她。」

方文凱這才注意到，江柔澄身上穿的和他們頭一次見面時是一模一樣，只是乾淨得連剛洗過的香味還在，唯一不同的是她身上的背包。

「小江，這是我回來後第一次到板橋，我一點都認不出來了。」

「你上次來的時候是多少年前的事了？要是不變，那還得了？」

「說得也對。妳說要請我吃飯，我們去哪？」

「就在車站附近，來，跟我走。」

她很自然的牽起方文凱的手，拉著他走了。他們走到地下一層，從不遠的地方上來，就是新北市市政府的大廳。隔著一條大街，在對面是一家叫寬心園的素菜館，江柔澄已經訂好座位了，入座後她說：「這是玉倩姐最喜歡的素菜館，我們常去在東區的那家，他們的生意很好，板橋店是他們最新的連鎖店，所以請你來當白老鼠，試試看好吃不好吃，你不在意吧？」

「要是美食不好吃，還有美女可以吃的。」

「玉倩姐警告過我很多次了，要我當心你那張嘴，果然領教了。」

「是在說我吃美食的窮兇極惡，還是吃美女的體貼溫柔？」

「文凱，你要是還吃我豆腐，我就不理你了。」

「小柔，對不起，我就是這副德性。」

「你叫我什麼？小柔？」

「我覺得『小江』這名字完全不能反應妳的女性特點，所以我決定要開始叫妳『小柔』，妳不反對吧？」

「當然不反對了，其實我小時候的小名就叫小柔，後來是上學後才叫小江的。」

「太好了，從現在開始，這世界上只有我可以叫妳小柔，這是我的專利。」

「那我也要好好的給你想一個小名，想好了再告訴你。」

「很好，我們可以點菜了嗎？」

「寬心園的拿手菜是松露炒飯，你一定要嚐一嚐。」

「那好，我建議由妳來決定兩個套餐，我們分著吃，再加一份松露炒飯，妳看怎麼樣？」

「太好了！你別跟我爭，晚飯由我買單，如果你非要表現一下大男人的作風，飯後就到隔壁的丹堤請我喝拿鐵。」

「沒問題，然後呢？」

江柔澄曖昧地笑說：「方大教授又有什麼壞心眼了？」

「小柔，一定是妳表姐在我背後破壞我名譽，讓妳把我想成是壞人了。」

「文凱，你別冤枉好人，她可是把你誇獎得不得了。」

等點的菜端上來後，兩個人就埋下頭來專心地吃飯，果然沒錯，松露炒飯可口極了，寬心園的素菜和長春素食最大的不同，就是它的菜式做得非常精緻、非常爽口。方文凱吃得很開心，所以江柔澄也很開心。他說：「妳最近日子過得怎麼樣？是不是很忙？」

「我都不知道日子是怎麼過的，除了旅行社的事之外，現在週刊有事也要找我，我得兩邊跑。本來想去美容院做個頭髮和敷個面膜，回家換一套漂亮的衣服才來見你，結果就是走不開，只好穿著這件舊衣服來了。你不在意吧？」

「其實我很喜歡妳現在的樣子，很好看。我是想問妳對工作還滿意嗎？工作對一個人太重要了，如果不喜歡自己的工作，是很痛苦的。」

「一點都沒錯。旅遊是我的本行，也是我最想做的事，讓我管『香格里拉』是我最開心的事。玉倩姐要我在她出家後接管《真相週刊》，給我好大的壓力。」

「妳不是搞新聞或媒體的，能勝任嗎？」

「我也是這麼跟她說的，可是玉倩姐說我是天生的管理和經營專家。其實我那幾招都是她教我的，後來我還去念了個ＭＢＡ，也派上用場了。」

「那妳的人生目標是什麼？就是當『香格里拉』和《真相週刊》的老闆終老一生嗎？」

「我想當一個女強人。如果有一天我有很多錢，我會去辦一個大企業，要進入富士比五百強世界排行榜上。但是我知道這只是個夢想。不過能作夢也是挺好的一件事。」

「這是妳立業的目標，妳成家的目標和夢想呢？」

「這一輩子就談過一次戀愛，結果是被一棒子打趴在地上，差一點沒再站起來。所以是被蛇咬了見到草繩都害怕，就不談戀愛了。」

「妳是個大美女，我就不信沒有男人來追妳。」

「當然有了。多是來騙色或是騙財的，真心真意的也有，但是太差了，沒法激起愛情。」

「別著急，總有男人會讓妳滿意的。」

江柔澄看著他：「是嗎？」

一頓美味的晚餐在不知不覺中結束了，江柔澄付了帳單，拉著方文凱的手，走到隔著一條街的丹堤咖啡館，他們各自都叫了一杯拿鐵，找了一個安靜的角落坐下，繼續他們的談話。

「文凱，其實我找你，還想請你指教、指教，看我做的決定對不對？」

「什麼決定？追男朋友的事？」

「別胡說，是關於旅遊的事。」

「那妳是問道於盲了，我對旅遊是一竅不通。」

「先聽我說嘛！幾個月前我們接到美國東部的一個旅行社委託，要我們帶他們的團在昆大麗做八日遊。但是我發現團員都是年紀大的阿公阿婆，我就臨時自作主張，在八天的日程裏拿出一天半，什麼地方都不去，就在酒店裏休息。然後又把所有去禮品店的行程取消，把那一天半該去的地方都補回來。沒想到遊客們很喜歡，回去後還寫感謝信給我。」

「這都是好事，會有什麼問題呢？」

「美國的那家旅行社，現在要和我們簽一個合同，要我們當他們在中國的獨家長期夥伴。這當然是天大的好事了，但問題是我們行程的安排，一定要每三天必須有一天休息。這樣的話，我們能看的景點就會比別人少，長久下來，我們就失去競爭力了。」

「插進休息一天在行程裏，對某一些遊客，例如對年歲大一點的或是退休了的人，是有吸引力的，並且他們的消費量也較高，所以為什麼不讓遊客來決定呢？」

「這些我也都想到了，但是『獨家夥伴』是對等的，我們的客戶要去美國旅遊，也是要找他們，但是我不願意把我們的客戶，局限在老頭和老太太族群。以後中國的遊客到美國去的會越來越多，這是我們要爭取的。」

「如果妳是害怕美國的夥伴價碼太貴，妳可以另外成立一個旅行社或是加盟到其他的旅行社，再找美國的對口平價旅行社簽合同。」

「那美國佬會不會不高興？」

「我想不會的，這種事是常見的，同一個老闆為了針對不同的客戶，開了多個公司，到處都有。妳這家老美旅行社叫什麼？」

「名字是『國際旅行者』。」

「不得了，妳知道他們的來頭嗎？」

「我上網查過了，他們是個老字號，在國際旅遊業裏有執牛耳的地位，所以我才這麼緊張。」

「他們看上了『香格里拉』一定是有他們的原因，更何況你們是一家台灣的旅行社，但是要你們做中國大陸的行程，真不容易。你們一定是幹得很精彩，恭喜妳了。」

「謝謝你，文凱，我們也是挺高興的。好了，公事談完了，我們要談私事了。我們換個地方好不好？」

「妳想換到哪裏去？」

「玉倩姐說，為了保護你不被吳紅芝吃了，一定要把你騙去我們住的地方，或者是到淡水你住的地方。但是我看不太可能，會把你嚇死了。所以我建議到圓山的河濱公園，你一定會喜歡。」

「那好，我們叫計程車去。」

「我是騎機車來的，你敢坐在後座嗎？」

「會很恐怖嗎？」

「可見你是沒試過。別害怕，有我在。」

江柔澄把機車的座位翻起來，從下面的儲藏箱裏拿出兩個安全帽和一件擋風夾克。兩人戴上了安全帽，她又把夾克反穿在身上，坐好後將車子發動了：

「坐穩了嗎？我要發動了。喂！大教授，你是成心要我丟臉，是不是？」

「妳說什麼？」

「在後座的男生把手放在女生夾克的外面，是表示女生一定是很難看，男生一點興趣都沒有，所以你這不是在讓我丟臉嗎？」

「原來是這樣啊，太好了！」

方文凱把手伸進了夾克裏，摟住了江柔澄的小蠻腰：「我還以為反穿夾克是為了擋風，原來是不讓男人的非禮曝光，太有學問了。」

又過了好一陣子，江柔澄說：「文凱，你的手不老實，撈過界了，會影響我的行車安全。」

圓山的河濱公園裏，除了公共的長椅子外，還有私人擺設的竹椅和小桌子，同時也提供茶水服務。江柔澄帶著方文凱坐到一張樹下的二人竹椅，叫了兩杯綠茶，等付了茶錢和桌椅的租費後，方文凱才發現，原來似乎是四周圍沒人的環境，在眼睛適應了昏暗後，他看見了在樹蔭下、草叢裏都擺著竹椅子，一對一對的情侶陶醉在二人世界裏。四周安靜得不得了，從河面上吹來的風，輕拂過臉上和皮膚感到很舒服，天上和水面上都有星光在閃爍：

「這裏就是妳和男朋友常來的地方嗎？」

「是玉倩姐帶我來的。當她想你想得要發瘋時，就要我陪她到這裏來大哭一場，她告訴我說，這裏曾經是你們談情說愛的地方，你不會忘了吧？」

方文凱陷入了沉思，那一段很短暫但是刻骨銘心的初戀，卻是這麼的不堪，兩個人的事業都有成，但是感情卻是支離破碎。

「有楊玉倩的消息嗎？」

「有，我們和她有密切的聯絡。」

「她好嗎？為什麼她還不讓我跟她直接聯絡？」

「玉倩姐的情況很好，別為她擔心。你一定看了她最近發出來的報導，有多驚人啊！美國的媒體把我們真相週刊當成是新聞對象了，每天都來人打聽有沒有新消息。玉倩姐已經下了軍令狀，真相週刊進入全面備戰，保護我們自身的安全。她特別提醒我們洪田林的事，所以我們在敵人眼裏是顆未爆彈，他們一定會來處理的。另外一顆未爆彈是洪田林，他們等了二十年，但還是把他殺了。這就是玉倩姐要你離她遠一點的原因。」

方文凱又是沉默不語，江柔澄就接著說：「玉倩姐說，她走的前一天把你從墾丁的酒店裏轟走了，是不是？」

「她發了好大的脾氣，說我把她的禪功都廢了。」

「是我到墾丁去接她上飛機的，見到她時嚇了我一跳，因為她的容顏是我幾年來看她最光彩照人的。顯然她和你一夜的激情，把壓抑多年的女性荷爾蒙都釋放出來了。文凱，你好厲害啊！」

「但是她翻臉就不認人，非把我轟走不可，太無情了。」

「文凱，你知道嗎？玉倩姐說，要是她不把你趕走，她就會控制不住自己，非把你留下，她也不會出家了。」

方文凱不說話了，江柔澄從揹在身上的手提包裏拿出一張照片交給他，起先她沒看出來身穿袈裟的女尼是誰，看了一陣才認出，那臉上帶著笑容的比丘尼就是楊玉倩，照片的背面寫著：「不能做你的春閨夢裏人，就讓我當你的禪中知己，偶爾想到我就行了」。方文凱的心中百感交集。江柔澄又把一個隨身碟交給他：

「文凱，這是玉倩姐要我給你的，裏頭是有關案子的背景檔，雖然她都已經送給了秦瑪麗，但是她希望你也看看，她想知道你的解讀是不是和她的一樣。其中最重要的是，一位叫卓瑪的喇嘛所指認的那位『大衛·索康』，是台灣現任的高官，她必須再取得另外兩個獨立的證據，才能公佈。玉倩姐只要你知道有這麼回事就行了，千萬別去求證，真相週刊的人會去做這件事，她認為現在調查這案子，是越來越危險了。還有一個文檔是一個無名氏讀者寄給真相週刊的爆料，玉倩姐懷疑是那個失蹤的管曉琴寄的，這是非常敏感的事，處理不好會出人命的。最後一個文檔是一本日記和一些相關的文件，那是我祖父交給我的，是他的父親，也就是我的曾祖父留給他的。玉倩姐就是根據它，說我很可能和西藏的索康家族有血源關係，她要你也好好地讀一下，看看有沒有什麼端倪。我覺得好可怕，我怎麼會跟西藏的索康家族扯上關係，太恐怖了。」

「妳對自己的身世一點都不知道嗎？」

「我的父親叫江偉紅，母親叫岩冬蕾，都是雲南的白族人。父親曾告訴我，他在很小的時候為了逃避仇家的追殺，就被我祖父帶到了緬甸，寄養在朋友家裏，然後我的祖父就失蹤了。我父母就只有我一個女兒，我記得我們家庭環境不是很富裕，但是一家人相依為命，日子過得很快樂。我中學是在緬甸的華僑中學念的，所以在一九九八年畢業後，就到昆明求學，進了雲南大學旅遊系，畢業後考了個導遊證書，正式的當導遊了。以後的事你都已經知道了。」

「妳和楊玉倩是怎麼認識的？」

「她到雲南大理旅遊，正好我當她們團的導遊，就交上了朋友。在緬甸時，我們只有一個親戚，就是我的姑祖母，我爸告訴我，她是我祖父的小妹妹，也就是他的小姑，但是年紀和他差不多，小時候常在一起玩，她叫江玉霞，後來去到了台灣，嫁給一個叫楊國森的軍官，生了一個兒子叫楊卓，就是楊玉倩的父親。所以我們是遠房的表親。」

「妳失戀後，楊玉倩就收容了妳，是不是？」

「在那時候，又碰上父母親相繼因病離開人世，雙重的打擊下，就決定讓玉倩姐收容我了。她現在是我唯一的親人了，對我很好，我也很喜歡她。」

「妳的祖父又是怎麼找到了妳，把妳曾祖父的日記交給了妳？」

「在緬甸生活時，有很濃厚的佛教環境，後來在昆明念書時，開始對佛學有了深入的興趣，也作一些研究，去看過不少的佛教寺廟和一些僧侶交談。其間遇見一位出雲法師，我和他相談多次，很投緣。後來決定要去台灣時，就去找他辭行，他才告訴我他是我的爺爺。」

「妳相信嗎？」

「他給我看一張照片，中間站著的就是年輕時的出雲法師，另外還有一對年輕的夫婦抱著一個嬰兒，嬰兒身上有一個白玉雕刻的菩薩。我認出來那就是我從小就戴的白玉項鍊，照片裏的年輕夫婦就是我的父母親。我也有同樣的一張照片，是我父親留給我的。」

「為什麼妳在緬甸的那些年，他都沒來找過妳們一家人呢？」

「他說他的俗家姓名叫江虎康，為了逃避仇家的追殺，他帶著我父親和他的小妹逃到緬甸，將他們安排在友人家裏寄養後，自己就削髮出家，繼續到處漂泊，躲避仇家。為了不讓仇家發現他還有家人，所以他一直避免和我們接觸，也沒有將結仇的前因後果告訴我們任何人。但是他認為我去到台灣就會安全了，所以他將曾祖父江敬沙保留的一個檔袋和他的日記交給了我，他要我好好的把檔和日記看了，一切都會明白了。」

「妳認為我應該看嗎？」

「我只是想要你知道我的身世，我沒想到我的上代有這麼複雜的經歷。特別是出雲法師說，現在我是我們家族裏唯一存活的人。」

「他不是還有他的小妹江玉霞嗎？她不也是妳們一家的人嗎？妳沒問嗎？」

「問了，他回答說不是。」

「妳明白嗎？」

「起先不明白，但是看了江敬沙的日記後才明白了。你看了以後也會明白的。日記是用『漢文白語』寫的，因為我們白族沒有文字，老一輩的人就把白族話用漢文的發音寫出來，就叫做『漢文白語』，不懂白族話的人看了會一頭霧水，所以我把日記完全翻譯過來了。」

「我一定會仔仔細細地看它。」

江柔澄不說話了，兩個人都陶醉在夜晚的微風和星光所帶來的感受：

「我父母親去世的時候沒有留下任何東西，可以讓我看見了就想起他們來，但是我從小就戴在身上的這個白玉菩薩，會提醒我童年的時代，雖然生活清苦，但是很快樂。」

「小柔，我能看看妳的項鍊嗎？」

江柔澄沒有將項鍊拿出來，她將襯衫的扣子解開來，項鍊就在那深深的乳溝裏，一個非常精緻的雪白菩薩，項鍊下面還掛著一個小小的白金牌子，方文凱說：

「項鍊下面還掛著個小牌子啊！」

江柔澄把項鍊取下來拿給他：

「那是我爺爺的，他一直戴在身上，我們分手時他給了我，要我留著做紀念，還說千萬不能丟了，將來會有大用場的，說得我糊裏糊塗的。你能看出個道理嗎？」

方文凱看見白金牌子上有雕刻的阿爾卑斯山，下面是一排用德文刻的「漢斯，列支敦士登」：

「妳的祖父常去阿爾卑斯山嗎？」

「我不知道，也沒聽他說過。」

「『漢斯』是人名，『列支敦士登』是阿爾卑斯山下的一個很小的國家。」

「我在書本上讀到過，它是歐洲中部的一個內陸小國，夾在瑞士與奧地利兩國之間，國家雖小，但是人民的收入很高，是有錢人逃稅的天堂。文凱，你去過那兒嗎？」

「沒有。也許等我有一天發了橫財，要想逃稅，我就會去了。」

「文凱，那你一定得帶我去。我要是先發了橫財，就帶你去『列支敦士登』，我們一言為定，不許賴皮。」

方文凱笑著把項鍊還給她：「我們是兩個窮人在作發財夢，是不是？」

「玉倩姐帶我去算過命，結果說我命裏有財星高照。」

「妳真的好美，美得讓人有神聖的感覺。」

「所以你就不敢再非禮我了，還是你心裏已經有人，對我不感興趣？」

「只要是男人，就一定會被妳迷住的。」

「玉倩姐說你作夢時，是在念著一個女人的名字，一定是你的夢中情人，所以她才說她不是你的春閨夢裏人，那我更是沒戲唱了。」

「妳是什麼意思，我沒聽懂。」

「玉倩姐一心一意要把我往你身上推，但是你的心已經給別人了，她這不是白費心機嗎？」

「江柔澄，妳是一個非常吸引人的青春女性，和所有的男人一樣，我會對妳動心的。但是妳我都是剛從感情的創傷裏走出來，妳失去了愛情，我失去了妻子，我們如果要走到一塊兒，決不能是因為我們要想走出陰影，而是因為男人和女人將彼此吸引住了。妳明白嗎？」

「我明白。謝謝你文凱，我就希望你給我們一點時間走出陰影。文凱，抱抱我。」

方文凱轉身把江柔澄摟住，她把上身貼上來，讓他感覺到她高挺的胸部，然後抓住了他的後腦吻住了他的嘴。

第五章：追逐於白山黑水

方文凱開始了他的亞洲遊學計畫，他的首要行動，就是去完成加州理工學院校長委託他，替聯合國的教科文組織和開發總署共同支援的一個亞洲專案，做監督和品質控制。但是他還有另一個十萬火急的事。

在美國《時代週刊》所公佈的全球十大最奇險建築裏，中國的懸空寺，與全球傾斜度最大的人工建築，阿聯酋首都阿布達比市的「首都之門」，希臘的米特奧拉修道院，還有義大利的比薩斜塔等國際知名建築同列榜中。後三個建築，方文凱都去看過，他對當時的建築人員把力學的定理應用的如此精準，歎為觀止。雖然他對別人說：他是想利用遊學的機會去看看懸空寺，但那是個藉口。

方文凱來到這裏真正的目的，是要到大同市去找一個人，一輛計程車將他送到一條小街上一棟五層樓的公寓，它坐落在一個種了不少樹的社區，雖然四周的環境整理得乾淨整齊，但是看得出來它不是個給高收入的人居住的，在這個城市裏有幾十個像這樣的社區，從外觀上看，這棟公寓應該是在三十多年前蓋起來的。方文凱按下了四〇二室的門鈴，一個清脆的聲音傳了出來：

「誰？」

「我是方文凱，請問韓蔚女士在嗎？」

「聽見門聲後就可以推門進來。」

公寓大樓沒有電梯，方文凱從一樓爬樓梯上到四樓，一路上沒有碰到任何人，公寓裏的居民都是上班族和學生，所以在周日的白天看不見太多的人。四〇二室和很多的公寓一樣，它有兩道大門，外面的是很牢固的鐵欄杆門，裏頭才是真正的木大門，方文凱把手伸進了鐵欄杆，輕輕地在木門上敲了兩下，大門立刻就打開了，但是並沒有完全打開，只是打開有半尺左右，一條鏈子把大門拉住了，一個中年婦人的臉出現在打開的門縫：「請問是誰？」

「我是方文凱。」

婦人的臉上出現了驚訝的表情：「什麼單位的？」

「成功大學。」

「有工作證嗎？」

方文凱把成大的教授證遞給她，她反覆地看著他和教授證：「請問你找誰？」

「韓蔚。」

門內的婦人不說話，方文凱馬上就跟著說：「不，我是要找管曉琴。」

「是誰叫你來的？」

「劉雅媚。」

大門突然關起來，但是馬上又打開了，這回門上的鏈子不見了，門是大開著，方文凱看看樓梯間，確定了沒有人後，就很快地閃身進門，並且隨手把鐵欄杆門帶上，試著推了一下，確定自動鎖已經鎖上了。他進門後，眼前的婦人馬上就把木門關上，兩道門鎖和門鏈都鎖上：

「對不起，方教授，為了我的安全，讓您受麻煩了。」

「沒關係，我理解這些都是必要的。」

「您請隨便坐，我去給您倒茶。我就是管曉琴。我表妹，就是劉雅媚的母親，是在上周告訴我有一位方教授會來找我，其實我等你的來臨已經等了二十多年了。」

方文凱沒有聽懂管曉琴的最後一句話，但是他的注意力放在她的右手，那手裏握著一柄半尺長、閃閃發光的鋒利匕首，她將它放進桌上的刀鞘後就收到背包裏：

「這二十年裏，這把刀就沒離過身。他們要殺我，也要付出代價，我不會躺著等死的。」

管曉琴去倒茶時，方文凱才注意到這是一間很小的公寓，小小的客廳，一間臥室，一個小廚房和洗手間，但是佈置得非常雅致。女主人穿著典型的大陸工作婦女服裝，素色的長褲和短外套，裏頭是白色的襯衫，她端著茶盤從廚房出來，將兩杯茶放在客廳裏唯一一張沙發前的茶几上，她自己坐在沙發對面的椅子：

「我一個人住，基本上是沒有朋友來這裏的，所以我沒有好茶待客，請別見笑。」

「您別客氣，我是來向您請教的，千萬不要添麻煩。」

根據劉雅媚說的，管曉琴應該是有五十多歲了，但是她的身材，皮膚、清秀端正的五官和臉龐，還有談吐都顯得年輕許多，要說她還沒到四十歲，也會有人相信的，方文凱覺得她多年前一定是個美女：「管小姐，您要比劉雅媚說的年輕多了。」

「我現在已經是道地的大陸人了，別叫我小姐了，那是台灣式的稱呼，何況我都是五十多的人了，是老太婆了。」

「您看起來還不到四十，保養的功夫一定很到家。」

「謝謝，您過獎了。我看為了安全，您還是叫我韓蔚吧。」

「好，我們還是要小心一點才行，妳知道了洪田林被害的事嗎？」

「表妹告訴我了，他是個好同事，他這麼小心地活著，最後還是難逃一死。不過您的出現讓我嚇了一跳，表妹說有一位美國的著名教授要來找我，所以我一直以為這個教授是個老頭子，沒想到是個年輕的小夥，我還以為殺手終於找到我了，所以我才把刀拔出了刀鞘。您這麼年輕就是名教授了，令人佩服。」

「您過獎了。劉雅媚的母親有沒有提過，我是受秦瑪麗之托來找您的？」

管曉琴的眼睛馬上就出現了淚光：「她這幾年還好嗎？」

方文凱把他和秦瑪麗的關係，以及秦依楓案子的最新發展情況，詳詳細細地告訴她，最後說：「現在她不僅是一位有地位的貴婦人，而且是一位有頭腦、有智慧和有能力的大公司裏的執行董事，掌握著呼風喚雨的實權。她親口跟我說，她一定要把她父親命案裏的真凶找出來，繩之於法，也要為他洗冤平反，還他的清白。」

管曉琴再也忍不住，哭出聲來：「果然是應驗了，但是二十多年了，我的半生，還有秦瑪麗的這些年，就這麼樣的糟蹋了，我要報復。」

方文凱等她平靜一點後說：「我相信水落石出是指日可待，犯罪的人也會受到應有的懲罰。」

「秦瑪麗和史密斯有生孩子嗎？」

「根據我的瞭解，他們沒有孩子。」

「太好了，秦瑪麗不可以替他生個小魔鬼。」

「我進門時，您說是等我等了二十多年了，我沒明白。二十多年前，我還沒成年呢？」

管曉琴笑一笑說：「當年我被追殺得走投無路時，跑到行天宮去求籤，一個老道士為我解釋，他說我有劫難，要趕快去避災，二十年後才會有貴人出現來為我解難。您的出現不就是應驗了那位老道士的話了嗎？」

「原來是如此啊！我剛剛說的有關秦上校案子的新發展，是因為美國政府調查一間『紅石』公司曾經介入前政府的違憲活動時，發現他們是幕後殺害秦上校的主謀，同時牽出了史密斯、西蒙斯和潘延炳這夥人。因此台灣當局也重新啟動了秦上校命案的調查。由於涉案人集團的勢力龐大，組織嚴密，有雄厚的財力聘請最有力的律師團隊和政府對抗。美國政府和台灣政府都需要強有力和天衣無縫的證據，才能使這些人的罪名成立。」

「當年秦上校就是敗在這批人的惡勢力之下。」

「秦瑪麗有一位同學，她叫楊玉倩，現在是個名記者，她寫了一系列的報導，產生了很大的震撼。她認為案子裏最重要的一點，就是誰下的命令更改了採購戰機的發動機型號，秦依楓的軍購處是負責採購的業務，沒有任何權力去干預採購的內容。但是軍事檢察官還是以貪汙罪對秦上校起訴。還有就是秦上校已經不再參與採購的事務了，為什麼還要殺害他呢？楊玉倩認為這是案子裏最大的兩個疑點。您在這問題上有更多的資料嗎？」

「我戰戰兢兢地活了二十多年，就是在等待著一天，我可以把故事說出來，這是秦處長給我的最後一個任務。」

管曉琴端起茶杯喝了一口後，繼續說：

「多年前，秦處長接到一個極機密的任務，就是秘密的到加拿大採購一套核子反應爐，然後將它裝設在中山科學院裏，開始核子武器的研發，但是中山科學院裏有人洩密，在美國政府的強烈反對下，台灣政府同意拆除，派秦處長主持，美方派中央情報局的特工西蒙斯來台監督拆除工作，工作順利地完成後，秦處長和西蒙斯成為朋友。後來中情局要求台灣協助秘密製造反坦克飛彈，計畫的負責人就是那位西蒙斯特工，他指名秦處長來配合他的工作。同時他又帶來了兩個『朋友』，一個是叫潘延炳，他是個華裔的軍火商，飛彈是由他來收購再賣給用戶。另一個人很神秘，他叫史密斯，雖然他說自己不是中情局的人，但是所有的飛彈製造所需要的費用都是由他出的，有人說他在美國政府裏有很大的影響力。」

「對不起，韓蔚女士，我打個岔，這是不是秦上校第一次見到和認識了這三個人？」

「是的，但是除了西蒙斯外，另外的兩人在飛彈訂單完成後，就很少再出現過。秦處長曾告訴過我，西蒙斯是中情局的資深特工，負責在亞洲的任務，從五〇年代起他就一直在亞洲活動。當秦處長奉命主持對美國的軍備採購計畫後，曾主動地去找過西蒙斯，因為有些我方的採購項目美方反對，西蒙斯可以透過史密斯去找國會議員關說，最後獲得美國政府的同意。所以秦處長因業務上的關係，多年來和西蒙斯一直有來往。」

「那麼向法國採購幻象戰機，為什麼這些老美還是參與進來了呢？」

「我也曾問過秦處長同樣的問題，他說老美當然是不同意我們向其他的國家購買武器，但是他們又因為中共和國會裏自由派議員的反對，不能滿足我們的採購要求，所以經過溝通後也就勉強地同意了，而這溝通的工作，就是中情局特工西蒙斯在穿針引線。一開始的採購任務，還是由軍備處負責，因為多年來，軍備處通過各種管道，向『伊迪斯公司』購買過很多有軍事用途的電子設備和小型空對空飛彈，雖然那時秦處長還是個年輕的軍官，但是他的法語能力好，對法國的軍購就派他負責，所以當升任了軍備處處長時，他已經在歐洲的軍火工業圈裏建立了良好的人脈關係。

「但是為了不得罪老美，國防部還是決定聘用軍火商做仲介人，來採購法國戰機，並且軍火商是直接由四廳的廳長辦公室指揮，我們軍備處完全退出作業。當秦處長知道中間商是『達震系統』時，他寫了簽呈給上級，提出強烈的反對，理由是這個軍火公司和美國政府有密切和深遠的關係，無法要求他們對美國保密。但是被駁回了。」

「您還記得當時誰是秦上校的上級嗎？」

「應該是李雲華，他是當時的第四廳廳長，主管後勤業務，我們軍備處就歸他分管。我聽說他現在是國安會秘書長了。」

「秦上校是什麼時候發現戰機的發動機訂單被改了？」

「是他被軍事檢察官以非法篡改採購訂單，從中圖謀差價為私利起訴後才知道的。」

「難道檢察官不知道秦上校已經不管法國戰機採購的事了嗎？」

「這是很正常的，所有的軍購案在完成前都是保密的，被列為極機密的『達震案』，連軍事檢察官都不能過問，只有在開庭時，可以要求將相關的部分解密。所有的人都一直以為是秦處長在主導這案子。秦處長向檢察官一再地申訴，他已無權過問這個採購案，但是沒有被採信，檢察官也沒有主動地去查明真相。」

「秦上校被害是在案子進行到什麼時間點？」

「請讓我先把整個事件說完。秦上校的態度非常積極，他不分日夜地和他的律師做出庭審判的準備，他堅信案子一旦解密就會水落石出。但是就在開庭前幾天，秦上校把我和老洪叫到他公館，秦夫人和女兒都不在家，他告訴我們一個驚天動地的故事，從那時起，我們的一生就毀了。」

方文凱發現管曉琴已是淚流滿面，他不經意地又開始稱呼她的原名：

「管女士，您看我們先停一停再談好不好？」

「不，讓我一口氣講完它。」

管曉琴又喝了一口水：「秦處長說，在案發的一年前左右，他被叫進了第四廳廳長辦公室進行了三次談話，每次就只有他和李雲華兩人。第一次他聽見了一個不能讓他理解的論述，李雲華跟他說：世界是由西方歐美的白種人所主宰的，過去是如此，未來也會是如此，台灣做為亞洲的一個政治實體，除了要在政治和經濟上，面對和中國關係間的政治矛盾和經濟依賴之外，還要面對亞洲崛起國家的競爭，在這些矛盾、依賴和競爭中，又碰上日漸嚴峻的全球金融危機，台灣不僅會成為西方國家的馬前卒，還會被邊緣化，最後被擠出世界的舞台，所以台灣的前途非常暗淡。除非台灣能有一個領導人，可以和西方的白種人平起平坐，或是比他們更為優秀。然後他就拿出一本名為《西藏七年》的書給秦處長，說裏頭有對優秀的白人人種的歷史背景做得詳細介紹。雖然是感到莫名其妙，做為下屬，秦處長也不好細問。」

「我看過這本書，大部分的學者專家都認為，書中的論述是作者一廂情願的想法，缺少事實根據。」

「他們第二次的談話就比較具體了。李雲華說他已經聚集了一批和他志同道合的社會精英份子，組織起來，成立了『阿能那比社』，簡稱為『阿能社』，目的就是為台灣的未來找出一條最好的出路。他又說，世界上最優秀的人種，就是起源於北歐的亞利安人，他們曾創造過非常先進但是已經遺失了的『亞特蘭提斯文明』。後來有一支亞利安人的後代來到了亞洲，『阿能社』決定了要找一位亞利安人的後裔，來領導台灣，為台灣帶來新希望。李雲華拿出一本『阿能那比社』會員名冊，說是借給秦處長看看，讓他瞭解協會的成員都是些什麼樣的人，要他一星期後他們再會面時還給他。」

「這個『阿能那比社』和戰機採購案有關係嗎？」

管曉琴沒有回答方文凱的問題，她接著說：

「秦處長和李雲華的第三次談話，是關鍵性的時間點，他開門見山地問秦處長，要不要也加入『阿能社』，秦處長說，台灣的領導人是經過選舉產生的，他反問『阿能社』是不是一個政黨？如果不是，那要如何產生台灣未來的領導人？」

「李雲華怎麼回答？」

「他說台灣不能再等了，現在已經是非常時期，應該用非常手段來產生領導人。但是秦處長認為那是叛國罪，做為軍人，他無法參與。李雲華說，他不會強人所難，但是『阿能社』隨時歡迎秦依楓加入。另外還告訴他，他自己就是亞利安人的後代，他已經準備好要負起領導台灣的責任。又說美國政府及國會裏的重要和有影響力的成員，都表示很支持他和『阿能社』，中情局的委託製造飛彈，就是支援他們的具體行動，而販賣飛彈的利潤，完全是做為了『阿能社』的活動經費，因此，日後美國政府也會同意他們，暫時地挪用軍購費用來支持『阿能社』。

「中情局的資深特工西蒙斯和他的朋友史密斯，就是具體負責美國政府和『阿能社』聯繫的任務。但是秦處長提醒他，軍購處的作業有嚴格的程序和監控人員，款項是不可能被挪用的。李雲華還提到，他們已經掌握了傳聞已久、價值非常龐大的『拉薩寶藏』所在地，裏頭很可能還包括了傳說中，『亞特蘭提斯文明』所遺留的金銀財寶，在取得後會將它做為『阿能社』建設台灣未來的基金。最後他正式地通知秦處長，向法國採購幻象戰機已經得到最後的批准，他命令軍備處開始相關作業，並且宣佈因國際外交上的敏感，國防部部長已下令將此軍購案的保密級別，包括所有的相關資料、檔案和會議內容，都由『機密』提升為『極機密』，他還特別強調，他和秦處長的三次會議也是列為極機密。」

方文凱說：「這個保密措施是將秦上校層層地包住，好讓他走投無路。」

「是的，秦處長在接到起訴書後才恍然大悟，明白了李雲華的陰謀。他所說的『挪用軍購費用』，就是將訂購的西門卡－II式發動機，更改為西門卡－I式，然後將差價據為己有，而他成了代罪羔羊。秦處長立刻求見國防部部長和最高軍事檢察長，但是都被拒絕，而是答應在軍事法庭審判結束後會見他。秦上校將一切所發生的事，包括了他和李雲華的三次會議，都詳詳細細地寫成了報告，放在他的保險箱裏。」

「現在這份報告在哪裏？」

「報告還有那份『阿能社』名冊都在我手裏。」

「太好了。」

「那天在秦上校的家裏談完了李雲華，他又說了一件更為驚人的事。秦處長說，他碰到非常大的困難，需要我們的幫忙。我和老洪以為他是在說審判的事，但是他馬上又說，這事有很大的危險，很有可能連生命都會受到威脅，如果我們擔心，不想介入，可以馬上離開回家，他會理解的。我和老洪都一致表示，要全力以赴地幫這個忙。他非常平靜地說，來他家裏幹活的雪山公司工人顧彤，在軍火商潘延炳的住宅裏，無意間取得了一份報告，它是一個殺人的行動計畫，裏頭寫的是一個職業殺手，要如何殺害秦處長的方案，行動計畫主持人的名字是大衛．索康，負責執行的就是史密斯，但是秦處長認為，幕後的主謀一定是李雲華。」

方文凱說：「李雲華沒想到秦依楓是個正直的職業軍人，拒絕加入『阿能社』組織，但是他已經知道得太多了，非要殺人滅口不可，顯然這就是殺人的動機了。」

「那天秦處長很沉重地跟我們說，他是個軍人，不是懦夫，無論是面對任何的情況，他決不會以自殺來逃避命運，他說結束他的生命只有一個方法，就是在刑場上把他槍斃。他說他沒有做過任何對不起國家的事，只有這樣含冤而死，在下輩子才能還他一個清白。」

方文凱和管曉琴都沉默不語，思念著秦依楓當時的心情，管曉琴說：

「秦處長說他們要殺害他，也決不會放過老洪和我，我們必須要逃命。他給我們下達了最後的命令：他說顧彤現在就藏在他家樓下，他要洪田林立刻將他轉移到安全的地點，同時不要告訴任何人轉移的地點，包括秦處長自己在內，顧彤是個人證，也許有一天需要他出面。然後他交給老洪一筆錢，要他逃生，等到時機來臨時再出現。老洪給他行了個軍禮，說他一定會完成任務，然後就走了。」

「您大概知道了他是在最近去世的，報上說，他退伍失蹤後，就在台東的山裏，隱姓埋名地活了二十多年，但是到頭來還是死於非命。」

「是的，老洪是個好同事，我不會忘記他的。那天老洪走了以後，秦處長也給我下了命令，他要我替他保管三份文件，一個是他寫的有關他和李雲華會議的記錄，第二件是『阿能社』的會員名冊，那是他在還給李雲華前所做的複印本，第三件就是顧彤給他的殺人方案，和顧彤和他談話的記錄。秦處長告訴我，一旦發現他失蹤或是被害，我要立刻帶著這三份檔出逃，等待機會再現身。」

「這三份檔案都在您的保管下嗎？」

管曉琴取出一個光碟交給了方文凱：「三份文件都被我收藏好了，這份光碟裏是它們的電子版。」

方文凱也從背包裏拿出一個光碟給她：「這裏頭有所有關於秦上校案子的媒體報導，包括了台灣和美國的，還有一些重要的背景資料，和我給秦瑪麗的報告，您看過就知道目前案子的最新發展了，您的信心也將會大大地增加。在秦上校家的會面，是您和洪田林最後一次見到他嗎？」

「是的。我回到自己的家後，就開始做逃亡的準備，我寫好了遺囑，把我所有的一切都留給我表妹，就是劉雅媚的母親。三天後我接到老洪的電話，告訴我顧彤已經安全地轉移了，同時他也辦好了退伍手續，拿到了一次性的退伍金，他馬上就要從人間蒸發了，因為他無法接通秦處長的電話，請我代為轉告顧彤安全轉移了和代他說聲再見。在以後的兩天裏，我找遍了所有的地方，都不見秦處長的人影，第三天，也就是軍事法庭開庭的前一天，秦處長的屍體被人發現漂浮在淡水河上，法醫驗屍的結果是跳水自殺，但是軍事法庭還是不放過他，做了缺席審判，判決他『擅自更改軍購內容，貪取差價自肥。』國防部將他開除軍籍，屍體發還家屬。我也接到人事室的通知，叫我原地待命，等候調令。」

「在這期間，李雲華在哪裏？妳為什麼還沒有開始逃亡呢？」

「沒看見李雲華的人影。我想他們一定會安排把我調到偏僻的地方，像是外島或是深山裏，然後再下毒手取我的性命，所以我想在人事調令下來前，他們不會動手的，更何況，如果秦處長和他的機要秘書，先後同時喪生會引起懷疑的。秦處長的屍體是在第二殯儀館火化的，事前秦夫人安排做了法事，在場的除了秦夫人外，就只有秦瑪麗和我三個人。秦夫人和她女兒先走，安排我當晚將骨灰送到他們家。」

方文凱說：「楊玉倩在最近寫的報導裏說，她現在找到了強有力的證據，可以證明秦依楓是被他殺而不是自殺，這也是台灣政府重新啟動調查的原因之一。」

管曉琴又喝了一口茶，方文凱看見她的臉色出奇的平靜，有點可怕。她說：

「那天晚上，我知道了誰是真正殺害秦處長的兇手和殺人的動機。我把骨灰送去時，只有秦夫人一個人在家，她告訴我在過去的兩、三年裏，史密斯一直在垂涎她的美色，三番兩次地勾引她。秦處長被起訴後，史密斯藉口說他有辦法為秦處長脫罪，要她到酒店來談細節，他的條件是要她的人，秦夫人不肯，史密斯就強姦了她，他事後答應會把案子擺平，但是秦處長還是死了。她不相信她的丈夫會自殺，這後面一定有陰謀，她決定到監察院和總檢察長辦公室去揭發，希望我能陪她一起去，我立刻找到了一位監察委員，同意在三天後會見我們，同時他也會安排總檢察長辦公室的人在場。

「但是兩天後，我接到秦瑪麗的電話，說她母親跳水自殺了。我立刻打電話給我表妹，啟動了事先安排好的逃生計畫，他們已經下手殺了秦處長的妻子，就不會有任何顧忌來殺我了，我搭乘漁船到了香港，找到了洪田林替我安排的黑道人物，我拿了他替我弄的一個回鄉證，到黃大仙道觀抽了一張籤，然後搖身變成韓蔚來到深圳，再按籤上的指點來到這裏避難。」

「史密斯真是個人面獸心的大惡人，他不但殺了秦依楓，還強姦了他的妻子，我相信他很可能也是殺害秦瑪麗母親的人。您知道史密斯又娶了秦瑪麗，秦家兩代人遭受到人間的悲劇。幸好我覺得秦瑪麗也下了決心，要為她父親平反冤案，但是不知道當她發現自己的丈夫，不但殺害了她父親，還強姦了她的母親，她會如何反應。」

「這幾年來，我一直被這事煎熬著，不知道她會把我當成同一目標的朋友，還是她的敵人。」

「兇手毀了秦上校和她的妻子，但是又娶了秦上校的女兒秦瑪麗，我不知道她的生活是不是幸福，可是我知道現在兇手一身是病，長年臥病在床，完全是依賴著她在活著，而秦瑪麗也因為丈夫而成為一位女強人，她在教育界、慈善事業和商業界，為自己立下了非常好的口碑和名聲，但是她又如何來面對殺害她父母的丈夫呢？」

「我想她的內心是很痛苦的，但是我還是要當面地問她這個問題。」

「我相信現在政府已經介入了，事情很快地就會有個結果，到時候您也可以重新開始您的正常人生了。」

管曉琴苦笑了一聲：「我是過了半百的老太婆了，我的人生也就到此了。等秦處長的冤案平反後，我會去找他的。」

「妳說什麼？」

「方教授，我和您不同，您的生活圈子是全世界，而我除了工作還是工作，但是我活得很快樂，因為秦處長對我很好。」

「您愛上了他？」

「我沒有很多和男人相處的經驗，秦處長是我碰到過最優秀的男人，當我告訴他我愛上他時，他說這輩子不能娶我，但是下輩子他會要我做他的女人。其實我生活得很快樂，幾乎每天我都在辦公室接他，晚上又送他回家。有時候他到國外出差還會帶著我。我自己感到很幸福。我到行天宮抽的籤上也說，我下輩子才會成家。」

「您很相信廟裏抽的籤，是嗎？」

「當然，當年我在黃大仙抽的籤裏，就說您會來找我的，您這不就來了嗎？」

回到酒店裏，方文凱把他和管曉琴的談話，詳細地寫成檔，加上管曉琴光碟裏的檔，一起發給了秦瑪麗，按楊玉倩的要求，將副本送給「六十分鐘」的編輯和《真相週刊》。

中國的第三大河黑龍江，它的總長度約是四千四百七十八公里，發源於蒙古肯特山東麓，它的上游有兩個源頭：北邊源頭是石勒喀河。南邊源頭是額爾古納河，和發源於中國內蒙古自治區大興安嶺西側古利牙山麓的海拉爾河。南、北兩個源頭在漠河以西洛古河村匯合後，才被稱為黑龍江。它蜿蜒東流，沿途接納結雅河、布列亞河、松花江、烏蘇里江等大支流；它經過中國黑龍江省，它的北岸就是俄羅斯的西伯利亞，在哈巴羅夫斯克區流向北方，最後在俄羅斯境內注入鄂霍次克海的韃靼海峽。

在十九世紀中後期，沙俄強行佔領中國黑龍江以北、烏蘇里江以東大片領土之後，它才成為中俄的界河。黑龍江是中國三大河流之一，黑龍江沿岸附近曾盛產沙金，從清朝開始就曾為帶動當地經濟發展起到了重要作用。二〇〇四年，中華人民共和國和俄羅斯聯邦簽署最後邊界協定，將兩國國界以黑龍江的中線為國界線，它就成為了中俄的界河。

二十世紀七〇年代，隨著中國大陸改革開放的不斷加強，黑龍江省與俄羅斯簽訂大量貿易協定，並將黑河市、綏芬河市等數個沿江城市，與俄羅斯的布拉戈維申斯克，也就是從前的海蘭泡、哈巴羅夫斯克等遠東城市，闢為邊境互貿城市，其中綏芬河等地還建有跨江大橋方便出行，利用互補的資源優勢，帶動黑龍江流域地區經濟的發展。

中國的東北地區一直是重要的工業區，隨著快速的發展，它的自然環境受到了嚴重的破壞，尤其是松花江沿岸的城市和工業區，產生的大量生活污水和工業廢水，已經不是污水和廢水處理設施所能夠容納和處理的，它們被排入了松花江，被污染的江水進入了黑龍江，界河裏的生態環境和物種受到了嚴重的威脅。

由於是國際界河，聯合國的開發總署啟動了「黑龍江水環境污染調查方案」，主要的目的是將目前黑龍江的污染程度量化，決定它的變化趨勢，然後再制定整治的計畫。前期計畫是在黑龍江開始採樣和分析它的水質。計畫的資金來自日本和美國的贈款，首席科學家是日本東北大學海洋及河流工程系的小泉教授，然後請了加州理工學院負責做品質標準及控制的報告，這也就是方文凱的任務。他和小泉教授雖然不是朋友，但是在學術會議上見過幾面。他們用電郵聯繫，交換了意見，小泉告訴他，科學隊伍裏的人員是來自日本、俄羅斯和中國，科學探測船是俄羅斯的，採樣和監測的方案已經定下：所有的科學人員和儀器設備，要在黑龍江漠河縣附近的碼頭登船，這也是調查航次的起點，探測船將順流而下，一路經過兩個重要的地點，一個是松花江的匯流點，另一個是烏蘇里江的匯流點，這兩個交匯點，也是大量污水進入黑龍江的注水口，探測船的終點站是俄羅斯境內，阿莫爾河岸的哈巴羅夫斯克，也就是從前的伯力。方文凱的責任是，觀察人員和設備的運作在科學上是否正確，然後給他一個報告。

方文凱離開了山西省的大同市開始飛往北方，經過北京和哈爾濱，到達了中國民航班機所到達的最北邊的機場，也就是位在黑龍江北部，大興安嶺地區的一個叫漠河市的邊陲小鎮。這裏地處北緯五十三度，常年寒冷如冬，夏季只有半個月左右，最高溫度也不過攝氏二十度，夜裏只有十度左右，而且晝長夜短，白晝可達十九小時以上。在夏夜，有時還可以看到光耀天地，奇異瑰麗的「北極光」，橫空出現的風采，它是一個由小至大、顏色變幻不定的光環，色彩臻至最燦爛妍麗時，光環會慢慢移向東邊，由大變小，逐漸消失。是難得一見的奇景。但是方文凱是來參觀兩個歷史古蹟。

在漠河以西八十二公里的洛古河村，在這裏，南北兩條源頭河交匯後，就被稱為黑龍江了。在這裏，除了這條東北母親河的源頭外，還有一條古代的「黃金之路」。歷史書上記載，大清國光緒十二年，在距大清國京畿四千餘里的東北，黑龍江將軍管轄的黑龍江南岸，額爾古納河右岸的大興安腹地漠烏瑪爾、漠河等地，發現了成百上千的羅剎，法蘭西等國的工人在那裏瘋狂地盜挖金沙。由於這裏出金子自古就有文獻記載，所以這裏產金子早已聞名天下。北洋大臣李鴻章上奏慈禧老佛爺開辦漠河金礦。據傳說金子都由李鴻章用於創辦了北洋軍費，也有說是給慈禧修「園子」用了。還有傳說，所採黃金被慈禧太后用來跟洋人換胭脂，因此黑龍江流域產金的溝子多處叫「胭脂溝」。

但是當地也有人說，「胭脂溝」就是以前的「老金溝」，全長十四公里，是額木爾河的一條支流，以盛產黃金而聞名於世。從發現到今天已有幾百年的歷史了，但是這裏的沙土至今仍能淘出金沙。

當時在幾年間裏，漠河、呼瑪爾、觀音山、瑷琿等地都出產了黃金，這個在過去只有幾個卡倫，和駐守在這裏發配來的站丁的地方，成了一片繁華，商鋪、錢莊林立的城鎮，隨著湧進來的是大批的淘金者，有人說，最早一批從關外來「闖關東」的人，就是奔往「老金溝」。隨著時間，金頭髮、藍眼睛、高鼻子的「洋人」，和日本浪人也來淘金了。

方文凱在洛古河村不遠的地方，看見了當年「淘金者」的廢墟，在一片片雜草堆裏，還可以分辨出一棟棟房子的地基、殘留的瓦礫和石柱。方文凱可以想像，百年前這裏就是中國人開的客棧、店鋪和妓院，也可能是外國人開的錢莊和酒吧。

到了夜晚，這裏一定是門庭若市，人進人出，還有不時傳出來的刺耳尖叫，和聽不懂的吵罵聲。在酒吧裏，馬達木、伏特加、威士卡和二窩頭，一杯杯地流進人的體內，在這個小小的地方，也能聽到外國男人的喊叫。從大紅燈籠高掛的各大小妓院裏，也時而傳出不知國籍女人的尖叫。傳說裏的故事說，每天清早當那些妓女卸裝時，用清水洗盡臉上的鉛華，那裏的水溝流水就會變成五顏六色，所以被人叫做「胭脂溝」，其實它和慈禧太后的胭脂是沒有關係的。

方文凱在沉思著，在這片廢墟下，是不是還留著讓人毛骨悚然的一堆堆白骨？他們是累死的淘金苦力？偷運金子被金把頭抓回來處死的亡命之徒？被餵蚊子的冤死鬼？還是被騙來的短命鬼？他似乎能聽見堆堆白骨中傳來孤魂野鬼的哀歎。

方文凱的下一個參觀點，是在古城島上的雅克薩古戰場遺址，古城島是位於漠河縣興安鎮北方約四公里的黑龍江中，為黑龍江裏的第二大島，距離中國的南岸有五十公尺，距俄國的北岸約有三百五十公尺，那裏就是原來的雅克薩城，現在俄國已經將它改名為「阿爾巴金諾」。

當年清軍在島上築土城，建營盤，設置指揮部，它成為清軍收復雅克薩的橋頭堡。一六五〇年九月，清軍入關時，沙皇統治下的俄國軍隊，乘機侵入中國黑龍江流域，強佔了尼布楚和雅克薩，沙俄盤踞在雅克薩修築城堡，到處燒殺搶掠，無惡不作，黑龍江流域的中國人稱沙俄侵略軍為「羅剎」，意思就是「妖魔」。

清朝政府一再要求沙俄侵略者撤出中國，沙俄政府置若罔聞，並且不斷向雅克薩增兵遣將，加緊武力擴張。為了保衛祖國神聖領土不受侵犯，康熙皇帝在平定「三藩叛亂」之後，決定在老祖宗女真族的北方用兵，康熙在一六八五年六月二十五日下令炮擊雅克薩，隨後藤牌軍與增援來的沙俄侵略軍奮勇拚殺，經過激戰，沙俄侵略軍傷亡慘重，只好遣使赴清軍大營乞降並撤回尼布楚。清軍收復了雅克薩，焚毀城堡，然後撤回璦琿等地。

但是在一六八五年八月，俄軍再次侵佔雅克薩，在城裏重築炮台、軍械庫和防禦工事，企圖長久盤踞。一六八六年二月，清軍再次驅除沙俄侵略軍，用重炮猛轟城內敵營，消滅了大部分的敵軍，取得了徹底勝利。雅克薩之戰的敗訊傳到莫斯科，沙俄攝政王索菲亞公主被迫派專使赴北京，向清政府遞交國書，請求停戰。表示願意通過談判，和平解決邊界問題。一六八九年九月，中俄雙方代表在尼布楚談判，簽訂了《中俄尼布楚條約》。一八五八年五月二十八日，黑龍江將軍奕山與沙俄穆拉維約夫簽訂《中俄璦琿條約》，將黑龍江以北、外興安嶺以南大片中國領土劃給沙俄，從此雅克薩易名為「阿爾巴金諾」，而黑龍江也成為了中俄的界河，因此也才有今天聯合國主持的界河水環境調查。

當方文凱來到了只有十五平方公里的古城島時，還能看到島上留下的城堡和炮台痕跡。在一九六四年前，島上有額木爾公社，後來成為古城村，大部分土地已開墾種田。島上在一九八五年曾發生春汛，造成嚴重的冰凌災害，所有的村民都遷至內地，只留下一棟二層樓房，矗立於島中，守望著綠油油的田地。

現在方文凱所看到的是，環島岸邊喬灌叢生，森森古樹，枝枝相連，英姿挺拔，像守護的戰士。波光粼粼的江水，合抱著島嶼緩緩地流進幽遠的山谷，傳來陣陣的轟響，他似乎是聽到了古戰場隆隆的槍炮聲。這是方文凱第一次來到黑龍江的北部和俄羅斯交界的地方，他對這裏有限的瞭解，是來自他在中學的歷史和地理課上所學的，再加上日後在不同的書報上所讀到的。他的認知是：黑龍江流域早在唐朝中後期，就曾歸入中國版圖成為中國的一大內河，後來成為遼國疆域，當元朝再次被納入中國領土範圍後，它又成為元朝的內河。自一八五八年被中國認定為不平等條約的璦琿條約簽訂後，黑龍江開始成為中俄大部分地區的邊界。清朝末年，漢民族大量移民東北，成為東北的主體民族，保證了東北對中國的向心力，成為鞏固東北邊防最強的力量。

在海蘭泡，也就是現在黑河市的對岸，一個叫做江東六十四屯的區域，因為已經被漢人屯墾多年，所以在璦琿條約中特別聲明，保留為中國領土，成為中國在黑龍江北岸唯一的領土，它與南岸的黑河市隔江相望。一九〇〇年八國聯軍向中國開進時，俄國以保護中俄鐵路為理由，出兵越過黑龍江，深入清朝國境約四十公里，放火燒毀當時屬於清朝的璦琿城，並將居住在江東六十四屯的漢族和鄂倫春族居民，包括男女老幼，都趕進黑龍江淹死或殺死，這就是歷史上所謂的「海蘭泡慘案」。

不久戰事結束，俄軍就將原屬清政府管轄的江東六十四屯以武力佔領。但是歷經清朝、袁世凱、北洋軍閥和國民政府，均拒絕承認這一事實，並堅持它是中國領土的一部分。

讓方文凱不解的是，在過去的幾年裏，他曾經以出差和開會的機會，三次去到俄羅斯的遠東，也就是西伯利亞，他所聽到和看到的有關當地的發展和歷史，卻和他的認知有很大的不同。他決定利用這次機會去追尋真相。

為了這次的科學考察，方文凱在事先取得了俄羅斯的簽證，他乘坐漠河渡船到了黑龍江北岸的「阿爾巴金諾」入境，這裏就是從前的「雅克薩」，在兩百年前還是屬於中國的領土，但是現在卻須要用護照和簽證，以外國人的身分才能進入的地方。方文凱發現，這裏是一個典型的俄羅斯城鎮，有著濃厚的「西方」氣息。按照在渡船上拿到的城市介紹小冊子，他直接地來到了當地的博物館，讓他吃了一驚的是，博物館的所在地就是當年雅克薩的城堡，就是清軍和俄軍交火的古戰場，博物館裏的首要陳列就是展示在沙俄時代，遠在歐洲聖彼德堡的沙皇政府，是如何策劃在遠東地區擴展勢力和進行建設。

雄才大略的凱薩琳女王，曾邀請當時最有成就的德國數學家「高斯」，來到聖彼德堡為她建立俄羅斯科學院，再用巨大的資金，聘請了百餘名當時最有名的科學家，來擔任俄羅斯科學院的院士，不僅讓俄國成為科學的強國，而且也為俄國增強了現代化的國力，最具體的成就是，使俄文取代了從十七世紀以來就被認為是「科學語言」的拉丁文，它和英文、法文、德文並列為現代的科學語言，一直到七〇年代，在以英語為母語的主要大學裏，所有主修科學的博士生，都必須通過兩種「外國語」的考試，它是從法語、德語和俄語裏三選二，理由是世界上重要的科學論文都是用英、法、德、俄四種語言刊登的。凱薩琳女王在創建俄羅斯科學院的同時，她命令數千名最彪悍善戰的哥薩克騎兵，開往俄羅斯的遠東，也就是西伯利亞。

她的戰略目標非常的清楚，就是最後要將「俄羅斯移民成為當地的主體民族」，她的「戰術方法」是「同化」或是「消滅」，但是後者成為主要的手段。多年後，沙俄被推翻，取而代之的是蘇維埃聯邦，它的另一個獨裁者史達林，在第二次大戰結束前，指揮蘇軍攻打德國首都柏林時，調來了哥薩克部隊，在破城後殺死了柏林城裏所有的「適齡」男人，強姦了所有的「適齡」女人。這種

「大規模」和「系統式」的屠殺，在上一世紀結束前後，又發生在歐洲的巴爾幹半島，前南斯拉夫解體後，從前在強人迪托的鐵腕高壓下和平共處的不同族群，因經濟、領土和宗教信仰的矛盾，而發生了戰爭，當塞爾維亞人佔領了科索沃人的土地後，就將所有的男女老幼殺害，只留下了生育年齡的婦女，將她們關進了「強姦營」，這些科索沃女人不僅要當「慰安婦」，讓塞爾維亞士兵集體強姦，做他們發洩性慾的工具，她們還要一直的關在營裏，直到懷孕後才能離開，目的就是要將科索沃人的種族基因改變，讓科索沃族群從那片土地上消失，在荷蘭海牙的國際法庭上，將這種殘酷的罪行定名為「種族清洗」。

當聯合國的維和部隊到達後，除了要挖掘掩埋了被集體殺害的「萬人塚」之外，還要處理許許多多被強姦而懷孕的科索沃婦女所帶來的棘手問題。方文凱記得在他看過的一本小說《遠方的追緝》裏，有形容在第二次世界大戰德國佔領了法國後，將大約一百多萬的年輕法國男人，以戰俘或是「反抗份子」的理由關進了集中營，因此有相等數量的年輕法國婦女，在沒有男人和物資匱乏的情況下掙扎地生活著，所以在生理和物資的需要下，法國女人向遠離家人的德國佔領軍，獻出了她們的愛情和身體。

不同於一般的戰爭時代，當時法國的嬰兒出生率，不但沒有下降，反而是上升，並且在比例上，金髮嬰兒要比戰前時期多。方文凱認為雖然這也帶來了對種族基因的改變，至少它的手段和方法是比較溫和，甚至還有人性的歡愉。但是當年凱薩琳女王在這片中國土地上的戰略目標和使用的手段，卻是赤裸裸和血淋淋的「種族清洗」。

阿爾巴金諾博物館裏展覽了哥薩克騎兵的「豐功偉業」：他們在一八五〇年以後，趁中國清朝衰微，開始入侵黑龍江流域。在雅克薩一帶，野蠻的哥薩克人甚至拿當地的索倫人當食物，真正的成了吃人的「羅剎惡魔」。

騎兵隊的指揮官尼古拉耶夫在攻佔廟街後，殘酷地殺害當地的赫哲族和鄂溫克族居民，製造了廟街慘案，並將廟街改名為尼古拉耶夫斯克。俄國同時強迫清王朝簽訂了不平等的《中俄璦琿條約》和《中俄北京條約》，強佔了黑龍江流域一百萬平方公里的中國領土，包括黑龍江以北、外興安嶺以南、烏蘇里江以東至庫頁島的大片領土。這片領土內居住的赫哲族被屠戮殆盡，結雅河的鄂倫春族被迫遷入大興安嶺，女真族被迫遷入黑龍江以南、烏蘇里江以西，最終俄羅斯移民成了當地的主體民族，只有貝加爾湖以東的布里亞特蒙古族，沒有被消滅而是被同化了。

一九〇〇年，八國聯軍侵華，沙俄趁火打劫，製造海蘭泡慘案，佔領東北全境，實行殖民統治。一九〇五年日本擊敗沙俄，奪取庫頁島南端、千島群島南部和符拉迪沃斯托克，並控制吉林和遼寧。再後來黑龍江以南進入張作霖時期，一九一七年在黑龍江以北成立了遠東共和國，但是日本控制了整個千島群島。一九三一年日本佔領東北，成立「滿洲國」，與蘇聯在黑龍江相對峙。蘇聯將遠東的漢族趕走或殺死，將遠東的朝鮮族強行遷到中亞。一九四五年，蘇聯從日本手中重新奪取庫頁島南部和符拉迪沃斯托克，並佔領整個千島群島，包括了日本北方四島。

走出了阿爾巴金諾博物館，方文凱非常的感歎，俄國人就靠著那麼幾千個野蠻的哥薩克騎兵，用了幾百年的時間，佔據了幅員遼闊和世界上自然資源最豐富的地區，然後長期的經營，增加了總體的國力。

前蘇聯利用遼闊的西伯利亞，在第二次世界大戰時，和日本的關東軍對峙，在關鍵時刻還將它駐守的兵力西調，投入莫斯科保衛戰，擊退了納粹德軍，扭轉了歐戰的局勢，最後在徹底擊敗德國的一戰，也是哥薩克部隊攻下了德國的首都柏林。方文凱覺得中國人應該好好的反思。多年來他對俄國人在科學、文學、藝術和其他領域裏的輝煌成就，一直是非常的景仰，現在他有了更深一層的瞭解。他懷著這樣的心情，在兩天後登上了俄國的科學探測船，向小泉教授報到。

法國伊迪斯飛機製造公司派出的高層代表團，在董事長的率領下，如期的來到了紐約，在秦瑪麗的精心安排下，他們在南方製藥的董事會上，做了非常詳細的投資建議報告和分析，雖然建議書的文本，在幾天前已經送到每一位董事的手裏，但是口頭的報告，可以按著董事們所提出的問題做重點的加強，伊迪斯公司在南方製藥的董事會上，做了個很精彩的投資說明報告。第二天，代表團的成員分頭找了個別的董事會成員做當面會談，去進一步瞭解南方製藥的投資狀況和意願，當然更重要的是，打聽董事會成員們的反應。第三天上午，代表團留在酒店裏開會討論，總結他們這次到紐約尋求投資是否成功，雖然各人的意見不盡相同，但是都覺得成功的機會是有的，至於成功的機率有多少，大家的意見就不同了，但是都同意機會至少應該是有一半一半，超過了百分之五十。

有一件事大家都同意的，那就是南方製藥的董事長史密斯目前臥病在床，董事會的事務雖然是由副董事長代理主持，但是董事長的投票權，卻是握在執行董事秦瑪麗的手裏，因為她又是董事長的夫人，再加上她自己在董事會裏的人脈關係，毫無疑問的，秦瑪麗是南方製藥董事會裏最有影響力的執行董事之一。

在他們這次的來訪中，秦瑪麗是非常的低調，沒有跟代表團中的任何人有任何的私下接觸，但是他們能夠感覺到，所有安排和進度的背後，都有秦瑪麗所扮演的推手角色。現在事後回想，才明白她的行事方法是最有效的幫助。伊迪斯應該感到很幸運能有秦瑪麗這樣的朋友。

討論進行到十一點多鐘時，南方製藥董事長辦公室來電話，邀請伊迪斯公司的董事長、總裁和財務長，在下午一點鐘出席南方製藥副董事長的午餐會。在理論上，在兩小時前才邀請對方出席餐會是不太禮貌的，但是目前的情形下這一定是件好事，大家都同意，成功的機率由百分之五十升到百分之九十以上了。

這頓午餐一直持續到下午四點還沒有結束，其間代表團只接到一個簡訊：「搞定，細節洽商中。」然後叫大家自由行動，打點晚飯。於是這些從法國來的人，就放心地去買醉和找樂子狂歡慶祝了。但是伊迪斯公司的總工程師，約翰．莫佛，沒有參加，他接到秦瑪麗的電話，邀請他一起吃晚飯。

莫佛從酒店叫了一部計程車來到了約定的餐館，地點是在中央公園旁邊公園大道上的一條小街裏，雖然那裏是紐約市最昂貴的住宅區，但是餐館的大門一點都不起眼，暗藍色的大門是關著的，門邊的牆上有一個黃色的銅牌，上面寫著「薰香草食坊」，銅牌的右下角有一排小字寫著「需要預定」，但是下面並沒有給出訂位的電話號碼，給人「不歡迎你」的印象。實際上這是一間私人俱樂部的用餐會所，當你打電話訂位時，要說出會員證的號碼或是登記的姓名，否則就會被拒絕於門外。莫佛推門進去，有一位穿著黑色西裝，打著黑色領結的迎賓經理趨前問道：

「晚安，我可以有您的預約嗎？」

「南方製藥的史密斯夫人邀請。」

迎賓經理將手上的名冊拿起來看了一下，笑著說：「您一定是莫佛先生了，請跟我來。」

一走進餐館的用餐大廳，莫佛馬上就明白這是一間世界頂級的餐館，它的內部裝潢、擺設和氣氛，處處都顯露著它背後的金錢和權貴。迎賓經理將莫佛帶到餐廳靠牆邊的一張桌子：

「莫佛先生請坐，我能向您確定，史密斯夫人隨後就會到的。」

「謝謝，是我早到了。能否先把菜單給我看看。」

「史密斯夫人已經把晚餐點好了，請問您要來一杯雞尾酒或是其他的飲料嗎？」

「如果能有一杯冰水就很好了。」

「是的，莫佛先生，馬上就送到。」

莫佛拿起桌上擺著的一本介紹「薰香草食坊」的小冊子翻看，他才知道這是一間已有多年歷史的老字號私人會所，當年就是為了給住在這附近的富豪和達官貴人們提供美食而設的餐館，小冊上寫明的會所年費和入會時的押金都是會嚇壞人的。莫佛發現它並不提供菜單，客人有兩個選擇，一是要在三天前預訂想要吃的主菜內容，然後由大廚師配出一套晚餐，另一個選擇就是吃會所當天提供的主菜，多年來就是因為保證了美食的可口和新鮮，才不僅留住了會員，現在要加入還得等好長的時間才有空位。莫佛正看得入神時，聽見背後有人說：

「哈囉！約翰，不好意思，你先到了。」

是同一位迎賓經理把秦瑪麗帶來了，莫佛站起來，伸出手來要和她握手，但是她迎上來把臉靠了上來，莫佛以為她是要親他的臉，但是她吻了他的嘴，並且她的嘴唇是微微地張開。完成了法國式的打招呼後，莫佛才看清楚秦瑪麗穿了一身完全不一樣的打扮，上身是素色的露肩連衣短裙，露出了兩條修長的大腿，包在暗色的薄褲襪裏，配上很高的黑色高跟鞋，凸顯出大腿線條的優美，她的上身還有一件魚網式料子織成的半透明小披風，上面只是把一部分露出來的酥肩遮住，但是一個乳罩的肩帶還是露在外面，原來是梳上去做成髮卷的頭髮放了下來，披風下襬的綵線只到了下腰，莫佛感到一股女人的魅力，夾帶著高貴、青春和性感，在向他挑戰著。他說：「史密斯夫人，妳今天穿得這麼青春，我知道您是美女，但忘了您原來是個很年輕的美女啊！」

迎賓經理把莫佛旁邊的椅子拉出來讓秦瑪麗坐下，她說：「謝謝你，莫佛博士。」

她抬起頭來對迎賓經理說：「東尼，你給我們兩杯琴酒配的雞尾酒，我要兩顆橄欖。等我們喝完了就可以上菜了，謝謝你。」

「非常好，夫人，雞尾酒馬上就到。」

等迎賓經理微微彎腰鞠躬退下後，秦瑪麗說：「果然名不虛傳，你們法國男人就是會說女人最愛聽的話。」

「我不知道別的法國男人在女人面前是說些什麼，但是我一向是說老實話，不信，妳要不要去問問我們旁邊桌子的客人，我是不是說實話？」

「你真覺得我是青春美女嗎？為什麼今天才發現呢？」

「史密斯夫人，我們第一次見面時，我就已經發現了。」

「是嗎？在公司裏我們都打扮得像老太婆，難看死了，對不對？換了年輕的打扮，自己都覺得是年輕了。還有我們不是說好了，不叫什麼夫人和博士了嗎？」

「可是這兩天妳都是叫我莫佛博士，並且對我特別的冷淡，也不多看我一眼。」

「約翰，你別冤枉好人，我可是在為你們伊迪斯公司賣力。別忘了，我是南方製藥董事長的老婆，我要是對伊迪斯公司年輕又英俊瀟灑的總工程師，表示親熱和好感，那還得了嗎？」

「說到這，我要代表我們伊迪斯所有的工程技術人員向妳表示感謝。」

莫佛按住了她放在桌子上的手，但是秦瑪麗即刻就把手抽回來：「別，這裏有很多人都認識我，八卦謠言是很可怕的。」

秦瑪麗端起剛送來的雞尾酒說：「來，祝我們兩家公司的未來合作成功。」

「太好了！」

兩人舉起酒杯相碰後，各自喝了一口，莫佛馬上就反應說：「哎呀！這雞尾酒可是配得真好！」

「是的，它是這間會所的招牌酒。約翰，我希望你不要在意，我已經把菜都點好了，主菜是牛小排配蘆筍，湯是點的龍蝦南瓜濃湯，都是他們拿手的，別的就讓他們替我們配了。但是我要了一瓶好酒，是八四年伯爾多產的夏朵內紅酒。」

「我剛才看了這會所的簡介，他們沒有菜單，為了新鮮，是按當天買到的原材料，準備三、五道主菜，再用電話通知客人，或者是等迎賓經理用口頭把有的選擇說出來。所以我相信一定是非常的可口。我也相信這裏的價錢一定不便宜，別的我不知道，光是妳點的那瓶紅酒，在巴黎就要兩百美金。不好意思，要讓妳破費了。」

「沒問題，只要你喜歡就行。」

侍者端上來紅酒，秦瑪麗請莫佛做驗證，他按習慣，有模有樣地聞了酒瓶的塞子，端起酒杯仔細地觀看杯裏少量的酒，然後在手裏搖晃擺動，再放在鼻子下聞一聞，最後點一點頭說：「很好，就是它了。」

侍者將兩人的酒杯都斟滿了後，就開始上菜了，從開胃菜、沙拉、濃湯和一起上來熱烘烘剛出烤箱的麵包，每一樣都非常可口，等到牛小排主菜上來後，莫佛就不說話了，只專心在眼前的美食和美酒，突然他發現秦瑪麗的臉上帶著一思笑容在注視著他，他也放下了刀叉開始看她，秦瑪麗說：「我看你吃得挺好的，怎麼停下來了？」

「喝好酒，吃美食，還有美女可看，是我們男人的夢想，現在這三樣都在我面前了，人生還要求什麼呢？」

「哈！對我們莫佛大博士，這三件事還不都是舉手之勞嗎？」

「前兩件也許是，但是美女就不好說了，因為它含有非常強的主觀願望。你們中國人說的『情人眼裏出西施』，是最恰當的解釋。」

「不錯，你還接觸過中國文化啊！」

「我是在妳面前班門弄斧，這都是方文凱和琳達講給我的。」

「你們可真是很要好的朋友。」

「是的。其實我在享受美食和好酒的同時也在思考。」

「你在想什麼？」

「如何在享受美酒和美食之後，還能再享受美女。」

「約翰，你很大男人主義。」

「是嗎？」

「你只想到要享受美女，難道就沒想到美女也想享受美男嗎？」

「真抱歉，我忘了告訴妳，我會很努力的不讓妳失望。」

兩人臉上都帶著一絲曖昧的笑容盯著對方，秦瑪麗說：「其實我知道你心裏在想什麼。」

「說說看。」

「剛剛當你一看見我時，從你的眼睛裏我就知道你在想什麼。」

「有這麼厲害嗎？」

「你是不是在想像著，把我的衣服一件一件地脫下來？現在是不是都已經脫光了？」

莫佛沒回答，但是他問：「然後呢？」

「你會長驅直入地征服我。我說的對不對？」

莫佛沒有想到秦瑪麗會這麼直截了當，他驚愕得說不出話來。秦瑪麗就接著說：「看你嚇得都說不出話來了。約翰，我是很喜歡你，但這是你我的第二次相處，就要我跟你上床嗎？法國男人未免太猴急了吧！」

「第一次讓妳逃脫，已經讓別人取笑了，第二次當然不能失手了。」

「我要提醒你，我可是已婚的人，還有個老公要往哪擺呢？」

莫佛沉默了一會兒，他突然問說：「秦瑪麗，妳的婚姻快樂嗎？」

「你為什麼要問這個問題？」

莫佛沒有回答，他說：「妳托我辦的事，我都辦好了。」

這回輪到秦瑪麗沉默不語，過了一會兒她說：「先不說它。今天晚上這一頓高消費的晚餐，我是要報公帳的，所以我們要談談公事了。」

「公私分明是應該的，那我們什麼時候要談私事？」

「等一會兒吃完晚餐，到我家去，我有極品白蘭地酒，有興趣嗎？還是你晚上還有約會。」

「不管有沒有極品白蘭地，只要有妳這位美女，我都會一路奉陪到底。」

「那就讓我期待著吧！約翰，難道你對我們南方製藥董事會的決定一點都沒興趣？」

「我們接到的消息是『搞定了』，所以我們此行是成功的，伊迪斯公司不用再去找銀行苦苦哀求去借錢了。」

「你知道我們南方製藥的投資額是多少嗎？」

「我們是要求你們投資十八億美金。」

「沒錯，但是我問的是你知不知道我們投了多少？」

「妳是說，還不到十八億是不是？我們要的錢數裏是有加水的。」

「我的莫佛博士，南方製藥的總投資額是二十五億美金。」

「我的媽呀！妳沒在騙我吧？」

「當時你們的董事長也是張著他的大嘴，好久都說不出話來。」

「這真是個天大的好消息，我們今後幾年內都不用裁員了。秦瑪麗，這裏頭妳一定是有幫了大忙，是不是？」

「沒錯，我是使了力量說服了我們的董事會同意投資二十五億，但是我是用了非常有邏輯性的說法，董事們是不能輕易地反對的。」

「什麼說法？」

「南方製藥在早先就決定了，要花十二億美金在歐洲投資，因為過去的一年多來，股票市場分析都看好你們伊迪斯公司，認為在以後的幾年裏，只要資金沒有問題，你們的業務會蒸蒸日上，尤其是兩年後，你們發展的新客機出廠並正式生產時，正好會碰上好幾家大的航空公司要淘汰他們的老飛機，你們將會有很多訂單，所以估計你們的股票，很可能在三年內就會上漲一倍。到那時候，我們只要將伊迪斯的股票拋售一半，就能收回多投資的十二億了。董事會用了整整一天的時間，來調查和辯論我的說法，最後他們還是同意了。」

「秦瑪麗，我好佩服妳，妳的聰明和妳的美麗一樣的讓男人動心。」

莫佛情不自禁地又握住了她的手，還拿起來親吻著。秦瑪麗說：「跟你說了，這裏會有人認得我。你也別太開心，我們的投資是有條件的。」

他把手鬆開了：「對不起，我忘了。你們的投資當然是應該有條件的，我相信伊迪斯一定會答應的。」

「我們成了伊迪斯的大股東，我們要求在你們的董事會裏有兩席，其中一席還是執行董事。」

「妳放心，這樣的條件我們的董事會一定會同意的。」

「我想也是的。對不起，我只顧著和你說話，都忘了問你吃得怎麼樣？牛小排還可以嗎？」

「太好了！我現在同意，美國廚師烤的牛排是好吃。」

「約翰，我還有一件事想請教你，聽聽你的意見。」

「妳是這麼能幹的人，還會有什麼事要求教於我？說吧！」

「我查了一下你們伊迪斯公司的董事會，董事們全是男人，我想問的是，他們會接受一個女人當執行董事嗎？」

莫佛驚訝地問：「是妳想到伊迪斯來出任執行董事嗎？」

「你認為我會被接受嗎？」

「太好了，我保證妳秦瑪麗是我們伊迪斯有史以來最受歡迎的執行董事。我不是在跟妳開玩笑或是在捧妳，妳給我們留下的印象太深刻了。請注意，我們不是在說妳的外表，而是在談論妳的能力。真沒想到，我們伊迪斯還有被妳看上的地方。」

「伊迪斯有很多吸引我的地方，包括了它的總工程師。」

莫佛目不轉睛地看著秦瑪麗，她沒有開口，雙眼也直瞪著他。

「秦瑪麗，我想喝極品白蘭地，我們可以要咖啡和甜點了嗎？」

走出了薰香草食坊，秦瑪麗跟莫佛說，她雖然是住在紐約長島的「大宅院」裏，但是她自己在紐約市中心的曼哈頓區也有置產，是一間公寓房，原來是租的，因為非常的喜歡，租了兩年後當房東說要出售時，就將它買了下來，她只是偶爾的來住一下，幾乎沒有人知道她在紐約另外還有個住處。公寓離飯館不是很遠，地段好也很安全，再加上天氣又好，秦瑪麗要莫佛陪她散步回去。天上出現了一彎新月和滿天的星斗，他們轉上了公園大道，寬敞的人行道上，有一對一對的男女在行走，顯然的他們也是在享受清幽的夜景，徐來的晚風，還有對街中央公園在燈光下的影像。莫佛說：「我沒想到紐約的市中心也有挺美的夜景。」

「可是比起你們巴黎來可差得遠了。」

「但是各有特色。我一直把市中心的時代廣場和百老匯的人來人往，當成是代表紐約市的典型景色。我的確沒想到紐約還有我現在所看到的這一面。」

「下次到我們的長島來，那可是有不少的田園風光和浩瀚的海岸。」

「我聽說了，就不知道會不會有美女當導遊了。」

「我不夠格當美女，但是我能勝任當導遊的。」

「是不是美女要我說了才算，那我們就一言為定，妳要當我的長島導遊，不許反悔。」

「保證不反悔。」

秦瑪麗挽住了莫佛的手臂，把柔軟的胸部靠上來，順著步伐的搖擺，莫佛可以感到她的乳房雖然是隔著兩人的衣服，在有意無意地摩擦著他的臂膀。

「好舒服的感覺。約翰，你是不是能讓所有跟你在一起的女人都很開心？」

「當然不是了，我老婆就覺得跟我在一起不爽，所以她就看上另一個男人了。」

「你是在說你的同學方文凱嗎？」

「那還能有誰呢？」

「我聽人說你們是好朋友，可是我聽你的口氣裏，卻帶有不友好的味道。」

「沒錯，我們是好朋友，並且他還幫過我大忙。但是在女人的事情上，我是敗在他手上，並且是一敗塗地。記得我跟妳說過，我們愛上同一個女人，但是她嫁給了文凱，所以我說他對付女人的功夫很到家。」

「是嗎？你們男人也會有這麼複雜的感情嗎？」

「沒聽懂。」

「我是說，你們既然是好朋友，那一定是有感情的，但是你很氣他把你的女人搶走，可是又很羨慕他伺候女人的功夫。這還不複雜嗎？」

「這都是好多年前的事了。現在我們兩人雖然都是事業有成，但是都成了孤家寡人，命運的確是會捉弄人的。」

兩人沉默不語，都陷入了深思。他們經過了一個用欄杆圍著的小小路邊花園，濃密的樹葉遮擋了路邊的燈光，昏暗中還是可以分辨出，有情侶坐在讓人休息的長板凳上，有的在愛撫著，也有在親吻著的。他們走到欄杆前時，秦瑪麗拉住了莫佛，她轉過身來面對著他，一雙亮晶晶的大眼睛看著他輕聲地說：「約翰，想不想把我當成你非常短暫的情人？」

莫佛摟緊了她，她的雙手抱住他的脖子，仰起頭來迎接他。當她感覺到莫佛的舌頭越來越強烈地在她的雙唇間探索時，她剛剛張開了嘴，馬上就被他佔領了。在他緊貼著的身體、游動著的雙手、火熱的嘴唇和強力侵犯著的舌頭全面地進攻下，秦瑪麗感受到眼前正在擁抱著她、吻著她和愛撫著她的男人，所散發出來的慾望，她幾乎喪失了所有的抵抗力量，她覺得她的兩腿發軟，全身都要崩潰了。她用力地推開了莫佛。

「對不起，我以為是妳要我當妳的情人的，我是不是傷到妳了？」

「你沒有傷到我，是我不對，我貪心，想要感覺一下你。但我是個不正常的女人，有些地方我是很脆弱的。」

「我沒聽懂。」

「約翰，一個正常的人是在十三、四歲或是十七、八歲時開始戀愛，然後在二十幾或是三十幾歲時結婚，在此同時，他們受教育，也成長著，然後就變成社會的一份子，這一路上有丈夫、父母、朋友和孩子們圍繞著。唯獨我是個異類，我在十九歲時失去了我的父母，當時我是個大學一年級的學生，沒有任何親人，因為父親的案子，除了一位中學同學外，所有的朋友都遠遠地離開了我。我隻身來到一萬公里外的美國，嫁給一個比我大三十歲的男人。十五年過去了，我有了自己的事業也累積了財富，但我不能忘記我悲慘的過去。約翰，你知道嗎？我馬上就要三十五歲了，眼看著青春就要離我而去，而我卻從來沒有談過戀愛。我渴望愛情，有時候我好希望時間退後十年，讓我還能去尋找愛情。請你原諒我，我不應該拿你來做我想嘗試愛情的實驗品。約翰，請不要生我的氣。看我在你面前說了這麼多不相干的事，你也真有耐心的聽，也不阻攔我，叫我閉嘴。」

「在巴黎見到妳時，就感覺妳是個不平凡的女人，能有今天這樣的成就，我挺佩服妳的。」

「好了，不說我了。我住的地方轉個彎就到了，我們快走吧！」

秦瑪麗的公寓房很寬敞，客廳的大落地窗面對著紐約的中央公園，客廳裏的燈光調暗了以後，整個公園的夜景就全收在眼底。她輕輕地親了一下莫佛：

「謝謝你剛剛很有耐心地聽我瞎說了一大堆我的過去，現在心裏舒服多了。你先坐一會兒，我去換件衣服就來。我看你也把西裝上衣脫掉，輕鬆一點。白蘭地就在酒櫃裏，酒杯也在裏頭，還有從冰箱裏拿一瓶帶汽的冰水。約翰，你知道嗎？除了來整理和清潔的工人外，你是第一個走進這裏的男人。」

「是嗎？史密斯董事長也沒來過嗎？我可以用一下妳的洗手間嗎？」

「當然，客人的洗手間在進門左轉的地方。約翰，你別緊張，這裏是我的避風港，沒有人知道我住在這裏。尤其是老公，更不能知道。」

像一陣風似的，秦瑪麗消失在她的臥室裏，莫佛從酒櫃裏拿出了白蘭地，果真是極品，倒了兩杯後，就能聞到酒香了。他把一瓶冰鎮的汽水和兩個水杯也拿出來，放在沙發前的矮茶几上，然後站在落地窗前看紐約中央公園的夜景，他正在思索，是當年主持都市計畫的人有特別的前瞻能力，為百年後世界最大的商業城市留下這麼一大片的公園和綠地。還是相反的，因為中央公園的建立，促成了紐約成為世界最大的城市。他聽見身後的聲音：

「買下這棟公寓的理由之一，就是我被中央公園的夜景迷住了。」

莫佛轉過身來，他嚇了一跳，站在他面前的秦瑪麗變成了一位女神，並且是主宰男人情慾的女神。秦瑪麗說是去換衣服，其實她是把穿的連衣短裙、褲襪和胸罩都脫下了，全身只剩下魚網式半透明的小披肩和腳上的高跟鞋沒有脫下來。高挺著的乳房和暗紅色的乳頭都可以隱約地看見，披肩裏就只有一個極小的，但是用細線緊繃著的比基尼黏貼在下身上。

「秦瑪麗，妳這不是要我的命嗎？」

她笑著說：「今晚從你見到我那一刻，就千方百計地要看我的身體，現在，你喜歡嗎？」

莫佛不說話，他上前抱住秦瑪麗開始吻她，把手伸進了披風撫摸著她光滑的皮膚。秦瑪麗的嘴唇微微地張開，從喉嚨裏發出了輕聲的呻吟，但是莫佛即刻就佔領了它。她乘著呼吸的機會掙扎開來，但是還是緊摟著他：「約翰，我想喝白蘭地來壯膽，還想要聽聽你替我辦的事好不好？」

她端起一個酒杯給莫佛，然後把自己的杯子向他舉一下：「這是你們法國人釀的陳年白蘭地，試試看，還行嗎？」

他喝了一小口後說：「我知道這個牌子，它是名副其實的極品。」

「太好了，今晚我們可以喝個痛快。」

「妳剛說要喝酒壯膽，妳是害怕嗎？」

「是的，非常的害怕。」

「是怕我嗎？」

「不是，我是怕我自己。」

「為什麼？」

「我怕我自己會太貪心了。」

「能解釋給我聽嗎？」

秦瑪麗沒有回答，她轉開了話題：「說說我求你辦的事好嗎？」

莫佛起身從放在椅子上的西裝上衣口袋裏，拿出一個信封放在秦瑪麗的面前，他說：

「這是一個光碟，裏頭有三份掃描的文件。第一份是台灣國防部給『達震系統』的委託書，上面很清楚地說明，所採購的戰機要裝配『西門卡－I式』的發動機。這份檔是由當時的國防部第四廳長李雲華簽署的，他應該是秦上校的頂頭上司，所以這應該是最有力的檔，證明並不是秦上校的要求，改變更換發動機，而是國防部從一開始就是要老式的發動機。」

「那麼軍事檢察官用來起訴我父親的證據，又是從哪裏來的呢？」

「我相信這裏頭一定有鬼，很可能是有兩份委託書，一份是給『達震』的，另一份是給國防部內部用的，包括用來做陷害秦上校的。秦瑪麗，根據『達震』的進出檔案記錄，台灣的軍事檢察官沒有要求他們出示委託書，我們伊迪斯的法律部主任桑德蘭大律師認為，這非常不合辦案常理。」

「約翰，謝謝你。我會馬上就把這檔案發到台灣去。」

「我認為這裏頭有很大的陰謀，妳一定要小心，不要讓檔落到壞人手裏，讓我前功盡棄，我可是費了好大的功夫才拿到這份文件的。」

莫佛接著說：「光碟裏的第二個檔，就是妳問的『台灣爆炸事件行動計畫』，它的起草人和執行者都是大衛·索康。根據我朋友葛布瑞爾說，雖然在比利時註冊的『達震系統公司』，是『紅石環球安全顧問公司』的附屬子公司，但是真正管事的人卻是大衛·索康，和一個叫潘延炳的人。」

「『達震』的總公司是在比利時還是在法國？」

「應該是在比利時，但是它們在巴黎設有辦事處，葛布瑞爾就是在巴黎辦事處負責檔案管理的。她說辦事處要比總公司大得多。還有這份行動計畫在『達震』內部被列為最高機密。」

「大衛·索康和潘延炳都是比利時人嗎？」

「索康是美國人，潘延炳是有比利時國籍的中國人。我想妳應該把這份檔交給台灣政府。」

「我同意。」

秦瑪麗替莫佛把白蘭地加滿，她端起自己的酒杯喝了一口，就看著莫佛不說話。他有點不自在：「秦瑪麗，妳想要的謀殺妳父親秦依楓的行動計畫我拿到了，也在光碟裏。」

「約翰，你看了那內容嗎？」

「看了。」

「所以你剛才問我的婚姻是否快樂，是不是？」

莫佛很驚訝地問：「怎麼，妳已經知道了？」

秦瑪麗的臉色變得鐵青：「是的，是我的丈夫威廉．史密斯派人殺害了我父親。」

「妳是怎麼發現的？」

「方文凱找到了失蹤多年，為我父親工作的女秘書管曉琴，是她說的。」

「又被他捷足先登，文凱是在哪裏找到她的？」

秦瑪麗回答說：「為了她的安全，方文凱沒告訴我。」

「真沒想到，一個這麼大企業的董事長，又是世界名大學的董事，居然是個謀殺案的幕後兇手，並且是殺害自己的丈人！」

莫佛發現秦瑪麗無聲地哭泣，莫佛抱住了她，她把頭靠在他的胸上，就再也忍不住地哭出聲來了，抽泣了一陣後才慢慢地平靜下來。秦瑪麗說：

「我一直盼望你從『達震』拿到的檔，能證明方文凱的消息是錯的，雖然我明知可能性不大，因為管曉琴是個非常可靠，並且對我父親一直是忠心耿耿的部屬，但是我還是在期待。現在事實就擺在眼前，我居然嫁給謀殺了我父親的兇手，還和他同床共枕了這麼多年，你說我還是人嗎？」

「秦瑪麗，妳也不要責備自己，當時妳一定不知情，否則一個人再怎麼也不會嫁給殺父的仇人，妳說是不是？妳現在要面對的問題是，下一步該怎麼辦。」

「我要報仇。」

「我認為妳應該好好地思考，只是寫一個殺人的行動計畫，並不能構成他殺人的事實，最多只是犯了企圖殺人的罪。還需要實際動手的兇手當人證，才能把史密斯和謀殺案聯在一起，讓他在法律上和動手的人是同罪。這麼多年了，還能找到這個證人嗎？另外還有一個事實，那就是殺人案是發生在台灣，只有台灣的司法部門有管轄權，除非史密斯去台灣投案，妳認為美國政府會同意引渡他嗎？」

「以他的地位和他在政府的人脈關係，還有他目前的健康狀況，這可能性幾乎是不存在。」

「我認為根本不可能，如果可能，最少也要拖個十年八載的。」

「也許我應該考慮法律以外的途徑。」

莫佛驚訝地問：「妳真的會走這條路嗎？那你們夫妻之間的感情問題要如何處理呢？如果你們有非常恩愛的關係，又有孩子，情況就會很複雜了。所以我剛才問了妳的婚姻狀況。」

「我跟你說過，我的婚姻是非常不正常的。多年來，我一直都認為這是因為夫妻間的年歲相差懸殊，他比我大了整整三十歲，再加上我們又是異國通婚，有文化和傳統的差異，所以才會讓我有不正常的感覺。後來我碰到好幾對夫妻都有年齡的差距，也有很多的夫妻是來自不同的文化背景，和他們相比，我才明白自己的婚姻是多麼的不正常的。」

「秦瑪麗，妳能說得更具體一點嗎？」

「當時我父母雙亡，舉世無親，無依無靠，所以當史密斯要我嫁給他時，我就跟他走了。」

「我明白了，妳剛剛說的妳渴望愛情，就是因為妳不曾經驗過戀愛帶來的喜悅、激情和刻骨銘心的感覺，但是它也會帶來各種酸甜苦辣，有時候像我這種過來人，會覺得沒有愛情也就罷了。」

「約翰，你是人在福中不知福，說得讓人生氣。我一開始嫁給他時，就有很強烈的感覺，他是為了滿足性慾而和我結婚的，但是他在另外兩件事上我很感激他，一是他在每個月給我花用的錢上很大方，也不干涉我怎麼去用，所以我慢慢的有了積蓄，並且他還建議我如何投資理財，這些年來我也累積了財富。另外他還很鼓勵我去念書。我喜歡攝影，他也很贊成。後來我出去在慈善團體做義工，他也沒反對，當他發現我幹得還很不錯時，他說『南方製藥』也有個不小的慈善部門，為什麼不為自己人做事呢？就是這樣，我進入了『南方製藥』。後來一路當上了執行董事。」

「從這點看，妳的婚姻是正常的，而且還讓人羨慕。這次我們來到『南方製藥』才發現，因為妳不但是個出色的慈善事業工作者，還是個很能幹的企業家，這才促成了妳在公司裏的影響力。秦瑪麗，妳是個很有才華的人。」

說完了，莫佛又摟著她開始吻她，秦瑪麗張開嘴迎接他，隔了一會兒才把他推開。

莫佛把手伸進了她的小披風，在她光滑的皮膚上撫摸著。

「你問我婚姻是不是快樂，很多人都跟我說，除了老公的年歲大之外，我是很幸福的。我一直有個感覺，我只是我丈夫在白天向別人炫耀的一個裝飾品，晚上我是他發洩性慾的工具。約翰，你知道嗎？他從來沒有像你這樣抱著我甜言蜜語的和我說話，你說我們夫妻間算是有感情嗎？」

「我的看法是，如果一個人不但殺人還娶了被害人的女兒，並且同床共枕了十多年，居然能隱瞞得滴水不漏，這絕對不是正常的夫妻感情。妳的丈夫絕不是個普通人，他除了是居心叵測、鐵石心腸外，還是個非常殘忍的兇手，非常可能再度殺人，誰能保證他下一個被害者不會是他的妻子呢？反正他已經把老子殺了，再殺個女兒，對他來說太容易了。妳必須馬上離開史密斯。」

「上帝是很會捉弄人的命運，約翰，你相信嗎？在過去的兩年裏，是我保住了史密斯的命，沒有我，他已經是黃泉路上的人了。」

「啊？這是怎麼回事？」

「兩年前他得了心臟病，並且相當嚴重，雖然馬上做了手術，把四個主要的心血管都換了，但是他的心臟已經損傷到無法修復的地步，而且越來越嚴重，一年多前他就不能工作，不僅是臥床不起，還需要二十四小時用氧氣，就這樣，每兩個月還會來一次心臟機能不正常的突發情況，每次都得叫救護車送醫院急救。因為他不願住在醫院，我們就把家裏一間臥房改裝成病房，裝置了完整的醫療設備，讓他能在家裏靜養，還顧了三班護士輪流看著他。現在他唯一的活路，就是在等合適的心臟好做換心的手術了。我除了照顧他的健康外，現在也全權代理他公司裏的業務。」

「那妳們夫妻的關係是不是有了改變？」

「是的，這是我們婚姻上的轉捩點，我們結婚以來他第一次跟我說，我是最能照顧他的人，他很感激我。我也是現在才感覺到，我不再是個擺設的裝飾品，也不是洩慾的工具，而是一個照顧丈夫的正常妻子，只是他已經沒有性生活的能力了。這是在生活方面的改變，在事業上，他發現了我的能力不錯，能為他辦事和出主意，所以自然而然的我們就成了事業上的夥伴了。他的大兒子，法蘭克．史密斯，是個大渾球，自從他老爸臥病後，就千方百計地要取而代之，好幾次在董事會上提議，要他老爸交出董事長的權力，由他代理。都是我在全力地阻擋，不讓他得逞。對於我盡全力保護他的權益，我丈夫是由衷地感激我。」

「我們和『南方製藥』的董事們開會時，法蘭克．史密斯一再強調他是紐約州的眾議員，說他有特別的影響力，能辦通別人辦不了的事，並且還強烈地暗示，他馬上就將會代理他父親執行董事長的職務，我看他是挺霸道的。」

「他是個大惡人，不僅想勾引我跟他上床，還常常會對我動手動腳的。他認為只要能霸佔了董事長的女人，他就能拿到董事長的權力，我就是不給他好臉色看。」

「秦瑪麗，難道他不知道這是亂倫嗎？」

「我不是說了他是個大渾球嗎？他才不管是不是亂倫，只要是有點姿色的女人，他就要搞到手，是個有名的大色狼。」

「那以妳現在和妳丈夫的關係，妳還要報仇嗎？」

「是你說的，他是個居心叵測和鐵石心腸的殘忍兇手，只是因為他病了，需要我的幫助來延續他的生命，這不能改變他殺害我家人的事實，我還是要報仇的，只是我還沒想出具體的方法。」

她接著說：「我很感激你替我辦的事，更感激你今晚跟我說的這些話，讓我認識了自己，明白了我的處境。我要讓今晚成為自從我爸媽走了以後，我最快樂的一晚。請你不要走，留下來當我的情人，就只要一晚就行了。我當然知道你想要什麼，不就是要征服你們伊迪斯公司未來的執行董事嗎！但是我們才第二次在一起，我還想多感受一些被你追求的感覺，所以就請你饒了我這一次，下一次我一定會讓你如願以償。」

莫佛的撫摸越來越積極，挑逗性也更強了，他的吻也越來越饑渴，秦瑪麗有了新的反應，她的身體開始扭動了：「約翰，我只是想體會一下，第一次和情人在一起過夜是什麼感覺，然後下一次才來體會和情人的第一次性生活。答應我，好嗎？」

「妳是存心要讓我這法國男人丟臉是不是？連續兩次都擺不平一個女人，我還怎麼做人啊？」

秦瑪麗無法抗拒莫佛堅持不懈地進攻，她終於投降，有了第一次的婚外情，沒想到的是，一夜激情，讓她決定了為父母親復仇的方法。

終於風平浪靜了，秦瑪麗淚流滿面，枕頭上濕了一片，她是在為了她將要做的選擇而悲哀，在天亮之前她合上了眼睛入睡，她的復仇計畫已經形成了。

《唐吉軻德》是西班牙作家塞萬提斯，在十七世紀出版的小說。故事背景是歐洲的後騎士時代，主角唐吉軻德幻想自己是個騎士，因而做出種種匪夷所思的行徑，最終從夢幻中甦醒過來。

方文凱非常喜歡這本小說，也喜歡它的歌舞劇，他和前妻琳達在洛城和紐約都去劇院欣賞過。他們尤其喜歡它的主題曲，其中的歌詞：「去作不能圓的夢，去鬥打不倒的敵人」（To dream the impossible dream, to fight the unbeatable foe.），都已經成了名句，讓人百聽不厭。

方文凱第一次讀到這本書，是向一位小學同學借的，因為太喜歡了，一直拖到小學畢業還沒還，以為就此可以據為己有了。後來發現這本《唐吉軻德》是一九三九年，傅東華翻譯，上海商務印書館出版的第一部中文版，已經絕版了，一股「犯罪感」油然而生。後來每次再去讀它時，看英文版時，聽歌舞劇時，這份犯罪感都揮之不去。

五年前，方文凱被邀請到北京大學去作專題演講，很受歡迎，事後北大的大氣物理系頒授他為客座教授，所以他每隔兩、三年就要到那兒去半個學期，開一門「小尺度氣象學」的課。北大是個很迷人的地方，它的校園和學生會緊緊地吸住你。尤其是有些和琳達年紀差不多的學生們，用字正腔圓的北京話左一聲師娘右一聲師娘地稱呼她，讓她眉開眼笑高興極了。校園裏有很多銅像，都是紀念和北大相關的人。唯獨在最美的未名湖邊有一座塞萬提斯的銅像，方文凱一直不能理解，這位十七世紀的西班牙作家和北大有什麼關係？琳達曾經調侃他說，唯一的可能就是提醒他，手上還有一本屬於小學同學的《唐吉軻德》。

方文凱是在俄羅斯西伯利亞的遠東首府哈巴羅夫斯克下了科學考查船，他即刻搭乘飛機到哈爾濱，從那裏轉機到了北京，兩位北大的老朋友到機場來，接他住進了北京大學的外賓招待所「勺園」。他在第二天給了個專題演講和主持了接下來的學術討論，大氣物理系在晚上設宴歡迎他，賓主盡歡。

一天的緊湊活動讓方文凱覺得有些疲倦，他去洗了個澡，出來把電視打開有一眼沒一眼地看著。他是在想著午飯後一個人在北大的校園裏逛，他百感交集，心裏的波濤洶湧，北大校園裏的人和物，讓他思念起亡去的妻子琳達，這裏是她最愛的地方，北大的人文和歷史對琳達就像是個百寶箱，裏頭有數不完的寶藏，讓她愛不釋手，給她帶來說不出的快樂。校園裏有個水餃店，一塊錢買六個水餃，他們每次來買三塊錢，小姑娘就拿著大勺子很快地動了三下，就把盤子遞給他們，他們就一個個地數有幾個餃子，每次都是十八個，不多也不少，琳達就笑得花枝招展，後來只要他們一進來，服務員就會說，「數餃子的老師來了」，這些都成了他們婚姻裏的美好記憶，現在北大的校園依舊迷人，校園裏的人也還是好好地活著，但是琳達卻離他而去，留下他一個人，像孤鬼遊魂似地活著，讓他情何以堪？

方文凱來到亞洲的目的，就是想重新啟動他的感情生活，讓自己跳出因琳達的死去給他帶來的哀傷，他遇見了年輕貌美的劉雅媚，雖然他們對飛行的共同興趣讓他動心，但是缺少任何其他的生活共同點讓他猶豫，更何況她已經決定和前夫重婚，所以他們剛開始的熱情也就打住了。他以為和寡居的初戀老情人舊情復燃是個機會，但是她已經看破紅塵，決定遁入空門，還把她的小表妹推給他。江柔澄雖然是個非常可愛美麗的年輕女性，但是她對世界充滿著好奇和期待，她是個要「闖天下」的人，還沒有準備要安家樂業，更何況她對大學的生活一無所知。另外還有一個謎一樣的女人吳紅芝，顯然她是個聰明能幹又漂亮的檢察官，她不想離開很愛她又富裕的丈夫，但是又要和他談情說愛，她是在婚姻變得乏味但又捨不得放棄時，把他當成了讓她開心的玩偶。想到這裏，方文凱覺得有點淒涼。他決定把江柔澄和管曉琴給他的光碟再仔細地看一遍，思考一次，準備好明天要問的問題。

一旦投入了工作，時間就飛快地過去，等到方文凱再看手錶時，已經都快到半夜了。想到這正是美國加州的早上，他拿起電話接通了聖地牙哥，岳父母剛出門去散步了，他和葛瑞思長談了一個多小時，方文凱第一次對她說了很多他心裏的感受。

北大的大氣物理系不在主校園裏，從東大門出來，走過「中關村大街」，有一棟獨立的小樓，屋頂上佈滿了各種氣象觀測儀器，包括一個衛星接收站，大氣物理系就在這棟樓裏。方文凱提著一籃水果走到了小樓前，但是他沒有進去，而是繼續地向前走，前面是一大片住宅區，裏頭都是一棟棟的小高樓，這裏就是「藍旗營社區」，它是北京大學和清華大學教員們的住宅區，它的位置正好是在這兩個大學的中間。方文凱來到十二號樓的七〇八室，拜訪一位已經從北大退休了的林先紀教授，他是當今最有權威的藏學專家，雖然已經退休了，但是對西藏的熱情未減，並沒有放棄藏學的研究。

方文凱按下電鈴後很吃驚地發現，是林先紀教授自己來應門的，他們就在門口互相寒暄，然後就在客廳坐下，一位年輕女子給兩人倒上了茶，方文凱首先說：

「非常感謝林教授答應抽時間讓我來向您請教。」

「不敢當，我早就聽說我們的大氣物理系，有一位年輕的客座是個知名的學者，沒想到原來還是這麼年輕，您還沒過三十吧？我老早就接到您的來信，我們院長昨天還打電話來提醒我說您今天要來。其實是我應該去拜訪您，結果是您來了，還帶了水果，真是太客氣了。」

「林教授，這是應該的。我早過三十了。我看您的身子骨挺硬朗，請問今年貴庚？」

「我今年七十九了，身體當然是大不如前了，雖然沒有大毛病，老年人的小毛病就不少了。」

「您的生活是誰來照顧呢？」

「老伴在三年前就走了，我的女兒和女婿就住在中關村，他們常來，可以就近照顧一下。兩年前，我從家鄉把堂妹的孫女叫來，她白天打點我的生活，晚上就去上夜校。」

「就是剛出來倒茶的小姑娘嗎？」

「是的，她手腳還挺俐落的。」

「太好了。聽說您還在開課，是嗎？」

「是的，每週三堂課。有點事做對退休的人是有益壽延年的好處。」

「林教授，您還是要注意身體，不能太累了。」

「就教一門課，很輕鬆的。您在信裏說要和我討論有關西藏的問題，您是航空專家，怎麼也會和西藏扯上了關係呢？」

「討論不敢當，我是門外漢。我來向您請教是因為，我們加州理工學院一位校董委託我，趁便詢問幾個有關西藏的情況。」

「他是研究西藏的情況，是和她的家人多年前的一件案子可能有關。」

「那倒不是，是他的夫人想知道一些情況，是和她的家人多年前的一件案子可能有關。」

「方教授，原來是這樣。您請問吧！」

方文凱從背包裏拿出一個筆記本：「能不能先請您簡單的介紹一下西藏在解放之前的情況？」

「好的，我就從有記錄的歷史說起。西藏是在西元七世紀由松贊干布首次實現統一，其後就分裂成諸多地方政權。一六四〇年到一九五〇年期間，西藏實行名義上以達賴喇嘛為首，行政上隸屬清朝的神權統治。一九一三年，十三世達賴喇嘛把清朝的軍官驅離拉薩，同時宣告自己對西藏的統治，這通常被理解為西藏獨立運動的始源，但是達賴喇嘛的宣告嚴格來說，並不符合現代術語中的獨立宣言，並且亦從未被承繼清朝的民國政府，以及任何一個外國所承認。由於與世隔離的地理位置、交通情況和宗教的影響，西藏和中原地區的往來遠遠比不上和印度的溝通，中央政府的很多政令也是鞭長莫及。從十八世紀開始，西方國家和他們的政商集團，就對西藏產生好奇和野心，這些政府和集團就是鼓吹西藏獨立最積極的份子。就是這些原因，新中國在一九四九年成立後，一直等到一九五一年九月九日，也就是兩年後，代表中華人民共和國實質主權的三千餘解放軍，才渡過了一條蔚藍色的大河，進入了被稱做是『東方的耶路撒冷』的拉薩。另外，從西藏東部和新疆等地，有兩萬餘解放軍進入西藏，並控制了日土、噶爾等重要地區，隨後又進駐江孜、日喀則等地。於是，拉薩在內的西藏全部主要城市都有解放軍駐守，並在西藏東部和西部的整個地區集中大量的軍隊。至此，中華人民共和國取得對西藏的實質主權。」

「當時西藏地方政府的情況是如何？」

「當時十四世達賴喇嘛還只有十八歲，雖然他已經完成了坐床和登基等的儀式，但是真正的行政權力，是控制在以熱振活佛為首的幾個活佛手裏，他們背後的勢力是傳統的封建西藏喇嘛和貴族集團，再加上從印度進來的西方外國勢力，他們從多年前就對西藏有野心，他們都是經過印度把觸角伸張進來，他們派出來的探險隊，都是以印度為跳板進入西藏，他們拉攏宗教和執政者集團，也就是有影響力的喇嘛和貴族。西藏的地方政府稱為『噶廈』，它是在清朝康熙年間就建立的，下設四名『噶倫』，一僧三俗，分管全藏的行政、立法、司法、財政等事務。這四個『噶倫』都是由布達拉宮，也就是達賴喇嘛來任命的，所以他們都是聽命於熱振活佛和他的統治集團。」

「林教授，在西藏是不是有一個叫『索康』的家族？」

「『索康』是西藏很有名的一個貴族，他們從清朝時就取得了在西藏販賣茶葉的壟斷權，世代相傳，累積了大量的財富，成為西藏的首富和最有影響力的家族。貢旺·索康在十三世達賴喇嘛的拉薩政府裏，就是負責財政的主管，到了十四世達賴喇嘛，他成了『財政噶倫』。他的父親和他都曾經到歐洲留學，在海外建立起了人脈關係。」

方文凱聽得很入神，他專注地問：「林教授，您曾經聽到過『拉薩寶藏』嗎？它和『索康家族』有沒有關係？」

「到過西藏的人都聽說過『拉薩寶藏』，它是個存在了上百年的傳說，傳說是從大清帝國把西藏統一後，歷屆的執政達賴喇嘛都會累積金銀財寶，做為來日西藏獨立後的建國基金，而負責管理這筆龐大財產就是索康家族。多年來『拉薩寶藏』成了西藏的傳奇，隨著歲月，這個雪域裏的傳奇也被人添油加醋地膨脹，說是『拉薩寶藏』還包括了許多貴族們的財寶。近年來又有傳說，把『亞特蘭提斯文明』的神話也加進來，說古老的『亞利安人』在他們的文明消失前，曾把金銀財寶運到了西藏，多年後被西藏的喇嘛發現，成為『拉薩寶藏』的一部分。」

「會有人相信這些傳說嗎？」

林先紀指著桌上的報紙笑著說：「方教授，報上說最近還有外國的觀光客帶著金屬探測器，在布達拉宮和其他的喇嘛廟裏到處搜尋，廟裏還得叫公安來趕人。任何的傳說都會找到相信的人。」

「傳說中的『拉薩寶藏』就藏在拉薩的布達拉宮裏嗎？」

「是的，傳說大部分的『拉薩寶藏』藏在布達拉宮的地宮裏，也有部分在其他的喇嘛廟裏。」

「有人去打開看過嗎？」

「一九五一年五月二十三日，中共政府同西藏代表團簽訂了『中央人民政府和西藏地方政府關於和平解放西藏辦法的協定』，它明確地規定，解放軍在進駐西藏後，不得進入喇嘛寺廟，所以外人還是不知道布達拉宮的地宮裏有沒有金銀財寶。但是十四世達賴喇嘛在一九五九年率眾離開西藏，在此同時，大量藏軍不斷湧入，佔領拉薩、布達拉宮、藥王山等制高點，經過短暫的交火，藏軍投降，解放軍進入布達拉宮，打開龐大的地宮鐵門，發現裏頭空空如也，沒有任何『拉薩寶藏』的痕跡。解放軍在其他的喇嘛廟裏，也沒有發現任何的金銀財寶，當時的傳說是，『拉薩寶藏』已經被達賴喇嘛帶走了，當年他出走時，曾有上百匹的騾馬馱運隊隨行。但是在印度達蘭薩拉的西藏流亡政府隨後宣佈說，他們沒有帶出來任何的金銀財寶。」

「負責管理這筆龐大財寶的索康家族，特別是西藏政府的財政噶倫，貢旺．索康，他在十三世達賴喇嘛的拉薩政府裏，是負責財政的主管，他沒有作任何說明嗎？」

林先紀喝了一口茶，臉色變得很沉重：

「西藏在西方人的眼裏是『香格里拉』，它意味著是世外桃源，是個充滿美好的世界，住在『香格里拉』的人也是幸福的人。但是當代表著慈悲為懷的佛教分列出一支喇嘛教，它成為藏傳佛教，在西藏生根，它的僧侶成為西藏的統治者，擁護它的人成為可以世襲的貴族，其他的人就是世代相傳的奴隸，不僅過著連牛馬都不如的生活，連自己的生命都是屬於『主人』的。但是宗教告訴這些奴隸，只要他們老老實實的當奴隸，他們的來生就會有好日子。西藏就在這兩個極端的階級裏，一代代地生生息息在封閉的世界裏。但是有一批非常少數的貴族，他們懷著人間的慈悲和正義，將西藏打開一個窗子，讓外面的人能夠看到這個香格里拉內的真實情況，因而促成外界對統治階層的壓力，從而對奴隸階層的西藏人生活有所改進。世代下來，索康家族的人就一直在扮演開窗子的角色。我認為這個貴族歷代來對西藏的發展，都做出了很大的貢獻。但是在一九五九年達賴出走時，貢旺．索康不僅沒有隨著去到印度的達蘭薩拉，並且整個索康家族，包括替他們工作的人都遭到殺害，即使還有漏網的族人，也隨著『拉薩寶藏』從人間蒸發了，消失得無影無蹤。」

「所以『拉薩寶藏』是否存在，到現在也還沒有具體的證實，是不是？」

「是的，沒錯。雖然我個人相信它是存在的，但是有多少的金銀財寶就無從可知了。」

「林教授，您剛剛說到索康家族裏，還有漏網沒有被殺害的族人，這些都是傳聞還是事實？」

「傳聞是很多，有不少還說得活靈活現。但是我遇見過貢旺．索康的女兒，說起來她還是我們北大人的媳婦呢！」

「是嗎？您是在什麼時候、什麼地方見到她的？」

「我是在一九五五年去拉薩路經香港時碰見她的。」

「您知道她的背景嗎？她怎麼會和北大有關係呢？」

「這個說來話長，方教授，您有時間嗎？」

「您請說，我有的是時間。」

「北大的歷史系成立了不久，收了一個學生，後來有人說他是個『奇人』或是『怪人』，一直到我做學生時，系裏還流傳著他的奇人奇事。他叫李淇，一九〇五年生，四川巴縣人。他在一九二三年，十八歲時考進北京大學歷史系，對少數民族史非常感興趣。一九二七年畢業，進入歷史研究所專攻西藏學。結業後留校繼續從事研究和教課。一九三五年，德國駐華大使館的武官和他接觸，稍後，一個德國半官方組織『德意志研究會』，聘請他為研究員，負責該組織對西藏的資料收集和研究。李淇是一個紮紮實實的西藏專家，加上他對德文的語言能力，他成為了『德意志研究會』裏重要的一份子。

「在一九三九年，李淇隨著德國西藏探險隊由印度進入了西藏，探險隊在西藏停留了兩年，在第二次世界大戰爆發後，探險隊在英國政府的壓力下被迫離開，但是李淇留下在拉薩。一九四〇年國民政府派當時行政院蒙藏委員會的委員長吳忠信經印度入藏，到拉薩主持十四世達賴喇嘛在布達拉宮舉行的登基典禮。李淇被聘為蒙藏委員會的『西藏專員』參加了大典。李淇被西藏迷住了，他在整個抗戰時期都是留在西藏，在那裏他和一位奧地利人，因為趣味相投，成為好友。後來李淇和一位年輕的藏族姑娘結為夫妻，她就是貢旺．索康的女兒，名叫白瑪．索康。」

「李淇和他的妻子是怎麼去到香港的？」

「他是被莫名其妙地趕出了西藏，一九四九年七月裏，噶廈政府通過印度噶倫堡電台，通知國民黨政府及其駐西藏辦事處，以『防止赤化的必要措施』，決定請他們及眷屬立即離藏內返。也就在同一天，首席噶倫然巴會見了李淇，告訴他，國共內戰打得很厲害，國民黨到哪裏，共產黨就追到那裏，為避免把解放軍招引進來，西藏官員大會決定了，暫時與國民政府斷絕政治關係，請國民政府駐藏辦事處的人員在兩周內離藏。這也是當時所謂的『驅漢事件』一部分。李淇離開了拉薩後就去了香港，在那裏他曾寫信問過我關於『亞特蘭提斯文明』，是否有傳到西藏的問題。」

「李淇對遺失了的『亞特蘭提斯文明』是不是情有獨鍾？」

「這就是他被人稱為『奇人』或是『怪人』的原因。顯然他相信所謂的『野史和傳說』，花了很多的時間去研究。在香港他親口告訴我，他受聘擔任『德意志研究會』的研究員，是為了研究在歐洲流傳已久的『非正式歷史』。相信北歐或是所謂的『亞利安人』族裔，曾經是世界的『主宰種族』，他們以其白皙的膚色有別於其他人種。野史裏還說：亞利安人在西元前一萬年，建立了非常先進的『亞特蘭提斯文明』，但是在西元前八千年，它開始沒落，原因是亞利安人和其他劣種民族雜交，開始往世界其他地區殖民。但是『亞特蘭提斯文明』留下了一些遺跡，包括了古埃及文明和通過藏傳佛教在西藏留下的文明。」

「林教授，李淇參加西藏探險隊，也是為了要去證明野史裏的傳說嗎？」

「現在回想起來，我認為可能性很大。因為到了三〇年代，納粹黨開始在德國執政時，希特勒就全面擁抱亞利安人種族優越論了，這是他迫害和屠殺猶太人，以及將精神病患者安樂死的開始。為他執行這些任務的人，就是納粹黨軍的軍頭，海因里希．希姆萊。他著迷和信奉『神秘主義』，也就是他成立了『德意志研究會』，前往世界各地，包括西藏，去尋找亞利安人的祖先和那遺失的文明。有一名德國學者，漢斯．肯特，他認為早期的亞利安人，曾經征服過許多亞洲的地區，包括在西元前二千年攻打中國和日本。他又認為高塔瑪菩薩本人就是北歐亞利安人的後代。所以也有政治評論員說，希特勒的政治理念和佛家的思想相似，因為他們有共同的祖先和傳統。一九三八到三九年間，希姆萊派出探險隊從印度進入西藏，因為他深信佛教是『亞特蘭提斯文明』所遺留下來的。他以德意志研究會的名義出版了一本書，書名是『亞利安人的路程』，就是闡述這個看法。李淇就是隨這個探險隊來到了西藏。」

「真是太神奇了。」

「我個人認為李淇是有些走火入魔了。」

「您一直和李淇有聯繫嗎？」

「方教授，李淇和我是同行，都是研究西藏學的，雖然我們沒在北大見過面，我進北大時他已經離開了。但是我對他是久仰大名，他是我的學長和前輩，我們曾通信交換過對西藏的意見。一九五五年在香港，是我們唯一的一次見面，當時他的妻子已經懷有身孕，將要生產了。我在西藏待了三年，回到北京以後，發現政治氣氛已經變了，不方便和境外的人通信，我們也就失去了聯絡。」

「所以您對李淇和他的妻子白瑪·索康，後來在香港的情況也不很清楚，是不是？」

「是的。他告訴我等他妻子生產後，他可能到台灣去，因為他還是國民黨政府的官員，但是他說也可能就在香港定居下來。」

「當時李淇是住在香港什麼地方？」

「他是住在新界的一個叫錦田的村子裏，那是個古老的村子，大部分的居民都是香港的原住民，也有不少尼泊爾人後來搬去的，他們都是在香港回歸後，從英國廓爾喀部隊退伍下來的軍人，所以那裏有不少印度和尼泊爾的雜貨店，李淇說他妻子對那裏的生活環境比較適應。但是我覺得不盡然。」

「林教授，您認為還有別的原因嗎？」

「英國廓爾喀部隊是從尼泊爾王國的山區部落招募而來的，他們有很多是屬於藏緬語族的尼瓦爾人，並不全都是東方的蒙古人種，還有許多是亞利安人。十七世紀是尼瓦爾人的黃金時代，曾在馬拉王朝統治時代，在西藏和北印度平原稱王稱霸。有傳說他們的祖先是『亞特蘭提斯文明』直接遺留下來的，我認為這是李淇要和亞利安人的後裔住在一起，從他的談話裏，我覺得他對『拉薩寶藏』充滿了期待，這應該是主要的原因。」

「您還有那裏的地址嗎？」

請續看《時空的追緝》（下）

時空的追緝(上)

作 者：追風人
出版者：風雲時代出版股份有限公司
出版所：風雲時代出版股份有限公司
地址：105台北市民生東路五段178號7樓之3
風雲書網：http://www.eastbooks.com.tw
官方部落格：http://eastbooks.pixnet.net/blog
Facebook：http://www.facebook.com/h7560949
信箱：h7560949@ms15.hinet.net
郵撥帳號：12043291
服務專線：(02)27560949
傳真專線：(02)27653799
執行主編：劉依慈
美術編輯：MOMOCO
法律顧問：永然法律事務所 李永然律師
北辰著作權事務所 蕭雄淋律師
版權授權：陳介中
初版日期：2013年1月
ISBN ：978-986-146-932-4

總 經 銷：成信文化事業股份有限公司
地　　址：新北市新店區中正路四維巷二弄2號4樓
電　　話：(02)2219-2080

行政院新聞局局版台業字第3595號 營利事業統一編號22759935

定價：320元

國家圖書館出版品預行編目資料

時空的追緝(上) ／追 風 人 著；-- 初版
臺北市：風雲時代，2013.1 冊；公分

ISBN 978-986-146-932-4（平裝）

857.7　　101017876